河出文庫

坊っちゃん忍者幕末見聞録

奥泉光

kawade bunko

河出書房新社

目次

坊っちゃん忍者幕末見聞録

第一章　霞流忍術

忍術を習って得をしたことなど一度もない。

これだけは誰がなんといおうと断言できる。裏庭に植《う》わった桐の木から飛び降りてみろといわれ、いわれるままに飛んで腰がぬけたのは、七つになって、甚右衛門《じんえもん》のところへ養子に行った日のことだ。甚右衛門はおれを介抱しながら、飛んだ姿はとてもよかった、松吉《まつきち》は才があると褒《ほ》めてくれたけれど、おれはちっとも嬉しくなかった。

十の歳には、水遁《すいとん》とかいう術を習って死にかけた。竹筒で息をして水に潜る稽古を半《はん》刻《とき》も続けたら、翌日から高い熱が出て、三日三晩うなされた。冬の蓮池に裸で潜ったのだから無理もない。これにはさすがの甚右衛門も懲りたのか、水遁の稽古は夏場に限ろうと請け合った。

山行《やまぎょう》と称する、麻の着物に荒縄を巻いただけの姿で山野を駆け回る修行では、月山《がっさん》の麓《ふもと》で吹雪に巻かれ、やっぱり死にかけた。このときは甚右衛門も一緒で、掘った雪洞に二人で三日を過ごした。松吉は大切な跡取りだから、いざとなったらおれの肉を喰らってでも生き延びろ、それが忍びというものだと、甚右衛門があんまり真面目な顔でいうので、冗談に二の腕をがぶりとやったら、ぎゃっと叫んで飛び上がった。四日目になって空が晴れたので、木の根をかじって里へ降りた。

十六歳で元服したついでに、霞《かすみ》流忍術の目録を与えられた日には、甚右衛門の投げた手裏剣が間違っておれの後ろ頭にあたって痛かった。幸い家伝の十字手裏剣がよく研いでなかったのと、生来の石頭のおかげで、梅の実ほどもある瘤《こぶ》ができただけですんだ。おれが蒲団《ふとん》でうんうんうなっていると、枕元に胡座《あぐら》をかいた甚右衛門は、烏帽子《えぼし》親《おや》から届いた祝い酒をちびちびやりながら、おれの必殺の手裏剣を受けて死なぬとは松吉の修行もたいしたものだ、これでおまえも一人前だといって、月代《さかやき》に剃ったおれの額を撫でて泣いた。その夜、酔っぱらった甚右衛門は、素裸で神社の火の見櫓《やぐら》にのぼり、上から狛犬《こまいぬ》に小便をかけているところを見つかった。烈火のごとく怒った村役人に、実家の親父と一緒に平謝りに謝ってようやく許された。

師匠であり養父でもある甚右衛門は、おれの祖父の末弟だから、血筋でいえば本当はおれの親父《おやじ》の叔父にあたる。とはいえ、歳は親父よりひとつ下で、おれは子供の頃からオジと呼び、養子になってからも別に呼び方を変えろといわれなかったから、ずっとオジで通している。

以前は、羽黒から来た藤《ふじ》という名の女房が甚右衛門にはいた。この養母にはずいぶんと可愛《かわい》がってもらったが、残念なことに、おれが養子に行った三年目の春に流行病《はやりやまい》に罹《かか》って死んでしまった。それからずっと甚右衛門は男やもめを通している。

甚右衛門はいたってまめな男で、手先も器用だから、煮炊きでも洗濯でもなんでも自分でやる。裁縫などは実家の兄嫁より巧いくらいだ。家はいちおう苗字帯刀《みようじたいとう》を許された武士の家格だけれど、禄《ろく》を貰っているわけではないから、山から採った薬草を売ってどうにか暮らしをたてている。酒田の近江屋という薬屋がまとめて買いあげ、甚右衛門の練り薬は精妙丹の名前で売られている。食あたり水あたりに効能があるとけっこうな評判らしい。ほかに虫くだしの丸薬やら軟膏やらを甚右衛門は工夫し、ときに山人参《やまにんじん》を掘ってきたりもするから、近江屋には重宝がられている。

近所の者は直接薬を貰いにくる。代金代わりに大根や葱《ねぎ》を置いていく。ときに頼まれれば甚右衛門は医者の真似事《まねごと》もやる。近在にはやごしという医者がいるにはいるが、これは評判の藪《やぶ》だから、甚右衛門に頼る者もあるのである。もっとも人を診ることは稀《まれ》で、患者は牛や馬が多い。

甚右衛門の診断法は単純明快、馬の尻穴にぐいと腕を突っ込み、摑《つか》みだした糞《くそ》を舐めて病気を診る。これで百発百中、診断を誤ることはないという。大変な勢いである。松吉も是非やってみろというが、おれはいまのところやっていない。

甚右衛門の家のあるところは、出羽《でわ》の国は庄内平野のほぼ真ん中、鶴ケ岡の城下から北へ七里ほどの片田舎だ。まわりは四方どちらを向いても田圃《たんぼ》ばかり、すぐ家の前が赤川で、川向こうの隣村におれの生まれた家がある。実家とは違い、甚右衛門の家はこれでも武家だから、門構えがある。庭も広い。

とはいえ、茅葺《かやぶ》きの切妻屋根の載った腕木門は、いつ建ったのか知らんが、門の名前が泣き出すくらいに朽ちている。柱は傾き扉はとうになくなって、まるで門の用をなしていない。それでも毎朝、酒田浜から来る漁師の婆《ばあ》さんが日陰で荷を解くので、取り壊さずにおいてある。

庭の西半分は裏の茂平が借りて牛を飼っている。東は畑だ。牛小屋と畑のあいだがやや広い地面になって、奥に、門に負けず崩れかかった母屋が建つ。

畑の脇には一間《いっけん》ばかりの川が流れている。これは至極便利な川で、洗濯はもちろん、野菜でも米でもなんでも洗う。畑に水もまくし、汲んで風呂《ふろ》にも使う。もっとも甚右衛門はめったに湯に入らなかったから、風呂桶が乾いて駄目になった。天然自然と一体と化すこそ霞流忍術の極意なりと嘯《うそぶ》く甚右衛門は、風呂がなくても平気でいたけれど、おれは大の風呂好きだから、風呂をたてた家が近所にあるときくと貰いに行く。これが甚右衛門には気に入らないようで、めずらしく小言をいった。

風呂に入らず、めったに身体を洗わぬ甚右衛門が垢《あか》だらけになるのは自然の道理である。人に垢が付いたというより、人の形に垢を凝り固めた趣がある。近寄れば臭う。姿を見ると子供が逃げ出すくらいだ。

しかし、そんな男でも、霞流忍術を伝える横川家十六代目当主であるのはまず間違いない。近所の者は誰も知らないが、横川甚右衛門兼規《かねのり》という立派な名前まで持っている。甚右衛門も養子で、やっぱり七つの歳に貰われて、養父から忍術を仕込まれたそうだ。

おれも元服のとき恭兼《やすかね》の名前を貰った。烏帽子親の木村仁兵衛に頼まれて、おれに手習いを教えた輪光寺《りんこうじ》の住職が考えた名前だ。

甚右衛門は、松吉は恭兼になったのだから、今日からは恭兼と呼ぶと、いやに物々しく言い渡したが、落ちぶれた公家のようで、尻のあたりがこそばゆくて仕方がなかった。だいいち呼ばれても自分のことだと思えないのが困る。妹が来て、ヤスカネ、ヤスカネと嗤《わら》って冷やかすのが癪《しゃく》に障った。けれど、そのうちに甚右衛門も忘れてしまったのか、面倒になったのか、もとの松吉に戻ったので安心した。

家の先祖は、なんでも紀州辺から流れてきたということだ。戦国の頃の話らしい。羽州くんだりへ来たのはどういう酔狂だか分からんが、一時は上杉家の被官だったこともあるという。もっと遡《さかのぼ》れば、そもそもの血筋は楠公《なんこう》につながるというが、これはきっと嘘《うそ》だろう。そこらの田舎郷士が源氏だ平氏だと勝手に吹聴する類に違いない。上杉家のほうは本当のようで、それが証拠に、家には直江山城守より下された脇差しがあった。

この刀はおれもよく覚えている。銘《めい》もなく、鞘《さや》も平凡な朱塗りで、変哲もない刀にしか見えなかったが、家宝には違いないから、桐の箱に入れて神棚の奥に仕舞《しま》ってあった。盆暮れに取り出して錆び止めの油を塗るときは、甚右衛門も大いに畏《かしこ》まった。

あるとき、酒田の大庄屋で尾島某なる者が話を聞きつけ、是非とも家伝の脇差しを拝見して眼福に与《あずか》りたいといってきた。近江屋の口利きもあったから、甚右衛門は気軽に出かけて行った。それで、先方でさんざん御馳走になり、酒も呑んで、いい心持ちになって帰る途中、橋の上から家宝の刀をうっかり川へ落としてしまった。

これは大変と、すぐさま川へ飛び込んだが、日が暮れていたから容易に見つからない。次の日は明け方から探したが、秋の長雨時で水かさが多くて駄目である。日が落ちるまでさんざん探したあげく、こう流れが早くては海まで流れてしまったんだろうと、とうとう諦めた。

それから二、三日はさすがにふさぎ込んでいたが、四日目にふいと甚右衛門は家を出た。家伝の宝刀をなくしておめおめと生きながらえてはいられぬと、考えるような男じゃないとは思いながら、おれは少し心配になった。夕刻になって、庭先に出て待っていると、村はずれの鎮守の森陰から甚右衛門の馬面がのっそり現れた。どういうわけだか、大きなまくわ瓜《うり》を二つ抱えている。

瓜を脇へ置いて、川で山芋みたいな足を洗う甚右衛門に、どうしたのかときけば、懐の包みから、なくしたのと似たような刀を取り出して見せたのには驚いた。鶴ケ岡の道具屋であつらえたのだという。二百文だというのを八十文まで値切って買ったともいう。ずいぶん安い刀もあったもんだ。

それでも斬れ味は馬鹿にできない、前のやつよりいいくらいだと自慢した甚右衛門は、刃《やいば》をすらりと鞘から引き抜き、まくわ瓜をすっぱり二つに割って見せた。そんな柔らかいものを斬って見せても仕方があるまいとおれは思ったが、瓜はよく熟れて旨《うま》かった。

今後はこいつを家宝にするから、店で買ったことは他言無用だと、座敷に上がった甚右衛門がいうのには呆《あき》れた。まるで出鱈目《でたらめ》ではないかと難ずると、甚右衛門は平気な顔で、なに、先代だって一度なくしているといったので、おれは仰天《ぎょうてん》した。昔、借金のかたにとられ、やっぱり道具屋で替わりを調《とと》えたのだという。それじゃあ、拝領の刀もなにもあったもんじゃないと、さらに追及すれば、二束三文のなまくらでも家宝扱いをしてやるうちには本物にならぬとも限らぬと、甚右衛門はひどく乱暴なことをいった。代々の当主にしても、それぞれ一回ずつはなくしているだろうと、最後には大笑いする始末である。これでは直江山城守も立つ瀬がない。松吉もこの刀を大事にしろ、そうすればただで飯を食わせてくれる物好きがそのうち出てくるかもしれんと、まくわ瓜を食いながら甚右衛門はまた笑った。

他には家に刀は一本もない。昔は刀簞笥《かたなだんす》に刀剣の類がごろごろしていたというが、貧乏をして段々となくしてしまった。酒井の殿様が三河から出羽庄内へ移封され、鶴ケ岡に城を構えた頃には、横川の家は羽振りがよかったらしい。けっこうな数の郎党をかかえて、田舎豪族の威勢を張っていたという話だ。それがどうして没落したかといえば、忍術のせいである。

先祖が霞流なる忍術を携えて紀州から流れてきて以来、代々の当主はこれを一子相伝の技芸として子孫に伝えてきた。とはいうものの、戦乱の世が去ってしまえば、忍術などは無用の長物に決まっている。たいていの当主は真剣に取り組まなかった。いちおうの格好だけはつけて、あとはお茶を濁してきた。少しでも正気ならそうするのが当然だろう。ところが、世の中には常識はずれの人間が一人や二人は必ずいるものらしい。九代目に兼房という人がいた。

　九代目横川兼房は享保《きょうほう》の頃の人である。霞流忍術の中興の祖と呼ばれるのがこの人物だ。もっとも、そういっているのは甚右衛門だけで、九代目のおかげで霞流は世に知られるようになったともいうが、霞流を知っているという人におれは会ったことがない。はっきりしているのは、この兼房のおかげで家が傾いた事実だ。伝えられるところによれば、兼房は若年より忍術修行にのめり込み、伊賀や甲賀をはじめ、古流を訪ねて方々を巡り歩いた。やがて、従来の忍術に飽きたらなくなり、七年のあいだ羽黒山に籠って独自の工夫をした。その間、ついに一度も里へは降りて来なかったというから、とうてい正気ではない。その頃までは田畑もずいぶんとあったが、忍術修行に忙しい兼房は人任せにし、その任された親類の者が馬買いをやって失敗し、財産をすっかりなくしてしまったらしい。

　それでも七年山で天狗と暮らしたくらいだから、兼房はいっこうに平気なもので、自ら刷新した霞流忍術を世に広めるべく、庭に立派な道場を建てた。それで門人を募集したところが、入門者はとうとう現れなかった。それはそうだろう。この辺りにそんな暇人がいるわけがない。村人があるとき道場を覗いてみると、黒装束に身を固めた道場主は狸に手裏剣を教えていたという。この話はいまでも村で語られる笑い話のひとつである。

　兼房には子がなく、櫛引《くしびき》村から養子をとってこれが十代目を嗣《つ》いだが、この人は忍術には興味のない正常人だったようで、せっかくの兼房の努力も水泡に帰すかに見えた。その後の当主らも同様で、忍術などは顧《かえり》みることがなかった。傾いていた家運もだいぶ持ち直した。ところが、ここに第二の奇人が出現した。それが甚右衛門の先代にあたる昌隆である。この人はとにかく書物の好きな人だったらしく、朝から晩まで書物ばかり読み暮らした。読書は論語孟子から絵草紙の類まで選ぶところなく、なんでも文字が書いてあると見ればすぐさま読み、しまいには借金の証文まで熱心に読んだというから念が入っている。

この人が、ある日、物置の奥から古ぼけた巻物を見つけだした。猫が鰹節《かつおぶし》を見つけたようなものである。さっそく読んでみれば、これこそ九代兼房が書き綴った霞流忍術奥《おう》義《ぎ》書《しょ》なのであった。兼房はよほどの暇人だったようで、巻物は全部で五十巻もあった。かたや子孫の昌隆も、こと暇人ぶりにかけては先祖に負けないから、熱心にこれを読み、ついに霞流の奥義を摑むに至った。となれば読んだことを実践してみたいと思うのは人情だ。だが、残念なことに、昌隆は田圃の畦《あぜ》をただ歩いていて転ぶような人だったから、塀によじってみただけですぐに懲《こ》りた。そこで養子の甚右衛門にやらせることにした。迷惑なのは甚右衛門である。

かくして甚右衛門は先代から忍術の手ほどきを受けた。なにしろ先代の昌隆は自分では木に登ることさえできず、読んだだけの知識でもってあれこれ言うのだから、甚右衛門の苦労も並大抵ではなかったらしい。

霞流に温気《うんき》の術というものがある。この術を体得した者は氷の張った池に一晩浸かっていても凍えない。肝の臓から温気を引き出すのだという。それには鰻《うなぎ》の肝を喰い、身体中に熊の脂を塗ったうえで、特別な呼吸法を用いればよろしい。そう書いたのは忍術狂の兼房で、読んだのは読書狂いの昌隆である。それで実際に水に潜ったのは甚右衛門だ。

蛇眠の術というのがある。やはり呼吸法で体温を下げ、呼吸を減らし、最後には鼓動までとめてしまう。さすれば冬眠の蛇のごとく、飲まず喰わずで何カ月も雪のなかで生き延びられる。そう書いたのは兼房で、読んだのは昌隆で、真冬の湯殿山《ゆどのさん》に籠ったのは甚右衛門。

ムササビの術というのもある。なんのことはない高所からただ飛び降りる術である。とはいえ、高所といっても二間や三間の高さではない。十間もある崖から落ちてなお死なぬ術だと書いたのはむろん兼房で、読んだのはやはり昌隆で、飛び降りたのは甚右衛門。これはさすがに死ぬだろうと思ったら、途中の松の枝に引っかかって助かったそうだ。

万事がこの調子だったから、逃げ出さないほうが不思議だけれど、そこは甚右衛門だってただの人ではない。山を駆けさせたら猿に負けぬし、川で泳げば河童《かっぱ》も驚く。狩った獣の臓物は生でないと喰った気がせず、夜寝るとき天井があるとどうも落ちつかないというくらいの、生まれついての野生児だ。その意味に限定して、天然自然と一体と化すを本義とする霞流の申し子といっても過言ではない。兼房の再来といってあながち間違いとはいえない。実際、甚右衛門だったら、兼房と同様、七年間裸で山に籠っても平気だろう。

両者の違いは、甚右衛門は忍術にさほど興味がない点で、つまり、やたらと野山を駆け回るのが好きな男なのだ。だから甚右衛門は始終外をほっつき歩いている。ときには七日も八日も帰らない。それで戻れば、薬草はむろんのこと、木の実やら茸《きのこ》やらをごっそり採ってくる。蛇やら蛙《かえる》やら井守《いもり》やら、なんでも捕まえる。魚釣りは名人だし、投網《とあみ》を持たせたら天才だ。手作りの弓矢でもって兎を狩るかと思えば、吹き矢を吹いて鶉《うずら》を仕留める。海にもぐれば海女《あま》も顔負け、獲物袋の重みで溺れるほど鮑《あわび》や栄螺《さざえ》をとってくるし、蝗《いなご》などは畦をただ歩いただけでたちまち懐に一杯集めてしまう。どんなに酷《ひど》い飢饉が来たって、甚右衛門だけは飢える気遣いはない。人という人がことごとく死に絶えても、甚右衛門ひとりは生き延びることだろう。

おれも甚右衛門にくっついて方々歩き回った。けれど、おれは山も海もあんまり好きじゃない。どちらかといえば家のなかでじっとしていたい性分だ。山は蛭《ひる》がいて嫌だし、海は塩辛いのが剣呑《けんのん》だ。川はまだいいが、流れの早いのは困る。うっかり深みにはまったら二度と浮かび上がって来られない。

子供の頃は、養子へ来た以上、家の人のいいつけはきかねばなるまいと子供心に思っていたらしく、いわれるままどこへでもついていった。おれの忍術修行はおもに山野を駆け回ることであった。そこで甚右衛門はおれにいろいろなことを教えた。もっとも、万事に恬淡《てんたん》として、人に無理強いしないのが甚右衛門のいいところだから、おれの嫌がることはあまりやらせなかった。そのせいか、ほんの川向こうなのに、泣いて実家へ逃げ帰るようなことは一度もなかった。

実家の親父は根は悪い人間ではないのだけれど、ひどく吝嗇《けち》な男で、近所では評判の嫌われ者である。おれがたまに顔を見せても露骨に嫌な顔をする。せっかく養子に出して口を減らしたのに、また家で飯を食われてはたまらん、というつもりだろう。水を飲ませるのにも勿体《もったい》なさそうな顔をする。空気を吸われるのさえ迷惑そうだ。だからおれは飯時には絶対に実家へは寄りつかない。やむを得ないときは、どんなに空腹でも飯は食ってきたと嘘をつく。そうしているぶんには親父は機嫌がよい。土産《みやげ》に持参した山菜や魚には正直に相好を崩す。何であれ懐から出ていけば悔しがり、入れば喜ぶ。はなはだ明快な性質《たち》の男である。

しかし、これが兄となると、親譲りの吝嗇に加えて底意地が悪いのだから始末に負えない。おとなしく百姓をしていればいいものを、あれこれと細かく商売に手を出しては、ことごとく失敗している。そのくせ自分くらい才のある者はないと澄まし顔をしているのが憎らしい。母親はおれが生まれるとまもなく死んだ。おまえのせいで死んだのだと、六歳年上の兄はいまだにおれの顔を見るたびに嫌味をいう。まったくしつこい男だ。あるとき、甚右衛門が捕った鰻を持っていったら、なんだ、また鰻か、と兄が馬鹿にした。癪《しゃく》に障《さわ》ったおれは、それならこうしてやると、白い腹を見せたやつを糞尿のたっぷり溜まった肥桶にたたき入れてやった。鰻が好物の兄がひどく残念そうな顔をしたので、おれは胸がすっとした。

あれだけ吝嗇なら小金がたまりそうなものなのに、家が貧乏なのは、兄が商売に失敗するせいである。親父も総領にだけは甘い。おまえと違ってあいつはいずれ大したものになると、親父はおれにいつも自慢するが、いまのところ兄はどうにもなっていない。今後もどうにかなる見込みはないだろう。

母親が死んだあと、親父は後添《のちぞ》えを二人もらった。一人目は藤島の商家に奉公をしていた女で、ちょっと垢抜けたところのある、親父としては自慢の女房だったが、これも女の子をひとり遺して死んでしまった。死んで間もない頃は、苛《いじ》め殺《ころ》されたと近所で評判がたったけれど、もともと身体が丈夫でなかったようだ。

次に来たのは、丈夫というならこれ以上ない、石地蔵みたいに頑丈《がんじょう》な女で、馬に負けぬほどの力持ちだった。これはなかなかの働き者で、そのわりには小食だったから、親父の連れあいにはうってつけと思われたが、ほどなく実家へ逃げ帰ってしまった。理由を問うと、あの家にはお化けがでるといったそうで、ずいぶんと妙な話もあるもんだと思ったら、近所の寺男と情を通じていた。親父の面目は潰《つぶ》れたが、懐が痛まぬかぎり面目などいくら潰しても親父は平気だ。さっそく三番目の後妻を探しはじめたところ、先に兄のところへ嫁が来た。

これはどこといって取り柄のない女ではあるけれど、兄の女房をやっているというだけでまずは奇特といえる。まだ死んでも逃げてもいないのは偉い。女にしては足が破格に大きいという特色もある。子供が二人あって、子守はもっぱら二番目の女房が遺した娘がしている。

このおれと腹違いの妹は、お糸という名前でおれより五歳下だ。気だてがよくて、おれのことを慕ってくれる。なにしろ家が家だから、まともな着物も買ってもらえず、朝から晩まで追い使われているのが不憫《ふびん》である。おれもカネがないから、着物は買ってやれないけれど、祭りになれば飴玉《あめだま》を買えるくらいの小遣いを渡してやる。

ある年の盆に遊びに来たので、奮発して十文銭をやった。銭を握りしめて便所に入ったと思ったら、出てきたお糸が泣いている。どうしたときくと、銭を便壺《べんつぼ》に落としたという。仕方がないので、おれが探して川で洗ってやった。ちょっと臭《にお》うが、銭には変わりがないというと、また握ってこくりと頷《うなず》いた。

次の日、神社に相撲見物に行ったら、お糸に会った。何か好物でも買ったかときくと、恥ずかしそうに首を横に振って、あの銭はなくしたものと思って大事にとってあると答えた。親父に見つかるととられるから、使ってしまったほうがいいとおれが心配すると、絶対に見つからないところに隠したから大丈夫だと笑った。どこに隠したかはききそびれた。

去年の春には、天神祭りに行きたいというので、鶴ケ岡まで連れていってやった。お糸ももう十四歳になる。いつまでも藁草履では可哀想だから、下駄のひとつも買ってやりたいと思ったけれど、そんな銭はないので、茶店で茶饅頭《ちゃまんじゅう》を食べただけで帰ってきた。それでもお糸がとても嬉《うれ》しそうな顔をしたので、おれも嬉しかった。

天神祭りからの帰り路、お糸が、松吉は何になるのかときいた。

おれはべつに何になるつもりもなかったので、何にもならないと答えた。すると、お糸が妙に大人びた顔になって、忍術遣いになるのじゃないかといったので、忍術じゃ飯は喰《く》えないと答えた。

「んだば、どしてまま喰っていぐ気だ？」

何をして飯を喰うのかとあらためていわれて、おれは少し困った。甚右衛門の跡を継《つ》ぐのは間違いないが、その甚右衛門が何をして飯を喰っているのか少々いいにくいものがあるのだ。

馬医者になるのかと、お糸がまたきいたので、仕方なくおれが頷くと、どうせ医者になるなら人を診る医者になったほうがいいとお糸がいった。

「それも悪くねえの」とおれが深い考えもなくいうと、

「松吉が医者になったら、おらを家さ置いてくいっが？」

お糸が頼んだので、置いてやるとおれは請《う》け合《あ》った。

「ほんとに置いてくれっが？」

「ほんとに置いてやる」

「ほんとか?」

「ああ、ほんとだ」

お糸は嬉しそうに笑って、脱いだ藁草履を手に持って、畦を駆け出した。

天神祭りが終われば田植えがはじまる。田植えに備えて田には水が一杯に張られていた。水面が西日を受けて光り、月山がくっきり黒い姿を映していた。

家に帰ったおれは、お糸にああいった以上、是非とも医者になろうと思った。甚右衛門について回っていたから、おれも脈くらいは診られる。だからきっと医者になれるだろうと思った。甚右衛門にそういうと、とくに反対しなかったので、とうとう医者になることに決めた。

そこで、さっそく甚右衛門に、もっといろいろ教えて欲しいと頼んでみたところ、教えることなど何もないという。霞流忍術伝来の薬草の採り方や、薬の処方はおおむね教えたから、あとは自分で工夫したらいいというだけである。

では、どうしたら医者になれるのかと次にきいてみれば、知らないとの返事である。甚右衛門としては、人に頼まれるから薬を煎《せん》じるだけで、ことさら医者をしているつもりはないらしい。そもそも牛馬が専門だから、人の病気が分からぬのも無理はない。やはり本物の医者にきいたほうがいい。医者といえばこの辺ではやごしだ。藪との評判だけれど、とにかく医者には違いないとは思ったものの、考えてみれば、おれが医者になった場合、やごしは商売敵《がたき》になる。そう思うとやごしにはききたくなくなったので、輪光寺の住職に相談することにした。

輪光寺の住職は近在では第一の物識《ものし》りである。おれに手習いを教えてくれたのもこの住職だ。童子《どうじ》教と実語《じつご》教を教え、論語や孟子や唐詩も教えた。和歌や文選《もんぜん》も教えた。まだ四十歳にならないが、ずいぶんと年寄りに見えて立派である。大の酒好きで、酔うと鶏や豚の鳴き真似を披露する。檀家《だんか》の者は何度も見てとっくに見飽きているのに、本人は得意がって必ずやる。周りはひどく迷惑するが、それを除けば誰からも頼りにされている。

おれが、どうしたら医者になれるだろうかときくと、なんといっても、医者は信用が一番だと住職は答えた。なるほど、信用であるかと、おれは頷いた。しかしすぐに、やごしは信用がないのに医者をやっているのが不審になった。すると住職は、やごしは先代が大変に徳の高い人だったので、信用が生まれたのだと説明した。いまのやごしは先代が蓄《たくわ》えた信用を食いつぶしている最中なのだそうだ。

では、どうしたら信用を作れるのかときいてみれば、信用などというものは一朝一夕《いっちょういっせき》にできるものではないといった。それでは困るので、なんとか簡単に手に入れる法はないかときいてみた。そんな法があったら苦労はないと住職は笑ったが、医者になりたいのなら、江戸か長崎へ行って勉強してくるのがよかろうといった。

医学を講じる塾に入るか、有力な医家に師事するのがいい。もし本気なら、つてがないこともないから、紹介してやってもよいと住職がいってくれたので、おれはその場で頼んだ。

家に帰って報告すると、甚右衛門は、そうか、それはよかったと喜んでくれた。次の日、実家に用事があったので、ついでに親父にいうと、だからおまえは馬鹿なのだと、親父はいきなり決めつけた。どこが馬鹿だと、おれが色をなすと、親父は銭はどうするのだといった。

塾で習うには月謝がいる。入門のときには束脩《そくしゅう》もいる。医家に師事するのだってただというわけにはいかない。無一文の田舎者など相手にされるわけがない。だいいち江戸や長崎までの旅費はどうするつもりだと、親父は追及してきた。

さすがにカネのこととなると、親父は理路整然としている。もっともだと、おれも思わぬわけにはいかなかった。念のために甚右衛門に話すと、いくら入用なのかときくので、ざっと十両くらいではないかと答えておいた。むろんそんな金がないのは分かっていた。あくまで念を入れただけだ。

元来があっさりした性質のおれは、医者は無理だと諦めた。お糸との約束を破るのは心苦しいが、別に医者にならなくとも家に置いてやれないこともないだろう。そう考えると、とくに未練も湧《わ》かなかった。

お糸には、医者にはならないが、そのうち家に来てもいいといってやった。甚右衛門は十両くらいならいつでも工面すると胸を張った。胸は張ったが、いっこう工面する気配はなかった。毎日おれは畑仕事をし、裏の茂平に頼まれた牛の世話をし、山で薬草や茸を採り、山芋を掘り、蛇や井守を捕まえ、薬研《やげん》をごろごろいわせ、甚右衛門と一緒に出かけて馬の糞《ふん》の臭《にお》いを嗅《か》ぎ、雪のなか藁沓《わらぐつ》を履いて薬の行商に歩いた。そうして雪が解ける頃には、医者のことはすっかり忘れてしまっていた。

輪光寺の住職がおれを呼んだのは、その春はじめておれと甚右衛門が泥鰌《どじょう》とりをした日のことだ。春先は田圃の水路には水を入れない。水がないから湿った泥土がむき出しになる。その泥の底に泥鰌が埋まっている。泥を手でよけるだけで丸々と肥えたやつが面白いようにとれる。おれも甚右衛門も泥鰌が好物だ。牛蒡《ごぼう》と煮ても旨いし、豆腐の汁に入れるのもいける。串《くし》に刺して焼いてもいい。滋養もある。

四半刻《しはんとき》ばかりで桶《おけ》に一杯とって、家に戻ったところへ、新田の仁兵衛のところの六郎が、住職が呼んでいるといいに来た。六郎に家から鍋《なべ》を持ってこさせて、泥鰌を少しわけてやり、別に鍋に入れたのを持って寺へ行った。

庫裏《くり》の土間で寺の婆さんに泥鰌を渡してから、おれは本堂へ向かった。鉦《かね》を鳴らして、仏壇に手を合わせていると、住職が出てきて、おれが江戸へ行けるようになったといった。

甚右衛門にカネがないのは住職も知っているはずだから、どういうことかときけば、カネを出してくれる人が見つかったという。そんな奇特な者はどこの誰だと思ってさらにきくと、二本木の鈴木尚左衛門《しょうざえもん》だと答えた。

鈴木尚左衛門はおれもよく知っている。近隣で知らぬ者はない大庄屋だ。おれの養家と同じ郷士の格ではあるが、向こうが大金持ちであるところが雲泥ほども違う。田圃はもちろん、山持ちで材木の問屋を兼ね、屋敷の庭にはいくつも蔵がある。

なるほど、鈴木尚左衛門なら十両や二十両は屁《へ》でもないだろう。しかし分からないのは、どうして鈴木尚左衛門がおれにカネを出してくれるかだ。おれにはまるで心当たりがない。おおかた輪光寺の住職が説いてくれたのだろうが、よく出す気になったもんだ。利に聡《さと》いことでは、鈴木尚左衛門は近在に聞こえている。よくよくでなければ、たとえ一文でも出さないという話だ。でなければそうはたくさん蔵は建たんだろう。もっとも吝嗇《けち》であれば必ず蔵が建つわけでもない。おれの親父がいい例だ。

おれは嬉《うれ》しいより、少し気味が悪かった。何かわけがあるんだろうとおれは邪推した。邪推という字は邪《よこしま》な心持ちでもって推し量るという意味だ。つまり物事をわざわざ曲げて見るということだろう。おれは普段は曲がったことは嫌いだが、やはりカネが絡むと心持ちが違ってしまう。貧乏人の悲しいところだ。

だが、この際は、おれが進んで曲げるまでもなかった。睨《にら》んだとおり、わけはあった。わけとは、つまり、寅太郎である。

寅太郎は鈴木尚左衛門の孫だ。この寅太郎はおれと同い歳で、輪光寺では机を並べて手習いを教わった仲である。子供の頃はよく一緒に遊んだ。寅太郎は狡《ずる》いやつで、悪さをするときには率先《そっせん》して悪智恵を働かせるくせに、いざとなると人に指図ばかりして自分では何もしない。露見しそうになれば一番に逃げた。

近所に末次《すえじ》という乱暴者がいた。二つ年上で、身体が大きく力も強いので、おれも寅太郎もよく酷いめにあわされた。二人がかりでもまるで敵《かな》わない。どうにかして一度やっつけてやりたいものだと思っていたところ、寅太郎が一計を案じた。稲荷《いなり》神社の境内に落とし穴を作り、末次をおびき出して、穴にはまったところをぽかりとやってやろうというのだ。さっそく二人で穴を掘り、寅太郎が果たし状を書いた。

末次が神社に来たまでは計略どおりだった。ところが、末次は罠《わな》をあっさり見抜いて落とし穴をまたぎ越してしまった。すると、寅太郎が急にこういった。これは正式の果たし合いである以上、一対一でなければ卑怯《ひきょう》になる。だから今日は松吉が相手をする。自分は立会人を務めるから、両者とも正々堂々と戦うがよろしい。

呆然《ぼうぜん》となったおれは、襟首《えりくび》を摑まれ、さんざんに殴られた。おれがのびてしまうと、「そこまで、末次の勝ち」と、寅太郎は宣言した。そうか、おれの勝ちかと、末次は残忍に笑い、今度はおまえが相手だと、寅太郎に摑みかかった。とたんに寅太郎は下駄を抱えて駆け出した。走り去る寅太郎の足の裏がいやに白く見えたのをおれはよく覚えている。蟬《せみ》がやかましく啼《な》いていた。

あとで文句をいうと、松吉が戦っているあいだに隙《すき》を見つけるつもりだったのだと寅太郎は弁解した。それにしても末次は隙のないやつだ、後ろにも眼のある恐ろしいやつだと、寅太郎はしきりに感心してみせ、松吉もあんなやつとはかかわり合いにならないほうがいいと、おれを諭《さと》した。それからおれに絵草紙を見せてくれた。末次は一昨年の夏、喧嘩《けんか》の怪我《けが》がもとで死んでしまった。

十四歳になると、寅太郎は鶴ケ岡の城下に住む給人、神野左平次《かんのさへいじ》から学問を習うようになり、輪光寺には来なくなったので、だいぶ疎遠《そえん》になった。それでも寅太郎はときどきふらりとおれの家に立ち寄った。

来れば寅太郎は、神野のとこではいまなにを読んでいる、かにを読んでいるとおれに自慢した。寅太郎によれば、神野左平次は春秋左氏伝を講釈させたら本朝に並ぶ者のない学者だそうで、もうすぐ自分も左氏伝を読むことになるだろうから、そうしたら松吉にも教えてやるといった。輪光寺では寅太郎はおれよりずっと出来が悪かったから、おれは寅太郎の鼻息が片腹痛かった。

寅太郎は剣術も沖浦伝二郎の道場で習いはじめた。沖浦の一刀流道場は、庄内藩家中の子弟を多く門人に抱える名門だ。寅太郎が得意がるのも無理はない。頼まれもしないのに習ったばかりの型を見せたりした。一方で寅太郎は、所詮《しょせん》忍術などは、もとを糺《ただ》せば夜盗や山賊と変わらぬ輩《やから》の下賤《げせん》の業《わざ》であって、まともな侍のやることではないと、おれに向かってさんざんにくさした。そのくせ、忍術の技を教えろとせがんできかないのだから妙な男だ。

別に教えることなどないと素気《そっけ》なく答えると、そこまで隠すからにはよほどの秘密があると思うらしい。あるとき寅太郎が、忍びの者は地面から屋根へぴょんと飛び乗ることができると聞いたが、本当かと、真面目な顔で質問した。人は鳥ではない。そんなことができる道理がない。理屈を知らない男だ。いくら左氏伝を読んだところで頭に入る見込みはないだろう。

そのうちに、前髪を切る頃になると、寅太郎はひとりの人物の名前をしきりと口にするようになった。清河《きよかわ》八郎のことである。

おれは知らなかったのだが、清河八郎は最上川沿いにある清川村の造り酒屋、斎藤家の出の者で、江戸で漢学と剣術の私塾を開いた大秀才だそうだ。学問は当代一流の学者である安積艮斎《あさかごんさい》の下で究めた後、昌平黌《しょうへいこう》に学び、剣術は江戸の名門、千葉周作道場の免許皆伝の腕前というから、たいした人物もあったものだ。まずは出羽庄内が産んだ傑物といってよかろう。

その清河が実家へ帰省したおり、寅太郎は面会を求めたらしい。一刻ばかり、剣術や学問のさまざまな話を聴き、揮毫《きごう》まで貰って帰ってきた。それからは寅太郎は清河一辺倒となった。寝ても醒《さ》めても清河が頭から離れなかった。どうしても江戸の清河八郎の塾に入門したくなった。とはいえ寅太郎はあれでも総領、やがては家の跡継ぎになる身だ。親が江戸遊学など簡単に許すはずはない。

清河八郎からも、しばらくは地元で励まれるのがよかろうと、助言を貰った。そこで寅太郎はいっそう学業に打ち込むために、鶴ケ岡に下宿した。もっとも、聞いた話では、寅太郎は学業よりむしろ七日町《なのかまち》の遊廓通いに打ち込んだらしい。いずれにせよ、それからはおれのところには姿を見せなくなって、ここ二年ばかりは会っていなかった。

それが、輪光寺の住職の話では、寅太郎はとうとう江戸遊学を許されたという。おもに剣術修行が目的だそうで、やはり学問は無理だと賢明にも考えたものとみえる。

二年と期限は付したにせよ、よく親が許したものだが、やはり住職の話では、とにかく一度は江戸へ出さぬことには収まりがつきそうもないと、鈴木では判断をしたとのことだ。逐電《ちくでん》されるよりはましだとも考えたらしい。寅太郎のやつ、よほど親を脅したと見える。鈴木も頭の痛い話だ。

ところで、寅太郎念願の江戸行きと、おれに鈴木尚左衛門がカネを出す話とがどうつながるのかといえば、つまりは、おれを寅太郎と一緒に江戸へ行かせようという考えなのであった。最初、鈴木では誰か家の者を付けてやる予定だった。監視役というつもりなんだろう。ところが寅太郎本人が嫌だと断った。いくら金持ちだからといって、たかが田舎郷士の子弟が江戸へ留学するのに、供の者がついたのでは分不相応である。外聞が悪いし、道場の先生方にも嗤《わら》われるといったそうだ。これは寅太郎が正しい。

困った親は輪光寺の住職に相談し、住職がおれのことを紹介した。鈴木では是非ともおれに行って欲しいといったそうだ。

江戸へ行けるのは有り難いが、寅太郎の監視なぞおれにはできない。できても、やりたくない。おれがそういうと、別に監視はしなくていい、ただ一緒に江戸へ行くだけでいいと住職は答えた。とにかく親は寅太郎をひとりでは行かせたくない一心らしい。同郷の者がついていてくれるだけでも少しは安心できるらしい。この際は犬や猿でもいいという心境だそうだ。桃太郎の鬼退治じゃあるまいし、おれはちょっと馬鹿馬鹿しくなった。

江戸で、寅太郎は鈴木の知り合いの呉服屋の世話になる。結城屋といって、日本橋に大きな店を構えた家らしい。寅太郎は結城屋の所有する上野の寮に下宿する。そこにおれも一緒に住むことになると、住職はもう決まったことのようにいった。

寮とはどんなものかときいてみれば、要するに商家の別宅のことだそうだ。その寮から、寅太郎は神田お玉ガ池の千葉道場へ通い、おれは駿河台に住む田村玄庵という医師のところへ通う。向こうに着いてからのことは、結城屋が一切合切面倒をみてくれる手はずになっていると、住職は詳しく説明した。

さて、どうすると、きかれて、おれは迷った。いざとなると気後《きおく》れが生じた。住職は、世の中、こんなうまい話はそうあるもんじゃない、これを見逃すのは、大金をどぶに棄《す》てるようなものだと、僧侶《そうりょ》らしからぬたとえでもって、おれをけしかけた。自分が代わって行きたいくらいなものだとも住職はいった。おれは行くと返事をした。

家に戻って、江戸へ行けることになったと甚右衛門に報告すると、それはめでたい話だと、たいそう喜んでくれた。それから一緒に夕飯を喰い、いつものように甚右衛門は土間で薬研をごろごろいわせはじめた。その後ろ姿があんまり淋《さび》しそうだったので、なるだけ早く帰ってくるつもりだとおれがいうと、手をとめた甚右衛門は、カネと根気が続く限り長くいたらいいと笑った。

「んだども、忍術の修行だけは、忘れんなよ」

「忘れね」

「修行は、江戸でもどこでも、できっさけの」

「んだな」とおれは頷いたものの、江戸へ行ってしまえば忍術はまず無理だろうと考えた。だいいち、田舎はいざ知らず、いまどき江戸で忍術なんていったら嗤《わら》われるのがおちだろう。甚右衛門に嘘をつくのは嫌だから、忍術はやめると正直にいおうかと思い悩んでいると、甚右衛門がまたいった。

「医術も忍術も似たようなものださけの」

これはまたずいぶんと乱暴な話ではあるが、甚右衛門がいうごとく、医術と忍術が同じものなら、医術を習うのは忍術を習うことと同じになる理屈だ。つまり、江戸の玄庵とかいう医師に忍術を習いに行くと思えばいい。おれの気持ちはだいぶ軽くなった。

実家の親父は、おまえのような者にカネを使うとは、鈴木尚左衛門もよほどの物好きだと評論した。同じ吝嗇《けち》でも、財をなす人は違うのだといってやりたかったが、おれは黙っていた。それよりも、おまえなぞが江戸へ行ったって碌《ろく》な者にはなれまいと、憎まれ口を叩きながら、兄がうらやましそうな顔をしたのが小気味よかった。お糸には、江戸へ行ったら、いい下駄を買ってきてやると約束してやった。

鈴木尚左衛門のところへは、話が決まってから何度か行った。住職と一緒に挨拶《あいさつ》した最初の日には、寅太郎の親が出てきて、倅《せがれ》をよろしく頼むと、おれに頭を下げたのには驚いた。まったくよくできた親だ。二度目には、支度金だといって、二十両くれた。見たこともない大金に面くらいながら、いよいよできた親だとおれは感心した。どうして寅太郎みたいな子ができたか不思議だ。

寅太郎ともむろん会った。寅太郎は二年見ないあいだに少しは逞《たくま》しくなっていたが、生まれついての童顔は変わらず、つくづく眺めてみれば、この顔では親が心配するのも無理はないとおれは思った。おれのことを親が付けて寄こした監督役だと思うせいか、寅太郎は妙に無愛想で、あまりおれに喋《しゃべ》らなかった。江戸で人に馬鹿にされないよう、身支度だけはちゃんとしろと、冷淡にいうのが小面憎《こづらにく》かったが、おれは黙って頷いた。

ほかにいろいろと挨拶廻りをすませ、支度を整え、出発は三月六日と決まった。

第二章　春の旅じたく

暗いうちにおれは起き出した。

鰯油《いわしゅ》の行灯《あんどん》に火をいれて、身支度《みじたく》を整える。木綿縞《もめんじま》の小袖《こそで》に、野袴《のばかま》を身につけ、無紋の羽織を着た。どれも古着の行商から買ったのを甚右衛門が縫《ぬ》い直《なお》してくれたものだ。鈴木から貰《もら》った旅費と往来切手は腹巻きに仕舞《しま》い、小銭は財布に入れて首から紐《ひも》で吊《つ》った。鶴ケ岡で買った道中差を帯に挟んで、あとは振り分けにした手行李《てごうり》の荷物を持ち、肥後木綿の合羽《かっぱ》を着て菅笠《すげがさ》を被《かぶ》れば、旅支度は完了である。

出立《しゅつたつ》を知らせようと思い、隣座敷の甚右衛門の寝間を覗《のぞ》いてみると、こんな早くからどこへ出かけたものか、姿がない。蒲団《ふとん》は片づいている。しばらく待ってみても、いっこう戻る様子がない。おれは行くことにした。

草鞋《わらじ》を履いて表へ出ると、東の空が少し白くなっていた。茂平の家のこぶしが白い花をつけていた。牛舎の牛がモウと低く啼《な》いた。

昨日の昼間おれが耕した、まだ何も植えていない畑の畝《うね》を眺めながら、庭を横切って門まで来ると、お糸がひとりで立っていた。

「オジ、どさ行たか、知らねが？」

おれがいうと、お糸は首を横に振った。

「知らね」

「どさがし、行たなだもんだか」

「また釣りでねか」

素気《そっけ》なくいったお糸は、竹の葉に包んだ弁当をおれに渡した。麻袋にいれた煎《い》り豆《まめ》と干《ほ》し芋《いも》も渡した。両方ともおれの好物だ。わざわざ作っておいてくれたんだろう。おれは貰ったものを懐に仕舞《しま》った。

お糸は三日月みたいな形の眼でおれをしげしげと眺めている。おれは少しきまりが悪くなった。

「なにか、おがしとこあっか？」

おれがいうと、お糸はまた急いで首を横へ振った。

「んでね。姿が立派だと思っての」

「そげ立派か？」

「ああ、立派だ。九郎判官《くろうほうがん》みてえだ」

立派な侍というと、九郎義経《よしつね》くらいしかお糸は思いつかなかったのだろう。おれは嬉《うれ》しかったが、やっぱりきまりが悪かった。だいいち、おれは大刀を腰に差していないから、侍のこしらえとは違う。めったに着ない羽織と道中差のせいで、お糸の眼には侍らしく映ったんだろう。

お糸にはしばらく会えない。何かいったほうがいいように思ったが、何をいったらいいかおれは分からなかった。「んだば、行くぞ」とだけいって、おれは歩き出した。空は明るさを増していた。雲の隙間《すきま》にもう星は見えなかった。鎮守の森まで歩いて、家のほうを振り返ると、崩れかけた門の下に、お糸がまだぽつんと佇《たたず》んでいるのが見えた。

寅太郎とは八ノ瀬の渡しで待ち合わせている。おれは近道をして、村を出てからはずっと田の畦《あぜ》を歩いた。泥で草鞋が真っ黒になったのは仕方がないが、ぬかるみを飛び越えようとして滑り、新しい袴《はかま》が汚れてしまったのは残念だった。途中、用水沿いの焼き場小屋の前で、おれは顔を洗い、手拭《てぬぐ》いで袴の泥を拭《ふ》いた。それからあたりを見回した。甚右衛門がいないかと思ったのである。この辺は鮒《ふな》や鯰《なまず》がよく釣れる。焼き場の屍骸《しがい》から滋養分が流れ出るせいか、よく肥えた大物がいる。一度甚右衛門は三尺あまりの大鯰を釣った。葦《あし》と蔓草《つるくさ》で作った即席の籠《かご》に入れて持ち帰る途中、人に遇《あ》い、その人が、これは川の主に違いないから供養したほうがいいと助言した。甚右衛門は、川の主ならばきっと味がいいだろうと笑い、家に帰っていろいろにして食べた。その夜中、甚右衛門はうなされた。先代の昌隆が出てきて、よくもおれを喰《く》ってくれたなと、物凄《ものすご》い顔で睨《にら》んだそうだ。怖くなった甚右衛門は寺に供養を頼み、釣った場所に石塚を築いた。

石塚はだいぶ前に崩れてしまった。いまは跡だけが残っている。その脇の丸石におれは腰を下ろした。待ち合わせの刻限には間があったので、お糸がくれた弁当の包みを開いた。味噌《みそ》を塗って焼いた握り飯が三つ。家の者の眼を盗んで飯を取っておいたんだろう。握り飯をひとつ摑《つか》んで鼻に近付けると、味噌のいい香りがした。

昨日の夕刻には、甚右衛門が尾頭付きの代わりだといって、鯉《こい》の味噌焼きを作ってくれた。鯉が一匹しか手に入らなかったので、二人で半分にして食べた。そのあと甚右衛門が押入から忍術の道具を引っ張り出してきて、持っていけというのには困った。あまり大荷物になっては道中が不便である。だいいち役に立たない。忍術の道具くらいは江戸にだってあるだろうと、おれは甚右衛門に説き、手裏剣や鉤縄《かぎなわ》など、かさばらないものだけを選《よ》って行李にしまった。次に自分で作った薬を甚右衛門は出してきた。こちらは量《かさ》もさほどでなく、役にも立ちそうなので、喜んで頂戴《ちょうだい》した。

明日が早いからもう寝ると、おれがいうと、そうかと、甚右衛門は馬面をのっそり頷《うなず》かせ、じゃ、おれも寝るか、といって蒲団にもぐりこんだ。便所へ行って戻ってみると、襖《ふすま》の向こうからはもう鼾《いびき》が聞こえていた。

握り飯を二つ食べて、おれは立ち上がった。全部食べたかったけれど、ひとつは残しておくことにした。それからもう一遍《いっぺん》辺りを見回した。やはり人の姿はない。いまにも葦をがさがさとかき分け、鯰を抱えた甚右衛門が出てくるような気がして、しばらく立っていたが、何も出てこないので、また歩き出した。

八ノ瀬の渡しに着いたときには、日はすっかり昇りきっていた。雲は多いが、まずまずの天気である。月山《がっさん》も鳥海山《ちょうかいさん》も雲に隠れて見えなかった。

寅太郎がまだ来ないので、渡し場の横に突っ立って待っていると、手拭いで頰《ほお》かむりした渡し守の爺《じじい》が声をかけてきた。

おれの旅姿を眺めて、どこへ行くのかときくので、江戸だと答えると、ならば鶴ケ岡から赤湯に出、米沢から福島へ抜けるのがいいと、ききもしないのに解説した。道に詳しい爺らしい。おれが新潟へ出るというと、それもないことはないが、新潟から会津若松へ通じる越後街道は難所が多くてあまり薦《すす》められないという。そこで、おれは、まずは京へ行くのだと答えた。

だったら、最初からそういえばいいだろうと、爺が突っかかってくる。妙に理屈にうるさい爺だ。そこでおれは、あくまで目的地は江戸であって、京はただ中途で立ち寄るだけだといってやった。爺は疑わしそうな顔でおれを見た。

実は、おれ自身にしてからが、ついこのあいだまで、京へ行くとはつゆ思っていなかった。真っ直ぐ江戸へ行くものとばかり思っていた。ところが、急に寅太郎が京へ行くといい出したのには驚いた。せっかくの機会だから、信濃の善光寺を見て、諏訪から名古屋を経由して京へ上り、ついでに伊勢神宮にも参拝する。ほかにもいろいろ名所旧跡を見物して見聞を広めつつ、二月ばかりゆるゆると旅をしてから、東海道を江戸へ向かうという。

さすがに金持ちの総領だけはある。悠長なものだと感心していると、松吉も一緒に行くのだといわれて二度驚いた。おれはべつに見聞など広めなくてもいい。江戸へ直行したいと思っていたら、寅太郎に同道してやってほしいと鈴木からも頼まれた。別途に旅費もくれた。往来切手も用意してくれた。鈴木としては、寅太郎に江戸で妙な修行を積まれるよりは、物見遊山に行ってくれたほうが安心できるらしい。

おれは同行することを承諾した。頼まれたせいもあるが、正直いえば、ひとりで旅をするのが心細いこともあった。寅太郎はまるで頼りにならないやつだが、連れはいないよりいたほうがいいに決まっている。それに一度は伊勢参りをしてみたい気持ちもあった。

約束の刻限を過ぎても、寅太郎はなかなか来ない。見ると川土手にもち草がたくさん生えている。おれは待つあいだ、もち草をつんだ。蓬《よもぎ》というのが正式の名前らしいが、この辺では、もち草というくらいで、餅《もち》に入れて食べる。けれども甚右衛門とおれはよくこれをただ塩で茹《ゆ》でて食べた。両手に一杯つんで、まさか京へ持っても行けないので、渡し守の爺にやった。そのうちに寅太郎が来た。

土手路を向こうからやって来る寅太郎を見て、おれは眼を瞠《みは》った。中身はともかく、格好だけをとれば、どこぞの高家《こうけ》の御曹子《おんぞうし》かと見まがうばかりである。着物は黒羽二重《はぶたえ》の紋付で、野袴と野羽織は銀鼠色《ぎんねずいろ》の緞子《どんす》。上に羅紗《らしゃ》合羽を着て、頭には黒の塗笠《ぬりがさ》をかぶり、腰にはやはり羅紗の柄袋をかけた大小を差している。近づいたところを見れば、反りの深い差料《さしりよう》は菊の模様を散らした黒漆《くろうるし》で、鍔《つば》には海豚《いるか》をあしらった銀の細工まである。まったく隙《すき》のない武者ぶりである。ただ残念なのは、高価な衣装の中心におさまった人物がまるで隙だらけの点だ。寅太郎は人目を意識してか、いやに大股で歩くのだが、元来脚は短いほうだから、歩幅《いば》はたいして大きくない。むしろ大股で歩くせいで、肩が左右に揺れるのが、本人は威張っているつもりなんだろうが、大小を持て余して腰がふらついているように見えるのがみっともない。だいいち顔がなりにそぐわない。衣装のせいで童顔がかえって強調されて妙におかしい。

おれは別にひとの服装をとやかくいうつもりはない。つもりはないが、似合わないものは似合わないのだから仕方がない。そもそも寅太郎は、なにが似合うといって、尻《しり》っぱしょりに頬《ほお》かむりが一番似合う男なのだ。以前、祭りかなにかのとき、そんななりをして歩く寅太郎を見かけたことがあったが、あまりのはまり具合に、一生それでいたほうがいいと思ったほどだ。

おれに近付いた寅太郎は、おう、と威張って声をかけてきた。寅太郎には鈴木の番頭がついてきていて、こちらは腰をかがめて丁寧《ていねい》に挨拶《あいさつ》した。この番頭は押し出しといい、恰幅《かっぷく》といい、寅太郎よりずっと立派なので、おれの挨拶も自然と丁寧になった。

番頭は寅太郎に細々《こまごま》と旅の注意を与えはじめた。寅太郎はうるさそうに手をふり、それでも番頭が話をやめないでいると、駄々っ子のように癇癪《かんしゃく》を起こして叱《しか》りつけた。困ったもんだという顔をした番頭は、くれぐれもよろしくお願いするようにと鈴木が申しておりましたと、あらためておれに挨拶して、ではお気をつけてと、最後の口上を述べた。

ふん、と鼻をならした寅太郎は、早く行くぞと、乱暴におれをうながして、ずんずん歩き出した。しばらく行って振り返ると、番頭がつまらなそうな顔で渡し守の爺となにか話しているのが遠くに見えた。

旅が決まってから同じ話を百回は聞かされたと、歩きながら寅太郎はなお憤然としていたが、親の心配を想えば、百回は少ないくらいだろう。次に、寅太郎は、もう少しましな格好はできなかったのかと、おれを非難した。それでは百姓丸出しだというので、侍になりに行くわけじゃないのだから、これでいいと答えた。ならば、せめて差料くらいは持てと寅太郎はいって、おれを鶴ケ岡の荒町にある山善へ連れていった。

山善では寅太郎は馴染《なじ》みらしく、店先からすぐに奥座敷へ通された。開け放った障子の先には、形よく剪《き》り揃《そろ》えた松や、苔《こけ》むした石などが塩梅《あんばい》よく配された庭が見える。床座敷の掛け軸も大層立派である。刀剣屋というのは儲《もう》かる商売らしい。

女中が運んできた茶を飲んでいると、このあたりなどいかがでございましょうと、山善の主人が布に包んだ長いのを五本ほど持って現れた。どれどれと寅太郎が一本ずつ鞘《さや》から抜いて、宙にかざして眺めはじめた。なかなか目付きがさまになっているなと思ったら、地摺《じず》りがどうの湯走りがどうのと、刀の品評がはじまって、山善が追従笑《ついしょう》いを浮かべつつ、あいの手を入れる。

これはどうやら備前は長船《おさふね》の産だなと、寅太郎が青く光る刃に眼を据えつつ難しい顔でいうと、さすがに御眼が高いと褒《ほ》めた山善が、古備前ではないものの、同じ流れをくむ下総《しもうさ》の国の無銘品だと答えた。次の一本を取り上げた寅太郎が、こいつは虎徹《こてつ》だろうと断ずれば、まさしくそのとおりでございますと、さも感心したふうに答えた山善は、ただし虎徹そのものではなく、虎徹と縁のないこともない刀工の業物《わざもの》だといった。

馬鹿馬鹿しくなったおれは、茶菓子代わりに出た茄子《なす》の辛子漬けを食いながら、掛軸の字を判じていると、おい、どうする、と寅太郎がおれにきいた。どうするも、こうするもない、刀なぞ持ちたくないと、おれがあらためていうと、旅先で大刀を差していないと、おれに付いた雇われ者に思われるぞと寅太郎が脅《おど》した。なるほど、寅太郎の下男と思われては癪《しゃく》だ。ならば、なるべく邪魔にならないよう、一番短くて軽いやつはないかと注文をつけると、もちろんございますと、山善が黒塗り鞘の刀を運んできた。なるほど、これは短い。脇差しを作るつもりがうっかり間違って長くなったような感じである。鍔《つば》が革になっているところも珍しい。なんだか寸づまりだなと、すらりと抜いた寅太郎が疑わしそうな顔で評論すると、無銘ではありますが、さる大身旗本の持ち物だった逸品で、斬れ味は抜群でございますと、山善がしたり顔で解説した。どこの旗本だと寅太郎がきけば、山善はえへへへと笑ってごまかした。

ふん、とさも軽蔑《けいべつ》したごとく鼻を鳴らした寅太郎は、刀を鞘に仕舞い、まあ、こんなもんだろうといって、おれに渡した。値はいくらかときくと、鈴木様のことでございますから、勉強させていただきますと、山善は世辞をいうばかりで、肝心の値段をいわない。買うのは鈴木ではなくて、おれだから、値段が分からないと困るというと、山善はびっくりした顔でおれを見た。すると寅太郎が笑って、なに、たいした額じゃあるまい、こんな二級品に高値をつけるようでは山善の目利きもそれまでだといった。主人はまた、えへへと笑っている。

つまり寅太郎も山善も勘定は鈴木につければいいとの考えなのであった。しかし、おれとしては、これ以上鈴木の世話になるのは嫌だ。だから何度も刀の値をきいたのに、とうとう山善はいわなかった。商売人のくせにどういう了見《りようけん》なんだろう。値段の分からんものなど買えないとおれがいうと、寅太郎が、そんなに買うのが嫌なら、借りたらいいといった。いまここで借りておいて、旅から戻ったら返せばいい。なるほどいい考えだとおれも同意した。

それでいいなと、寅太郎が了解を求めると、山善はまたえへへと笑う。はっきりしないやつだ。寅太郎は山善が笑ったのを承知の返事と見たのか、これで決まりだなといって、寸づまりの刀をおれに押し付け、刀談義を再開した。

そのうちに酒が出た。おれはどちらかといえば甘いものが好きな口だ。それでも飲めばかなり飲める。寅太郎は酒好きのくせに、あまり強くない。いまも銚子《ちようし》を半分空けただけで、もう赤い顔をしている。

旅の興奮のせいなんだろう、寅太郎は山善を相手にえらく気焔《きえん》をあげている。もっとも、まだ鶴ケ岡までしか来ていない。寅太郎はすっかり尻に根を生やした様子だ。今日中に鬼坂峠を越えるつもりでいたおれは拍子抜けした。拍子抜けついでに、山善が出してくれた遅い中食《ちゆうじき》をとると眠くなった。

おれは畳にごろりと横になった。眠くなったらすぐ寝ろとは、甚右衛門が教えた霞《かすみ》流忍術の奥義のひとつである。どういうわけかと甚右衛門にきくと、甚右衛門も先代からいわれただけで、わけは知らないと答えた。寝るのが奥義というのも妙な話だが、はなはだ便利な奥義なので、おれは日頃からこれだけは忠実に実践している。

おれが思うに、たとえば合戦で槍《やり》をあわせている最中に眠くなる者はないだろう。千丈の断崖《だんがい》を歩いていて瞼《まぶた》が重くなることもあるまい。つまり、人が眠くなるときは、目下は眠っても平気な状況にあると身体が判じているわけで、だから思う存分眠っていいのである。この説をいうと、松吉はたいそう賢いと、甚右衛門から感心された。

その甚右衛門は、さすがは霞流免許皆伝だけあって、よく寝る。夏でも冬でも、昼でも夜でも、家にいれば時を選ばず始終横になっている。そのかわり、外へ出るとあまり寝ない。ほんの一刻ばかり、草のうえや、木の洞《うろ》でうとうとしたかと思うや、また元気に山野を駆け回る。甚右衛門は夜目が利くから、夜中でも活動できる。狸《たぬき》みたいな男である。

山からごっそり獲物を取って甚右衛門が帰って来た。旨《うま》いもの食わせてやるぞと笑う。土間からまな板が鳴るのが聞こえてきたので、何を作っているのか覗《のぞ》きに行こうとしたとき、寅太郎に起こされた。庭をみれば、春の日はだいぶ傾いている。鹿威《ししおど》しがこんと鳴った。

山善を出たおれと寅太郎は、湯田川に宿をとった。大黒屋という家である。着いたときには五ツを過ぎていた。

湯田川は温泉場だから、風呂《ふろ》好きのおれには嬉しい。さっそく湯に浸かって、旅の疲れをとった。といっても、おれは全然疲れていない。考えてみれば、まだ一日旅しただけだ。しかも昼間は山善の座敷で十分寝た。疲れていないのも当然だ。茶色い湯のなかで手足を伸ばしていると、このまま二、三日湯治でもして家に帰りたくなった。

おれが手拭《てぬぐ》いを下げて風呂から戻ると、寅太郎がひとりで膳《ぜん》に向かっている。はじめ大黒屋の亭主は、もう遅いから飯はできないと仏頂面《ぶっちょうづら》でいった。ところが、鈴木の名前を出したとたんがらりと態度が変わって、立派な膳が並ぶのだから、鈴木尚左衛門の威光はたいしたものだ。もっとも鈴木の威光が及ぶのは湯田川あたりが限度だろう。

おれが向かい合わせに膳につくと、寅太郎は難しい顔をしている。おれは黙って飯を食った。寅太郎はしきりと鰈《かれい》の身を箸《はし》でほじっていたが、まもなく、話があると口を開いた。

「なんだや？」

おれがきくと、寅太郎は、おれを疑うように見ていった。

「おめは、おれが京さ、ほんどに遊山に行くなだと思ったなだか？」

「んでねえのか？」

「んでねえなや」

寅太郎がにやりと笑った。顔は笑っているのに眼が据わっているのが不気味だ。山善で飲んだ酒がまだ残っているのかしらん。

「したら、何しに京さ行くなだや？」

おれがきくと、寅太郎はいやに重々しく頷いてみせた。それから吸物の椀《わん》をとって音をたてて啜《すす》った。どうやら勿体《もったい》をつけているらしい。おれも見習って吸物に口をつけると、人が大切な話をしようとしているときに汁を飲むとは何ごとだと、寅太郎が喰《く》ってかかった。まったく勝手なやつだ。付き合いきれないと思ったが、吸物くらいで喧嘩《けんか》をしても仕方がないので、おれは黙っていた。

「おめは、尊王攘夷《そんのうじょうい》て、知ってるか？」とようやく寅太郎が話をはじめた。

いくら田舎者のおれだって、それくらいは知っている。十年ほど前だから、おれの子供時分になるが、相州浦賀に黒船が来て江戸では上を下への大騒ぎになったそうだ。その頃から、水戸あたりを先頭に尊王攘夷を唱える志士らが世間に湧《わ》いて出、井伊掃部頭《かもんのかみ》様が桜田門外で殺された。はなはだ物騒なことになっているらしい。もっとも、おれはおもに輪光寺の住職から話を聞いただけだから、詳しいことは知らない。

そこで、よくは知らないと答えると、またも重々しく頷いた寅太郎は、行灯の明かりのなかで、おれに向かって講義をはじめた。

「そも頼朝公が鎌倉に幕府を開きしより」と寅太郎はいきなり講義口調できた。

「武家が国のマツリゴトを行う風が出来上がりしは、おめも、知ってるの？」

知っているとおれは答えた。うむと、頷いた寅太郎の顔を見て、こいつは長くなるぞと、おれは身構えた。だいたいが、「そも頼朝公が開きしより」ではじまる話が短く終わったためしはないのである。輪光寺の住職もそうだ。住職が「そも頼朝公が開きしより」といっただけで、話を聞かないうちからおれは欠伸《あくび》が出る。

頼朝公のあとはたいてい巴《ともえ》御前が出てきて、実朝《さねとも》が出る。それから北条政子が出て、蒙古《もうこ》が来る。次が南朝と北朝だ。楠公《なんこう》が出て尊氏《たかうじ》が出る。そのあともいろいろある。ところが、有り難いことに、寅太郎は頼朝公から「いまの世」へと一足飛びに話を進めた。

「その風はいまの世も変わらぬ。武家が国のマツリゴトに与《あずか》っておる」

そこで寅太郎がおれの顔をじっと見るので、仕方なく「んだな」と相づちをうってやった。

また満足そうに頷いた寅太郎は、だがしかし、と続けた。神代の昔から日の本の国の中心には天皇があって、武家はマツリゴトを禁裏から預けられているにすぎない。そこで近頃では、頼朝公より以前の国の形に戻すべきだとの考えが出て来た。これが尊王だと寅太郎はいった。なるほど、なかなか簡明な説明である。さすがに神野左平次のところで学んだだけはあると、おれは少し感心した。

「そげだ考えが出るのも、いまの幕府が情けねっさけだ。攘夷をするすると約束しておいて、ひとつもさね」

「さねか？」

「いっこうさねな。幕府の重役が弱腰ださけの。何もかも異人のいいなりだ」

寅太郎は義憤に耐えぬといった顔でいう。寅太郎ごときがそんなに怒ってもどうにもなるまいとおれは思ったが、本人はますます興奮する様子だ。なおあれこれと幕府の悪口をいったあげく、こうなったら、幕府を倒してしまうしかないといったので、おれはびっくりした。

「そげだことといって、平気か？」

「平気だ」

寅太郎は座布団にそっくりかえって威張っている。

寅太郎は手を打って女中を呼び、酒の支度を命じた。今日は酒はもうよしたほうがいいとおれは思ったが、人のいうことをきくような寅太郎ではない。酒なくてなんの己《おのれ》が人生か、とかなんとか、小唄とも詩吟ともつかないことを怪し気な節回しで唸《うな》って、さかんに猪口《ちょこ》を傾ける。おれにもすすめる。

酒が入ってますます意気軒昂《けんこう》となった寅太郎は、幕府を倒す倒すとさかんにいう。あまり何度もいうものだから、幕府は木じゃないのだから、そう簡単には倒れまいと、おれはいってやった。

「むろん容易には倒れねえ」と寅太郎は一度は同意した。

「んだどもや、誰かが倒そうとせねば、いつまでも倒れねえままだ。何が何でも倒してみせるとの意気がねば、決して事は成らねえなや」

それはそうだろうが、しかし、どうしてそんなに幕府を倒したいのかが、おれにはよく分からん。寅太郎がいうように、幕府の重役が駄目なら、重役を替えればいいだけの話ではないか。

「そたら考えの人は、紫雲館にもたくさんあるなや」と寅太郎は頷いた。紫雲館というのは神野左平次の塾の名前だ。寅太郎の尊王攘夷はどうやら神野の塾で吹き込まれたものと見える。

「まずは、薩摩の島津公、越前の松平春嶽《まつだいらしゅんがく》公、土佐の山内容堂公、宇和島の伊達宗城《だてむねなり》公、佐賀の鍋島閑叟《かんそう》公」と、寅太郎は並べてみせ、これらの方々が幕政の枢軸に据《す》わることが期待されているのであると解説した。有力者の名前をすらすら口にしたあたり、寅太郎もなかなか偉いもんだ。

「んだども、そげだやり方では、駄目なもんだ」

「なして、駄目だな？」

おれがきくと、それはだな、と寅太郎はぐっと胸を反らせた。それからいった。

「そも頼朝公が鎌倉に幕府を開きしより」

「それだば、さっき聞いた」

「まず、黙って聞け」とおれを制した寅太郎は、そのときより武家が文武の大権を保持してきたのだが、それは本来皇室が持つべきものを武家が無理矢理強奪したのだと続けた。

「武門は天子様から預かったんでなく、盗みとったんだなや。だから、幕府は皇室に文武の大権をすみやかに御返し申し上げねばなんねえなや」

盗んだものだから返せ、とは筋が通っていないこともないが、盗んだのが頼朝公だというのだから、またずいぶんと古い話だ。そんな昔のことを持ち出されて、急に返せ返せと責められても公方様は困るだろう。むろん寅太郎は他人の事情など眼中にはない。手酌《てじやく》の酒をぐいと一息に呷《あお》って大得意である。

顔を茹《ゆ》でた蟹《かに》みたいに赤くした寅太郎はいよいよ舌が滑らかになる。

「幕府だけではねえぜ。三百諸侯はことごとく、領地をお返しせねばならね」

そんなに一遍《いつぺん》に返されては天子様も困るのではないかとおれは思ったが、寅太郎はそこまでは考えておらぬ様子だ。なおも口角泡《こうかくあわ》を飛ばす勢いで尊王の本義を説き、つまり、早い話が、武門はすべからく天子様の旗本になるべきなのだと結論を述べた。

そこまでは、話を聞いたおれもそんなには驚かなかった。ところが、自分はこれから天子様の旗本になりに京へ行くのであると、いきなり寅太郎がいったのには仰天した。

京へ上り、天子様の旗本となって、攘夷のさきがけとなる。なるほど、たしかに、これは物見遊山とは大いに異なる。しかし、とても正気の沙汰じゃない。だいいち、いくら寅太郎が旗本になりたいといったって、向こうが嫌がるだろう。天子様だってもっと人を選ぶはずだ。

もっとも、寅太郎の後ろには鈴木尚左衛門がついているから、カネさえ積めば、旗本の末席の、そのまた端っこくらいには連なれるかもしれん。天子様とて人の子だ。カネが憎かろうはずはないだろう。おれがそんな風な下世話《げせわ》なことを考えているあいだにも、座布団に胡座《あぐら》をかいた寅太郎は、谷川の水のごとくこんこんと湧いてやまぬ尊王心と、鬱勃《うつぼつ》としてたぎりたつ攘夷の決意とを披露した。この二つのものが、いまや寅太郎の至純なる魂を青々とした炎で包み込み、おのが命などは疾《とう》に眼中にないそうだ。酒が入っているとはいえ、大変な勢いである。最後には涙さえこぼすのには呆《あき》れた。尊王攘夷とはよほど泣けるものらしい。

とにかく、寅太郎が感激しているのはよく分かった。分かったが、感激に任せて闇雲《やみくも》に京へ上るというのでは、軽率の誹《そし》りを免れないのではないかと思っていると、寅太郎にはそれなりの計算があるらしかった。計算というのは、例の清河八郎である。

清河については、しばらく前に、喧嘩《けんか》がもとで人を殺《あや》め、幕府のお尋ね者になったという話があった。清河本人は西国の方へ逃げたが、江戸の女房や弟が牢《ろう》に入れられ、実家の両親も咎《とが》めを受けたという。清河がそんなことになって、寅太郎はさぞや落胆しているだろうとおれは思っていた。

ところが、寅太郎によれば、清河八郎はすでに幕府から赦《ゆる》され、いまでは八面六臂《はちめんろっぴ》の活躍ぶりだという。全国の勤王家、攘夷家と連絡をとり、ついにこの度、江戸で浪士隊なる攘夷の軍を組織し、これを率いて上洛するというからすごいもんだ。神野左平次の塾生に清河の旧門人があって、その人を通じて話が伝わってくるらしい。寅太郎が興奮したのも無理はない。

いまや燎原《りょうげん》の火のごとく、各地で攘夷の軍勢が旗を揚げつつあり、清河八郎の浪士隊がその先鋒《せんぽう》を務めると聞いて、神野の塾生連中はがぜん沸き立った。が、すぐに神野左平次が、軽挙妄動《もうどう》は慎むべしと釘《くぎ》を刺した。寅太郎がいうには、神野の後ろには藩の意向があるとのことだ。いずれにしても神野の一言で熱はだいぶ鎮静化した。それでもなお熱の冷めきらぬ一部分が残って、寅太郎はつまり、その冷めきらない一部分に属するらしい。寅太郎のほかにも清河の挙兵に呼応しようともくろむ者があり、それら同志とともに京で浪士隊と合流する計画だという。

寅太郎からひととおり話をきいて、おれは途方にくれた。たしかに世情がそんな具合では、物見遊山どころじゃないだろう。もっとも、おれは最初から物見遊山がしたいわけではなかったから、それはべつにかまわない。ただ、寅太郎の様子では、とても江戸へは行きそうにもないのが困る。なにしろ寅太郎は、尊王攘夷の大義に身を捧《ささ》げ、あえて命を棄《す》てる覚悟なのだそうだ。死んでしまっては江戸へは行けぬだろう。

ならば、おれひとりで江戸へ直行すればいいわけだが、しかし、鈴木がおれにカネを出したのは、おれが寅太郎と一緒に江戸へ行くと考えたからだ。鈴木はあくまで同行者であるおれにカネを出したのである。ということは、寅太郎が江戸へ行かなくなった以上、鈴木がおれにカネを出す理由はなくなった理屈になる。腹巻きの奥に仕舞ったカネは、もはやおれのカネではないことになる。

やはりカネは返したほうがいい。そう思うと、すぐに返したくなった。この辺りなら夜でも路《みち》は分かる。いま出れば、明け方までには家に戻れるだろう。それからすぐに鈴木尚左衛門のところへ行ってカネを返し、山善に刀を返しに行く。帰ると決めたら、急に甚右衛門の顔が見たくなった。

おれが帰ると告げると、これには寅太郎があわてた。理由をいえというので簡潔に伝えたとたん、寅太郎が両眼をひたとおれに据《す》えた。

「おめを、帰すわけにはいがね」

「なしてだ？」

「おれは、おめに秘事を打ち明けたわけださけの。帰るならば、おめを斬《き》る！」

寅太郎は上目遣いになって、白目でおれをにらんだ。どうやら凄《すご》んでいるらしい。馬鹿馬鹿しくなったおれは、斬るなら斬れといって立ち上がった。まさか本当に斬られるとは思わなかったが、少しは気味が悪かった。

寅太郎は本当に斬るつもりか、床座敷の刀懸けに近寄ろうとしたところ、脇息《きょうそく》にけつまずいて畳に転んだ。酒のせいで足下がふらふらしている。これならまず斬られる心配はない。安心したおれが襖《ふすま》を開けて出ていこうとすると、寅太郎が這《は》ったまま、少し待ってくれと、今度はおれに懇願した。

まずは座ってくれろと、寅太郎が頭を下げるので、あまり無下《むげ》にするのもどうかと思い、おれは座ってやった。

斬ると凄んだ最前の気迫はどこへやら、寅太郎は、まあ、飲んでくれと、おれに徳利を差し出した。それから、考え直すよう説得にかかった。こうなると寅太郎はなかなか愛嬌《あいきょう》がある。しかし、いくら愛嬌を振りまかれたって、駄目なものは駄目である。寅太郎が江戸へ行かない限り、おれも行くわけにはいかない。重ねていうと、せめて京までは一緒に来て欲しいと寅太郎が頼んだ。

松吉がひとりで戻れば、自分が攘夷敢行に一命を賭《と》すべく京へ上ったことが親に知れてしまう。そうなると余計な心配を親にかけることになる。それが心苦しいのだと寅太郎はいった。親を騙《だま》したのは悪いが、殊勝な心がけである。そこでおれは、寅太郎が攘夷軍に参加したと鈴木には決していわないと約束した。すると寅太郎が、それなら、なぜ帰ってきたと問われたとき、どう返答するのかときいてきた。おれは言葉に詰まった。たしかに理由もなく帰ったのでは変に思われる。

「んだろ？　おれのことさ、いわねえわけにはいがめえや」

寅太郎が狡《ずる》そうな眼でおれの顔を覗《のぞ》き込んだ。おれは頷きかけて、だが、と言葉を返した。考えてみれば、寅太郎の逐電はいずれ発覚するに決まっている。発覚するのが早いか遅いかの違いがあるだけだ。おれがそういうと、それが大いに違うのだと寅太郎は答えた。

逐電したと知れば、今度こそ親は自分を勘当するだろう。そうなれば、京で受け取るはずのカネが手に入らなくなる心配があるのだと、寅太郎は本音を明かした。大金を抱えて旅するのは物騒だ。だいいち一遍に寅太郎にカネを渡すと何をしでかすか分からない。だから、京から先の費《つい》えは、伏見の井桁屋《いげたや》という材木商に鈴木が為替で送る手筈《てはず》になっているのは、おれも知っていた。勘当したとたん、鈴木では早飛脚を使って送金を差し止めるだろう。それが困ると、寅太郎はいっているのだ。命は捨てるつもりでも、カネには執着があるとみえる。

事情は分かったが、鈴木を騙すのはやはり嫌だとおれがいい張ると、実の子の自分が騙せて他人の松吉が騙せないはずがないではないかと、寅太郎は妙な理屈をこねた。それにだ、と寅太郎は、おれの顔をまた覗き込んだ。

「おめは、おれの親を騙したくねえだけなだな？」

「んだ」とおれが頷くと、ならば京まで一緒に行け、そうすれば、松吉はたしかに自分に同行するのだから、騙したことにはならない。どうしても戻りたいのなら、京まで行って、それから戻ればいいではないかと、寅太郎は説得した。そういわれると、なんだか理屈のように思えてくるから不思議である。

おれにしても、江戸へ行く行くと宣伝しておきながら、湯田川あたりからのこのこ戻ったのでは外聞が悪いのは事実だ。所詮おまえなどが医者になれるはずはなかったと、実家の兄に嗤われるかと思えば悔しかった。おれのなかで行きたい気持ちと帰りたい気持ちがあい半ばしていた。

悪智恵の働く寅太郎は、そのあたりは見逃さない。そもそも江戸へ行かないとは、おれは一言もいっていないと、さらに言葉を重ねてきた。

「だども、おめは、京で清河の攘夷軍に入るんでねえのか？」

「んだなや」とおれの不審に頷いた寅太郎は、だから、攘夷が片づきしだい、江戸へ向かうつもりだと答えた。

「そげ簡単に片づくかや？」

「簡単だ。異人などは、あまり数はいねし、どれも腰抜けだ」

「本当だか？　異人はどれも大きくて、力が強いんでねえのか」

「見た目ばかりだ。総身《そうみ》に智恵が回りかねるていうぜ」

「おめは、異人を見たことあんのか？」

「ねえ。ねえが、そげだことぐらい見ねでも分かるや」

「んだかや？」とおれが不審を隠さずにいると、それはともかくと、寅太郎は異人問題を軽く打ち切って、かりに自分がしばらく京にいることになった場合には、松吉も一緒にいればいいといった。

「京でどげするや？」

「京にも医者ぐらいいるや」と答えた寅太郎は、京で適当な医者をみつけて弟子入りすればいいと続けた。鈴木へは、自分も松吉も京でよい師匠が見つかったと手紙を書けば問題ないともいった。

「これは嘘《うそ》ではねぜ。おれは清河先生に師事するなださげの。おめも、誰か探せ」

そうなれば、松吉はずっと自分に同行するわけだから、鈴木を騙したことにはならないと、寅太郎はまとめた。まったく悪智恵の働くやつだ。しかし悪智恵ではあるにせよ、悪智恵なりに筋が通っていないこともない。

「んだば、決まりだな」と笑った寅太郎は手を打ち、新しく酒を持ってこさせた。それから芸妓《げいこ》を寄こすよう命じた。すると、大黒屋の親父《おやじ》が出てきて、お気の毒でございますが、なにぶん夜中なので、辺りの女という女は寝てしまって、起きているものといえば狐《きつね》や狸くらいでございますと断りに来た。だから田舎は嫌なんだと舌打ちしながら、寅太郎はまた手酌で飲みはじめた。

おれはなお釈然とはしていなかったが、酒のせいか頭が濁ってものを考えられなくなった。そのうち眠くもなってきたので、寅太郎を残して寝ることにした。次の間に敷かれた蒲団にもぐり込んだときには、とりあえず京までは行く気になっていた。

第三章　旅は道連れ

翌朝は五ツ半に宿を出た。

あれだけ飲んでは到底《とうてい》駄目だろうと思っていたら、寅太郎は青い顔で起きてきた。朝飯をおれは三杯喰《く》ったが、寅太郎は貝の汁に少し口をつけただけでやめてしまった。そのわりには威勢よく玄関を飛び出した。歩くのも早いと感心していたところ、やはり空元気だったことがまもなく判明した。二町ほど行ったとき、寅太郎が突然草むらにしゃがみこむので、何事かと思えば、いやというほど地面に吐逆《とぎゃく》している。これくらいは平気だと寅太郎は虚勢を張ったが、田圃《たんぼ》の蟇蛙《ひきがえる》みたいな声を出して苦しがるので、甚右衛門から貰《もら》った精妙丹を飲ませてやった。

一町行っては寅太郎が路傍にしゃがみこむものだから、はかがいかなかったが、それでも午《ひる》過ぎには鬼坂峠に着いた。なかなか見晴らしのいいところである。その頃には寅太郎もだいぶ回復して、そうなると急に腹が減ってきたらしく、峠の茶店で団子を五皿も平らげた。

天気もよく、寅太郎も元気になったことだから、午後は路をかせげると思ったら、今度は足が痛いと寅太郎がいいだした。見ると草鞋《わらじ》ですれたまめが潰《つぶ》れている。まったく世話の焼けるやつだ。おれは馬の脂を痛いところに塗ってやり、畑に生えていた大葉《おおば》を洗って貼《は》ってやった。

その日は温海川《あつみがわ》に宿をとることにした。周囲四方とも山しかない寒村だ。一軒だけある旅人宿に草鞋を脱いだ。家の前に渓流があって、そこでとれた岩魚《いわな》が晩飯に出たのが旨《うま》かった。宿の婆《ばあ》さんが、疲れをとるには蛭《ひる》に血を吸わせるのが一番だといって、しきりに勧めたが断った。その晩は酒も飲まず、二人とも飯を喰ってすぐに寝た。

翌日はいよいよ越後路だ。といっても景色も人の風《ふう》も国内《くにうち》とあまり違わない。中村という所まで来て、このまま山中を行くか、海沿いの浜通りを行くかで、寅太郎とのあいだで議論があった。おれは浜通りを行くことを主張した。この辺りから村上まで、中通りには人気《じんき》のよからぬ村があると聞いていたからだ。ときに旅人の金品を強奪する悪者が出没するという。おれがそういうと、臆病者《おくびょうもの》めと寅太郎は鼻で嗤《わら》った。なにが出たって、おれが全部相手をしてやると、刀の柄《つか》をたたいて嘯《うそぶ》き、寅太郎は中通りの方向へずんずん歩き出してしまった。仕方がないのでおれも歩いたが、少し怖かった。

幸い、一番物騒だと聞かされていた村も無難に通り過ぎた。次の村に入って、最初の辻にさしかかったとき、野良犬が横あいからいきなり吠《ほ》えかかった。さすがに寅太郎もびくびくはしていたらしい。犬が吠えたとたん、うおっと、とんでもない大声を発し、刀の柄に手をかけたまま腰を抜かしかけたのがおかしかった。おれが嗤ったので、しばらく寅太郎は機嫌が悪かった。

葡萄《ぶどう》とかいう妙な名前の村で一泊し、その次の日には村上の城下へ入った。鶴ケ岡から較《くら》べると、こぢんまりした町だ。村上は鮭《さけ》が名物と聞いていたが、季節が違うので鮭は食えなかった。夜は寅太郎が芸妓《げいこ》を呼んだ。炭団《たどん》みたいに色の黒い女が二人来た。一人が三味線《しゃみせん》を弾いて一人が踊りを見せた。ちっとも面白くない。おれは途中で寝た。勝手に寝るやつがあるかと、寅太郎はあとでおれを叱《しか》ったが、面相もまずく、芸もないくせに、花代だけは一人前にとられたと怒っていた。

村上から新潟までも路は二筋に分かれる。今度こそ浜通りを行った。海が見えるのはやはり気分がよい。路はやがて松林に入って、いよいよ風光は明媚《めいび》となる。沖に佐渡が見えた。風に帆を広げた舟があった。白い浪の上を鷗《かもめ》が飛んだ。おれに才があれば詩のひとつも吟じるところだろうが、ないので、松や浪や鷗を、ただ松や浪や鷗とだけ見て歩いた。

寅太郎はむろん詩とは無縁だ。詩才では神野左平次の塾で五指には入ると本人は自慢しているが、嘘《うそ》に決まっている。寅太郎は、途中行き逢った馬子の顔が、引いた馬とそっくりなのがおかしいと、歩きながらずっとげらげら笑っていた。ようやく笑いやんだと思ったら、今度は道端で売っていた茹《ゆ》で蟹《がに》を喰《く》いすぎて腹を下した。青い顔で寅太郎は浜へ降り、砂に穴を掘った。打ち寄せる白浪を背にしてしゃがみこんだ寅太郎の頭の上を鷗が舞った。戻った寅太郎がまた笑っているので、どうしたときくと、糞《くそ》に蟹が寄ってきたと報告した。蟹を食って蟹に糞を喰われるとは、いかにも奇だと、寅太郎は歩きながらげらげらと笑った。寅太郎に詩は無理だ。
午後からは雨になった。たちまち海が蒼《あお》から灰に変わる。佐渡は煙って見えなくなった。旅で雨に降られるくらい不愉快なものはないと、寅太郎はさんざん愚痴《ぐち》をこぼした。おれも雨は嫌いだ。朝は一息に新潟まで歩いてしまうつもりでいたが、天気のせいで気力は塩もみの胡瓜《きゆうり》みたいに凋《しぼ》んだ。新潟は目の前だが、木崎まで来たところで、寅太郎が宿をとろうと提案した。新潟は目の前だが、おれも濡《ぬ》れて歩くのが嫌になっていたので、賛成した。

翌日も朝から雨だ。草鞋の紐《ひも》を結んでいると、宿屋の亭主が新潟まで川を舟で行けると教えた。おれは歩くといったが、舟賃は持つから是非舟で行こうと寅太郎がうるさいので、折れて舟に乗った。阿賀野《あがの》川を過ぎたときには、あまりの幅の広さに驚いた。信濃川はもっと広かった。

舟から下りて、新潟の町中に着いたのは午《ひる》近く、その頃には雨もあがって、これなら今日のうちにもう少し先まで行けると思ったら、寅太郎がどうしても新潟に宿をとらねばならぬ事情があるという。どうせ碌《ろく》な事情ではあるまいと思ったが、一度いいだしたら聞かないに決まっているから、三の町の浜屋という家に宿した。

新潟は北国第一の港だけあって、なかなかの賑《にぎ》わいである。町中を堀川が縦横に走って、荷舟が忙しく往き来する。堤の桜が花をつけはじめていた。柳も薄緑色に芽吹いて、その下を萌黄《もえぎ》や紺の着物が通るのが華やかである。

旅籠《はたご》が軒を重ねる三の町あたりも同じく賑やかだが、浜屋は表通りから奥へ入った路地に面しているせいで、わりに静かである。ただし取り柄はそれだけだ。亭主の爺《じい》さんは耳が遠く、婆《ばあ》さんは顎《あご》が地面につくほど腰が曲がっている。年寄り二人のほかに人はいないのだから、万事に行き届かなくても仕方がない。

寅太郎がいうには、この浜屋に同志が集結して、一同打《う》ち揃《そろ》って京へ向かう計画なのだそうだ。新潟に宿るべき理由はそれで分かった。出羽庄内《くにうち》藩は近頃幕府から江戸警備を命じられ、勤王志士取締の急先鋒《きゅうせんぽう》となっているから、国内で集まるのは具合が悪いのだと寅太郎は解説した。

焼け畳に据えられた晩飯の膳《ぜん》で、鯵《あじ》の塩焼きと、蕨《わらび》と油揚げを真っ黒に煮たもので飯を食っていると、

「どだや。この家はよぐねが?」と寅太郎がおれにきいた。

年寄りは日暮れと共に寝てしまい、あとのことはなんでも自分でやってくれといわれた寅太郎は、さぞや文句たらたらだろうと思っていたから、おれは意外だった。飯が食えて、夜露がしのげれば、むろんおれに不満はない。

「悪くねえの」おれが答えると、寅太郎は嬉《うれ》しそうに笑った。

「謀《はかりごと》を巡らすには、ちょうど具合がええと思わねが?」

そういって、寅太郎はまた嬉し気に、ひびの入った壁や、蜘蛛《くも》の巣だらけの煤《すす》け天井を見回した。なんにせよ気に入ったのはよかったと思い、おれが頷くと、勤王の志士は

いつなんどき幕吏に捕らえられぬとも限らない、だから志士の会合の際には、不便をしのんで、このような目立たない家を選ばなければならないのだと、寅太郎はしたり顔で説明した。

それで、同志は何人くらい集まるのかときいてみれば、十人ほどだと答えがあった。神野左平次の塾生のほか、沖浦伝二郎の道場からも何人か来るという。全員が士分の家の子弟で、家中の者もあるときいて、おれは仰天した。寅太郎のような郷士ならともかく、藩から禄《ろく》を得ている家の者が勝手気儘《きまま》に他出などできるものではない。ましてや家中ともなれば、扶持《ふち》を貰《もら》うだけの給人とは違い、藩中で重きをなす上士の家柄だ。気軽に新潟くんだりまで来られるわけがない。

「んだなや。んださけ、脱藩して来るなや」

寅太郎が事もなげにいったので、おれはいよいよ驚いた。

近頃では、勤王を叫ぶ脱藩浪士が各所で活動しているとの話はおれも耳にしていた。とはいえ、それは遠国の話である。長州をはじめ、西国では同じ藩でも東国とはずいぶんと様子が違うようだから、そんなこともあるんだろうぐらいに思っていた。けれども、出羽庄内藩に限っては、脱藩などそう簡単にできるとは思えない。十人も一遍《いっぺん》に脱藩したりしたら、一大事である。

「んだ。一大事だ。今頃大騒ぎだろうや」

寅太郎が気軽にいうので、おれは青くなった。そんな騒ぎを引き起こして大丈夫だろ

うかと、おれが心配すると、

「分がらね」と答えた寅太郎は、平気な顔で飯をかきこんだ。

「ま、それだけ、尊攘《そんじょう》の志がやむにやまれねえんだなや」

寅太郎は他人《ひと》事《ごと》のようにいって、楊枝《ようじ》を使いはじめた。それから、妓楼《ぎろう》でも冷やかしに行こうとおれを誘った。とてもそんな気になれないのでおれは断った。

「おもしろぐねえ男だの」

寅太郎はふてくされていう。ふてくされながら、なおもおれを誘う。そんなに行きたいなら、ひとりで行けばいいものを、どうやら寅太郎もひとりでは心細いらしい。

「おめは、あれでねか、まだ女を知らねえんでねえのか？」

寅太郎が憎らしそうにきいたので、おれは、知らないと答えた。

「本当に知らねのか？」

「知らね」

おれがいうと、寅太郎は呆《あき》れたように嘆息した。

「知らねば駄目だや」

「なしてだ？」

「なしてって、女を知らねば、男は駄目なもんだ」

「なしてや？」

「なしても、こしても、ねえ。昔から決まったことだ」

そんなことが昔から決まっているとはおれは知らなかった。とにかく、おれは妓楼へは行かないというと、それじゃ、酒だけでもつき合えと寅太郎がなお口説いた。半刻《はんとき》だけでいいからとの言葉にとうとう負けて、おれは宿屋の下駄《げた》をつっかけ、寅太郎と肩を並べて表へ出た。

出てはみたものの、おれも寅太郎も地理は不案内だから、どちらへ行けばいいか皆目分からない。暮れきっていなかったので提灯《ちょうちん》を持たずに出たが、そのうちに暗くなってもくる。とにかく人のいるほう、賑《にぎ》やかなほうへと歩くうち、三味線の音が漏《も》れる二階家に行き当たった。戸口に下がった提灯と暖簾《のれん》の塩梅からして酒を飲ませる店らしい。ここにしようと、寅太郎は暖簾を潜《くぐ》った。おれもあとから続いた。

玄関で案内を乞うと、赤襷《あかだすき》をかけた女が出てきた。裸の足が茹《ゆ》で海老《えび》みたいに赤い女に向かって、酒を飲みたいといえば、女が黙って廊下を先に立った。ずいぶんと長くて入り組んだ廊下である。虫の居所でも悪いのか、どんどんと足音高く床板を踏みならして歩く女が案内したのは、階段下の納戸みたいな部屋だ。二人座るのが精一杯の広さしかない。隅に行灯《あんどん》があるにはあるが、ひどく暗い。そのかわり煤《すす》は盛大である。安い油を使っているんだろう。

注文した酒が出てくる様子がないので、業を煮やした寅太郎が誰か呼ぼうとした。しかし、これが新潟流なのかもしれないとおれがいうと、自信のなさそうな顔で寅太郎は座り直した。それから二人で四半刻《しはんとき》ばかりも待った。やはり音沙汰《おとさた》がない。これはどうもおかしいとなって、寅太郎がまた立とうとしたとき、ようやく酒が来た。さっきの女とは違う小女が運んでくる。黙って徳利と猪口《ちょこ》を卓へ置いて行く。置き方がいかにもぞんざいである。

寅太郎はにわかに憤然となった。越後者などに馬鹿《ばか》にされてはいられない、眼にもの見せてくれると息巻くので、物騒なものでも振り回して暴れたら大変だとおれが心配していると、障子を引き開け、小女を呼んだ寅太郎は、出し抜けに懐中から一分銀を取り出して心付けにやった。驚いたのは小女だ。ころげるように奥へ走ったと思ったら、店の亭主が出てきて挨拶《あいさつ》した。

おれと寅太郎はあらためて離れ座敷の二階へ案内された。庭を見おろす二間続きが広々として、いままでとは大違いである。百目蠟燭《ろうそく》が何本も汗をかいて、昼間のように明るい。深井戸からいきなり大海に泳ぎ出たような心持ちである。

床座敷の前に立派な膳が据えられ、白粉《おしろい》をあつく塗った女がおれと寅太郎に左右から酌《しゃく》をした。それから芸妓《げいこ》が大勢やってきた。年寄りもいれば若いのもいる。肥えたのもいれば痩《や》せたのもいる。背の高いのもいれば低いのもいる。それが三味線と太鼓を伴奏に歌ったり踊ったりする。

寅太郎はとみれば、すっかり機嫌を直した様子である。殿様、殿様、などと呼ばれては、真っ赤な顔でやに下がっている。女がおれのことも殿様と呼ぶので、おれは殿様じゃないというと、では何だというので、横川だと答えた。すると横川様とおれのことを呼び出した。自慢じゃないが、様づけで呼ばれたのは生まれてはじめてだ。

男の芸人が来て役者の声色《こわいろ》を聞かせた。土瓶と扇子を使う曲芸師も来た。おれはなんだか愉快になってきた。女が休まず酒を勧めるので、おれも休まずに飲んだ。蠟燭の光がいよいよ瞼《まぶた》に眩《まぶ》しくなってくる。そのうちに寅太郎と芸妓の一人が藤八拳《とうはちけん》という遊びをはじめた。

おれははじめて見たが、お互いが狐《きつね》と鉄砲と庄屋の格好をして、勝ったり負けたりするらしい。要は子供の石拳と同じ理屈だ。まるで他愛もないが、みなおもしろそうに囃《はや》したてる。寅太郎は藤八拳の天才だそうだ。なるほど、居並ぶ芸妓が次々挑戦しては、ことごとく寅太郎から退けられる。寅太郎はただ強いばかりではない。狐の格好をするときには顔が狐らしくなり、庄屋なら庄屋らしく、鉄砲ならば猟師然とした風が瞬時のうちに漂うのだから呆れる。ないないと思っていても、人間、ひとつくらい取り柄はあるもんだ。

藤八拳の次は腕相撲だ。寅太郎と芸妓が畳に腹這《はらば》って力較《ちからくら》べをする。腕相撲ならおれにもできる。今度はやれといわれたら是非やってやろうと、おれが心に決めているあいだにも、寅太郎は次々と勝つ。相手は女だ。あたりまえだと思って見ていると、今度はそう簡単には負けまいと一座の者が口々にいいたてるので、なにかと思えば、進み出たのは非常に大きな女である。背丈は寅太郎より首ひとつは高いだろう。横幅も縦に負けないほどある。畳に寝そべれば小山ができあがったようである。なんでも以前は女相撲にいた女だそうで、いかにも力がありそうだと思うまもなく、寅太郎が負けた。口惜《くや》しがった寅太郎、なに、本気を出せば負けんといってまた挑むが、どうしても勝てない。奥歯をぎりぎりいわせ、気の毒なくらいに気張っても、やはり負ける。まわりは大喜びで囃したて、おれも一緒になって笑っていたら、そんなに笑うなら、松吉がやってみろと寅太郎がいった。

いいだろうと、おれは立ち上がった。はずみに膳《ぜん》につまずいて転びそうになった。畳を歩けば、眼の前がぐらぐらする。大丈夫かと、寅太郎が心配そうに声をかけてきた。おれは、平気だといって、腹這いになり、女相撲と手を組み合わせた。とたんにこれは駄目だと悟った。なにしろぎゅっと握られた掌《てのひら》が溶け崩れてしまいそうな心細さである。だが、こうなれば意地でも頑張《がんば》るしかない。それで、勝ったかというと、これが実は分からない。丹田《たんでん》にぐっと力をこめたとたん、尻から屁《へ》が漏《も》れ、急に目の前が真っ暗になったところまでは覚えているが、あとはまるで覚えがないのだから情けない。

次に眼がさめたときには蒲団《ふとん》のなかだ。雨戸の隙間《すきま》から日の光が細帯のごとく射し込んで、白粉《おしろい》臭い薄闇《うすやみ》にちらちらする。朝らしい。おれはあわてて腹巻きを探った。カネも往来切手も無事である。ほっとしたとたん、誰かに腕をつかまれた。ぎょっとして見れば、横に女の白い顔がある。その白い顔がみるみる近づいてくる。女相撲だと思ったときには、眼の前が顔で一杯になってしまう。顔だけならまだいい。次には女相撲がおれにのしかかってくるではないか。ぎゃっと叫んでおれは逃げ出した。

新潟には四日いた。こんなに長逗留《ながとうりゅう》になったのは、寅太郎の同志がなかなか追いついてこないせいだ。寅太郎は仲間が遅いのをいいことに、毎日夕刻になると遊びに出た。おれは最初で懲りたので行かなかった。酒は当分飲みたくない。まして女相撲は御免《ごめん》こうむる。

夜は宿の年寄りにならって、暮れるとすぐに寝た。昼間はすることがないので、薪割《まき》りをしてやったら宿の爺《じい》さんにひどく感謝された。それから、爺さんが蜆《しじみ》をとりに行くのについて一緒にとった。見ると川に鯔《ぼら》がたくさんいたので、近所で釣竿《つりざお》を借りて、ついでに釣ってやった。婆《ばあ》さんに頼まれて家の屋根も修理してやった。雪隠《せっちん》の戸のたてつけもよくしてやった。

寅太郎は呆れて、そんなに暇なら名所旧跡でも観《み》に行けといった。おれは寺や神社なぞ観てもつまらないと答えた。怠惰《たいだ》なやつだと寅太郎はおれを非難したが、そういう寅太郎はどうかといえば、午《ひる》過ぎにのっそり起きてきて、ゆっくり風呂《ふろ》に浸かって、髪結いを呼んで、鬢《びん》つけ油をぷんぷんさせ、てかてか光った顔で飛び出していくのだから、たしかに遊ぶことにかけては寅太郎は勤勉だ。おれはよほど気に入られたらしく、爺さん婆さんが揃《そろ》って居ずまいを正し、養子になって欲しいと頼まれたのには弱った。

四日目の午後になって、おれと爺さんが蟹《かに》とりから戻ってみると、旅姿の侍が宿の前の井戸で顔を洗っていた。ずいぶんと背の高い男だ。こちらに鈴木寅太郎が宿していないかときくので、同志の一人だと分かった。婆さんにきくと、寅太郎はついいましがた出かけたという。すぐにおれは呼びに出た。最初の夜に行った家だろうと見当をつけたら、案の定、寅太郎は離れ座敷にいた。

寅太郎が二階からしきりにものを投げているので、何をしているのかときくと、池の鯉《こい》に麩《ふ》をやっているると答えた。あの金色のやつに餌《えさ》をやりたいのだが、どうしても先に他の鯉に喰《く》われてしまう。それが口惜しいといってはさかんに投げる。鯉は餌の落ちるあたりに群がってひどい混雑だ。これでは贔屓《ひいき》の鯉に餌がやれるはずがない。

おれが同志らしき人が来たというと、寅太郎は少し残念そうな顔をした。それから、何人来たかときくので、一人だと答えると、だったら急ぐことはあるまいと、また腰を落ちつけて飲みだした。松吉も一緒に飲めと誘われたが断った。

宿へ帰ると、お連れ様は茶漬けを三杯食べて寝てしまいましたと婆さんがいった。仕方がないので、おれも飯を喰って寝た。すると夜中になって、いつのまにか戻った寅太郎がおれを起こしに来た。寝ぼけまなこで隣座敷を覗《のぞ》けば、蠟燭の明かりのなかに昼間の背の高い男が見えた。これが春山だと、寅太郎がおれに紹介した。

「春山でござる」と畳に端座した男はおれに名乗った。半分寝ぼけているところへ、いきなりゴザルと威儀を正されては、どうしたってあわててしまう。それでも元服式のときに教わった作法を思い出して、横川恭兼《やすかね》でござると、相手にあわせて挨拶したら、寅太郎が笑いだした。

「そげだ格好して、ヤスカネデゴザルもねえもんだ」といってなおも笑う。いわれてみれば、おれは寝間着がわりに爺《じい》さんから借りた紺木綿《こんもめん》の腹掛けをしていたのだから、笑われても仕方がない。おれは急いで着物を着た。身支度をして戻ると、かたい挨拶はこの際抜きだといって、寅太郎が徳利から三つの茶碗《ちゃわん》に冷や酒を注いだ。家の者はとうに寝ているから、自分で出してきたんだろう。寅太郎はあらためて、おれのことを松吉だと紹介し、春山は平六というのが呼び名だと教えた。

春山平六は神野左平次の塾でも沖浦伝二郎の道場でも寅太郎と同輩だそうで、歳はおれや寅太郎と一緒だという。見たところずいぶんと落ちついた容子なので、おれは意外に思った。寅太郎と並べば、なにしろ寅太郎が珍しいくらいの童顔だけに、よけい年輩に見える。平六は普請組勤め春山信蔵の倅《せがれ》で、沖浦の一刀流道場では免許皆伝の使い手だそうだ。この歳で免許皆伝とはたいしたもんだ。沈毅《ちんき》なのはそのせいに違いない。親が普請組では裕福なはずもなく、着ているものはおれよりみすぼらしいくらいなのに、立派に見えるのは中身がいいせいだろう。

ところで、京へ上る同志は十人くらいだと寅太郎はいっていたはずだ。残りの者はどうしたのかと思っていると、平六が重い口を開いた。早い話が、横槍《よこやり》が入ってみな直前でとりやめたという。それはそうだろう。脱藩は湯治や物見遊山とは違う。そう気軽にできるはずがない。しかし、話を聞いてひとり憤激したのは寅太郎だ。おれの知らない人の名をあげては、あれだけ尊攘風《そんじょうかぜ》をふかしておきながら、どれもこれもまったく腰抜けばかりだと、ひどく悪口をいった。なにしろ人の悪口をいわせたら寅太郎は天下一品、とどまるところを知らない。涸《か》れることなき泉のごとく、罵詈《ばり》雑言《ぞうごん》が口からこんこんと沸《わ》き出《だ》してくる。

春山平六は元来が無口なのか、蠟燭の明かりを横から受けつつ、黙って茶碗を口へ運んでいる。こう落ちつかれてしまっては、隣の寅太郎がいっそう軽薄に見えて気の毒だ。やがて喋《しゃべ》りだしたときにも、平六はひどく落ちついていた。曰《いわ》く、尊攘の素志を貫くには迷いや後顧《こうこ》の憂《うれ》いがあってはならない。事実、自分は出奔《しゅっぽん》に際して親子兄弟の縁を絶ってきたのである。腰の定まらない者ならば、いくら数がいても仕方がない。

静かにいい切った平六は酒を飲もうとして、ふと眉《まゆ》を動かした。ムカデが茶碗に落ちたらしい。ムカデをつまみ出し、また飲んだ。あくまでも泰然としている。

とにかく、こうなれば、三人で京へ向かうほかはない。一刻も早く清河八郎の浪士隊との合流を目指すべきとの春山平六の言にしたがい、翌朝は七ツに早立ちした。平六はよほど気がせくのか、やたらと足が早い。長い脚を利してぐんぐん風を切って進む。歩くことにかけてはおれも負けないほうだから、どうにかついて行ったが、可哀想《かわいそう》なのは寅太郎だ。昨夜の寝不足がたたって、真っ赤な目をしてふらふらしている。一番つらいのは、平六に較《くら》べて格段に脚が短いことだ。倍の速さで脚を回転させないと追いつかない。ときには駆ける必要さえ生じる。が、そうそう駆けていては息があがるから、どうしても遅れがちになる。

それでもこの日は寅太郎も頑張って、一気に柏崎まで進んだ。二十里は軽く超えただろう。いままでとはえらい違いだ。亀からいきなり兎《うさぎ》に変わったような心持ちである。次の日も同じ調子で進み、午前中に今町の港を過ぎ、新井の宿から、関川の番所を日のあるうちに越えた。もはや信濃の国である。

柏原の宿まで行くつもりで、あと一里のあたりで日が暮れた。しばらく急な坂が続くらしく、灯火なしでは歩けそうにもない。さて、困ったと思う暇《いとま》もあらばこそ、平六は黙って野宿の支度をはじめた。支度といっても、杉の根方に座って、道中合羽《どうちゅうがっぱ》をただ被《かぶ》っただけの話である。おれも甚右衛門とさんざん歩き回ったから、野宿は慣れている。やっぱり可哀想なのは寅太郎だ。夜じゅう、尻が冷たいの、腹が減ったの、蛭《ひる》に食いつかれたのといっては大騒ぎしていた。おれも腹が減っていたが、お糸がくれた煎《い》り豆《まめ》が残してあったので、寅太郎に悟られないよう、こっそり豆を噛《か》んだ。

翌朝、善光寺まで来て、街道脇のめし屋で腹ごしらえをしているとき、先に行ってくれと寅太郎がいいだした。自分は以前から一度は善光寺に参ってみたかった。ここまで来ておきながら素通りはいかにも忍びない。生涯後悔の種になるだろう。きっと後から追いつくから、どうか先へ行ってくれという。

寅太郎は輪光寺の本尊に落書きをして住職から大目玉を喰《く》らったようなやつだ。むろん子供の頃の話だが、大人になったからといって、急に信心なぞできるはずがない。怪しいもんだとおれが思っていると、しばらく考えた春山平六が、だったらおれもつき合おうといった。困ったのは寅太郎だ。なんだかんだと理屈をつけて、平六を先に行かせようとするが、平六はなかなかうんといわない。よほど頑固《がんこ》な男のようだ。もっとも、頑固でなければ、ここまで来てはいないだろう。平六は平六で、清河八郎と面識のある寅太郎と一緒に京へ着きたい事情があるらしい。

さすがの寅太郎もとうとう降参した。店を出るなり、ええい、善光寺参りはやめだと叫び、自棄《やけ》になって歩き出したのがおかしかった。

松本で泊まり、塩尻からは木曾路になる。木曾路はすべて山の中である。どこまで行っても山また山。同じ山でも、おれの知っている出羽の山に較《くら》べて姿はずっと峻険《しゅんけん》だ。切り立った崖《がけ》を眺めて谷底を歩いていると、蟻《あり》にでもなったような気分になる。それでも中山道《なかせんどう》の往還だけあって、交通はいままでより格段に繁華である。駕籠《かご》や馬も頻繁に通る。

福島の関所を過ぎたあたりから、一人の武士が道連れになった。もっとも、腰に二本差しているから、かろうじて武士と知れるだけの話で、とにかくこれほど汚い旅人をおれは見たことがない。長いあいだ剃《そ》っていない月代《さかやき》から毛が見苦しく生え、つぎはぎだらけの着物は何色と形容のしようのないくらいに汚れている。あえていえば泥色というのが一番近い。羽織はたしかに黒と分かるが、いくつも大穴が開いてすこぶる風通しがよい。それはまあいい。この人は何故《なぜ》だか袴《はかま》を穿《は》いていないのだ。着物を尻っぱしょりにして、毛臑《けずね》を春風に盛大にそよがせている。が、それもまだいい。一番おかしいのは、裸足《はだし》で歩いている点だ。近くを歩くとぺたぺたと足音がするのが、大きな蛙《かえる》が歩くようで、どうにも妙な感じである。

寅太郎はあれでなかなか親切なところがあるから、もし草鞋《わらじ》が切れたのなら、予備を持っているから次の宿場まで貸してもいいと声をかけた。その人は気弱そうな笑いを髭面《ひげづら》に浮かべて首を横に振った。おかしな人もあるもんだと思っていたら、上松《あげまつ》の宿場で中食《ちゅうじき》をとろうと入ったeめし屋にもついてきた。おれたちが奥の上げ床にあがると、ひとりで土間の腰掛けに座っている。一緒にどうかと誘えば、また笑って首を振る。おれたちが太打ちの蕎麦《そば》を喰《く》いはじめても、何も注文せぬまま、水だけ飲んで、遠くから首を伸ばして覗《のぞ》いている。その顔がいかにも蕎麦が喰いたそうに見える。

どうやらカネがないらしい。そう察したおれは気の毒に思ったが、武士には体面というものがあるからやっかいだ。そうそう気安く、カネがないんだろう、などときけるものではない。しかしである。ここに寅太郎という者があるのをおれはすっかり忘れていた。寅太郎は気兼ねとか遠慮とかを母親の腹のなかに置き忘れてきたような男である。持ち合わせがないのなら、少し用立てようかと、いきなり土間に向かって声をかけたのには驚いた。

おれ以上に裸足の侍は驚いたらしい。最初はぎょっと目を剝《む》き、次に顔を真っ赤に染め、その次に青くなり、最後には泣いているような笑っているような不思議な顔になった。それから、意を決して口を開いたものの、すぐには言葉が出ないらしく、しばらく池の鯉みたいに口をぱくぱくさせたあと、激しくどもりながら、まことでございますかと、いったときには目に涙を浮かべている。

よほど腹が減っていたのか、裸足侍は誂《あつら》えた蕎麦を夢中ですすりこんだ。それから自分は新庄藩士、苺田幸左衛門《いちごだこうざえもん》だと名乗った。イチゴダとはまた変わった名前だが、それはともかく、新庄といえば隣藩である。どうりで言葉が同じはずだと思ったら、苺田氏のほうも、寅太郎が声をかけてきたとき、同郷人かもしれないと考え、それですがるように蕎麦屋までついてきたらしい。

話をきいてみれば、驚いたことに、苺田氏も清河八郎の浪士隊に加わるべく、脱藩して京へ向かうところだという。これは奇遇だと、すっかり嬉《うれ》しくなったらしい寅太郎は、ここはひとつ飲まぬわけにはいくまいと宣言して、蕎麦屋の亭主に酒を注文した。平六もあえて反対しなかったので、自然と酒盛りになった。

酒が回るにつれ、舌が滑らかになった苺田氏は、毛臑をぼりぼりとかきながら、身の上話をはじめた。苺田氏は丁亥《ひのとい》生まれの三十五歳、国には妻と老母と八人の子供があるという。そこまできいて、家の主に出奔されては、残された妻子が路頭に迷うのではないかとおれは心配になった。寅太郎も同じことを思ったようで、その点を質《ただ》すと、苺田氏はひどく悲しそうな顔になって、妻子が路頭に迷っているのはもとからだといった。苺田氏の家は十五石三人扶持《ぶち》で、これでは八人の子供を養うには足らない。だから夫婦でさまざまな内職をして糊口《ここう》をしのいでいたが、あるとき茸《きのこ》とりに行った妻が山で熊《くま》に遭った。熊は逃げたが、妻も驚いたはずみに崖《がけ》から落ちた。死にはしなかったものの、怪我《けが》をして動けなくなり、いよいよ家計は切羽《せっぱ》詰まった。国にいたのではとうてい家族を喰《く》わせてはいけないと考えた苺田氏は、ついに脱藩して江戸へ出た。一昨年の春の話だという。つまりは、貧窮に耐えかねて脱藩したということらしい。

江戸では、料理屋の下働きやら、陰陽師《おんみようじ》の真似事《まねごと》やら、陰間《かげま》茶屋の用心棒やら、いろいろとやってみたが、実家に仕送りをするほどにはならない。そのうちに千住の飯盛女と深くなり、博打《ばくち》場に出入りするようになり、かえって借金をする始末である。もうどうにでもなれと自棄《やけ》になり、故郷の妻子のことも忘れ果てて暮らしていたとき、清河八郎が浪士隊を結成して京へ上るという話を耳にした。清河八郎なら、面識はないが、同郷の士である。泥沼から浮かび上がるにはもはやこれにすがるしかないと決意をかためた。ところが、折悪しく麻疹《はしか》にかかり、生死幽明の境をさまよったあげく、運良く病癒《い》えて駆けつけたときには、浪士隊は京へ向けて出発してしまっていた。そこで、後先考えぬまま、飲まず食わずでここまで追ってきたのであると苺田氏は語った。まったく、世の中にはいろいろな人がいるものだ。

とにかく無一文では困るだろうと、寅太郎が財布から豆板銀《まめいたぎん》をいくつか出すと、これを押し頂いた苺田氏は、涙ぐみつつ、畳に鼻面をすり付けて幾度も礼をいった。よほど嬉しかったんだろうが、少々みっともない。鼻水くらいかんだらよかろうとおれが思っていると、春山平六が、侍がやたら頭を下げるもんじゃないと、横から意見した。苺田氏は、大変に面目ないと、懲りずにまた鼻面を畳にすり付ける。その度《たび》に薄くなった頭の髷《まげ》が、秋風にそよぐ木の葉みたいにゆれるのが哀れである。平六は露骨に顔をしかめ、寅太郎はけらけらと笑いだした。とたんに苺田氏が、鼻水と涙でくしゃくしゃになった顔で追従笑《ついしょう》いをする。

平六はだいぶ癇《かん》に障ったらしい。次に口を開いたときには、言葉遣いからして違っていた。「苺田氏は、あれでしょうか」とやや言い淀んだ平六は、すぐさま堅苦しい口調で続けた。「暮らしがたたぬゆえに、清河先生の浪士隊に加わろうと申されるのか」

尊攘への熱誠やみがたく、家も国も捨ててきた春山平六にしてみれば、早い話がカネ目当てで京へ行こうという苺田氏を不愉快に思うのは当然だろう。返答次第によっては許さんと、静かな気迫を示した平六に、苺田氏は、さようです、としごくあっさり答えた。それどころか、自分は清河八郎とは面識がないので、是非とも口をきいてくれと頼み込む始末である。ここまで悪びれるところなく開き直られては、平六も二の句がつげなかったらしい。とたんに寅太郎が笑いだし、まあ、いいではないか、旅は道連れというではないかといって、また大声で酒を注文した。

こうして一行は四名となって中山道を進んだ。もっとも苺田氏は旅籠《はたご》には泊まろうとせず、台所で握って貰《もら》った飯を持ってどこかへ消えるので、一度寅太郎が後を尾《つ》けてみたところ、河原で火を熾《おこ》していたという。つまり、野宿していたわけで、もちろん路銀の節約のためだろう。苺田氏は相変わらず裸足で、それも草鞋がすり切れるのが心配だかららしい。いくら質素倹約は美徳といっても、寅太郎から借りたカネがあるのだから、せめて袴《はかま》と菅笠《すげがさ》くらい買ったらいいだろうというと、それは分かってはいるが、怖くてカネが使えないのだと苺田氏は悲しげに答えた。貧乏がよほど身にしみついていると見える。

そうこうしているうちにも、景色はだんだんひらけてくる。中津川の宿で代官所の役人の宿改めがあって緊張したのと、太田の木曾川の渡し場で少々手間取ったくらいで、順調に先へ進んだ。雨も降ったが、日に日に暖かくなるので、つらくはない。京の方から陽気がやってくるようで嬉しくなる。霧に煙る関ケ原の古戦場を過ぎ、海のような琵琶湖を横目に見、最後の宿場、大津を後にした。いよいよ京の都である。

第四章　京の雲雀は

京の七口のひとつ、粟田口《あわたぐち》から京へ入ったのは午後の八ツ頃、朝から何も食べていないおれは腹が鳴って仕方がなかった。それでも、三条の橋の真ん中に立って、加茂川ごしに東山三十六峰を眺めたときには、しばし空きっ腹を忘れた。

出立してからちょうど二十日。よくもここまで来たものだと、おれは似合わぬ感慨にふけった。家を出たときには、木々は芽吹いたばかりだったのに、山の緑はもう夏の色である。空は雲ひとつない晴天だ。雲雀《ひばり》がしきりと囀《さえず》った。おなじ雲雀なのに、京の雲雀だと思うと、啼《な》き声《ごえ》までが雅《みやび》に聴こえるから妙だ。空の色も出羽庄内とは違う。どこが違うとあらためて問われると困るが、やはりどことなく違っている。欄干《らんかん》の朱が空の青に映え、土手の柳が目に鮮やかである。全体に唐土《もろこし》風な感じがすると思い、寅太郎にいうと、京は出羽に較《くら》べて唐土に近いからだろうと、寅太郎は真面目な顔でいった。

自分がいま京にいる。そうあらためて思うと、しごく不思議な心持ちだ。全体に夢のなかの出来事のように思える。しかし加茂の流れはたしかに加茂の流れだし、京の町並みは、間違いなく、京の町並み然として眼前にある。それがまた不思議に思える。寅太郎も似たようなことを思ったのか、横で深くため息をついた。

「義経が弁慶とたちまわったのが、この橋だな」

そういって欄干を撫《な》でた寅太郎は、ここから義経は跳んだんだろうなどと、ひとりで感慨を深めていたけれど、寅太郎には気の毒だが、弁慶と義経なら五条の橋の上である。そもそも橋が違う。

春山平六は川風に鬢《びん》をなびかせている。それだけで思慮深く見えるのだから、得な男だ。他方、苺田氏はとみれば、やはり鬢を風にそよがせている。ただし、平六があくまで涼やかなのに対して、苺田氏の場合、川ごみが杭《くい》にかかって揺れているようにしか見えないのが可哀想《かわいそう》だ。苺田氏が欄干から身を乗り出した。あんまり乗り出すので、落ちやしないかと、おれは冷や冷やした。どうやら橋下に並んだ掘ったて小屋を子細に検分しているらしい。さっそく今晩の寝場所を物色しているものと見える。

こうして、四者四様、それぞれの思いを抱きつつ、三条の橋上にたたずんでいたが、大の男が四人も揃《そろ》って天下の往来にじっとしていては通行の邪魔である。とりあえずどこかで旅装を解き、腹ごしらえをし、顔のひとつも洗ってから、清河率いる浪士隊を探しに行こうと相談がまとまった。三条橋の近辺には旅人宿が軒を並べている。街道筋の宿場ではどこでも客引きに袖《そで》を引かれたが、そういうこともないので、目に付いた家に決めた。框《かまち》をまたいで入っていくと、番頭と女中が声を揃えて、おこしやす、といった。

奥に長い土間で足を洗ってから、二階の座敷にあげられた。例によって寅太郎が過分な心付けをしたからか、窓から加茂川を見おろす気持ちのよい部屋である。飯を頼むと、まずは茶がでた。それが旨《うま》いといって、寅太郎はしきりに感心している。

世話をしたのは二人の若い女中だ。これが揃ってよく喋《しゃべ》る。愛想もいい。どこから来ただの、旅はどうだったの、天気はどうだのと、やたら話しかけてくる。むろん京言葉である。寅太郎がひとりで相手をしたが、女中がいなくなると、京の言葉はやはりいい、とくに女の言葉はきれいだと、寅太郎はうれしそうに笑った。京者は冷淡だとさんざん聞かされていたので、おれも少しはほっとした。

飯は、鮎《あゆ》の焼いたのが出た。加茂川でとれたのだという。旨いが、一匹だけなのが口惜《くや》しい。飯茶碗《めしぢゃわん》も小さいので、三口くらいでなくなってしまう。もっと食べたいが、給仕の女中になんといって頼めばいいかわからないのが困る。仕方がないので、お菜を箸《はし》でつついていると、女中のほうで気づいてくれたので助かった。黙って茶碗を差し出せば、少ししか盛らない。まったく吝嗇《けち》だと思ったが、これが京の流儀なんだろう。筍《たけのこ》と油揚げを味噌《みそ》で煮た鉢は、山椒《さんしょう》の味が利いてまあまあだったが、吸物を飲んだら味がなかった。女中が席を立った隙《すき》に、おれは寅太郎に声を低めて話しかけた。

「この汁だば、味がなくねが?」

「んだの。まるで味がねの」

寅太郎も不審気に同意する。と、めずらしく一緒に席についていた苺田氏が横から口を出した。

「そげだことというと、田舎者に思われっさけ、いわねほうがいい」と意見した苺田氏は、上方は総じて味は薄いのだと解説した。さすがに江戸にいただけあって、苺田氏は世情に通じている。

「んだか。頼りねよなもんだの」と寅太郎は神妙に頷《うなず》き、薬湯《やくとう》でも飲むようなむずかしい顔でまた吸物をすった。山椒の嫌いな寅太郎が筍の味噌煮を残したので、おれが貰《もら》った。

飯が済むと、宿の亭主が挨拶《あいさつ》に来た。子供みたいに小さな年寄りだ。ようおこしやした、と、白髪頭を陰気くさく下げ、それから、お見受けするところ、京ははじめての御様子なので、余計ながら、二つ三つ注意申し上げたいことがあると、やはり陰気にいった。なにかと問えば、まずは、やたらと町中をうろうろしないほうがいいという。何故《なぜ》なら、近頃では、京へ入り込んだ浪士と会津藩の見廻り組とが始終斬り合《きあ》いをしている。浪士と見れば問答無用で斬りかかる輩《やから》もあって、一昨日も土佐の脱藩浪士が斬られ、河原に首をさらされたと脅かした。これは物騒なことになったと、おれは青くなった。見れば、横の寅太郎も顔色がよくない。

さらに亭主は、近頃では誰が死んだの、彼が斬られたのと例をあげ、ほとんど毎日のように人死にが出ているように話した。どこぞの屋敷の門前に首のない胴が捨てられていたとか、切り取られた人の腕を犬がくわえて歩いていたとか、語る顔には薄ら笑いが浮かんで、脅かすのを喜んでいるようにさえ見える。怖い、怖いと思うと、子供みたいに小さな爺《じい》さんが、悪鬼のごとく見えてくるから不思議だ。おれは地獄の入口でなかの説明を聞いているような心持ちになってきた。子供の頃に行った天神祭りで、見世物小屋の呼び込みが恐ろしかったのも思い出した。

さすがに三条あたりで旅籠《はたご》をやっているだけあって、亭主は京の事情に通じている。脅すだけでなく、いろいろと教えてもくれる。亭主がいうには、現今の京は長州の天下だそうだ。しばらく前までは薩摩が頑張っていたが、去年の夏頃、寺田屋という伏見の宿で騒動があり、島津公の命令で勤王の志士が斬られ、信望を損なったという。代わって長州は、桂小五郎という英才を京へ寄こし、その桂が、真木和泉《まきいずみ》や轟《とどろき》武兵衛といった勤王志士たちとともに、御所にある学習院に出入りしては、公家を巻き込んで日夜謀《はかりごと》を巡らせているらしい。亭主の観測では、薩摩はしばらく浮かび上がれず、当面は長州がいいだろうが、かたや京都守護職の会津様も黙ってはいないから、長州も危ない。浪士連中はもちろん、雄藩のあいだ、公家のあいだもさまざまに意見が割れて、まとまりがつかず、先行きどうなるかまるで予断は許されない。結局のところ、まだまだ人は死んで、当分物騒なことが続いて、寺は繁盛するだろうが、町の者にしてみれば、侍同士が斬りあって何人死のうがいっこうにかまわないけれど、戦《いくさ》だけは是非ともよしにしてほしい、このとおり御願いすると、白髪頭を深々と下げた。そんなことを頼まれても困ると思ったが、なるべくそうすると、寅太郎が請け合った。

頷いた亭主は、では、くれぐれもお気をつけてと、これ以上ないくらい陰気にいって階下へ降りていったが、それがおれには、くれぐれも死んでくれ、といっているように聞こえた。どうも不吉である。

爺さんが去っておれはなんだかほっとした。けれども今度は外へ出るのがすっかり嫌になった。窓外に目をやれば、ついさっきまでは古雅な趣と見えていた景色が、にわかに血腥《ちなまぐさ》く感じられてくる。薫然《くんぜん》としてたゆたうと見えていたものが、暗黒に塗りこめられた感じになる。陰謀と敵意が街路に渦巻き、角々に白刃《はくじん》をふりかざした敵が潜み、辻々《つじつじ》に残忍非道の暗殺者が待ち伏せているように思えてくる。一歩外に出たとたん、たちまち斬りつけられそうな気さえする。おれは背中が寒くなってきた。午後も遅くなって、雲が出たのか、日は翳《かげ》って、冷えてきた。

ところで、肝心の清河八郎の浪士隊であるが、宿の爺《じい》さんが、江戸から来た浪士隊は壬生《みぶ》というところにいると教えたので、探す手間は省けた。ただ、加えて爺さんが、壬生の浪士の大半はしばらく前に、三条の橋を逆に渡って江戸へ向かったようだといったのが気がかりで、とにかく、こうしていても仕方がない、いまから壬生へ行ってみようと決まり、人数がまとまったほうが危なくないだろうと、四人で行くことにした。こうなれば春山平六の免許皆伝だけが頼りである。

宿で路《みち》をきいて、外へ出た。誰も入ったときとは別人のように顔が強張《こわば》っている。寅太郎などは早くも刀の柄《つか》に手をかけて、油断なくあたりに目を配る格好だ。顔が顔だけに誰も怖がらないが、他の人だったら、いまから押し込みにでも入りそうに見えるだろう。四人が横に広がっては往来の迷惑になるので、平六、寅太郎、おれ、苺田氏の順番で、左端を一列で歩いた。数の少ない蟻《あり》の行列のようである。

京の町は路が碁盤の目になっている。おかげで他国者でも迷う心配の少ないのが有り難い。三条の橋から川沿いに四条へ下り、そこから真っ直ぐ西へ行けばよいと、いわれたとおりに進んだ。

路の左右は隙間《すきま》なく見世や町家が軒を並べて、次々と現れる辻の奥にもびっしり家が建っている。やはり大きな町だ。行き交う人々があんがい呑気《のんき》な様子をしているので、おれは少しほっとした。少なくとも辻ごとに斬り合いは起こっていない。道ばたに生首がころがってもいない。野菜を売る店や惣菜《そうざい》を売る店には、町家のかみさんらしい女たちが群がって賑《にぎ》やかだ。若い女はどれもきれいに見える。いくら京でも、なかには不味《まず》いのだっているはずだが、そういうのにはなかなか行き逢わないのが不思議だ。着ている着物のせいかもしれん。路の途中からは造りの立派な二階家が並ぶようになった。どれも相当にカネがかかっていそうだ。富はぜんぶ江戸や大坂に持っていかれたと、京者は嘆いているそうだが、これだけあれば十分だろう。

やがて通りは町中から外れ、幅のない川を越せば、畑や雑木林が多くなる。宿から小田原提灯《ぢょうちん》を借りてはあるが、できれば暗くなってからは歩きたくない。そう思うせいか、日がみるみる落ちて行く。気がせくが、日には日の都合があるのだから文句をいっても仕方がない。それでもなんとか日のあるうちに壬生寺を見つけられた。瓦《かわら》屋根の棟門の扁額には壬生延命地蔵尊と大書されている。境内は静まり返って、とても浪士が蝟集《いしゅう》しているようには見えない。住職か寺男でもいるだろうと思い、砂利《じゃり》を踏むと、本堂の濡《ぬ》れ縁《えん》に男が腰かけているのが見えた。男のほうもこちらを認めた模様だ。濡れ縁からつと降りて近づいてくる。鳩《はと》がばたばたと飛び立ち、寅太郎があわてて刀の柄を握り直した。

男は白っぽい稽古《けいこ》着《ぎ》みたいな綿の筒袖《つつそで》に薩摩袴《さつまばかま》、長い刀を一本だけ落とし差しにして、足は高下駄《たかげた》だ。きれいに剃《そ》った月代《さかやき》が青々して、書生臭い感じもあるが、物腰はひどく落ちついている。背丈は平六とおなじくらいあるだろう。平六も苺田氏も緊張を隠せない。寅太郎などは顔面を蒼白《そうはく》に変えて小刻みにふるえている。対して、男のほうは風呂《ふろ》にでも入るみたいに気軽く近寄ってくるのが不気味である。豪胆なのか馬鹿なのかちょっとわからん。とにかく四対一なら負けんだろうと思い、念のため刀の柄に手をかけたが、考えてみれば、山善で借りてからおれは刀を一度も抜いていない。本当に抜けるかどうか心配だ。

「なにかご用ですか」

男が先に口を開いた。淀《よど》みなく、きれいな声である。おれはほっと息をはいた。相手の様子からして、いきなり斬りつけられる心配はなさそうだ。平六が一同を代表して前へ出た。まずは生真面目に、羽州浪人、春山平六と名乗ってから、清河八郎の居所を知らないかと質問した。

「清河さんですか。清河さんなら、江戸へ帰りましたよ」

男の返答を聞いておれはびっくりした。清河八郎が江戸へ帰ったことにも少しは驚いたが、それ以上に、男がずいぶんと若いのに驚き、その年若い男が「清河さん」と気安い呼び方をしたのに驚いた。しかし、なによりおれが驚いたのは、男の言葉遣いである。武士の言葉ではない。百姓や町人の言葉とも違う。では、何だときかれて、どうにも定義のしようがない。男の容子からして、たぶん江戸弁なのだろうが、ひどく軽々しく気安い感じのする言葉である。どこか素気《そっけ》なくもある。かといって、決してぞんざいではない。生まれてはじめて耳にするのに、こうやって喋るのが一番自然なのではないかと、つい思ってしまうような言葉である。

「ああ、それから、わたしは沖田といいます。天然理心流《てんねんりしん》、近藤勇《いさみ》の門人です」

ついでのように男は名乗り、このやりかたにもおれは感心した。相手が名乗ったからには自分も名乗るべきだが、堅苦しいのは御免被りたい。そこで、できるだけ気軽に、しかし最低限礼を失しないようにするにはどうしたらいいかと考えた末、発明したような挨拶である。しかも、それがあくまでも自然である。自分のことを呼ぶのにワタシというのはおれははじめて聞いたが、無理のない感じがして、すいと腑《ふ》に落ちた。天然理心流というのは知らないが、剣術はともかく、この人みたいに喋れるようになるのなら、入門するのも悪くないと思ったくらいだ。

詳しい話はあちらで聞いたほうがいいと沖田氏が勧めたので、からからと鳴る下駄のあとに続いた。

　案内されたのは寺のすぐ隣の屋敷だ。表門に大きな檜板《ひのきいた》が掲げられ、「松平肥後守御預　新撰組宿」と墨痕《ぼっこん》鮮やかに書いてある。札は新品で、木の香りがするようである。暮れかけた庭を通って、母屋へ入り、玄関脇の部屋で待つよういわれた。縁側から夕日の射し込む畳に並んで座ると、待つほどもなく、廊下を踏み鳴らす足音がして襖《ふすま》が開いた。入ってきたのは、恰幅《かっぷく》のいい侍である。総髪に紋付きの黒羽織、縞《しま》の袴《はかま》で畳に座った様子は、なかなかどうして立派な押し出しだ。赫《あか》ら顔《がお》が破格に大きく、目鼻の造りも相応の規模がある。あんまり長くは見ていたくない顔だ。手に何か大きなものを持っているなと思ったら、鉄扇である。尽忠報国の士とかなんとか彫ってある。ひどく重たそうだ。とにかく一廉《ひとかど》の人物には違いないんだろう。

「新撰組局長、芹沢鴨《せりざわかも》でござる」と総髪の侍はいった。耳が痛いくらいの大声だ。隣の苺田氏がぴょんと畳から跳ねたくらいの迫力がある。セリザワは普通だが、カモとはまた変わった名前である。新撰組が何だか分からないが、キョクチョウというのがもっと分からない。しかし、「長」とつくからにはきっと偉いんだろう。

　おれは元来が人見知りの性質《たち》だから、こんな人とはとても口がきけない。が、さすがは春山平六、臆《おく》せずに用件を述べる。訥々《とつとつ》としてはいるが、要を得ているのが頼もしい。カモはそれが癖《くせ》なのか、鉄扇を膝《ひざ》に抱え瞑目《めいもく》しつつ話を聞いている。それで平六が話し終わると、委細《いさい》、承《うけたまわ》ったと、また大声を発した。それきり何もいわない。目をつむって動かなくなってしまう。承られたほうは困るが、相手が動かないのだから仕方ない。

ひょっとして眠ったんじゃないのかと、心配した頃になって、ようやく口が開いた。で、カモが何をいったかといえば、清河八郎の悪口だ。

清河氏とは同郷らしい諸士に向かってこういうことはあまりいいたくないが、と前置きしたくせに、ああいう山師は信用できないと、さんざんにいう。おれはいいが、あれほど清河八郎に私淑《ししゅく》していた寅太郎ならば、さぞや気を悪くしているだろうと思って横を窺《うかが》うと、畳に畏《かしこ》まった寅太郎はカモの言葉にいちいち頷いている。情けないやつだと思ったけれど、おれも人のことはいえない。こういう大漢に睨《にら》まれると、ついつい追従《ついしょう》笑いが浮かびそうになるのが残念だ。

それから、清河八郎の悪口をやめたカモは、新撰組に入らないかと誘った。新撰組は結成されたばかりだが、京都守護職、松平肥後守様配下にあって、二条城に将軍様がおわすあいだ、その警護の任につくものだと説明した。いまはまだ微力だが、働き次第によっては、一同いずれは御直参《ごじきさん》にとりたてられる機会もあると宣伝する。どうだ、血がたぎらんか、とカモがいったとき、どすんという物音がして家が揺れ、梁《はり》から埃《ほこり》が降った。

すわ地震かと腰を浮かしかけたが、それきり揺れないので、また座ると、今度は怪鳥《けちょう》が叫ぶような気合い声がきこえた。それからまた、どすん、どすんと壁が揺れ出す。どうやら屋敷のなかで剣術の稽古《けいこ》をしているらしい。まったくしょうがない連中だと、カモは笑い、しかし、ああして日夜鍛錬をしておればこそ、いざのときに立派な奉公ができるのであると、謹厳な顔に戻って説教した。そのあいだも、家は大槌《おおづち》で叩《たた》かれるかのごとくに揺れる。誰の家だか知らないが、持ち主はいい迷惑だ。

新撰組か何だか知らないが、こんな灯《ひ》ともし頃になってまで刀を振り回すような酔狂な連中とはとても一緒にいられたものではない。カモから無理に入れられたら大変だとおれが思っていると、平六が代表で断ってくれたので助かった。われらはあくまで清河八郎の攘夷《じょうい》軍に加わるべく京へ来たので、新撰組に入るわけにはいかない。できれば清河八郎を追って江戸へ行きたいと思う。ついては詳しい事情を教えて欲しいと、平六は思うところを述べた。あくまで堂々としているところが偉い。カモは気を悪くしたふうに、むうと顔を朱に染め、鉄扇をひと振りするや、ぷいと部屋から出ていってしまった。

仕方がないので帰ることにした。玄関で履き物を履いていると、沖田氏が廊下をやって来た。おれの持っていた小田原提灯《ぢょうちん》に親切に火をつけてくれると、その辺までご一緒しましょうといって、自分も下駄を履く。それで歩きながら、芹沢さんはああいう人だからと笑った。ああいう人とはどういう人かと平六がきくと、沖田氏は笑って答えなかった。平六はカモからきけなかったことを沖田氏からきく気になったらしい。江戸へ行った清河八郎と浪士たちについて教えてほしいと質問した。

答えて沖田氏は以下のごとくかいつまんだ。

すなわち、浪士隊は老中板倉周防守様の肝煎《きもい》りで、京都における将軍の護衛を目的に結成された。浪士は二百名あまりも集まり、打《う》ち揃《そろ》って木曾路を京へ上った。ところが京へついたその晩、人々を前にした清河八郎が、将軍警護は名目にすぎず、浪士隊徴募の真の目的は禁裏の命に基づいて攘夷のさきがけとなることにあると、いきなり発表した。関白の勅諚《ちよくじよう》も手回しよく貰《もら》ってきた。浪士たちは攘夷にはもとより異存はないから、ほとんどが清河に従った。それで、江戸で攘夷を敢行せよとの命が下り、浪士隊は江戸へ戻ったのだという。ただ、清河に従わなかった者が十数名いて、それが先刻会った芹沢氏や、沖田氏の師匠の近藤氏であるらしい。そもそもわれわれは幕府の召に応じたのであり、入費も手当もすべて幕府から出して貰っておきながら、幕府の沙汰《さた》なくして京を離れるわけにはいかないと近藤氏はいったそうだ。なるほど、そう聞けば、近藤氏のほうが筋が通っているようにも思える。

清河八郎のことを変節漢だの、山師だのと、カモがさんざん悪口をいった理由はだいたい分かった。春山平六もこの点は気になったらしい。沖田氏に向かって、清河八郎をどう思うか、真率なところをお聞かせ願いたいと頼んだ。

すると、沖田氏は下駄を鳴らしながら、「わたしには、わかりませんね」と簡単明瞭《めいりよう》に返答した。それだけでは簡単すぎると思ったのか、自分にはなんの考えもないが、ひとつあるとすれば、近藤先生に従っていくことだけだ、あえていえば、近藤先生が自分の考えだと加えた。

小川にかかった木橋のところで、沖田氏は、それでは、わたしは、これで、といった。おれたちは丁寧《ていねい》に礼をいった。別れ際に沖田氏が、島原の遊廓へは行ったかと問うので、行かないと答えると、一度は行くといいですよと笑った。一同が見送るなか、丈の高い瘦身《そうしん》はほどなく闇《やみ》に紛れた。

三条の宿に戻ると、平六がやや改まった口調になって、やはり自分は初志の通り、清河八郎の攘夷軍に加わりたいと思うと所信を述べた。だから明日は早発ちで江戸へ向かうつもりだ、ついては路銀が足りないので、少し用立ててもらえないかと、悪びれるところなく寅太郎に頼んだ。寅太郎はむろん快く応じたが、寅太郎本人はやや迷うふうだった。

なにしろ着いたのが今日である。それでまた早発ちというのは、いかにもつらい。どうせ平六は猛然と路《みち》を急ぐに決まっているから、また木曾路を駆けさせられてはたまらないという考えもある。伏見の材木屋でカネを受け取ることもしたい。そこで、寅太郎とおれは伏見に寄って、あとから追いかけると相談がまとまった。おれは京のような物騒なところには一刻もいたくなかったから、むろん異存はない。異存がないどころか、最初から江戸へ行くつもりで出てきたことを思えば、むしろ大歓迎である。困ったのは苺田氏だ。清河八郎を追いかけて江戸から京へ来たところ、清河は京から江戸へ帰ったというのだから、途方に暮れるのも無理はない。そもそも沖田氏の話では、浪士隊が京を発ったのは十日ほど前で、木曾路をとったのは間違いないというから、苺田氏はどこかで行き逢っている理屈になる。浪士隊は二百人もの大人数だそうだから、気が付かないほうがどうかしている。苺田氏は全然気が付かなかったと悄《しょ》げている。迂闊《うかつ》な人というのはどこにもいるものだ。

明日が早いからと、平六は飯を喰《く》うとすぐに寝てしまった。苺田氏は野宿する元気もないらしく、うちしおれたまま平六と蒲団《ふとん》を並べて鼾《いびき》をかいた。おれも寝支度をしていると、寅太郎が少しだけつき合えといって、女中を呼んで酒を頼んだ。京で一日過ごした興奮のせいか、おれもすぐには寝たくなかったので、寅太郎と二人で盃《さかずき》をあげた。

障子を開け放てば、加茂の流れがさらさらと音をたてた。川向こうにぽつぽつと明かりが見えて、提灯が闇《やみ》に動いたかと思えば、柳影に草履《ぞうり》がひたひたと鳴った。龕灯《がんどう》をつけた舟が真っ黒な高瀬川を滑った。部屋の行灯《あんどん》の明かりが揺れて、三味の音が夜風にのって流れてくるのは、祇園という遊び場からだろう。

「京の酒はうめの」と寅太郎がいった。

「うめ」とおれは同意した。

「伏見の酒だからだろの」

「んだろの」

「この豆腐もうめ」寅太郎はいって、酒と一緒に出た胡麻《ごま》の豆腐を口に運んだ。

「うめの」とまた同意して、おれも胡麻の豆腐を喰った。

しばらく寅太郎は黙った。それからまたいった。

「おめは、新撰組どこ、どう思う？」

どう思うといわれても、おれには答えようがない。

「わがらね」

おれの返事はきいていないふうに寅太郎は続けた。

「近藤という人は、どげな人なんだろの」

「んだの」と相づちをうったおれは、寅太郎も先刻会った沖田氏に強い印象をうけたらしいと推測した。あの人があれだけ親炙《しんしゃ》している近藤なる人物に興味が湧《わ》くのはおれも分かる。すると寅太郎が、明日もう一度、壬生へ行かないかといい出した。行ってどうするのだときくと、近藤氏に会ってみたいという。

「会ってどうすなや」とおれがきくと、寅太郎は少し困った顔になった。そこで、新撰組に入りたくなったんじゃないのかというと、寅太郎はあわてて否定した。

「んでね。んでねが、新撰組も攘夷には変わりねえがらの」といった寅太郎は、是非とも近藤氏に会って、新撰組の目指す攘夷の本義と筋道をただしてみたいのだと、もっともらしいことをいった。せっかく江戸へ行くと決まったのに、これでまた寅太郎に気を変えられては困る。清河八郎の攘夷軍のほうはどうするのだとおれは迫った。

「それだなや」とため息をついた寅太郎は、これから江戸まで追いかけても攘夷決行に間に合うかどうか分からない、そもそも清河八郎が攘夷軍への参加を許してくれるかどうかも決まったことではないといった。こいつはどうも雲行きが怪しくなってきた。

女中を呼んでまた酒を頼んだ寅太郎は、あの沖田という人をどう思うかと、今度はきいてきた。よく分からないと答えると、あれは人物だと、寅太郎は評した。人物とはどういう意味かときけば、人物は人物だという。

「んだども、剣術は弱かろの」

寅太郎が断言するので、どうして分かるのかときけば、寅太郎は断じた。

「ああしたふうの人は、剣術がうまくねと昔から相場は決まったもんだ」

「そげだもんだかの」

「間違いね。おれには分かる。きっと弱え」と自信ありげに沖田氏を斬り捨てた寅太郎は、返す刀で、だいたいが、あの新撰組は弱そうだと感想をいった。そこでおれは、そんなに弱くては攘夷などはとうてい無理だろうというと、だからこそ、と寅太郎は急に力をこめた。

「腕のたつ男が必要だなや」

その腕のたつ男というのは、まさか寅太郎のことじゃあるまいとおれは思ったが、ぐいと盃を傾けた様子を見れば、そのまさかかもしれないとにわかに疑念が湧《わ》いた。疑念は疑念のままにしておいたほうが無難だと思ったおれは、なんでそんなに新撰組を贔屓《ひいき》するのかと次にきいてみた。なんだか可哀想ではないか、というのが寅太郎の返事で、人数は少ないし、あんな辺鄙《へんぴ》な場所で道場もなく稽古をしている様子を見れば、誰だって同情したくなるといった。きっとカネもないんだろう。

「判官贔屓というやつだな」と寅太郎は笑った。これはいよいよ雲行きが怪しいと思ったとき、襖ががらりと開いて、春山平六が起きてきた。

みるともう身支度を整えている。まだ夜の四ツにならない時刻だ。発つにはいくらなんでも早すぎると思ったら、畳に端座した平六が口を開いた。例によって落ちつき払っている。それで平六がいうには、眠れぬままに考えたのだが、これで明日江戸へ発ってしまえば、自分は二度と京へ来ることはないだろう。だから、できれば出発前に、禁裏を拝しておきたいのだといった。なるほど、尊攘の志士ともなれば、そんなふうに思うものなのかもしれん。そこまでは、おれも同情できた。ところが、続いて平六が、それから、どなたか貴顕《きけん》の方に拝謁《はいえつ》して、自分の尊攘の素志を是非とも伝えたいのだといったのにはびっくりした。

禁裏を拝するだけなら、ただ歩いていけばいい。しかし貴顕の方となれば、なにしろ貴顕というくらいだから、そこらにころがってはいまい。近所の親父と会うのとはわけが違う。いまどきの公家がいくら落ちぶれているからといって、つてがなければ無理だくらいは、おれにだって分かる。すると平六は、だから、いまから長州の京都藩邸へ赴いて、誰かに会わせてくれるよう頼みに行くところだといった。しかし、またとんでもないことを考えだしたものだ。

平六がいうには、御所内に強力なつてを持つ長州藩は、全国より京へ集まった奔走家を公卿《くぎょう》に紹介してくれるという。もちろんなんの実績もない自分のような者が訪ねていっても、相手にされぬかもしれぬ。けれども、とにかく試すだけはしてみたい。幸い長州藩邸は目と鼻の先なので、いまから行ってくるといった平六は、刀を帯に差した。

熱意は分かった。よく分かった。けれども、なにもこんな時刻に行くことはないではないかと、寅太郎がいうと、一刻も時を無駄にしたくないのだと平六は答え、とめるまもなく飛び出して行ってしまった。残されたおれと寅太郎はしばし呆然《ぼうぜん》となった。

「平六のやつ、京さ来て、頭がおがしくなったんでねえか」

寅太郎がいった。おれも同意した。いかに尊攘への熱誠にかけては人後に落ちぬとはいえ、田舎から出てきたばかりの青二才が、なんのつてもない大藩の屋敷へいきなり乗り込んで、誰か公卿を紹介しろとは、とうてい正気の沙汰《さた》とは思えない。とにかく平六に行動力のあるのは分かった。頑固なのも確認した。けれど、いくら行動力があっても、いくら頑固でも、ああも正気を欠いてしまっては、ものの役にたたんだろう。いずれ一時の熱に浮かされたに相違ない。長州藩邸へ行くといっていたが、どうせ門前払いを喰《く》わされるに決まっている。そうすれば嫌でも夢からさめるだろう。さだめし悄《しょ》げて帰ってくるだろうから、酒でも飲ませて慰めてやろうと、寅太郎と相談した。ところが平六はいっこうに戻らない。四ツ半を過ぎ、子《ね》の刻近くになっても帰らない。さすがに心配になってくる。

松吉が見てこいと寅太郎がいった。自分が行ったらいいだろうとおれがいうと、こういう仕事は忍者がやるもんだと理屈をいう。場合によったら長州藩の屋敷に忍び込めなどというので、おれも憤然となった。そもそも平六は寅太郎の同志なのだから、寅太郎が行くべきだとおれはいい返した。しばらく押し問答をした末、二人で行くことに決めた。決めたけれども、二人ともなかなか立とうとしない。もう少しだけ待ってみよう、いま飲んでいる徳利の酒がなくなったら行こうなどと、ぐずぐずしているうちに夜はいよいよ更けてくる。そのうちに眠くなった。

畳にごろりと横になった寅太郎は、もはや腰が立たないという。真似《まね》て横になったおれの瞼《まぶた》も上下がくっついて離れない。平六は免許皆伝だから大丈夫だろう、万が一死んでも、そもそも国を出たときから命などないも同然なのだから、それはそれでいいのだと、冷たいことを寅太郎が平気でいうのを聞いているうちに、おれは眠ったらしい。

気づいてみれば、もう朝だ。開けたままの窓から日が盛大に射し込んで、ひどく眩《まぶ》しい。おれはあわてて起きた。横で口をあけて寝ている寅太郎を起こしてから、隣座敷の襖をあけると、なんのことはない、平六はもとの寝床で寝ている。覗《のぞ》いたおれに気づいてむっくり起きあがり、挨拶した。みると苺田氏の蒲団のほうが空になっている。平六にきくと、帰ってきたときにはいなかったというから、朝から京見物にでも出たんだろう。

それで、長州藩のほうはどうしたと問えば、なんとか話がついたと、当然のごとくいう。夢でもみたんだろうとは思ったが、念のため詳しくきいてみれば、平六は本当に長州藩士と会ったらしい。応対したのは伊藤という人だそうだ。平六自身もよく会ってくれたと思ったそうだが、長州の京都藩邸には、昼夜を問わず全国から勤王志士が訪れてくるとのことで、こうしたことには慣れているのだと伊藤氏はいったそうだ。藩邸の一室でしばらく話をした結果、公卿との面会は今日の明日というわけにはいかないだろうが、なんとか努力してみようと請け合ってくれたという。今日の午後もう一度来てくれといわれたともいう。これが平六でなかったら、法螺《ほら》だと思うところだ。昨夜は平六はてっきりおかしくなったと思ったが、こうなると、長州という藩のほうが常軌を逸しているとしか思えない。平六の話からすると、格式だとか、礼儀だとか、さほど気にかけぬ様子だ。よほど気軽な藩であるらしい。

江戸行きは一日延ばして、伊藤氏には、国から一緒に来た同志が他にもいるので、連れだって行くといってあると平六はいった。寅太郎が、おれも行くのかと問えば、むろんだと平六は答えた。寅太郎は少し青い顔になって、だったら松吉も一緒に行けとおれにいった。おれが嫌だと断ると、友達甲斐《がい》のないやつだと責めた。それでもおれが首を縦に振らないでいると、松吉は親から頼まれた同行の役目があるはずだ、長州藩の屋敷にだっておれに同行する義務があると理屈をいった。卑怯《ひきよう》なやつだと思ったが、それをいわれるとおれも弱い。いやいや行くと答えた。

午《ひる》まで少し休みたいといって、平六はまた蒲団に横になった。苺田氏はどこへ行ったものか戻ってこない。おれと寅太郎は朝飯を食った。それから宿の湯につかってさっぱりし、褌《ふんどし》を洗濯し、ゆっくり茶を飲んだ。それでもまだ暇がある。天気もいいので、有名な清水《きよみず》の舞台を見物に行くことにした。

三条の橋を東へ渡り、しばらく加茂川に沿って、建仁寺の横手から山へ向かった。路《みち》はだんだん坂になる。参道に並んだ土産物を売る見世を覗きながら歩けば、やがて山門についた。大きな伽藍《がらん》である。濃い緑のなかに八重の桜が映え、堂の檜皮葺《ひわだぶ》きが堂々としている。手水《ちょうず》で口をすすぎ、さっそく舞台に上れば、なるほど高いものだ。これでは霞《かすみ》流忍法ムササビの術を体得した甚右衛門でも容易には跳べまい。

境内で売っていた絵図を見て、清水寺から知恩院まで歩いた。ここは浄土宗の総本山だそうだが、将軍家の菩提寺《ぼだいじ》だけあって、どこをとっても立派である。とりわけ大梵《ぼん》鐘《しょう》が偉容を誇る。投げ銭無用を看板に掲げているくらいだから、よほどカネが余っているんだろう。並んだ杉の木さえ羽振りがよさそうに見えるのがおもしろい。門前の茶店で休んだ。団子を頼むと、黒い碗《わん》が団子と一緒に出た。覗《のぞ》くと底に緑色のどろどろしたものが溜《た》まっている。妙に泡立っているところが怪しい。これは抹茶といって、茶葉の粉を湯で溶いたものだと寅太郎が教えた。嗅《か》いでみれば、なるほどたしかに茶らしい。作法正しく飲まないと駄目だと寅太郎がいうので、どうすればいいのかときけば、寅太郎も詳しくは知らないらしい。仕方がないので、人目につかないよう、袖《そで》で隠してこっそり飲んだ。旨いんだかまずいんだか、よく分からない。

茶店はけっこう混んでいる。遊びに来た近在の百姓らしい一団が上げ床を占領して賑《にぎ》やかにやっている。そのうちに、二人の侍が連れだって現れた。みたことのない形の筒袖を着ている。ともに身体が大きく、力がありそうだ。入ったとたんに、ひとりがおれと寅太郎を真っ黒い目でじろりと見たので、おれは少し胸が苦しくなった。馴染《なじ》みらしく、奥から亭主が出てきて、床几《しょうぎ》に腰かけた侍たちに挨拶した。それから二人で話し出したが、これを耳に入れたおれは驚いた。どこの国の言葉だか知らないが、何をいっているのか皆目《かいもく》分からない。やたら、ゴワス、ゴワスというのが聞こえるばかりで、あとは見当もつかない。あれは薩摩だと、小声で寅太郎が教えた。なるほど薩摩の言葉かと思ったが、それにしても、よほど変わった言葉だ。二人は団子を喰《く》い終《お》わると、銭を置いてさっさと行ってしまう。薩摩者は喰うのが早いと見える。いまのはどなたかと、寅太郎が店の亭主に尋ねると、薩摩の田中新兵衛様と、中村半次郎様でございますと返事があった。

　店を出ると、寅太郎がいまの侍たちをどう思うかときいてきた。喋る言葉はおかしいが、なかなか立派な侍らしいとおれは答えた。頷いた寅太郎は、二人とも一廉《ひとかど》の人物には違いないだろうが、しかし、剣術はたいしたことがあるまいと評論した。なんで分かるのかときけば、そんなことは様子をみればすぐ分かることだと答えた。あんなに隙《すき》だらけで団子を喰っていては、子供にだって打ち込まれるだろうと笑った。それから、どうも京には碌《ろく》な剣士がいないようだと慨嘆した。これでは修行にもなんにもならないが、まずは手はじめに明日にでも新撰組の屯所《とんしょ》へ行って稽古をつけてもらうかといった。よほど新撰組が気に入ったものとみえる。宿に戻ると、平六が湯に入ってきれいになっていた。昼飯を喰い、髪結いを呼んで月代《さかやき》を剃《そ》って貰ってから、三人でもう一度出かけた。

第五章　国士の酒盛り

長州の京都藩邸は、平六のいうとおり、三条大橋西詰からはほんの目と鼻だ。木屋町の通りから、高瀬川にかかった三条小橋を渡って、突き当たりを右へ折れると、左手にまず本能寺があり、右に対馬藩邸、加賀藩邸と順番に並んで次が長州である。門の横の格子窓から平六が声をかけた。すぐに潜り戸《くぐど》が開く。よくもまあ、こんな簡単に開くものだと呆《あき》れながら戸を潜れば、門番が待つようにいったので、築地《ついじ》の側でひとかたまりになっていると、おう、と声がかかった。見れば、梅の木の陰から出てくる人がある。これが伊藤という人らしい。いつのまに来たのか足音が全然聞こえなかった。まるで猫だ。

伊藤氏は色が真っ黒である。小柄な割に頭の鉢が大きい。黒い顔の真ん中で二つの目玉がきろりと光る。平六がおれと寅太郎を紹介しようとするのを制して、それはまた後にしようと笑ったところはなかなかの愛嬌《あいきよう》だ。平六に向かって、公卿《くぎよう》に会わせるのは今日のところはむずかしいが、別の有力者に会わせるから、池田屋という旅籠《はたご》に行けといって場所を教えた。そこに遠山大膳という人物がいる、伊藤にいわれて来たといえばいい、自分もあとから行くと、西国訛《なま》りの混じった武家言葉でいうや、返事もきかずに行ってしまう。ひどく忙しい人らしい。おれは急に故郷《くに》の祭りを思い出した。祭りのたびに、頼まれもしないのになんだかんだと取り仕切って、あちこちで世話してまわる元気者が必ず現れるものだが、伊藤氏がまさにそれだ。

いわれたとおりに池田屋へ向かった。三条小橋から西へ三軒目の家とのことで、なんのことはない、ついさっき前を通ったばかりの家である。京の家はどこも間口はあまり広くない。かわりに奥へは長い。池田屋もおなじで、入口から奥に土間が長く続いている。板の間に座った番頭に用件をいうと、女中が二階へ案内した。

廊下を歩いて、一番奥の部屋で襖《ふすま》越しに声をかけた。返事があって、女中が襖を開いたので、伊藤氏の紹介で来た者だといって、廊下に並んで挨拶《あいさつ》しようとすると、真正面に座った侍が、まずはなかへと誘った。声がいやにやさしい。平六は礼儀正しい男だから、すぐには入らない。何度か勧められて、それでは、とようやく敷居を越えた。

入るとむうっと酒臭い。人は全部で五人いる。まずはやさしい声の侍が正面の床柱を背に鎮座している。その右手に二人、顔色の悪い痩《や》せた人と、まるまると肥えた総髪の巨漢が並ぶ。痩せ侍は顎髭《あごひげ》を長く伸ばし、巨漢のほうは見事なあばた顔である。左の壁に沿っては、どことい って特徴をつかみにくい、よく似た感じの若い侍が二人控えている。平六が名乗り、寅太郎がやや緊張気味に挨拶した。おれも仕方がないので、二人に真似《まね》て、横川恭兼でござると、名前をいうと、床柱の侍がいきなり笑いだした。

侍は口元を掌《てのひら》で覆いつつ、おほほと、妙に甲高い声で笑う。ヤスカネではお糸からもさんざん笑われたが、こんなところでまた笑われるとは思わなかった。よほど変な名前らしい。おれが名付け親の輪光寺の住職を恨んでいると、笑ったままの侍が、いや、失礼、と詫《わ》び、知り合いの公卿が同じ名前なのがおかしかったのだと説明した。他の連中も笑ったが、そんなことで笑われても困る。まったく嫌になると思って横を見ると、寅太郎も調子をあわせて笑っているではないか。友達甲斐《がい》のないやつだ。

　ようやく笑いやんだ侍は、下野《しもつけ》の国は宇都宮の国士、遠山大膳と名乗った。女のような細い声である。色が白い。眉《まゆ》が剃《そ》ったみたいに細い。唇が赤い。浅黄の小袖《こそで》に茶の袴《はかま》をはいて、頭を茶筅髷《ちゃせんまげ》に結ったところは役者のようである。全体に若武者風のつくりだが、歳は若武者にはほど遠い。隣に座った顔色の悪い顎髭が、遠山先生は宇都宮の大社の神官であり、承久の頃、東国に流されたさる貴人の末裔《まつえい》であると、勿体《もったい》ぶって解説した。すると次に、総髪あばたの肥満漢が破《わ》れ鐘《がね》のごとき大声を発して、遠山先生は古事記の注釈では世に聞こえた大家であるとともに、井上流居合い術の名手であると紹介した。どうもおべっか臭い。役者侍は脇息《きょうそく》にもたれて、いや、なに、それほどのもんじゃない、などと謙遜《けんそん》しながら満更でもない様子である。まだ不足と思ったのか、肥満漢が、一度先生の据え物斬《ぎ》りを拝見したけれど、それは凄《すさ》まじい手練《てだれ》であったと、大袈裟《おおげさ》に褒《ほ》めてみせると、おべっかなら負けぬとばかりに、顔色の悪い侍が、さよう、あれはまさしく神業でござったと、さも感嘆したふうにいって、長く伸ばした顎髭をしごいた。役者侍はまた、ほほほと女のように笑う。それから、そういう諸公らにしても一流を究《きわ》めた使い手ではないか、ともに一国一城の主なのだからたいしたものだといった。

総髪あばたの肥満漢は、房州国士、井巻雪舟斎と名乗った。なにかに似ていると思ったら、茂平の飼う牛に似ている。顔色の悪い顎髭のほうは、相模の国士、菅沼亘という名前だが、こちらは寅太郎に見せてもらった絵草紙の、青河童《あおがっぱ》というのにそっくりだ。

二人とも地元で剣術の道場を開いているという。

おれは国士というものに会うのはこれがはじめてである。国士は互いに褒めあう性質があるらしい。少々みっともないが、世話はいらない。左の壁に並んだ残り二人は肥満漢の門弟だそうだ。それぞれ岡沢、田島という名前だが、肥満漢から精力を吸い取られてしまったのか、いかにも影が薄い。剣術は弱そうだ。それでも師匠にいわれて、酒を女中に注文したり、せっせと酒をついで廻っているのは偉い。寅太郎やおれの盃《さかずき》にも注いでくれる。酒が行き渡ったところで、やおら脇息から身を起こした役者侍が、尊王の本義やいかに、といきなり寅太郎に質問した。

役者侍の口から尊王の語が出たとたん、一座の者がいっせいに居ずまいを正したのには驚いた。どうもやることが芝居がかっているとは思ったものの、こう誰もが畏《かしこ》まっては、空気が緊迫するのは避けられない。平六はもともと背筋が伸びているからいいとして、問題は寅太郎である。急なことに、盃に口をつけたまま、法事の席に迷い込んだ猫みたいにきょときょとしている。

どうやら役者侍は寅太郎を試験するつもりらしい。それが証拠に赤い唇が意地悪く歪《ゆが》んでいる。牛似の肥満漢も、顔色の悪い青河童も、つまらん答えをしたら大いに嗤《わら》ってやろうと身構える気配だ。さあ困った。寅太郎は鶴ケ岡の廓《くるわ》女郎の評判や、三馬の滑稽《こっけい》本《ぼん》のことだったら大いに弁ずるが、尊王の本義は無理だ。おれにはいえても、こんな偉そうな人たちの前では駄目に決まっている。よりによって寅太郎にきかなくてもいいだろう、平六にきけばいいものをと思ったが、もう遅い。寅太郎はどうするだろう。はらはらして見ていると、盃を膳《ぜん》に置いた寅太郎は、尊王の本義とは、と声を放った。

放ったものの、あとが続かない。目が虚《うつ》ろに泳いでいる。いよいよ切羽《せっぱ》詰まったらしい。と見るや、寅太郎は脇《わき》に置いた大刀を手に取った。とうとう自棄《やけ》になったかと心配すれば、刀を胸の前に差し出して見せた寅太郎がいった。

「尊王の本義とは、すなわち、これでござる」

一座の者は虚をつかれてぽかんとしている。すると、床柱の役者侍が突然笑いだした。

「いや、若い者は勢いがあるものだ。尊王の本義は、剣だと申されるか」

役者侍はいよいよ笑い、すると牛似の肥満漢が、これはよい、といってこれみよがしな豪傑笑いをはじめ、青河童も負けじと顎髭を震わせた。二人の門弟も追従する。おれは何がおかしいのかまるでわからない。

役者侍は、笑いはじめたときと同じく、唐突に笑うのをやめた。それから、「いま申されたことは、あながち座興とは申されない、深奥《しんおう》なる真理を含んでおる」となにやら小難しいことを滔々《とうとう》と述べたてはじめる。言葉遣いがやけにものものしいのは、何かの講義であるらしい。一同は謹聴の様子だ。おれはよくわからなかったが、要するに、人という人はみな天皇の奴隷になるべきとかなんとか、そんなふうなことをいっているらしい。

最後に、人が剣を使うのではなく、人が剣そのものにならねばならないといったのだけはおれにもわかった。言葉はわかったが、意味はまるでちんぷんかんぷんだ。そもそも人が刃物になれる道理がないではないか。人は鉄ではない。馬鹿なことをいう男だと思っていると、けだし名言でござる、とさも感激したふうに総髪肥満漢が言葉を挟んだ。

「士卒、剣を使うにあらずして、士卒まさに剣たるべし。いや、これこそ、至忠の中核を射抜いた言である」

肥満漢がいうと、青河童がこれをひきとって、なるほど、つまり剣を失った士卒はもはや士卒たりえないが、自ら剣となった士卒はたとえ剣を失おうと永遠に剣なのでありますなと、小難しい顔で評論した。

「それにつけても、畏《おそ》れ多くも、ここよりわずかに北におわす方は、一千年の長きに亘《わた》って、一振りの剣もなく過ごしこられたのですからな」

青河童がいうと、急に座は通夜みたいにしんみりとなった。役者侍は厳粛な面もちで瞑目《めいもく》している。妙な音がするなと思ったら、肥満漢が鼻を啜《すす》っている。どうやら泣いているらしい。見れば、たしかに目尻《めじり》から涙がこぼれて、あばたを伝って汚く流れている。肥満漢のすすり泣く声が響き渡るなか、

「士卒まさに剣たるべし」と、感に堪えぬといった風情の青河童がおなじ文句を繰り返した。それから目玉を妙にぎらぎらさせながら、

「いや、名言だ。掛け値無しの名言といわざるをえない。是非とも薩摩の芋《いも》どもに聞かせてやりたいものだ」というと、今度はいっせいに笑い声があがった。肥満漢も大口を開けて笑っている。泣いたり笑ったり、忙しい男だ。なおも笑いながら、肥満漢が、薩摩の芋ばかりではなく、誰かに聞かせてやりたいと次にいった。聞かせたいのが誰なのか、おれの耳には聞き取れなかったが、すぐさま遠山大膳が、しっ、声が高いと、にやにやしながら注意した。すると今度は、青河童が押し殺した声で何かいい、三人は鼻面を寄せあってひそひそ話をはじめた。最後にはまた揃って笑い声を高くあげる。妙にこそこそするあたりが、どうも嫌な感じだ。

また酒になって、役者侍が、寅太郎にいろいろ質問する。故郷のことや、学問のことや、剣術修行のことなどをきく。寅太郎もまあそつなく答えている。それにしても、何故《なぜ》寅太郎ばかりにきくのか。おれは不思議に思ったが、どうやら身なりのせいらしい。たしかにおれと平六に較《くら》べて、寅太郎の着ているものは格段に立派だ。役者侍はおれと平六を寅太郎の家来のように思っているらしい。見る目のない男である。おれは片腹痛かったが、平六は気にする様子もなく、例によって落ちつきはらっている。

おれは早く伊藤氏に来て欲しかったが、伊藤氏はなかなか来ない。そのうちに役者侍が、寅太郎の佩刀《はいとう》を拝見したいといいだした。寅太郎が承知すると、肥満漢にいわれて

岡沢という門弟が進み出た。寅太郎から恭《うやうや》しく刀を受け取って、遠山大膳のところへ運搬する。

受け取った役者侍は、柄《つか》から鍔《つば》から鞘《さや》までを順にあらため、続いて刃《やいば》をすらりと引き抜いた。ほほう、とその口から嘆声が漏れた。

「これは立派なものだ」と光にかざした刀に目を据えた役者侍は御託宣《ごたくせん》を下した。褒《ほ》められた寅太郎が有頂天《うちようてん》になったのは当然である。山善でさんざんカネを使った甲斐があろうというものだ。すっかり気をよくした寅太郎は、気後れの跡かたなく、刀の講釈に邁進《まいしん》する。黙って頷いている様子からして、役者侍は話を聞いているらしい。寅太郎もたいしたものだ。おれが感心していると、ぱちりと刀を鞘に収めた役者侍が寅太郎をさえぎった。

「しかし、短い」

そういって鞘にじっと目を据える。すると青河童が横から、

「いや、これはだいぶ短いようだ」といって自分の大刀を掲げて見せた。なるほど、たしかに長い。総髪肥満漢も刀を見せた。これまた異様に長い。そういえば、新撰組の沖田氏の刀も長かった。昼間見た薩摩の侍の持ち物も物干し竿《ざお》のようであった。どうやら京では長い刀が流行《はや》るらしい。

「長き太平の世にあって、武士の刀は女子の簪《かんざし》のごとき飾り品に堕した観があるが」と遠山大膳はまた講義をはじめた。やたら講義をするのが好きな男らしい。迷惑な話だと

思ったが、まわりは謹聴している。

それで、いうには、いまや本朝は未曾有《みぞう》の危機を迎え、刀は再び武具たる本来の意義を取り戻した。刀剣は華美を競うべき工芸の品ではなく、どれだけ能率よく人を斬れるかが問われるべき実用の品である。つまり、寅太郎の刀は役に立たないといいたいらしい。

講釈をやめた役者侍は、人を斬ったことがあるかと、寅太郎に質問した。寅太郎が、ないと答えると、役者侍は、ふふんと鼻から息を吐いて赤い唇を歪めた。するとまた、いつのまにか寅太郎の刀を手にしていた青河童が口を開いた。

「しかし、これは短い」といって吹き出しそうな顔になる。どれどれと、青河童から刀を奪い取った肥満漢が、柄から鞘までしげしげと眺め、

「いかにも短い」といって、とうとう笑いだした。一座の者はいっせいに笑う。こう何度も短い短いと嗤われては、さすがの寅太郎も参ったろうと思いきや、短い刀というならこっちのほうが上だといって、おれが山善から借りた刀を持ち出した。また門弟が刀を恭しく運ぶ。手にした役者侍は、いきなり甲高い笑い声をあげた。続いて受け渡された青河童も、

「なんだ、これは」と素《す》っ頓狂《とんきょう》な声をあげ、

「子供の玩具か」と肥満漢は目尻から涙をこぼして笑い転げる。寅太郎も腹をよじっている。いまや座敷中が大笑いである。おれはすっかり嫌になったが、借りた刀だという

と、もっと笑われそうなので何もいわずに黙っていた。そのうちに、襖が開いて伊藤氏が来た。

伊藤氏は四人の侍を連れている。敷居をまたいだ人々は、空いた畳に席をとる。新来の四名はどれも人相がよろしくない。もっとも旧来の三人組はもっと悪いから、おれもいまさら驚かない。月代《さかやき》を狭く削った三人は水戸の脱藩浪士、もう一人は越後の郷士だそうだが、どうも尊攘の志士というのは平均して人相がよくないようだ。かれらは互いに顔馴染みらしく、挨拶もそこそこに、大人数での酒盛りになる。部屋は広くないから、ぎゅうぎゅうの寿司《すし》詰《づ》めだ。人と膳で足の踏み場もないところを、伊藤氏はひょい飛び跳ねるように歩いては、酒をついで廻って取り持ち役を務めている。寅太郎やおれにも酒をついでくれる。平六が同郷の同志だと紹介すると、遠路はるばるご苦労なことだとねぎらってもくれる。この調子だと頼めば小遣いだってくれそうだ。

「羽州庄内藩といえば、徳川譜代中の譜代の家柄。正直、佐幕で凝り固まった旧弊《きゅうへい》な土地柄とばかり思っちょったが、諸君のごとき有意の士があったとは、いや、この伊藤、まったく敬服いたしした。諸君のごとき気概ある者が続く限り、わが神州も末々安泰でござるの」

そういっては、また酒を注ぐ。なかなか人をおだてるのがうまい。

「是非とも諸君らの力でもって、尊王の大義をあきらけくし奉り、外夷《がいい》を打ち払うべく士気を作興していただきたい。いや、なにも申されるな。諸君の熱誠はこの伊藤がよく存じちょる。諸君こそ、悠久なる神国繁栄の礎《いしずえ》であると、誰が認めずとも、この伊藤だけは、深く深く心にとめちょります」

　どうもいうことが全体に大袈裟《おおげさ》だ。寅太郎などはおだてに弱いから、すっかりその気になって、頰《ほお》を上気させている。一刻も早く攘夷を敢行せねば、わが民草の安寧《あんねい》はないなどと、偉そうなことまで口にする。よせばいいのに伊藤氏も、まったく同感だ、などとおだてるからいけない。調子にのった寅太郎、こうなれば幕府を倒してしまうほかないと深刻ぶるから手におえない。うん、うん、とさも感心したふうに聞いていた伊藤氏も、寅太郎の倒幕には苦笑して、その話はここだけにしたほうがいいとたしなめた。それから、清河八郎に従うのもいいが、京に残ったほうが働き場所があると勧めた。もしその気があるなら、長州藩が面倒をみるともいった。寅太郎は二つ返事の勢いだったが、平六は沈思の態である。伊藤氏にしても、京に残って欲しいのは平六だけで、寅太郎はついでらしい。なかなか人を見る目がある、大きな目玉は伊達《だて》じゃないとおれが感心しているど、向こうから肥満漢井巻が伊藤氏を大声で呼んだ。呂律《ろれつ》が怪しい。すっかり出来上がっている気配だ。

　呼ばれた伊藤氏は、よく考えて欲しいといい残して、ひょいと杯盤狼藉《はいばんろうぜき》の山をまたぎ越えていってしまう。本当に腰の軽い男である。

　人数が増えて、係りの女中はとたんに忙しくなった。空の徳利が運び出され、新しいのが次々運搬される。盆には一遍《いっぺん》に十本も二十本も載せられている。それでも間に合わない。今日は秋祭りでも正月でもない。なのに昼間からこんなに酒を飲むとは、京とはやはりとんでもないところである。人々の胃の腑《ふ》に消える酒の量を考えると空恐ろしい。砂地に吸われる雨水みたいに酒がなくなっていく。京中の酒が飲まれてしまうのではと、おれは心配になった。

「いったい長州はいつになったら腰を上げるのか」

肥満漢井巻が向こうで伊藤氏を相手に息巻いている。目が完璧《かんぺき》に据わって、田《た》螺《にし》みたいになっているところが怪しい。前に座った伊藤氏は、まあまあと、なだめるように徳利を傾ける。むろん肥満漢は聞くもんじゃない。盃などは疾《とう》に放り投げ、吸物椀《すいものわん》になみなみとそそがれた酒を牛のごとく一息に飲み干して、だいたい長州者はと、また文句をいう。

「皇室の式微《しきび》を慨し、皇国の威風を発揚すると、二言目には口にするくせに、まるで口先だけではないか。一身をなげうち、勤王へ邁進するというが、所詮《しょせん》は長州も薩摩と同様、わが身が可愛《かわい》いだけではないのか」

肥満漢の大喝を伊藤氏は柳に風と受け流し、また椀に酒をそそぎ入れる。牛を肥えさせるのに熱心な百姓のようである。再び肥満漢がからもうとすると、見かねた役者侍が横から、長州には長州の都合があるのだからと、むっつりした顔で意見した。肥満漢は今度は役者侍に喰《く》ってかかる。

「どんな都合があると申されるのか。六十余州を統《す》べるべき文武の大権を皇室にお返し申し上げるに、誰にどんな都合があると申されるのか。夷狄《いてき》を払うにどんな都合が必要と申されるのか。ああ、遠山先生までもが、さようなことを口にされるとは、あまりにも情けない。これでは、畏れ多いことながら、禁裏におられるやんごとなきお方があまりにもお可哀想でござる」

そういって肥満漢は拳《こぶし》で涙を拭《ぬぐ》いつつ男泣きに泣いた。こうなれば青河童も何か一言あるだろうと見れば、脇息にもたれて舟を漕《こ》いでいる。どうりで大人しいはずだ。伊藤氏はにやにやしながら肥満漢を眺め、役者侍は不機嫌そうに耳垢《みみあか》を小指でほじっている。

すると別な方面では、水戸の浪士の一人が詩を吟じはじめた。なかなかよい声だ。腹の底から声が出る。いままで泣いていた肥満漢は、急に上機嫌となって、やあ、それは、藤田幽谷の作だなと、手をうって喝采《かっさい》する。畳に正座した水戸浪士は目を瞑《つむ》ったままなおも吟ずる。と、今度は、越後郷士がやにわに立ち上がった。何をするのかと思いきや、ものもいわずにいきなり大刀を抜き払い、剣舞をはじめたのには驚いた。

剣舞はいいが、なにしろ狭い部屋だ。危ないことこのうえない。全員が首をすくめ、壁際に退いて見ている。膳が蹴倒されて派手な音をたてた。襖が破けた。女中が盆を取り落とした。昂揚《こうよう》した舞い手は裂帛《れっぱく》の気合いとともに刀を上段に振りかざした。はずみで刀が鴨居《かもい》に刺さった。よほど深く刺さったらしく、懸命に引っ張るが、刀はいっこうに鴨居から離れない。二人が手を貸して、ようやく引き抜いた。

剣舞は竜頭蛇尾に終わったものの、詩吟はいぜん続いている。もっとも聞いている者はもういない。いましも別の水戸浪士と肥満漢が議論をはじめたところだ。武士の魂がどうした、肝がこうしたと、膝詰《ひざづ》めになっていいあっている。房州と水戸は近いせいか、二人ともお国訛《くになま》り丸だしだ。声高というより、ほとんど喧嘩腰に聞こえる。肥満漢の影の薄い門弟二人は、いよいよ影を薄くして隅でひとかたまりになって餅《もち》を食っている。女中が来るたびにからかっては、二人でげらげらと笑う。伊藤氏と役者侍は顔を寄せあって密談の真最中だ。夢でも見たか、びくりと跳ね起きた青河童が寝ぼけ顔で詩吟男に拍手を送る。越後郷士はむっつり押し黙って盃を重ね、再度剣舞をやってやろうと虎視《こし》たんたん隙を窺う気配である。

おれは頭が痛くなってきた。席から立つと、どこへ行くと寅太郎がきくので、便所だと答えた。おれも行くといって、寅太郎も立ち上がった。つながって階下へ降り、土間を出たところにある便所で用を足した。

表はいつのまにか暮れかかっている。どこからか魚を焼く臭《にお》いが漂い、狭い空は夕焼けに赤く染まっている。戻ろうとしたところへ、青河童が来た。少し話があるという。上ではなんだからと、奥庭の土蔵の前に連れていった。それで青河童が声を潜めていうには、もし望むなら、知り合いの公卿に紹介してもいいとの申し出だ。諸君らの尊王の熱意に深くうたれたのだともいい添える。

寅太郎はその場でお願いすると申し込んだ。頷いた青河童は、ただし公卿に会わせるにはいろいろと工作が必要だといい、諸君らはいかほど軍資金を用意できるかときいてきた。いくらあればいいのかと寅太郎が逆にきくと、二十両が相場だと答えた。寅太郎が考えていると、無理なら十五両にまけておくといった。ずいぶんと簡単にまけるものだ。遊ぶときは湯水のようにカネを使うくせに、鈴木尚左衛門の血筋のせいか、寅太郎は妙に吝嗇《けち》なところがある。もう少しまからないかと交渉をはじめた。青河童は十二両まで値下げした。では明後日の午《ひる》に池田屋に来い、そのときまでに段取りをつけておく、カネはそのときでいいといって、青河童は二階へ戻っていった。公卿に会ってどうするとおれがきくと、少し考えた寅太郎は、会ってから考えると答えた。

座敷へ戻ると、越後郷士が剣舞でまたひと暴れしていた。水戸浪士と井巻肥満漢は両者ともに激昂《げっこう》している。あわや抜きあわんとしたところで、ようやく止めがはいった。伊藤氏はいつのまにか姿がない。

平六が帰ろうといった。おれと寅太郎が頷くと、青河童が、まだいいではないかと引き留めた。井巻肥満漢も、これからではないかと吼《ほ》える。とても帰れそうにないとおれは青くなったが、さすがは平六、泰然として退座の挨拶を述べた。

平六では相手にならないと思った青河童は、寅太郎に矛先《ほこさき》を向けた。これから祇園に繰り出すが、一緒にどうかと誘惑する。祇園とはまた痛いところをついてくるものだ。寅太郎に祇園は猫の鼻先に魚を放るようなものである。寅太郎はもともとない落ちつきがいっそうなくなる。ぐずぐずしていると、寅太郎から一緒に祇園へ行けといわれるに決まっているから、おれは平六に続いてさっさと立ち上がった。迷いに迷った寅太郎は、一度は腰を浮かしかけたものの、結局は座布団《ざぶとん》に尻《しり》を落ちつけた。やはり祇園の魅力には勝てなかったと見える。おれが平六に続いて敷居を越えようとすると、寅太郎が恨めしそうにこちらを見た。おれはかまわず廊下へ出た。

外はだいぶ暮れている。軒をかすめて蝙蝠《こうもり》がひらひらと飛んだ。

宿へ戻ると、苺田氏が帰っていた。着ているものは相変わらず垢じみているが、月代を剃《そ》ったせいか、妙にこざっぱりしている。血色もいいようだと思っていると、畳に威儀を正した苺田氏が、新撰組に入隊することになったと報告した。きけば、朝からひとりで壬生《みぶ》へ行って、昨日のカモに頼んだという。おれは苺田氏の剣術の腕前を知らないが、それにしても、よく入れたものだ。新撰組はよほど人手が足りないらしい。

今夜から壬生の屯所《とんしょ》に寝泊まりするといった苺田氏は、借りたカネは給金が貰《もら》え次第返したいと続けた。一遍にとはいきそうもないので、何度かに分けて返したいが、それでいいかというので、それでいいと、寅太郎に代わっておれはいってやった。苺田氏はほっとしたように笑い、夕食の膳を運んできた女中に愛想を振りまいた。昨日までとは別人である。身体がふわふわ弾んでいるように見えるのは、よほど嬉しかったんだろう。油断すると笑みがこぼれてしまうらしく、笑いそうになるたびに顔を引き締めているのが、戸惑いをした猫みたいに見えるのがおかしい。では、大変に世話になった、この恩義は生涯忘れられるものではない、鈴木寅太郎殿にはあらためて礼をいいに来たいと挨拶して、苺田氏は去った。

これで苺田氏は片づいた。平六はどうするのかときいてみると、やはり自分は初志を貫き、清河八郎の攘夷軍に加わりたいと、平六は泰然として答えた。

青河童が公卿に会わせると約束した件をおれが話すと、平六は沈思した後、残念だが、今回は諦めるといった。おれと寅太郎の口を通じておのが尊攘の素志を伝えておいて欲しいと頼むので、自分で伝えたほうが間違いがないとおれはいった。正直いえば、京に寅太郎と二人では心細かった。だから平六にはもうしばらく一緒にいて欲しかったのだけれど、平六はとうとう決心を変えなかった。青河童は早急に段取りをつけるといったが、拝謁はいつになるかわからない。悠長に構えてもいられないと思ったんだろう。おれも無理に残れとはいえない。

翌朝、平六は暗いうちに起き出し、風呂場《ふろば》で水を浴びた。髭をあたり、月代をきれいに剃った。下帯も真新しいのに換えた。それから大小を腰に差して、あいにくの雨模様のなか、禁裏を拝みに出かけた。

半刻《はんとき》ばかりで戻ってきたので、首尾よく拝めたかときくと、各御門に警備の者がつめて近寄れなかったと答えた。丸太町橋から禁裏の辺りを拝んだだけで帰ってきたが、それでも念願がかなって満足した、もう思い残すことはないと、晴れ晴れした顔でいった。

平六はすぐに旅支度を整えた。寅太郎はまだ戻らない。朝飯くらい食べてから発《た》ったらどうかとおれは勧めたが、よほど気が急《せ》くのか、平六は大股《おおまた》で旅籠《はたご》から歩き出た。おれは宿の番傘をさして三条の橋まで見送りに出た。橋の真ん中までくると、平六は立ち止まって、京の町並みから東山へと、一度だけぐるりと頭を巡らせて眺めた。それで満足したのか、あとは一目散に粟田口《あわたぐち》へ向かった。平六の紺色の道中合羽《どうちゅうがっぱ》は、みるみるうちに雨に煙る街道に消えてしまった。

宿へ戻って、さて、ひとりではすることがない。家ならば畑をしたり水を汲《く》んだりするところだが、そんな必要もない。畳に座って朝飯を待つしかない。と、そこへ具合良く、遊蕩児《ゆうとうじ》然とした顔つきになった寅太郎が朝帰りしてきた。

「なして松吉は来ねもんだか。祇園さ行がねば、わざわざ京さ来た甲斐がねえとしたもんだ」

おれの顔を見るなりいった寅太郎は、芸妓《げいこ》のひとりがなかなか離してくれないので大いに困ったと、すっかりやにさがっている。鶴ケ岡の七日町とは違うかときいてやると、雲泥の差であると力をこめた。

それから、祇園がいかに素晴らしいところであるか、朝飯を喰いながら、おれに向かって得々と講釈をはじめた。つい昨日まで祇園のギの字も知らなかったくせにと、おれが呆れていると、今夜もまた行かなければならない、しかしそれには少々懐が寂《さび》しいので、今日のうちに伏見の井桁屋《いげたや》へ行ってカネをとってくる必要があると寅太郎がいった。

「今日もまた行くなだか?」おれがいよいよ呆れてきくと、

「んだ。また行く」と眦《まなじり》を決した寅太郎は、自分が行かないと、死んでしまうと女がいったのだと加えた。

名が廃《すた》るや」

「白藤《しらふじ》や。祇園のおなごだ。京のおなごにそこまでいわれて、これで行かねば、東漢《あずまおとこ》の
「誰が死ぬなだ？」

　寅太郎はにやにやしている。それにしても、寅太郎が今晩カネを持って行かないと死んでしまうとは、白藤はよほど困窮していると見える。祇園の芸妓とはひどく貧乏なものらしい。おれがそういうと、寅太郎はいきなり飯を吹き出した。

「そげだわけあめえや」

「だば、なして死ぬなや？」

「んださけ、あれや。惚《ほ》れた男に恋い焦がれて死ぬなや」

　おれは何だか分からなかったが、寅太郎のにやついた顔を見ていたら、それ以上追及するのがいやになった。おれは黙って麩《ふ》入りの汁を飲んだ。いつもの寅太郎なら、飯を喰って半刻はぐずぐずするのだが、今日は箸《はし》をおくなり立ち上がった。一刻も早く井桁屋からカネを貰いたいらしい。

　伏見までは歩いてもたいした距離ではない。それを舟で行ったのは、寅太郎がどうしても舟に乗りたいといったからだ。雨は小やみになっている。高瀬川の柳がしっとり濡《ぬ》れて眼にきれいだ。櫓《ろ》を操る船頭の鼻先を燕《つばめ》がかすめ過ぎた。

　井桁屋は尾張様屋敷の裏手だと、船宿で教えられたとおりに路《みち》を行けば、店先の看板がすぐに見えた。材木屋だけあって、看板は立派だけれど、店構えはさほど大きくない。

と思ったら、番頭に案内を請うて導かれた二階座敷から見れば、広い奥庭があって、土蔵が四つほど並び、空いた地面にたくさんの材木が積まれている。座敷には、やはり材木屋らしく、木の根を磨いた置物が幾つも飾られていた。どれも形がおもしろい。床座敷に置かれたやつなどは、人の背丈ほどの大きさがあって立派である。

待つほどもなく、主人の茂右衛門が出てきた。鈴木尚左衛門様には日頃から大変お世話になっていると挨拶した。鬢《びん》に白いものの混じる茂右衛門は、商売人というより、学者みたいな謹直な雰囲気のある人である。きけば、京の生まれではなく、九州は日田《ひた》の出だそうだ。旅はどうだったの、京の宿はどこだのと、いろいろ質問してくるが、元来が話し上手ではないらしく、無理に喋っている感じがして少々気の毒である。だが、こうした場合、寅太郎は重宝だ。きかれもしないことをぺらぺら途切れなく吹聴《ふいちょう》するから、いたって座持ちがいい。と、そこへ、山吹色の着物を着た女が茶を運んできた。娘の琴乃だと井桁屋が紹介した。

琴乃という娘が盆に載せた急須《きゆうす》から青磁の茶碗に茶を注いだ。指が白くて細い。白いのは指ばかりでなく、顔もおなじだ。真綿の上に雪が積もった趣がある。何という結い方かは知らないが、真っ黒な髪をちょっと珍しい形に結っている。すらりと鼻筋が通って、形の良い富士額が艶々《つやつや》して、こんなきれいな娘におれは会ったことがない。故郷《くに》にも小町娘と呼ばれる者は二、三あったが、垢抜け方が違う。京の水で毎日ごしごし洗って磨きをかければこうなるのかしらん。横で寅太郎も口をあけて娘の顔を眺めている。

客を意識するのか、琴乃はいやにつんと澄ました顔をしているが、切れ長の目元のあたりにはうっすら笑いが浮かんで、なかなかの愛嬌だ。井桁屋は寅太郎に妙な気を起こされては困ると思ったのか、琴乃は堺の船宿の跡取りと約束ができているのだと紹介した。そういわれても、琴乃は頰《ほお》を赤らめるでもなく、黙って茶と茶菓子をおれと寅太郎の前に置く。そのとき、唐紙の向こうで笑う声がした。

見ると、襖が細めに開いて、廊下から目玉が覗《のぞ》いている。これ、お行儀が悪い、と茂右衛門が叱りつけ、挨拶しなさいといわれて出てきたのは、二人の女の子である。綾乃と月子といって、歳は十二と九つだそうだ。井桁屋には他に二十歳になる長男があって、いまは近江にいるという。二人の子供は畳に指をついて頭を下げた。そうしながら、何がおかしいのか、二人ともくすくす笑う。寅太郎が、とても可愛らしい子供たちだと愛想をいうと、我慢しきれなくなったように声をあげて笑い出す。きっと言葉がおかしかったんだろう。琴乃が姉らしく、そんなに笑うもんじゃないと叱ったが、そういう琴乃もいまにも吹き出しそうな顔である。琴乃は急いで立ち上がり、妹たちをせかして逃げるように座敷から出ていった。

三人に戻ると、井桁屋が番頭を呼んで何かいいつけた。番頭が袱紗《ふくさ》包みを持って戻ってくる。それを井桁屋が寅太郎に渡した。中身はカネだろう。寅太郎が袱紗ごと懐にしまうのを見届けた井桁屋は、無事を報らせる手紙を実家宛《あて》に書くよういい、それから、いつまで京に滞在するのかきいてきた。寅太郎がしばらくはいるつもりだと答えると、井桁屋は、だったら、宿屋ではなにかと不便だろうから、家の離れ座敷に逗留《とうりゅう》してはと勧めた。寅太郎は少し考えてから、そこまで迷惑をかけるわけにはいかないと固辞した。なに、寅太郎は人の迷惑など考える男じゃない。監視されるのが嫌だったんだろう。カネさえ貰えばあとは用はないとばかりに、寅太郎は立ち上がりかけ、と思いついたように、このあたりに医者はないかと井桁屋にきいた。どこか加減でも悪いのかときかれると、寅太郎は、おれを指して、この松吉を書生として預かってくれる医家を探しているのだと、平気な顔で答えた。

井桁屋を出てから、なんであんなことをきいたのだと、おれはすぐに寅太郎にいった。寅太郎は、人が親切できいてやったのに、怒ることはないだろうと不満顔になって、

「おめにしても、いつまでも遊んではいられめや」といった。それはそうだが、江戸はどうするときくと、江戸はやめたと、しごくあっさり答えた。

昨日の夜、寅太郎は遠山大膳以下の諸士と親しく交わり、互いの尊攘への熱誠と意志を確かめあったんだそうだ。遠山大膳がその場で、親しくしている洛北の剣術道場に紹介状を認《したた》めてくれたともいう。

「まだそこと決めたわけではねえぜ。京には他にも道場はあっさけの」といった寅太郎は、これから順番に見て回って、一番強いところに入門するつもりだと所信を述べた。

「弱えとこさ通っても、仕方ねっさけの」

愉快そうに笑った寅太郎は、これからさっそく洛北の道場へ行ってみるつもりだとい

った。どうやら、すっかり京へ腰を据える気になったらしい。いまや国政の中枢に係わる者はみな京へ集合している。伊藤氏もいっていたように、尊攘の志士たる者、京で働かなければ話にならないと、寅太郎は大いに息巻いた。春山平六にも京へ残るよう説得するつもりだといったので、平六なら今朝《けさ》発ったというと、なんで早くいわないと、寅太郎が喰ってかかった。きかないから、いわなかっただけだ。おれがそういうと、松吉は気の利かないやつだ、しかし平六も平六だ、まったく馬鹿な男だ、京ならいくらも働き場所があるのにと、寅太郎はさんざんに悔しがった。あまり何度も京で働く働くというので、何をして働くのかとおれはきいてみた。

「それは、おめ、あれだや」とやや言葉に詰まった寅太郎は、「いろいろあるや」と答えた。どうやら寅太郎自身にもよくはわかっていないらしい。わかっているのは祇園に通いたいことだけだろう。

いずれにしても、寅太郎が京へ居座るとなれば、鈴木との約束がある以上、おれも京にいないわけにはいくまい。これから道場へ行くという寅太郎と別れて、宿へ帰る道すがら思案した。おれは別に京にいたくはない。いたくはないが、かといって江戸へどうしても行きたい理由があるわけじゃない。おれはとうとう諦めた。となれば、早く医者を見つけて落ちつくのがいい。幸い、井桁屋が手頃な医家を見つけると請け合ってくれた。

宿へ戻ったおれは、甚右衛門と輪光寺の住職に手紙を書くことにした。巻紙は井桁屋がくれた。手紙を持ってくれば送ってやるともいっていた。文机《ふづくえ》の前でしばらくうんうんうなってみたが、うまい文句が思いつかない。そこで簡単に、無事京へついた、しばらくいるかもしれないとだけ書いた。面倒なので二通ともおなじ文面にした。書いたら、すぐに届いて欲しくなったので、書いたものを懐に、おれはまた井桁屋へ向かった。

今度は伏見まで歩いた。雨はすっかりあがっている。雲が切れて、薄日が射した。濡れた草鞋《わらじ》が足に気持ち悪い。京にしばらくいるなら、下駄を買ったほうがいいかもしらん。

尾張様の角を曲がって、井桁屋のある通りに出たとき、その井桁屋から人が出てくるのが見えた。おれは急いで家と家のあいだの路地に身を隠した。何故《なぜ》かといって、よくわからん。わからんが、出てきたのが見覚えのある顔なのは間違いない。物陰から窺えば、やはりそうだ。役者侍こと遠山大膳と肥満漢井巻雪舟斎である。二人の侍は何事か語り合いながら、おれの隠れた路地の前を通って、掘割の方へ歩いていく。鼓動がにわかに早くなった。なんでこそこそ隠れなければならぬのか、相変わらずおれにはわからない。会って困る理由はないはずだ。が、いったん隠れた以上、今更のこのこ出ていくわけにもいかぬ。理由はどうあれ、一度隠れれば、見つかりたくないとの心も自然働く。だから鼓動も早く打つんだろう。

役者侍たちが見えなくなってから、ほっと息を吐いて、おれは路地から出た。井桁屋にどんな用があったのか。材木を買って家でも建てるつもりか。何にせよ、昨日の今日だと思えば、広いようで京の町も案外と狭い。

　店番の番頭に書いた手紙を預けた。店を出て、もと来た路を一町ばかり歩いたとき、番頭が駆けて来た。主人が話があると申しているので、戻って欲しいという。いわれるままに先刻の二階座敷に上がれば、井桁屋がおれに、どんな医者がいいのかと質問した。さっそく考えてくれたらしい。一口に医者といっても、漢方もあれば蘭方《らんぽう》もある。鍼灸《しんきゅう》もあれば、目医者歯医者といろいろある。どれが望みかときくので、医者と名が付きさえすれば何でもいいとおれは答えた。本当に何でもいいのかと井桁屋が念を押すので、おれは少し思案して、できれば住み込みにして貰いたいといった。鈴木から貰ったカネはまだあるが、なるべくなら使いたくない。書生として家の用をしながら医学が学べたら一番いい。それから、馬医者は困る。人を診る医者にして欲しいともいった。

　頷いた井桁屋は、ちょうど書生を求めている家がある、そこなら紹介できないこともないといった。おれはお願いすると頼んだ。では明日と、井桁屋はいってから、すぐに傍らの暦を繰って、明日は日が悪い、明後日にしようといった。明後日の午前に連れていくというので、おれは頭を下げて、井桁屋を出た。落ちつき先が決まって、おれはまずはほっとした。が、掘割まで歩いたとき、どこのどんな家なのかきくのを忘れたことに気がついた。それでも京の医者ならば、やごしよりはましだろうと思い、そのまま歩いた。いつのまにか空が晴れて、板塀越しに枝を伸ばした八重の桜が日に映えた。

次の日もまた寅太郎は朝帰りだ。朝飯の粥《かゆ》をかきこみながら、おれに向かっていろいろと弁じる。昨日訪れた洛北の道場は神陰流という古流の一派で、道場主は久我重九郎という老剣客だそうだ。門弟の数は多くないが、どれも一騎当千の強者《つわもの》ぞろいだと、寅太郎は高い評価を下した。昨日はちょうど菅沼先生も見えられていたと寅太郎にいわれて、菅沼が誰だかわからなかったが、まもなく青河童のことだと思い出した。その青河童が口をきいてくれて、寅太郎はさっそく門人と立ち合ったという。

「負けたか?」おれが率直にきくと、寅太郎は気を悪くしたふうもなく、最初の人には二本をとって勝ち、次の人とは一本ずつになったところで、師範代から声がかかって引き分けたと話した。

「二人目は免許皆伝だきげの。まずは、あんなもんだろうや」

寅太郎は得意満面である。道場破りでもしてきたような口ぶりだ。それにしても免許皆伝が寅太郎と引き分けるようでは、一騎当千からはほど遠いと思ったが、寅太郎はあの道場はなかなかのものだと感心し、太刀筋がいいと褒められたといっては興奮している。どうも怪しいもんだとは思ったが、本人が喜んでいるのだから、わざわざ水を差すこともないだろう。

おれのほうも医者が見つかりそうだと、いちおう教えると、そうか、よかったと、寅太郎は答えたものの、もはや自分のこと以外眼中にはないらしく、茶で口を漱《すす》ぐと、では行くぞと、立ち上がった。勢いにつられて立ち上がりかけたが、どこへ行くのか分からない。きけば、公卿に会いに行くという。青河童が今日のうちに会えるよう段取りをつけてくれたともいう。

おれは行かないといった。何故だと寅太郎が問うので、会う理由がないと答えた。寅太郎はややじれたふうにいった。

「理由など、いらめや。公卿といったら、あれだぜ、会いたいといって、やたら会える相手ではねぜ」

だから、こんな機会を逃す者は馬鹿だという。馬鹿でもいいから、会わないとおれがいうと、寅太郎は、先方には二人で行くと伝えてあるのだから、いまさら変更はできないと怖い顔をした。寅太郎の顔などは怖くも何ともないが、行かないと、とんでもないことになると脅されて、少しは怖くなった。

「行かねば、どげなるや？」おれがおそるおそるきくと、

「わがらね。わがらねが、きっと咎《とが》めを受けるだろうや。貴顕の方の体面を、おめがひとりで傷つけるなださげの。それでよければ、ここに残れ」と寅太郎は冷たくいった。

そんなことで咎めを受けては困る。おれは行くと返事をした。

旅籠を出てみると、寅太郎がいつもと違う大刀を腰に差している。反りのない黒鞘だが、これがすこぶる長い。刀が短いと嗤われたのがよほど悔しかったんだろう。昨日のうちにどこかで誂《あつら》えたと見える。もともと脚が短いところへもってきて、この長さだから、ほとんど地面を引きずって歩いている。御苦労なことだ。誰が見てもおかしいが、

変に意見をいって、また講釈を聞かされてはたまらないので、おれは黙って歩いた。

むろん寅太郎のほうは、猿ぐつわでもかませぬ限り黙るはずがない。刀を引きずりながらいろいろと弁ずる。その寅太郎によれば、役者侍遠山大膳は、錦小路頼徳《よりのり》という尊攘派の有力公卿のところへ出入りして、大いに信頼されているとのことだ。そういうから、てっきりその錦小路に会いに行くのかと思っていたら、池田屋で待ち合わせた青河童が連れていったのは、黒小路というべつの公卿の家である。

小路はおなじでも、錦と黒ではだいぶ違うように思ったが、黒小路卿は御所では蔵人という役目につく要人だと、青河童が重々しく解説した。寅太郎が頷いているので、クロウドとは何だと小声できけば、寅太郎は知らないとやはり小声で答えた。寅太郎はクロウドは脇へ置いて、その人の位は何だと青河童にきいた。たしか四位とか五位とか、その辺だったはずだと、青河童の答えもなんだかはっきりしない。それより、諸君らは斎戒沐浴《さいかいもくよく》をしてきたかと、逆に青河童がきいてきた。むろんそんなものをしているわけがない。風呂だって昨日の朝に入ったきりだ。寅太郎などは祇園からそのまま朝帰りだから、潔斎どころか、白粉《おしろい》臭いはずだ。困ったことになったとおれが思っていると、むろん貴人と会うに身を清めるのは常識だと、寅太郎が平然と答えたのには呆れた。おれがまた小声で、嘘はよくないと咎めると、常識といっただけで、自分が清めてきたとは一言もいっていないと嘯《うそぶ》いたのには、おれも二の句が継げなかった。

四条の通りをしばらく行ってから右へ折れ、それから左に曲がり、路地を二度抜け、また右へ行きはじめ、どこをどう歩いているのかわからなくなった頃、崩れかけた築地《ついじ》塀《べい》の前で青河童が立ち止まった。

少し待つようにいって、青河童は勝手口らしい脇の板戸からなかに入っていく。ややあって出てくると、書院縁側にて卿はお会いになる、舎人《とねり》が案内するから、その指示に従えといってなかへ導いた。

青河童は寅太郎に、自分からは決して喋るな、きかれたことだけに答えろと注意を与えると、どこかへ消えてしまった。おれと寅太郎は鬱蒼《うっそう》と草木が茂った裏庭に取り残された。方々に朽ち木が乱雑に積まれて、どうも庭の手入れはよくないようだ。と、そこへ、舎人が来た。

もっとも、おれは舎人がなんだか知らない。会うのはむろんはじめてだ。だから、裏から出てきた爺《じい》さんが、おおかた舎人なんだろうと思ったまでだ。目鼻立ちから髷《まげ》から、なにもかもこぢんまりとして、樽《たる》の底に置き忘れられた糟漬《かすづ》けの胡瓜《きゅうり》みたいな爺さんだ。黒っぽい袴《はかま》を穿《は》いてはいるが、全体に身なりは上等ではない。

爺さんが導いたのは、芭蕉《ばしょう》や南天の植え込みに囲まれた離れ、といえば聞こえはいいが、板戸を開けば狭い土間と三畳の畳があるだけの、物置といったほうが実情に即した小舎《こや》だ。爺さんが何かいった。何をいっているのかよく分からなかったが、腰のものを預かるといっていると見当がついた。寅太郎と二人大小を畳へ置くと、今度は爺さんが表庭に連れていった。築地塀の手前に松が並んで、池があったりするが、なに、たいした庭じゃない。手入れが行き届かず、だいいち狭い。瓢簞型《ひょうたん》の池などはすっかり緑色に濁って、蛙《かえる》の卵がふわふわ浮いている。

書院というのは、縁側の板廊下に沿った二間続きの座敷のことらしい。手前の部屋は数えてみると畳が二十、奥は十二ある。奥の座敷には床の間がある。床柱を背に脇息と毛氈《もうせん》の敷物が置かれているところが、公卿のお出ましになる場所なんだろう。家は庭から較べれば造りはだいぶ立派だけれど、古さは隠しようがない。柱も壁も襖《ふすま》も、いかにも古色蒼然《そうぜん》としている。床の間の掛け軸や焼き物の壺《つぼ》などは、平安の昔からずっと置きっぱなしだったのではと思えるくらいの古ぼけ方だ。畳もけばが立って、縁《へり》はあちこちですり切れている。案内の爺さん同様、新築の家を百年くらい塩漬けにして、七日七晩ほど煙で燻《いぶ》せば、きっとこんな家になるだろう。

爺さんがここへ座れといって、おれを縁側の一間廊下に座らせた。床の間から一番外れた僻遠《へきえん》の地である。寅太郎も並んで座るのかと思ったら、寅太郎は同じ廊下でも、床の間にずっと近いところを指示された。おれは従者の扱いらしい。声をかけられたりしたら困ると思っていたので、この方がおれには有り難い。

前をみると、廊下に正座した寅太郎の背中が見える。立つより座ったほうがずっと大きく見えるのは、脚に較べて胴が長いからだろう。こうしてみると頭の鉢《はち》もずいぶんと大きい。形も妙だ。縦より横の径が長くて、玉葱《たまねぎ》を逆さまにしたような格好だ。それにしても、こんなふうに寅太郎の背中をじっと見つめるというのも変な感じだ。寅太郎も視線が気になるのか、ちらちら背後を振り返る。不安そうな、照れ臭そうな、淋しそうな眼でおれを見るが、話をするには距離が遠いので、おれも黙って寅太郎の玉葱頭を見ているしかない。そうして半刻《はんとき》近くも待った。いい加減しびれをきらした頃になって、ようやく公卿がお出ましになった。

味噌《みそ》を塗りたくったような柄《がら》の唐紙が開いて、まず登場したのは、青い裃《かみしも》をつけた前髪立ちの若衆である。武家でいう御小姓のような者だろう。これは前髪も立っているが、とうも立っている。正しくいえば、とうが立つのを越えて、枯れかかっている。遠目なので最初はわからなかったが、見れば紛れもなく皺《しわ》の寄った爺《じい》さんだ。年寄りが若者のなりをするのは男が女のなりをしているのと同じで、あまり気色のよいものではない。続いて墨染めの袈裟《けさ》を着た坊主、青河童《あおがっぱ》、と現れて、いよいよ御大《おんたい》の登場らしい。

寅太郎が平伏したので、おれも倣《なら》った。廊下の板目をじっと眺めていると、ソナタガ鈴木寅太郎デアルカと声がして、はいと答える寅太郎の声が聞こえた。長い間があって、次に、面《おもて》ヲアゲヨと声がした。たぶん寅太郎は面をあげたんだろうが、いわれたのは寅太郎であって、おれではない。である以上、おれは平伏したままでいるしかない。廊下の板目を眺め続けた。そのうちに問答がはじまった。

声が低いこともあって、黒小路卿《きょう》の言葉はおれにはよくわからない。が、どうやら寅太郎は叱《しか》られているらしいと、そのうちに理解された。寅太郎が必死になって弁解している。こりゃ大変だ、だからいわんことではないとおれは思ったが、どうやら寅太郎が不作法をしでかしたのではないようだ。では、何で叱られているのかと思えば、出羽庄内藩がいっこうに朝廷を助けようとしないのがけしからんという話らしい。一刻も早く藩主が上洛して禁裏を援助申し上げ、朝廷の大権を天下にあきらけくせよと公卿はいっている。無茶な話だ。そんなことを寅太郎にいうのがまず無茶だ。ところが、なにを思ったか、寅太郎は、なにしろ庄内藩は譜代の大名だけあって、動きがとりにくい点を配慮してほしい、などと酒井の殿様に成り代わって弁解しているではないか。いつのまに寅太郎は庄内藩の代表になったらしい。おれはまだ姿を直接見ていない。これでおれは案外物見高いところもある。以前に鶴ケ岡に象が興行してきたときには、甚右衛門と一緒に見物に行っておもしろかった。ここまで来て、公家の顔を見ないでしまうのも惜しい。そこでおれは、気づかれないよう、じりじりと頭をもたげて、上目遣いに見ることにした。と、黒い着物と、黒い烏帽子《えぼし》と、鼻の下に髭《ひげ》のある狸面《たぬきづら》が見えた。もう少し見たかったが、咎《とが》められるとまずいので、すぐに板目に眼を戻した。象を見たときほど驚かなかったのは、まあ、あたりまえだ。公家といったって、眼が三つあったり、口が耳までさけているわけじゃない。むしろ、どこにでもある面相である。これならおれの故郷にもごろごろしている。会見は四半刻《しはんとき》ほどで終わった。

一同が襖の向こうに消えると、舎人の爺さんがまた出てきた。おれと寅太郎を最初の離れに導く。しばらく待てというので、畳に座っていると、爺さんが茶を出した。菓子を載せた三方《さんぼう》も運んでくる。小さいのがひとつずつとはまったく吝嗇《けち》だと思ったが、砂糖を紅く染めてもみじの形に固めた菓子は、口に入れると甘くて旨《うま》かった。

離れを出て裏木戸を潜った。そこで待つよう青河童がいっていたので、待っていると、まもなく青河童が来た。通りを歩きながら、どうだったかときく。べつにどうということもなかったと寅太郎は答えた。もう少し色気のある答えをしたらよかろうと、おれは老婆心《ろうばしん》ながら思ったが、寅太郎は妙に正直なところがある。もっとも、青河童は寅太郎から受け取った十二両のうち幾分かを懐に入れたのだろうから、文句はないんだろう。

帰りがけに茶と菓子が出たと寅太郎がいうと、青河童は、それはまことに破格の待遇だと、驚いてみせた。

「茶だけならともかく、菓子までとは。いや、まったく、貴君はよほど見込まれたものとみえる」という。菓子くらいのことでずいぶんと大袈裟だ。寅太郎がそういうと、「いや、菓子まではなかなか。普通は出るものじゃない」と青河童は首をふり、黒小路卿も鈴木寅太郎を大いに頼みにしたいと後でいっていたと報告した。それからまた、首をふりふり、いや、いや、驚いたものだを連発する。

そこまでいわれては寅太郎だって悪い気はしない。やはり尊攘への熱意を臆せず真正面から吐露したのがよかったのだろうかなどと、すっかり舞い上がっている。まったくもってそのとおりだろうと、小難しい顔で頷いた青河童は、こうなった以上、鈴木寅太郎は黒小路卿を私心を捨ててお助け申し上げなければならないといい、また逆に、黒小路卿が鈴木寅太郎の志士たる活動の後ろ盾になってくれるはずだと加えた。

「貴君は剣術修行中の身ではあるが、しかして一方、すでにして、一個の志士と申してよかろうの。いや、この点ばかりは、この菅沼が断じて保証する」

断じて保証されては、寅太郎の得意は当然だ。では、どこぞで酒を酌み交《か》わしつつ、今後のことを相談しようではないかという青河童の誘いに、一も二もあるはずがない。さらに今日は祇園ではなく、島原へ案内しようとまでいわれては、這《は》ってでもいくだろう。おれは途中で別れて宿へ帰った。

第六章　蓮牛先生

井桁屋《いげたや》がおれを紹介したのは、吉田蓮牛《れんぎゅう》という医者である。歳は三十五だそうだ。名前は蓮牛だが、頭をつるつるに剃《そ》った風貌《ふうぼう》はむしろ虎《とら》に似ていて、最初会ったときは、嚙《か》み付《つ》かれそうで少し怖かった。口からはみ出た八重歯が二本、鋭く尖《とが》っているのが特徴で、これは本人によると、歯の数が人より多いからだそうだ。蓮牛先生の家は五重塔で有名な東寺から少し東へ行った、宗妙院という寺の敷地内にある。長屋風に四軒の二階家がつながった端の家がそうだ。京の家らしく、間口のわりに奥に細長い造りになって、玄関を入って真っ直ぐ土間が続いている。

井桁屋に連れられて挨拶《あいさつ》に行ったときには、出てきた蓮牛先生は、身体は丈夫かとまずきいた。おれは丈夫だと答えた。次に暑さ寒さには強いかときくので、寒いのは平気だと答えた。食い物の好き嫌いはあるかと今度はきいたので、なんでも食べると答えた。朝は眠くないかと問うのには、朝は眠くないが夜は眠いと答えた。それだけきくと、懐手のままうなずいた蓮牛先生は、井桁屋さんの口利きもあることだし、では、さっそく明日から来てもらおうといった。

それから、どんな医術を学びたいかときくので、おれは医術ならなんでもよいと答えた。蓮牛は笑って、すると横から井桁屋が、蓮牛先生は漢方でも蘭方《らんぽう》でもなんでもこなす万能の医者だと口を出した。そんな大層なものではないと、先生は謙遜《けんそん》したが、家は代々の漢方医でありながら、これからは蘭学だと、若い頃に一念発起して長崎で学んだのは本当らしい。親の代まではずっと泉州だったそうだが、故郷に居づらくなる事情があって、京へ移ってきたという。

蓮牛先生の一番の得意分野は骨接《ほねつ》ぎで、ときには鍼《はり》も使い、按摩《あんま》もし、頼まれれば加《か》持祈禱《じきとう》もする。先生にいわせれば、病とはことごとく気脈の乱れに因するのであって、だから、患者がこうすれば治ると信じる方法で治療してやるのが何よりだというのが方針らしい。沢庵《たくあん》の尻尾が効くと思うなら沢庵の尻尾を煎《せん》じてやるし、どこぞの寺のお札に効験ありと信じるなら、お札をとってきてやるんだそうだ。なんだかいい加減だ。が、まさかそうもいえないので、おれが黙って拝聴していると、前にこんなことがあったと蓮牛先生は話しだした。

ある患者がひどい痔疾《じしつ》に悩んでいた。薬やら温浴やら、いろいろ試したがいっこうによくならない。すると、患者がどこぞで、痔には天狗《てんぐ》の鼻がいいらしいときいてきた。絶対確実に効くという。

「それでやな、わしは猟師を何人も雇ってやな、鞍馬の山まで天狗を捕まえにいったんや。むろん、天狗はそう簡単には見つからへん。おるのは鹿《しか》や猿ばっかりや。それでもな、三日目になって、とうとう一匹生け捕りにしたんや」と蓮牛先生は得意そうにいった。

　天狗の鼻を蓮牛先生は切り取り、塩茹《しおゆ》でにしてから、陰干しした。次に桜の木屑《きくず》を焚《た》いて煙に燻《いぶ》し、風通しのよい軒先に吊《つる》して、さらに三日三晩干した。これは唐土《もろこし》の古い医書に出てくる方法だそうだ。

「するとな、天狗の鼻は、あれやで、なんとも見事な紅色になって、漆《うるし》を塗ったごとくつやつやしてくる。いかにも効きそうに見える。それを湯《ゆう》につけて、人肌にぬくめてや」

　患者の尻《しり》の穴に挿してやれば、痔疾《じしつ》はたちどころに快癒《かいゆ》したという。治っただけでなく、患者はあまりの気持ちよさに天にも昇る心地になったそうだ。どや、この話は、と蓮牛先生は嬉しそうにおれの顔を覗き込んだ。井桁屋はにやにやしている。おれはなんとも答えようがない。黙っていると、蓮牛先生は太い眉《まゆ》をしかめて、これには続きがあると、また話しだした。

「天狗の鼻は痔《぀ぃ》に効くばかりではない。さまざまな効能があるんや」

　腫《は》れ物《もの》、吹き出物、擦《す》り傷《きず》切り傷、打ち身に捻挫《ねんざ》、水あたり食あたり、なんでも効くのだと並べ立てた蓮牛先生は、しかし、一番の効能は、なんといってもあれや、といって尖った歯をむき出して笑った。

「一度使《つこ》うたら、おなごが決して離しよらん」

　そういって八重歯をいっそう尖らせる。なにがおかしいのか、おれがわからないでいると、蓮牛先生はむきになったように語をついだ。

「もう京中の女がこれを欲しがる。京だけではないで。江戸にも評判が聞こえて、吉原のなんたら太夫《だゆう》という者が、金千両で譲り受けたいというてくる。お城の奥女中も争うて買いに来る」

ところが、ある日、天狗が訪ねてきた。鼻がないとどうにも淋《さび》しい。返して欲しいと泣いて頼んだ。

「それでわしも可哀想《かわいそう》になってな、返してやったんや。さあて、それからが大変や」

天狗はもう引っ張りだこ。毎日毎晩、違う女のところをたらい回しにされる。とうとう天狗は音《ね》を上げた。見る影もなくやつれ果てた天狗は、もう一回頼みがあると、またやってきた。

「やっぱり鼻をとってくれというのかと思うたら、これが違う。天狗がいうには」

とそこで一度切った蓮牛先生、ぎろりとおれの顔を覗いた。それからいった。

「鼻はこのままでええさかい、臭《にお》わんようにしてくれ」

先生は黙り込む。横で井桁屋が喉《のど》をふるわせて笑っている。おれはまた黙っていた。

すると、蓮牛先生が突然眼を怒らせた。

「あんたな、ここは笑うところでっせ」

はあ、とおれは生返事をした。蓮牛先生は大袈裟《おおげさ》にため息をついてみせると、まあ、ええわ、明日から来てんか、といって煙管《きせる》に煙草《たばこ》をつめた。

明日といわれたが、おれには支度もなにもないので、その日のうちに三条の宿屋を引き払った。夕刻、おれが訪ねていくと、蓮牛先生はちょっと驚いた顔をした。それでも、細長い土間を進んだ、勝手口の脇《わき》の四畳を書生部屋として与えてくれた。

翌日から、おれの書生暮らしがはじまった。蓮牛先生の家族は、饅頭《まんじゅう》みたいにころころ肥えたかみさんと、八つを頭に四人の子供、子守の小女と飯炊きの婆《ばあ》さんが通いで来るほかは、家に人はいない。ついこのあいだまでひとり書生がいたが、実家の都合で国へ帰ったそうだ。おれはその後釜《あとがま》というわけだ。

ところで、書生がそもそもなんだかおれは知らない。ただ蓮牛先生とかみさんに命じられるままに働いた。最初はわからんことが多くて困った。ことに言葉がわからんのが困る。京育ちのかみさんの言葉などは、わかることのほうが少ないくらいだ。キビショに茶を入れて客に出せといわれて、キビショがなんだかわからない。キビスかとも思ったが、踵《きびす》に茶は入らないだろう。おれがうろうろしていると、かみさんが急須を出してきた。サイハライを使えといわれて、また困った。サイハライとは聞いたこともない。業《ごう》をにやしたかみさんが、「掃除のときは、はじめに高いとこから順番にこれではたくんどっせ」といって、塵払《ちりはら》いを持ち出したので、ようやく理解された。客が帰ったあとで、茶道具を指したかみさんが、これをナオシておけといった。茶碗《ちゃわん》の縁《ふち》でも欠けたかと思って、おれがじっと眺めていると、「はよナオシなはい」と重ねていう。直せるものなら直したいが、どこが壊れているのかがわからないのだから直しようがない。書生部屋に持ち込んで一晩かかってじっくり調べようと思っていると、ほんまにトロイお人やなあ、とかみさんは嘆息して、さっさと茶道具を戸棚にしまったのには驚いた。ナオスがしまうの意味だとはあとで知った。

そんな具合で、かみさんからはやたらとトロイ、トロイといわれた。子供も真似《まね》してトロイと囃《はや》す。だいたいの見当はついたけれど、トロイがなんだかわからなかったので、あんまり悔しくなかった。そのうちには慣れたのか、そう頻繁にはトロイといわれなくなった。その頃には、書生がなんであるかだいたい見当がついてきた。早い話が、体《てい》のいい下僕である。しかし、おれはべつに文句はない。三度の飯がちゃんと食えて寝床があるなら、それで十分だ。

朝は薪《まき》割《わ》り水汲みからはじまる。それから庭を掃く。玄関の掃除をして、家の前に水を打つ。家中を掃いて、板間に雑巾《ぞうきん》をかける。朝飯を食うと、ぼちぼち患者が来るから、蓮牛先生の助手を務める。午後は患家を回る先生のあとから薬箱を持って歩く。戻ればかみさんが使い事やら風呂《ふろ》焚《た》きやら、いろいろと用事をいいつける。夜まで休む暇がない。

四日ほど経《た》った頃、慣れてきたかと蓮牛がきいた。慣れたとおれが答えると、エラクないかときく。おれが偉いわけはないので偉くないと答えた。エライがつらいの意味だと知ったのはあとのことだ。頷いた蓮牛は、そろそろ医学を教えてやろうといって、書物を二冊出してきた。一冊が漢方の本、もう一冊が蘭方の本だと教えた蓮牛は、これを両方読んで、漢方蘭方いずれかを選んだらよかろうといった。まずは自分で読んで、わからないところがあったら、きけという。さっそく夜から読もうと思った。ところが行灯《あんどん》に油がない。かみさんに油をくれともいいにくいので、その日は諦《あきら》めて寝た。次の日、近所の油屋で一番安い魚油を買い、書生部屋の行灯を灯した。

蘭方とはどんなものかと思い、まずはそちらから手にとってみた。『西医略論』と題がある。書いたのは合信となっている。これはどうやら英人らしい。合信はハブソンと読むようだ。少し読んですぐ諦めた。英人の書いたものなど急には無理に決まっている。ハブソンには悪いが、後回しにする。

漢方のほうを見ると、吉益南涯《よしますなんがい》著『傷寒論精義』とある。吉益なら同じ人種だろうから、少しはなんとかなるかと思ったら、ハブソンとたいして変わらない。面倒な事が細々《こまごま》と書きつらねてある。おれは嫌になった。嫌にはなったが、蓮牛先生にああいわれた以上、読まぬわけにはいかぬ。おれは考えた。どうせわからんのなら、蘭方のほうが言い訳がたつだろう。そこで、一度はやめたハブソンを読むことにした。本を開いて、字をじっと眺めてみる。むろんさっぱりわからない。わからなければきけと蓮牛先生はいったが、こうわからないところだらけでは、ききようがない。

さて、困ったことになったと思っていたら、輪光寺の住職が読書百遍といっていたのを思い出した。わからない字は書いて覚えろといっていたとも心に浮かんだ。そこで、おれは、全体をひき写すことに決めた。全部がわからないのだから、全部を書けばよい。

これが理屈というものだ。

次の日、紙屋から紙を買ってきて、墨をすって一字ずつ丁寧《ていねい》に写していった。これなら、少なくとも勉強した気にはなれる。蓮牛先生にどこまで読んだときかれた場合でも、これだけ書いたと見せれば、怠けていたとは思われぬ利点もある。われながらうまい手をみつけたものだ。

それからは毎日、夜になると少しずつ書いた。九ツが鳴るまでは必ずやろうと決めたが、朝がはやいから、どうしても眠くなる。季節もだんだんとよくなって、なま暖かい夜気が眠気を誘う。ふと気がつくと、机代わりの木箱に突っ伏して眠っていたりする。おれが修行した霞《かすみ》流忍術は、眠くなったらすぐに寝ろが奥義《おうぎ》なのだから困ったものだ。

勉強が進まないのは、だからおもに霞流のせいである。

蓮牛先生は最初に医書を渡したきり、あとはなにもいわなかった。どこまで読んだかともきかないし、質問はないかともいわない。本のことなど忘れてしまったかのような顔をしている。おれもくどくど教え諭されるのは嫌いなほうだから、蓮牛先生の無関心は有り難かった。

蓮牛先生は万事につけ恬淡《てんたん》としているところに特色があって、患者の扱いも全体に冷淡である。骨が外れて痛がっているのに、こんなものは痛くもなんともないと叱《しか》って、太い腕でぐいぐいとやる。たしかに先生は痛くないだろう。患者が堪《こら》えかねて悲鳴をあげると、やかましいといってまた叱る。決して無愛想ではなく、冗談を連発しながら治療するのだけれど、やることはどうも乱暴である。歯が痛いといえば、羽交《はが》い締《じ》めにしてヤットコで歯を抜いてしまうし、腰が重いとなれば、小山ほどにも灸《きゅう》のモグサを積んで、残忍な笑いを浮かべつつ火を付ける。子供などは蓮牛先生の顔を見ただけで泣き出すくらいだ。それでも患者がついているのは、腕がいいからだろう。井桁屋もいっていたとおり、一流の医師だと尊敬もされているらしい。

とはいえ、おれの見るところ、蓮牛先生は医業にはあまり熱心ではない。べつに好きでやっているわけじゃないと、本人も告白していたくらいだから、たしかだろう。先生が一番熱心なのは富本《とみもと》である。ほかにも落語やら講釈やら、遊芸には大いに趣味があって、とりわけ富本は玄人《くろうと》はだしだそうだ。もっとも、おれは富本がどんなものだか知らない。きけば浄瑠璃の一種だそうだ。月に一回、素人の好き仲間で客を集めて高座で語るというから本格だ。ときどき家で稽古《けいこ》しているが、なるほどいい声である。毎日のようにおさらいとか称する好き仲間の集まりがあって、夜になると蓮牛先生はいそいそと出かけていく。何をしているのか知らないが、朝帰りになることもしばしばである。

むろんかみさんの機嫌は悪くなる。それでも亭主に面と向かっては文句をいわない。そのぶん、とばっちりがこちらへくるから、おれとしては剣呑《けんのん》だ。ちくちくと小言をいわれ苛《いじ》められる。しかし、その程度ならまだいいので、ときにかみさんは癇癪《かんしゃく》の大爆発を起こす。そうなると、もう手のつけようがない。大量の皿や茶碗が犠牲になる。家の者は身を縮めて嵐の過ぎ去るを待つしかない。子供などは慣れたもので、噴火の予兆があると、素早く上の子が乳飲み児を抱えて隣家に避難するから偉いものだ。しかし、おれが一番辟易《へきえき》なのは、朝帰りした蓮牛先生がなかなか起きてこないことである。先生が寝ているうちにも患者は来る。二階の寝間まで行ってお伺いをたてると、適当に薬でもやっておけと寝床からいう。適当にといわれても、うっかり毒薬でも渡してはまずかろう。

おれは患者を適当にあしらうなどといった器用な真似《まね》はとてもできないから、どうしてもまごまごしてしまう。なにかいおうと思っても、うまい文句を探しているうちに、先に相手にどんどんいわれてしまうので、結局は、う、とか、あ、としかいえない。患者からは怒られる。かみさんからは気が利かないと叱られる。蓮牛先生はといえば、少し芸事でも習ったら、松吉ももっと喋れるようになるといって笑うが、そもそも先生が早く起きてくれればいいのだ。おれは甚右衛門の早起きが懐かしくなった。

蓮牛先生は夜不在にすることが多い。これがまた困る。怪我人《けがにん》や病人は時を選んで怪我したり病に罹《かか》るわけではないから、当然夜にも患者はくる。夕飯をすませ、おれが部屋でハブソンを写していると、近所の婆さんがころがり込んできた。饅頭に食いつこうとして、顎《あご》がはずれたという。牛のごとく口の端から涎《よだれ》をこぼして苦しがっている。先生は留守《るす》だ。かみさんになんとかできないかといわれて往生した。それでも、昔、裏の茂平のところの長男がそんなふうになったとき、甚右衛門が後ろ頭を押さえつけ顎を下からこんこんと叩《たた》いたのを思い出した。同じようにすると、うまく顎がはまったので安心した。

婆さんの顎くらいならいいが、血塗《ちまみ》れの侍が戸板でかつぎ込まれたときは吃驚《びっくり》した。さすがにかみさんもこれは大変だと思ったのか、すぐに先生を呼んでこいという。けれども、おれは地理が不案内だ。そこで隣家の亭主に頼んだ。侍は土間に置いた戸板の上で呻《うめ》いている。運んできた男たちが、早くなんとかしろと迫る。斬りあいでもあったのか、ひどく殺気だっている。まごまごしているとこっちまで斬りつけられそうで怖い。かみさんと二人で血塗れの着物を脱がした。肩から胸にかけて深い傷がある。そこからこんこんと赤い血があふれてくる。よくもこんなに血を溜めていたものだと思うほどに出てくる。湯を沸かし、傷のまわりを拭《ふ》いた。あとは怖くて手が出せない。運んできた男たちが、死んだらただじゃおかないと恫喝《どうかつ》する。医家の書生も楽ではないと思ったが、どうにも仕方がない。ただ茄子《なす》みたいに青くなっていた。ところへ、蓮牛先生が来たのでほっとした。先生は少々酒臭かったが、そこは名医の誉《ほま》れ高い蓮牛先生、てきぱきと処置をする。まずは水と焼酎《しようちゆう》で丁寧に傷口を洗い、縫い針を出してきて、おれに蠟燭《ろうそく》の炎で炙《あぶ》れというので、なにをするのかと思えば、針と絹糸で皮を縫《ぬ》い合《あ》わせたのには驚いた。おれは人の皮を縫ったことはないが、布のようには自由にならないだろう。それをうまく縫っていくから器用なものだ。ひととおり縫うと、しっかりと晒《さら》しを巻いた。

傷は深くない、血の道には届いていないから助かると先生はいって手を洗った。侍たちはみな感心している。おれも少し蓮牛先生を見直した。

寅太郎はおれが書生になって三日目に覗きにきた。角樽《つのだる》の酒を持参して、この松吉は自分の同郷の者だから、よろしくお願いしたいと蓮牛先生に挨拶した。寅太郎もいいところがあると、おれは少し嬉しかった。そのとき寅太郎は、洛北の久我重九郎の道場に入門を許されたとおれに報告した。住まいも、井桁屋の紹介で、道場にほど近い、大徳寺のそばの農家に下宿することになったという。いつでも遊びに来いというので、おれがとてもそんな暇はないというと、んだな、と頷いた寅太郎は、松吉も辛抱強く励めと、偉そうにいって帰っていった。

蓮牛先生にはじめて会った寅太郎は、なかなか立派な医家のようだ、松吉もいいところに奉公したと褒《ほ》めた。ところが、それから三日ほどしてまた来たときには、すっかり意見が変わっていたからおもしろい。

この日は夜分に来たので、かみさんの許しを得て、宗妙院の境内の敷石に並んで腰かけた。寅太郎はどこぞで酒でも飲もうと誘ったが、おれは断った。蓮牛先生は、書生の仕事は日暮れまで、夕飯がすんで片づけをしたあとは外で遊ぶなり勉強するなり、自分の好きにしてよいという、すこぶる自由な考え方の持ち主である。だから寅太郎の誘いにのってもよかったのだけれど、かみさんの顔色をみて遠慮をした。それにおれは、医家の書生となった以上、当分酒は飲むまいと決心していた。われながら殊勝な心がけである。

暦は卯月《うづき》に入った。朔日《さくじつ》は更衣《ころもがえ》で、かみさんが袷《あわせ》の着物を貸してくれた。袷ではまだ肌寒いかと思ったが、夜気はもうずいぶんと暖かい。黄色いおぼろ月が本堂の黒瓦《くろがわら》を照らした。この季節は毎日のように甚右衛門と山へ入って、蕨《わらび》やら薇《ぜんまい》やら笹茸《ささたけ》やら山独活《やまうど》を採った。薬草の類も豊富なので、一年で一番忙しい時期である。そのうちに天神祭りが来る。祭りが終われば田植えになる。庄内浜でハマボウフウが採れるのもこの季節だ。おれはハマボウフウの味噌和《みそあ》えが好物だ。塩をつけただけでも旨《うま》い。甚右衛門はあまり好きではなく、松吉は舌だけは大人びているとよく笑った。おれがハマボウフウのほろ苦い味を思い出していると、あの吉田蓮牛のことだがと、暗がりのなか、声を低めた寅太郎が話しだした。

「蓮牛だば、よくねえぜ」

「なしてだ」とおれは少し驚いてきき返した。

「蓮牛は蘭方をするなだろ？」

「んだ。する」

おれが答えると、だから駄目なのだと寅太郎はいった。

「なして駄目だなだ？」おれの問いに、考えてもみろと、寅太郎は真剣な声になった。

「蘭方ていったら、おめ、あれだぜ、夷狄《いてき》のすることだなだぜ」

攘夷思想に鑑《かんが》み、異人の技である蘭方はいかんのだと、寅太郎は断じた。どうやら寅太郎は黒小路卿のところでいろいろと入れ智恵されてきたらしい。蘭方医に触られると身体が穢《けが》れる。そういって黒小路本人は蘭方を毛嫌いしているという。

荻野柳庵という医師がいると寅太郎はいった。これは黒小路卿をはじめ、多くの公家に出入りしている者で、蘭方撲滅の急先鋒《きゅうせんぽう》だそうだ。寅太郎はこの荻野に黒小路の屋敷で会った。そこで、どれほど蘭方が危険なものか、大演説を聞かされて、吉田蓮牛は駄目だと思いはじめたらしい。

「蘭方の医者は人を切り刻んで、生き血をすするいう話だ。蓮牛はすすってねえがや？」

寅太郎はれんじ窓から明かりの漏れる、蓮牛先生の家に目を向けていった。

「すすってねと思う」おれは答えた。

「んだか。だば、いい。んだども油断はできねえぜ。いつすすっかわがらね」

そういった寅太郎は、荻野柳庵に紹介してやるから、なるべく早く蓮牛とは縁を切れといった。おれは蓮牛が人の生き血をすすったら縁を切ると答えた。寅太郎は頷いた。

「おめには、悪いことした。だいたい井桁屋が悪いなや」と蓮牛から矛先を変えた寅太郎は、井桁屋は奸物《かんぶつ》だと決めつけた。井桁屋はいろいろと親切にしてくれた。それを奸物とは言い過ぎではないか。おれが抗議すると、寅太郎は首を横へ振った。

「井桁屋は親の知り合いださげの、おれも悪くはいいたくねえな。んだどもや、奸物は奸物だなやな」

井桁屋の商売は材木屋である。しかし同時に有名な読書人でもあって、蔵にたくさんの書物を所有している。長崎から取り寄せた蘭書も多くあって、なかには珍しいものもあるのだと寅太郎はいった。

「なんたらいう蘭語の辞書などは、一冊で七十両もするいう話だ。井桁屋はカネがあっさけの。平気で買うなや」

それら貴重な書物を、井桁屋は買い集めるばかりでなく、各所の有志にただで貸し出すという。蘭学書生などはどれも貧乏に決まっている。勉強したくても書物が買えない。そこでみなこぞって井桁屋から借りる。京坂の蘭学書生から井桁屋はおおいに感謝されているとのことだ。普通に考えたら、井桁屋は篤志家である。立派だと褒められこそすれ、奸物などといわれる筋合いはないはずだ。だが、篤志の向かう先が蘭学である点がまずいらしい。

「荻野先生などは、攘夷の手始めに、まずは井桁屋を斬らねばならね、というくらいだ」

斬るとはまた穏やかじゃない。おれが胡乱《うろん》に思っていると、それだけではない、と寅太郎がいっそう声を低めた。

「井桁屋の娘のことがある。おめも、見たろ。琴乃ていう娘だ」

「娘がどげしたや」おれの胸は急に騒ぎだした。

「あの娘をや、黒小路卿が欲しがったなや」

ここだけの話だと幾度も念を押しつつ、寅太郎は話した。欲しがるとは、いかなる意味かと質《ただ》せば、つまり嫁に欲しいということだと寅太郎は答えた。黒小路卿は二年前に室を亡くし、現在はやもめだとも寅太郎はいった。

「伏見のなんとかいう廟《びょう》を訪れたとき、見初《みそ》めたなや」

「んだ。だども、身分が違うや」

「んだども、手はあるや」といった寅太郎は、琴乃をいったんどこかの公家の養女にして、そこから輿入《こしい》れさせれば問題はないのだと解説した。

黒小路卿は使者をたてて、娘をくれと井桁屋に申し入れた。ところが、井桁屋は言を左右にしてなかなか返事を寄こさず、そのうちに、さっさと堺の船宿の総領との婚姻《こんいん》を決めてしまった。

「申し込んだのは黒小路卿が先だなや。船宿の倅《せがれ》は後だなや」

あたかも先の方に権利があるかのように寅太郎はいった。

「それでや、これはけしからんと、遠山先生が井桁屋に乗り込んだなや」

遠山大膳を先頭に、井巻雪舟斎と菅沼亘が談判して、井桁屋に詫《わ》びを入れさせ、なにがしかの迷惑料を徴収した。しかし、それだけでは収まらず、琴乃の縁談を破棄せよと迫り、それができないなら、集めた蘭書を全部焼き捨てろと要求しているところだと寅太郎は教えた。

先日おれが伏見に行ったおり、役者侍と肥満漢井巻が井桁屋から出てきた理由はこれでわかった。それにしても、あんな者たちにまとめて乗り込まれては、井桁屋もさぞかし迷惑していることだろう。おれは大人しい井桁屋の顔を思い出して、少し気の毒になった。

「貴顕の方に逆らうから、こげだことになるなやな」と寅太郎は自業自得だといいたげに話をまとめた。

どうやら黒小路はまだ琴乃を諦めていないらしい。おれは琴乃の許嫁《いいなずけ》だという船宿の倅を知らない。黒小路の方は少し見た。だからむろん両方を較べることはできない。できないが、どちらかを選べといったら、船宿の倅のほうがいい。いくら四位だ五位だといって、あの古びた狸面《たぬきづら》と琴乃ではいかにも釣り合わない。屋敷も琴乃が住むには古すぎる。もっとも家は井桁屋がカネを出してやればいくらでも新しくなるだろうが、黒小路本人はいくらカネをかけても新しくはなるまい。あれでは琴乃が可哀想だ。

「んだば、そろそろ行く」と寅太郎は敷石から立ち上がった。もう暗いから泊まっていったらどうかと勧めると、いまから島原へ行くのだと寅太郎はにやけて、火だけ貸してくれといって小田原提灯《ぢょうちん》を懐から出した。

それからも寅太郎はときどき来た。来れば必ず帰りに島原へ寄った。というより、島原へ通うついでにおれのところへ寄ったとするのが正しい。蓮牛先生の家から島原はわりに近い。そのせいか、島原の遊女もよく診て貰いに来た。これがまたおれは大の苦手である。

だいたい蓮牛先生は、若い女の患者でも平気で裸にする。玄関を入ってすぐ左が板間に拵《こしら》えてあり、木の寝台が置かれて、患者はそこに座ったり横臥《おうが》したりして診て貰う。女の患者が来ると、おれは用事のあるふりをして、薬簞笥《くすりだんす》のある奥の六畳間に引っ込んでしまう。ところが、そういうときに限って、蓮牛先生はおれを寝台の側へ呼ぶ。目のやり場がなくて、おれは大いに困惑する。

峰山という芸妓《げいこ》は癪《しゃく》の持病があってよく来た。来れば腰に鍼《はり》を刺してもらったり、つぼに灸《きゅう》を据えてもらったりする。峰山は必ずおれをからかうから嫌だ。

「あんたはん、ササでもお飲みやしたん。そないにほべたを赤うして。お猿さんのおいどみたいどっせ。いったいどないしやはったん」などといっては笑う。おれは応えずなるべく謹直な顔を崩さないようにする。それがかえっておかしいのか、峰山はくすくすと笑う。かといって、おれが喋れば喋ったで、大笑いするのだから始末に負えない。

峰山の処方は決まっているので、蓮牛先生は面倒がって、おれに任せたりする。先生の命令ならば仕方がない。おれが腰の根本に灸を据えてやる。すると決まって峰山がからかう。

「どうして、蓮牛先生みたいに、おなかをそうっと、さすってくれはらへんのどす。そうっとしてもらわんと、治るもんも治らしまへんわ」

おれが黙ってモグサに火を移せば、またいう。

「なあ、どうして、さすってくれはらへんのどす」

何度もきくので、先生がさすらなくていいといったと答えると、寝台にうつ伏せの峰山が急に笑い出した。

「あんたはんが喋らはったん、うち、はじめて聞いたわ。みんなで噂《うわさ》してたんどすえ。

あんたはんが、言葉を喋られへんお人やないかいうて。ちゃんと喋らはるやおへんの」

それでなくても峰山のいい匂いと、細くて白い背中にのぼせがちなおれの頭は、いよいよ血が上ってしまう。それがまた新たなからかいの種になる。

「そないにいちいち赤うなっていやはっては、とてもお医者はんにはなられしまへんえ。坊《ぼん》さんにでもならはったほうがええわ」などという。蓮牛先生のかみさんもそうだが、京の女はどうも意地が悪い。男が困るのを見て喜ぶようなところがあるから手に負えない。

患家に薬を届けた帰り、本願寺横の大宮通りを歩いていると、たまたま峰山に会った。頭をさげて行き過ぎようとすると、峰山が呼び止めた。いまから綱敷天神の茶店に餅《もち》を食べに行かないかと誘う。おれが断ると、峰山は憎らしそうな顔になった。

「あんたはんは、あかんたれや。そないに先生の奥さんが怖いのどすか」

かみさんはべつに怖くはないが、小言をいわれるのは少々剣呑だ。おれが黙って行こうとすると、急に峰山が路端《みちばた》にうずくまった。腹を押さえて、痛い、痛いという。持病の癪がはじまったものとみえる。こんなところでと思ったものの、見捨てるわけにもいかない。横から覗いて、平気かと問えば、平気でないと答える。歩けるかときけば、歩けないという。背負ってくれと峰山が頼んだ。仕方なくおれは背負った。

とにかく蓮牛先生の家まで連れて行こうと歩き出した。ところが、峰山は自分の住まいへ行ってくれという。家で休めば大丈夫だともいう。おれは峰山の家は知らない。だからいわれるままに歩いた。時刻は午《ひる》少し前だ。路行く人からじろじろ見られて、おれはまた頭へ血が上った。背負った峰山の重さもあまり感じない。ただ歩くたび髪から出るいい匂いが鼻をくすぐって、いよいよおれはのぼせてしまう。どこをどう歩いているのか、まるでわからなくなる。

人家が疎《まば》らになって、やがて田舎路になった。畑のなかのゆるやかな坂を越えると、左右が林になる。林を出ると、また畑だ。まもなくこんもりした杜《もり》が見えて、赤い幟《のぼり》が立っているのが見えた。あそこだと峰山がいうので、歩けば、藁葺《わらぶ》きの家がある。軒先に床几《しょうぎ》が置かれた家である。ここでいいと峰山がいうので、背中から下ろした。峰山はこんなところに住んでいるのかと思ったが、どうも様子が変だ。見れば峰山が笑っている。騙《だま》されたと気づいたときには、峰山は茶店の婆《ばあ》さんに餅《もち》を注文している。

「怒らはったんどすか」

峰山は紅い唇の端をきゅっと歪《ゆが》めて笑いながら、半月の形になった目でおれの顔を覗き込んだ。怒ったかと問われてはじめて、おれは少し腹が立ってきた。黙って行こうとすると、すうと立ち上がった峰山が、おれの手首を摑《つか》んだので吃驚《びっくり》した。

「行ったら、あきまへん」

鋼《はがね》の糸を弾《はじ》いたような強い声でいわれて、おれはたちまち力が抜けた。見ると、峰山は泣きそうな顔になっている。それでいて摑んだ指の力は強い。手首が痛いほどだ。おれは床几へ腰を下ろした。そこへ婆さんが茶を運んでくる。皿に載せた餅も運んでくる。

峰山も並んで腰をかけた。いつのまにか頰《ほお》にえくぼが浮かんでいる。うれしそうに笑って、餅を手にとる。口へ運ぶ。ひとつ食べると、指についた蜜《みつ》を丁寧に舐《な》めた。おれはお糸のことを思い出した。それから自分も餅に手を伸ばした。蜜と黄粉《きなこ》をまぶした餅は、甘くて、柔らかくて、とても旨《うま》かった。

峰山は餅を三皿も食べた。そんなに喰うから癪になるのだといってやりたかったが、おれは黙っていた。餅を食べるあいだ、峰山はおれに向かっていろいろと話した。おれはなんだか上の空で、あまり耳に入らなかった。それでも、峰山が京の生まれで、おれより一つ年下だとわかった。死んだ父親が古着の行商をしていたともきいた。母親は四条辺の商家で下働きをしているともきいた。おれの故郷《くに》がどんなところかときくので、田圃《たんぼ》しかないところだと答えた。田圃があるなら、米があるからいいと峰山がいった。山はあるかときくので、あると答えた。海はどうかというので、それもあるといった。海があるのはとてもいい、自分はまだ生まれてから海を見たことがない、死ぬまでに一度くらいは見てみたいものだと峰山は嘆息した。

「海だば、見に行けばいいだろや」

おれがいうと、峰山は少し笑って、次になんだか悲しそうな顔になった。それきり黙ってしまうので、おれも黙ってぬるくなった茶をすすった。

すると、峰山は急に真剣な顔になって、頭を気にしだした。

「うちの髪、けったいなことあらしまへんどすやろか」

たしかに今日の峰山はいつもとは違う、さっぱりした巻髪になっている。飾りも簪《かんざし》と櫛《くし》がひとつずつあるだけだ。午前に洗い髪をして、簡略に結って出てきたのだそうだ。べつにおかしくはないとおれは思ったが、峰山はしきりと髪をいじっている。そんなふうにしていると、とても年下には思えない。髪のいい香りがまた鼻をくすぐってくる。おれはあわてて立ち上がった。あまり遅くなるわけにはいかない。おれが告げると、今度は峰山も素直に頷いた。

峰山が帯から巾着《きんちゃく》を出して餅の代を払おうとするので、おれは急いで自分の財布を出した。おれが財布をごそごそやっているのを尻目《しりめ》に、峰山は床几の横の縁台にさっさと銭を置いてしまう。おれが銭を取り出したときには、もう下駄《げた》を鳴らして歩き出している。むろんおれの分まで払って貰う理由はない。おれは銭を渡そうとしたが、峰山は頑《がん》として受け取ろうとしない。

「あんたはんが、立派なお医者はんにならはったら、きっと貰います」

そういって黒い目でみつめられたら、銭を渡せなくなってしまった。それでも御馳走《ごちそう》になるわけにはいかないと思ったので、次に会ったら返そうとおれは心に決めた。もと来た路を少し歩いて、このまま肩を並べて歩くのはいかにも気詰まりだと思えてきた。

「んだば、急ぐから」

おれは駆け出した。だいぶ路を行ってから振り返ると、大根畑の坂道をひとりで歩く女の姿が見えた。遠目なので、どんな顔をしているのかは見えなかった。

それから峰山には二度会った。一度目はひどい癪を起こした峰山が治療に来た。蓮牛先生によれば、峰山の癪は腎《じん》の臓に石が溜《た》まるのが原因だそうだ。相当に痛いらしく、脂汗を流して苦しがった。ひととおりの処置をしてから、蓮牛先生が腰と下腹のつぼを指で圧《お》してやるようおれにいった。峰山はおれをからかう余裕はなく、おれも黙って圧した。このときは不思議と頭に血が上らなかった。

だいぶよくなって、峰山が帰ろうとしたら雨になった。蓮牛先生が送って行けとおれに命じた。おれと峰山は傘をさして島原まで歩いた。峰山はなにもいわず、足下を見つめて歩いた。ときどき髪を気にしていじった。傘に当たる雨の音を聞きながら、おれも黙って歩いた。小路に沿って連なる家の軒先から雨垂れが落ちていた。掘割の水がはやく動いた。濡れた黒犬が前を横切った。どこかの寺で鐘が鳴った。島原の大門まで来ると、峰山は傘をすぼめて、おれに渡し、ここでいいといった。それから、からからと下駄を鳴らし、門のなかへ小走りに駆けていった。

二度目は、島原の患家に薬を届けた帰りに、住吉社の細道で、二人の子供を連れた峰山に会った。豪華な着物に、顔をすっかり白く塗って、黒塗りの高下駄を履いた姿は、最初は峰山とわからなかった。それでも半月の形になった目でわかった。おれはあんまりきれいなんで吃驚《びっくり》した。あとできくと、これは太夫《たゆう》の道中というものだそうだ。峰山はおれに一度ちらりと目を向けたきり、あとは前を向いて、すました顔で歩いていった。このときも、峰山はしきりと頭に手をやって、花や簪で賑やかに飾った髪を気にしていた。

それから程なくして、峰山は伊勢の宮大工に落籍《ひか》されたと聞いた。蓮牛先生のところへも来なくなった。餅代は返しそびれてしまったが、これで峰山にからかわれなくなると思えば、おれはだいぶほっとした。

峰山のほかにも、島原や祇園の芸妓《げいこ》が蓮牛先生のところへ通ってきた。坊さんもよく来た。蓮牛先生は、近頃の坊主は贅沢三昧《ぜいたくざんまい》の暮らしをしているので、胃病に罹る者が多いのだと悪口をいった。侍の怪我人もときどき来た。近頃の京は物騒きわまりなく、しょっちゅう斬り合いがある。だから医者は忙しくて仕方がないのだと、蓮牛先生は皮肉をいった。たいていは打ち身とか、切り傷とかであったが、ときには男の急所が痛くてかなわないから、どうにかしてくれといいにくる者もあった。

新撰組に入った苺田氏が駆け込んできたのは、おれが飯炊きの婆さんと子守の小女の三人で午飯《ひるめし》を喰っているときだ。誰かが玄関から声をかけるので、梅干しの種をがりがりかじりながら出てみると、苺田氏である。着ているものはすっかりきれいになったが、どことなく貧窮の風が漂うのは、身にしみついたものなんだろう。苺田氏はおれの顔をみるなり、鈴木寅太郎が大変だといった。

苺田氏はずっと駆け通しだったのか、すっかり息が切れている。水をくれというので柄杓《ひしやく》に瓶《かめ》から汲んでやった。苺田氏は喉仏《のどぼとけ》をごくごくいわせて一息に飲んだ。それから話し出したところによると、今朝方《けさがた》、寅太郎がひとりで新撰組の屯所《とんしょ》に現れたという。近藤勇先生に面会して攘夷の存念を伺いたいといったそうだ。あいにく近藤氏は他出中であった。芹沢局長も留守だった。寅太郎はしばらく待っていたが、屯所の前庭で剣術の稽古《けいこ》がはじまると、一手御指南願いたいといいだした。

応接したのは副長の土方《ひじかた》という人だそうで、当方の天然理心流は他流だろうとなんだろうと、いつでも立ち合う用意があるが、神陰流の久我道場の門人ともなれば、そうもいくまいといったそうだ。もっともだと寅太郎は頷いたものの、今日だけはどこの門人でもないことにして、是非お願いしたいと重ねて申し出た。そこまでいうならと、土方氏の許可がおりて、寅太郎は木剣を借り、勇んで庭に立った。相手をしたのは、永倉新八という剣客《けんかく》だそうだ。

「んで、どしたや？」おれがきくと、

「どげも、こげもね」と答えて、苺田氏は首を横へ振った。一呼吸もしないうちに、寅太郎はあっけなく打ち据えられてしまったという。

「あっと思ったら、木剣がからころと地面に落ぢで、どんと池の横に倒れたなや」と苺田氏は立ち合いの模様を描写した。

「んで、怪我はどげだや？」と医家の書生らしくおれはきいた。

「かなり悪いようだ」

苺田氏は眉《まゆ》を曇らせた。昏倒《こんとう》した寅太郎を座敷に運んだが、押しても突いてもまるで目を醒《さ》まさないという。

すぐに行くとおれはいった。しかし、そんなに怪我がひどいなら、蓮牛先生に出向いて貰ったほうがいいと思い直した。先生は午睡《ひるね》の真最中だ。二階座敷を覗くと、腕枕《うでまくら》の先生は口から涎を垂らして眠っている。そうしている姿はまさに牛だ。おれはおそるおそる揺り起こして、事情を話した。ひととおりきいた先生は、畳に横になったまま、自分が出向くまでもない、もし頭の鉢《はち》が割れたり、背骨が折れていたら、どのみち助からないと、しごく冷たいことをいった。まず脈を診《み》よ。次に瞼《まぶた》をこじ開けて眸《ひとみ》を見よ。脈がなくて、眸が虚ろだったら、死んだ証拠だと、蓮牛先生はおれに教えた。どうやら死んだものと端《はな》から決めているようだ。

蓮牛先生はこれでも名医だから、話をきいただけで、生きているか死んでいるかわかるのかもしれん。おれは急に心配になってきた。支度を整え、苺田氏と一緒に出発した。

寅太郎が死んだら、鈴木尚左衛門は悲しむだろう。あんな者でも孫は孫だ。歩いているうちに、本当に死んだような気がだんだんしてきた。壬生《みぶ》へ着く頃には、寅太郎は死んだものと、おれはもう決めていた。

前に訪れたのと同じ家に苺田氏はおれを連れていった。玄関を入った廊下の奥の、薄暗い部屋に寅太郎は寝かされていた。頭からすっぽり蒲団《ふとん》がかけてある。やはり死んだらしい。

おれは畳に正座し、手をあわせて、ナンマイダブと唱えた。やかましくなくていいけれど、喋らない寅太郎はどうも寅太郎らしくない。生きている時分はいろいろと迷惑も受けたが、こうして死んでみればやっぱり可哀想である。おれがさらに懇《ねんご》ろに念仏を唱えていると、目の前の蒲団がむくむく動いた。と思うや、蒲団がめくれて、寅太郎の玉《たま》葱《ねぎ》頭がひょっこり出た。

「おめは、死んだんでねのか？」

おれが驚いていうと、寅太郎は目をぱちぱちさせて、

「死ぬわけあめえや」と心外そうにいった。起きあがろうとして、とたんに畳についた右手を反対の手で押さえ、痛っ、と顔をしかめた。見ると手の甲が青く腫《は》れている。

そこへ苺田氏が入ってきて、目が覚めてよかったと笑った。寅太郎の手を見て、よほど強く小手を打たれたんだろうといい、さすがは永倉先生、あまりの早業に目に留まらなかったと、しきりに感心している。

「油断したなや」といった寅太郎は、油断さえしなければ、あんな簡単に負けるものじゃないと悔しがった。腫れたところを診てみれば、骨は無事だとわかった。これなら十日もすればもとにもどるだろう。ほかに痛いところはないかときけば、身体のあちこちが痛いが、とりわけ頭が痛いというので、探ってみれば、後ろ頭に大きな瘤《こぶ》ができている。苺田氏の話では、寅太郎は昏倒したという。気を失ったのはこの頭の傷のせいだろう。どうやったら後ろ頭のこんなところを打てるのか知らんが、永倉という人はたいし

た剣士らしい。

　石頭は寅太郎の数少ない取り柄のひとつである。おかげで頭の骨には別状なかった。もっとも中身まではわからない。少々壊れたかもしれん。とはいえ、味噌《みそ》だってときにかき回したほうが味がよくなるくらいだから、かえっていいだろう。おれは蓮牛先生直伝の練り薬を手の腫れたところに塗って、油紙を貼り、晒しを巻いた。頭の瘤はほうっておいても大丈夫と思ったが、気休めに馬の脂を塗ってやった。もっとそっとやれと寅太郎は文句をいったが、おれは蓮牛流でかまわずぐいぐいやった。

　治療を終えて、裏手の井戸で手を洗っていると、ご苦労です、と声をかけられた。あわてて振り返れば、背の高い侍が笑っている。どこかで見た顔だと思ったら、以前に会った沖田氏だ。おれの横で肌を脱ぎ、手拭《てぬぐ》いを濡らしている。おれが黙って頭を下げると、いや、まったくもって驚きました、と沖田氏は汗を拭きながら笑った。

「鈴木さんですか。あの人は、じつにおもしろい人ですね」と沖田氏は話し出した。「永倉さんも驚いたでしょうね。浅く小手を打っただけで、相手にいきなり倒れられてはね。急に霍乱《かくらん》でも起こしたのかと思いましたよ。永倉さんは怪訝《けげん》な顔になって、ありゃおかしかった」

　そういって沖田氏は笑った。どうやら後ろ頭の瘤は、寅太郎が勝手に転んで石にぶつけてできたものらしい。本人は油断といっていたが、油断がすぎる。というより、これは油断以前だろう。なにか挨拶したほうがいいとおれは思ったが、どういっていいかわからないので、頭を下げて行こうとしたとき、吉田蓮牛のところの者かと、いきなり別の声をかけられた。ぎょっとなって見れば、土間の框《かまち》に褌《ふんどし》ひとつの男が立っている。裸が汗で光っているのは、沖田氏と同様、剣術の稽古をしていたんだろう。おれが頭を下げると、苦いものを嚙んだみたいな顔になった褌が、この男を吉田蓮牛のところへ連れていってくれと頼んだ。沖田氏は、行きませんよと答えて笑う。裸の侍は笑わずに、苦い顔のまま、必ず行けという。

「吉田蓮牛というのは、京ではなかなかの名医らしい。是非診て貰え」

「名医だろうがなんだろうが、わたしは行きません。医者なんて真っ平御免です」

「そういわずに行け」

「いくら土方さんでも、これだけは駄目ですよ。わたしは行きません」

「行け」

押し問答が長々と続く。この裸の侍が土方という人らしいが、とにかく、行け、行けとばかり一本調子でいい続ける。芸がない。そのぶん粘りはある。沖田氏のほうも、行かないの一点張りだ。調子は軽いが頑固さでは一歩もひけをとらない。蓮牛先生のところへ行く行かないの話なので、おれとしても勝手に立ち去るわけにもいかない。井戸端にでくの坊みたいに突っ立っていたが、こんなに居心地が悪いのもそうはないだろう。おれの困惑に気づいた沖田氏が、もう行ってくれと声をかけてくれた。やれ、有り難やと息を吐き、一礼して行こうとすると、少し待てと、土方氏が命令した。この人は沖田氏と違ってなんだか怖い。じろりと黒い目で射すくめられて、おれはたちまち身が竦《すく》んだ。と、また沖田氏が、いいから行けという。土方氏が行くなという。困ったのは板挟みになったおれだ。身体を半分に割って、行くのと残るのに分けるわけにもいかない。するといきなり土方氏が盛大なくさめをした。汗を拭かずにいたせいで、身体が冷えたとみえる。沖田氏が笑って、風邪《かぜ》をひきますよというと、土方氏は苦い顔のまま手《て》桶《おけ》をとって、冷たい水を立て続けにざあざあと浴びだした。その隙におれは逃げ出した。

寅太郎は二度ほど治療を受けに来た。傷はもう痛くないが、剣が握れないのが辛《つら》いとしきりにいう。今度の怪我は天が与えてくれた機会だともいう。ずいぶんと殊勝な顔なので、だいぶ懲りたらしいと思っていると、寅太郎がいった。

「たまには修行を休んで、遊べということだなや」

だから自分は連日、祇園や三本木《さんぼんぎ》で遊んでいる、今日もこれから島原へ行くが、一緒に来ないかと誘ったのには、おれも二の句が継げなかった。そんなに毎日遊んでは、いくら寅太郎でもカネが続かないだろう。その点をたずねると、井桁屋につけていると平気で答えた。あとで鈴木尚左衛門に請求すればいいのだろうが、井桁屋もいい迷惑だ。近頃では役者侍たちと一緒なら、寅太郎がぜんぶ払っているらしい。例の琴乃のことや蘭書のことで、本当なら井桁屋はもっと酷《ひど》い目にあわされるところを、おれが間に入ってなんとかしてやっているのだと寅太郎は嘯《うそぶ》いた。井桁屋も悪い連中に見込まれたものである。

　次の日には、沖田氏も来た。かみさんからいいつけられた用事をすませ、おれが家に戻ってみると、板間の寝台に肌を脱いだ沖田氏の長身があった。どうして説得したかはしらんが、とうとう土方氏が粘り勝ちしたと見える。おれが戻ってまもなく、沖田氏は帰っていった。

　沖田氏はどこが悪いのかと思い、蓮牛にきいてみると、蓮牛は一言、労咳《ろうがい》やなと答えた。重いのかときいてみれば、軽うはないな、といった。午飯《ひるめし》を喰っても、おれはまだ気になったので、蓮牛先生が午睡《ひるね》から起きてきたところで、治るのかときいてみた。

「わからん」と素気《そっけ》なく答えた蓮牛先生は、労咳はとにかく滋養をつけて身体を休めるほかに治療法はないのだといった。

「あの侍は、ええもん食べてへん。栄養がたらへんな。ええもん食べて、一年くらいゆっくり湯治でもせんとあかん」

　けれども沖田氏はそんな気はまるでなさそうなので、とうてい治らないだろうと蓮牛は解説した。それから、三浦へ人参を取りに行って、沖田氏に届けろとおれに命じた。三浦というのは、仏光寺烏丸《からすま》西入ルにある、三浦弐右衛門《にえもん》という薬種屋で、おれはしょっちゅう使いに行く。酒田の近江屋より間口は小さいけれど、見たこともないような薬や器具をとり揃えている。漢方も蘭方も扱う。

　翌日、おれは蓮牛にいわれたとおり、三浦へ行った。煎じ法を書いた紙と人参を受け取り、その足で壬生へ向かった。ところが、沖田氏はたったいま出かけたという。大坂へ出張で、しばらくは戻らないともいう。おれはなるべくはやく沖田氏に人参を渡したかった。困ったと思っていると、伏見から舟を利用するはずだから、いまから追いかければつかまえられると教えられた。おれはただちに伏見へ向かった。

壬生から真っ直ぐ下り、七条を東へ行った。本願寺の大屋根を左に見て、日に光る加茂川を渡り、三十三間堂の大銀杏《おおいちょう》の手前で右に折れた。あとはひたすら南へ下る。伏見の船宿の名前はきいてある。

町から出ると、おれは草履《ぞうり》を懐にしまい、裸足《はだし》になって駆け出した。忍術修行のおかげで、おれは駆けるのは得意である。人よりは息が切れない。ただ、どうしても汗はかく。一方甚右衛門は汗もかかない。松吉が汗をかくのは修行が足りないせいだと甚右衛門はよく笑った。初夏の風を心地よく頰に受けたおれは、甚右衛門と駆けた羽黒の山を思い出した。が、そのうちに、足の裏が痛くなってきた。京へ来て、足の皮がなまって柔らかくなったとみえる。

だいぶ駆けて、伏見まであと一息のところまで来たとき、侍の後ろ姿が見えた。あの長身は沖田氏だ。やれ、よかったと思い、おれが追いついていくと、急に沖田氏が止まった。左手は神社だ。鬱蒼《うっそう》と樹が繁るなかに赤い鳥居が建っている。境内に目を向けたおれははっとなった。社殿の脇で浅黄色の着物と黒い着物がもみ合っている。これはどうもただごとではないと思い、目を凝らせば、黒い着物は三つ、いずれも大小を腰に差した侍だ。嫌がる女を無理矢理に杉木立の奥へ引きずっていこうとしているところらしい。と、おれが思うまもなく、こらっと大喝した沖田氏が鳥居を潜《くぐ》る。たちまち侍たちが罵声《ばせい》を発した。どこの誰だか知らないが、邪魔するとためにならないと威嚇《いかく》する。沖田氏は黙っている。近頃よく耳にする、不逞《ふてい》浪人というやつなんだろうが、揃いも揃って人相が悪い。根っからの悪人でございと、世間に宣伝してまわっているような顔付きである。と、なかのひとりに見覚えがあるような気がしてきた。そう思えば間違いない、池田屋で会った水戸の浪士だ。あのときも、ずいぶんとたちがよくないように見えたが、見えたままとは恐れ入る。

沖田氏がなにもいわないのに業《ごう》を煮やしたのか、苛々《いらいら》と目を怒らせたひとりが、ぎらりと光るやつを抜きはなった。残りの二人も抜く。おれは足がふるえてきた。

寅太郎によれば沖田氏は剣術は弱いとのことだ。かりに強くたって、三対一では勝ち目はないだろう。むろんここでおれが加勢すれば三対二になる計算だ。けれどもおれは得物《えもの》を持っていない。あれば手裏剣でも投げるところだが、その用意もない。せいぜい石を投げつけるくらいが関の山だ。だからおれは数には入らない。おれが加勢しようがしまいが勝負の帰趨《きすう》には全然影響《ひきよう》がない。とするならば、おれが加勢をするのは金輪際《こんりんざい》無駄というものである。やや卑怯な論法だけれど、真理には違いない。といった考えが、瞬時のうちにおれの胸中を駆けめぐった。そのとき、沖田氏が、刀の柄《つか》に手をかけたまま、すいと前に出た。

沖田氏が前へ出たぶん、侍たちが退《ひ》く。また出ると、また退く。沖田氏はまだ腰のものを抜いていない。抜いてもいないのに、平気で出るのが驚く。無頼侍たちも怪しんでいるのか、刀を構えたまま間合いをとる。沖田氏がまた一歩出た。侍たちはまた退《さが》った。後ろは杉林だ。だんだんと追いつめられた感じになる。抜いてもいない者に追いつめられるのもおかしな話だ。侍たちもそう思ったんだろう。左端の馬面が、抜け、と叫んだ。沖田氏は抜かない。抜かぬなら斬るぞと、馬面が凄《すご》みを利かした。沖田氏は全然応《こた》えた様子がない。平気でまた出ようとしたとき、右端の総髪が絞め殺される鶏みたいな気合い声を発した。とたんに、がちりと刃と刃がぶつかる音が響いて、あっと思ったときには、総髪ががちゃんと刀を地面に放り投げている。もちろん自分から捨てるはずはない。総髪が手を押さえてうずくまっているところからみて、沖田氏が斬ったんだろう。いつ斬ったのか、おれには全然見えなかった。そもそも刀をいつ抜いたのかもわからない。続いて沖田氏は馬面の腕のあたりを斬り払い、真ん中の水戸浪士にずいと切っ先を向けた。舞いでも見るような敏捷《びんしょう》かつ流麗な身のこなしだ。しかも弾《はじ》ける鋼みたいに力強い。

おれは沖田氏の早業に呆然《ぼうぜん》となった。しかし、もっと呆然としたのは無頼侍たちだ。馬面も総髪と同様、腕を押さえている。残るは水戸浪士ひとりだが、もうすっかり腰が引けている。ああ目に光がなくてはもう駄目だろう。いい気味だ。ひと塊になった三人は、何事か口々に喚《わめ》きつつ、もつれるように杉木立の向こうへ逃げていった。

草で刃を拭《ふ》いてから、沖田氏は刀を鞘《さや》にしまい、社殿の石段にへたりこんでいる娘のほうへ歩き出した。おれは夢から覚めた気分になり、ようやく脚が動くようになった。鳥居を潜ると、沖田氏が一瞬ものすごい目を向けてきて、おれはその場に立ちすくんだ。こういうのを殺気というんだろう。が、すぐにおれと認めた沖田氏が緊張を解いたので、おれも金縛りから解かれた。

沖田氏が娘と話しはじめた。きれいな娘だと思ったら、なんと井桁屋の琴乃である。社殿の裏からよろめき出てきたのは、見覚えのある井桁屋の老僕だ。そうでなくても曲がった腰が定まらずにふらふらしている。歯の抜けた口をあうあうさせているのは、よほど恐ろしかったんだろう。

見たところ琴乃に怪我はないようだ。むしろお供の老僕のほうが転んだはずみに腰を打ったとかで、痛がっている。この社は藤森社といって、琴乃はよく来るそうだ。旅を急ぐからと、沖田氏はおれに琴乃を家まで送るようにいった。鳥居の前で沖田氏と別れ、おれは老僕を背負って井桁屋まで琴乃を送った。沖田氏に人参を渡すのを忘れたことには後から気が付いた。

翌日、井桁屋から使いが来た。娘を危地から救ってくれた恩人の名前を知りたいという。新撰組の沖田という人だと教えると、使いの番頭が変な顔をした。あとからきくと、新撰組は評判がよくないらしい。壬生浪《みぶろう》、壬生浪と呼んで、京者は嫌っているという。これと較べて、長州はたいそう評判がよろしい。

カネばなれがいいから人気があるのだと説明したのは、蓮牛先生である。対して新撰組はカネがない。カネがないから、飲み食いしては踏み倒す。御用と称して商家からカネを強請《ゆす》る。それで評判を落としているという。

「世の中、なんやかんやいうても、結局はカネのある者《もん》の勝ちや。将軍様もカネのあるうちはまだまだ大丈夫や。のうなったら、幕府いうても、たちまち潰れまっせ」

そういう蓮牛先生は土佐が贔屓《ひいき》である。なんでも、母親が土佐藩の下士の家に生まれたそうで、昔からの縁であるらしい。だから土州の藩邸にもときどき往診に行くし、藩士が家へ来ることもある。

とにかく、壬生の浪士たちとはかかわり合いにならないほうが得策だというのが、蓮牛先生の意見であった。琴乃の具合が悪いので来てくれといわれて、蓮牛先生は井桁屋へ行き、そのように井桁屋に助言したらしい。ところが、井桁屋はなかなかの律儀者《りちぎもの》で、沖田氏が大坂から戻り次第、家に来て貰うか、こちらから出向くかして、是非礼をしたいとの意向だそうだ。

「井桁屋はな、材木やめて石屋になったほうがええ。まるきりのカタパンや」

カタパンとは京の言葉で、融通の利かない人のことだそうだ。この日は、おれは井桁屋にお供をしなかった。だから琴乃の具合がどうだかわからない。気になったが、きくのもなんだか嫌で、おれが黙っていると、蓮牛先生のほうからいい出した。

「井桁屋の娘は重病や。当分は治る見込みはあらへん」

おれは背筋のあたりがひやりとなった。

「何の病気やと思う？」

蓮牛先生が治らないと宣告を下すくらいだから、大変な病気なんだろう。おれが青くなっていると、蓮牛先生がいよいよ難しい顔でいった。

「あれはな、恋しい病いうやっちゃ。どんな名医にも治せへん」

蓮牛先生はつやつやした頬を歪め、牙《きば》みたいな八重歯をむき出した。これはつまり、笑っているのである。

「よりによって壬生浪の、それも労咳病みときては、井桁屋も頭の痛いこっちゃ。はやいとこ、片づけへんさかい、こないなことになるんや」といった蓮牛先生は、おれの顔をまた見て、

「あんたには、ほんまにしょうもない話やったな」と、煙草の煙をぷうと鼻から吐き出した。

第七章　聞いて極楽、見て地獄

それからしばらくは、何事もなく明け暮れた。おれは書生暮らしにもだいぶ慣れ、あまりまごまごしなくなった。ハブソンの筆写も少しずつは進んだ。京の地理や言葉も少しは分かるようになった。ただ、かみさんからは相変わらず小言をいわれた。ことに蓮《れん》牛《ぎゆう》先生が不在の夜は機嫌が悪いので、おれはなるべく顔を合わせないようにしたが、そういう夜に限って急な患者が運ばれてくるから困る。おれはかみさんにいわれ、夜路《よみち》を走って先生を呼びに行く。先生はたいてい中堂寺五条下ルにある仕舞屋《しもたや》にいる。行けば玄関先には必ず若い女が出てくる。妓楼《ぎろう》でも茶屋でもなさそうだし、最初はどういう家なのか不審に思ったが、分かってみれば珍しくもない、蓮牛先生が囲った妾《めかけ》の家だ。どうりでかみさんの機嫌が悪いわけである。

弘法さんの縁日には、東寺の門前は露店が並んで大いに賑《にぎ》わった。毎月二十一日が縁日だそうで、ぞろぞろ蟻《あり》のごとくに這《は》い出《だ》した人出におれは仰天した。見たこともない人の数である。月ごとにこんなに賑わうとは、やはり京はすごいところだ。露店を探せばなんでも売っているという話なので、お糸の下駄《げた》を買おうと思ったが、人波に目が廻ってとても買えなかった。

蓮牛先生は妙な形の履き物を買ってきた。これは洋靴といって、西洋人の履き物だそうだ。牛の皮でできているという。どや、ええやろ、としきりに自慢する。翌日さっそく履いて歩いたが、たちまち足に血まめができた。これには新しもん好きの先生も参ったかと思ったら、油を塗って柔らかくして履くもんだと、人からきいてきた。そこで鯨《げい》油《ゆ》を丁寧《ていねい》に塗って床の間に飾っておいたところ、夜中に鼠《ねずみ》にかじられ穴があいた。蓮牛先生は悔しがりながらも、穴のひとつやふたつくらいなら、履けないこともあるまいと、今度は木箱に厳重にしまった。それからもときどき箱から出して、磨いたり油を塗ったりしていたが、なかなか柔らかくならない。そのうちにだんだんと熱意が薄れてくる。面倒にもなる。しばらく忘れていたら、青黴《あおかび》がびっしり生えていた。

箱をあけたとたん、蓮牛先生はあっと大声を出して驚いたが、牛の皮なら黴だって生えるだろう。もういい加減諦めたらよかろうとおれが観察していると、蓮牛先生は井戸端でせっせと洗っている。眉《まゆ》をひそめたかみさんが、捨てなはれというと、阿呆《あほ》なこというなと怒って、洗ろたら売れるといった。富本《とみもと》仲間に欲しいといっている者があるともいった。さすがに自分で履くのは断念したらしい。それはいいが、不幸を余所《よそ》に押しつけるつもりなのが医者らしからぬ振る舞いだと思っていたら、天罰覿面《てきめん》、縁側に干した片方を近所の犬が喰《く》ってしまった。茹《ゆ》で蛸《だこ》みたいに真っ赤になった蓮牛先生、こらっと大喝しつつ、靴の残り片方を犬に投げつけ、地《じ》団駄《だんだ》を踏んで悔しがったのがおかしかった。

暦は月が変わって、毎日だいぶ蒸し暑くなってきた。おれは北国育ちだけに、寒さには強いが、暑いのは苦手だ。飯炊きの婆《ばあ》さんによれば、このくらいで暑がっていては、とても京では暮らせないという。京の真夏の暑熱は地獄なみだと脅す。もっともおれは地獄へ行ったことがないから、どれくらい暑いかわからない。

ちなみに、この婆さんは妙な信心に凝っていて、なにかというと地獄へおちる、地獄へおちると口にする。婆さんによれば、人は死ねば必ず地獄へ行くそうだ。ただ生前の行いに応じて、比較的過ごしやすい地獄か、そうでないかの違いがあるだけだという。蓮牛先生は色地獄、かみさんは癇気地獄へ行くことが決まっているらしい。婆さん本人はどうかといえば、いまのままだと飢餓地獄行きだが、それはちょっと辛《つら》いので、なんとか血の池地獄くらいになるよう努力している最中なんだそうだ。おれはべつにきく気もなかったが、婆さんが灼熱《しやくねつ》地獄に決めてくれた。

「毎日毎日、地獄の火で、オマナみたいに、じりじりと焦げるまで焼かれるのどす。あんさんも、えらいことどすなあ」といって歯のない口できひひと笑った。まったく嫌な婆さんだ。

婆さんの宣告がなくとも、死んだら真っ先に地獄へおちること確実な寅太郎が、久しぶりに顔を見せたのは、宗妙院の紫陽花《あじさい》が咲きだした頃だ。寅太郎は案内も乞わずに、裏庭から勝手に入ってきて、書生部屋の格子窓へ直接声をかけた。おれも家の者に断らず、行灯《あんどん》を吹き消して、裏口から宗妙院の境内へ出た。とくに用事をいいつけられない限り、夜刻は好きにしていいと蓮牛先生からいわれているから気が楽だ。

　おれの顔を見るなり、清河八郎が死んだと寅太郎がいった。どうして死んだのかと問えば、斬られたらしいと答えた。

「やはり、あれだか、異人にやられたなだか？」

　いつもの敷石に腰を下ろしておれが問うと、寅太郎は首を横へ振った。自分も今日きいたばかりで、詳しいところはわからないとしながらも、何者かに暗殺されたらしいと寅太郎は報告した。

「誰から斬られたなだか、わがらねなや」

「んだば、攘夷《じょうい》軍はどげしたなや？」

「わがらね。わがらねども、清河先生が死んでは、とうてい駄目だろうや」

　寅太郎は余所事《よそごと》のようにいって、それよりも、知っているかと、清河八郎からあっさり話題を変えてきた。

「長州がとうとうやったなや」

「なんだや？」

「攘夷や。攘夷。下関で異国の船さ大砲を撃ったなや。いよいよ攘夷の戦《いくさ》がはじまったなや。松吉も覚悟を決めろ」

　寅太郎はすっかり興奮の態である。

　長州がドンパチはじめた以上、薩摩だって負けてはいられまい。他の有力諸藩だって黙ってはいない。幕府だって兵を挙げないわけにはいかない。となれば各所の義軍が呼応するのは自然の勢いである。

「諸国諸士一丸となって夷狄《いてき》と戦うわけや。んでもって、戦となればや、どうしたって大将が必要になるのは道理やろ。江戸の将軍ではぜんぶを束ねるのは無理ださげの、おのずと京の天子様が天辺《てっぺん》に押し出されることになる仕掛けなわけだなや」

つまり、万事めでたしであると、寅太郎は今後の見通しを語り、こうなったからには、清河先生の遭難はもはや小事にすぎないと、そちらの方はしごくあっさり片づけた。思えば、寅太郎が京へ上って来たのは、清河八郎の攘夷軍への参加を望んでのことである。今日《こんにち》寅太郎が京にへばりついているのは清河八郎があったればこそである。とすれば、恩がある、とまではいかずとも、浅からぬ縁があるはずだ。いますぐ江戸へ行って線香の一本も手向《たむ》けろとはいわない。いわないが、もう少しなにかあってもよさそうなものだ。おれがそういうと、寅太郎はまたあっさりと答えた。

「時勢いうやつだ。時勢は刻々変わるなや。時勢に逆らわず、時勢を正しく見通す者のみが、結局は勝つなや」

そういう点からして、清河八郎を追って江戸へ走った春山平六などは、時勢を見ない愚物の最たるものだと、寅太郎は悪口をいった。

「いまごろ途方に暮れているだろうや」

寅太郎は藪蚊《やぶか》を手で追い払いながら、憎々しげに冷笑した。かつては同志として生死を共にしようとまで誓いあった男に対するにしては、あまりに無情だとおれは思ったが、寅太郎にしてみれば、自分に一言の挨拶《あいさつ》も断りもなく江戸へ発った平六が恨めしいらしい。

たしかに平六は困っているだろう。おれが平六のことを考えていると、こうしてはいられないと、寅太郎が敷石から短い脚で立ち上がった。

「これから会合があるなや」といった寅太郎は、長州藩の肝煎《きもい》りで京の尊攘の志士たちが集合し、今後のことをいろいろと相談するのだと教えた。

「平六などにかまってはいられぬ。松吉とも話している暇は、いまのおれにはねえなや」

いままでさんざん話していたくせに、寅太郎はそう嘯《うそぶ》くと、急に忙しそうに歩き出した。

翌日は長州の快挙で京の町は持ち切りだった。もっとも、おれは直接きいたわけではない。どこへ行っても、長州はんがやらはりましたな、と挨拶代わりにいわれるのが辟《へき》易《えき》だと、外出から戻った蓮牛先生が報告したのである。京という町は昔から、暮らしに影響がない限り政治に無関心なのが伝統であるのに、今度ばかりは様子が違うようだと、蓮牛先生は感想を述べた。

「異人はんが攻めてきやはらへんどっしゃろか？」

かみさんはそういって怖がった。外国は海から来る。京は海から離れている。だから大丈夫だと、蓮牛先生が請け合っても、不安は去らない様子だ。かみさんはこの頃、気鬱《きうつ》の気味があって、なにをしてもおもしろくないらしい。何事も悪いほう悪いほうへと考えるきらいがある。このあいだも、屋根で黒猫が顔を洗っているのを見て青くなった。追い払えとおれにいう。石を投げたら猫は逃げた。それでもかみさんは安心できないのか、屋根に上って見てこいという。柿《かき》の木をよじのぼって屋根に上がった。むろん猫はいない。おれが上からそういうと、屋根に穴があいてないかと今度は問う。何故《なぜ》かときけば、夜毎に誰かが忍び込んで天井裏から見張っているのだと答えた。おれはいちおう調べたが、人が通れるほどの穴があれば雨が漏るだろう。穴はなかったと屋根から降りて報告すると、松吉の目は節穴だからと、かみさんは疑わしそうな顔をした。

飯炊きの婆さんによれば、春先からしばらく決まってかみさんは調子が狂うという。去年の春には、宗妙院の松の形が不吉だといって、住職にかけあって伐《き》らせた。一昨年には隣家の池を埋めさせた。池の水から骨を腐らせる瘴気《しょうき》が漂っているといったそうだ。それでも、例年暑くなるとともに、しだいに平常に復するという。そういえば今年は回復が遅れている、このところ雨が続いたせいだろうと、婆さんは卦《け》をたてた。

蓮牛先生は医者であるから、かみさんがこれでは困るだろう。評判にかかわらんとも限らない。むろん蓮牛先生だって手をこまねいていたのではない。湯治を勧めたり、薬を飲ませたりと、かつてはいろいろ試みたという。だが、すっかり猜疑《さいぎ》深くなっているかみさんは、どれも受け付けなかった。無理に薬を飲ませようとしたところ、毒で殺されると近所に触れ廻るにおよんで、蓮牛先生も諦めたそうだ。いっそのこと実家へ帰してはどうかと勧める人もあったらしい。

「惚《ほ》れて一緒になったんやさかいな、そないな不人情なことできまっかいな」と蓮牛先生はおれにいった。

「そやさかいな、あんたも、あれにはなるべく逆らわんようにな。頼むで。暑くなるまでの辛抱やさかいな」

おれは頷いた。ところが、暑くなるのを待ってもいられない事件が程なく起こった。

朝起きたおれが、いつものように玄関を掃こうとすると、玄関先に黒いものがある。なんだと思えば、犬の屍骸《しがい》だ。たまたま家の前で死んだのかと思ったが、調べてみると、喉笛《のどぶえ》を掻《か》き切《き》られているのが変だ。すぐに菰《こも》に包んで運び、近所の河原に埋めた。

次の日には玄関戸に蠅《はえ》がたかっていた。調べると、戸板に黒い染《し》みが付いて、ひどく臭《にお》う。玄関の踏み石にも点々と染みがある。血だ。人の血かもしれないと思い、今度は蓮牛先生にも報告した。うっそりと寝間着で起きてきた蓮牛先生は、牛か豚の血だろうと、つまらなそうにいってまた寝た。おれは戸を敷居から外して洗ったが、臭いがなかなかとれないのが困った。

翌日はまた犬の屍骸だ。今度は御丁寧に玄関戸に貼り紙《はりがみ》までしてある。「吸血鬼はいね」と拙《まず》い字で書いてある。ここまでされれば、たちの悪い嫌がらせだとは、誰の目にも明らかだ。吸血鬼とは恐れ入るが、蘭方医は人の生き血をすると寅太郎もいっていたから、その辺からの連想なんだろう。たしかに蓮牛先生は八重歯が尖って鬼に似ていないこともない。酒を飲んで赤くなったときなどは、見事に赤鬼だ。しかし、むろん先生は鬼ではない。正真正銘の人だ。生き血もいまのところは吸っていない。これはおれがたしかに請け合う。

貼り紙を見せると、煙管《きせる》の煙をぷうと吐きつつ、吸血鬼とはなかなか洒落《しやれ》ていると、蓮牛先生は妙なところで感心している。心当たりがあるのかないのか、どうせ下等な連中の仕業《しわざ》に決まっているから、相手にするなとおれには命令した。おれだって相手にしたくない。したくはないが、屍骸を片づけたり汚れた玄関を掃除するのはこのおれだ。まったくいい迷惑だ。

その日の午後、宗妙院の住職がやってきて、蓮牛先生と碁を打った。打ちながら二人で話すのを横から聞いて、おれにも少し事情がわかってきた。嫌がらせの首謀者はどうやら荻野柳庵らしい。荻野柳庵は寅太郎が例の黒小路卿《きよう》のところで会った蘭方嫌いの医者である。近頃、蓮牛先生は姉小路公知《きんとも》という公卿の屋敷に出入りを許されるようになった。姉小路卿の位は少将で、京の公達《きんだち》のなかでも相当の有力者だそうだ。梨の木町の屋敷へはおれも二度ほどお供でついていった。おれは表で待ったので、なかは知らないが、門構えからして黒小路とはだいぶ違う。姉小路卿は蓮牛先生をずいぶんと気に入ったらしい。しばしばお呼びがかかる。これがもともと姉小路家に出入りしていた荻野の癪《しやく》の種らしい。なにかといえば、蓮牛先生を追い落とそうと企んでいるという。人を使っての嫌がらせくらいは平気でしそうだともいう。

もっともこれは証拠のある話ではない。証拠がない以上、面詰《めんきつ》もできない。放置するしかないと蓮牛先生はいう。どうにも残念な話だ。

おれがいくら残念がっても、嫌がらせはいっこうにやまない。こう続くと呑気《のんき》に構えてもいられないという気になる。一番困るのはかみさんが怖がることだ。それでなくとも気鬱が昂《こう》じているところへもってきて、連日犬猫の屍骸やらなにやら投げ込まれては、ますますおかしくなる一方だ。むろんそれも敵の狙いだろう。けしからん話である。おれにしても毎日掃除をしたり穴を掘るのはもう御免だ。

どんなやつの仕業か調べてやろうと、おれは俄然《がぜん》決意した。蓮牛先生にいうと、やめておけといわれるかもしれないので、ひとりでやることにした。とっ捕まえて誰に頼まれたか白状させてやろう。一晩見張れば、事を起こしたところを取り押さえられる。と、そこまで考えて、敵はひとりとは限らぬと思い至った。物騒なものだって持っているかもしれん。取り押さえるつもりが、返り討ちにあっては馬鹿馬鹿しい。やっぱりよそうか。しかし、どうも悔しい。このままでは気持ちが収まらない。寅太郎に加勢を頼む手もあるかと思ったが、夜じゅう物陰に隠れているなんて芸当は寅太郎には無理だ。だいいち、寅太郎の剣術ではいざのとき役に立たない。下手をやって怪我《けが》でもされたら面倒だ。やはりひとりでやるしかない。

とりあえず顔だけでも見てやろう。おれは決めた。こんなことをする輩《やから》のことだ。卑《ひ》怯《きょう》に決まっている。おれが出ていったらたぶん一目散に逃げるだろう。もし人数が多かったり、強そうだったりしたときは、こっそり窺《うかが》うだけにすればいい。場合によっては跡を尾《つ》けてもよい。とにかく様子を見てから考えようと心積もりをした。

さっそく今夜から見張ろうと思ったが、夕方から雨になった。夜半になってもやむ気配がない。こんな雨では敵もこないだろう。その日はやめにした。次の日もまたひどい雨風である。おれは天を恨んだ。ようやく空が晴れたのは三日目だ。しかも満月である。黄色い月があたりを煌々《こうこう》と照らして、見張りには格好の空模様である。

蓮牛先生の家は、前にもいったとおり、宗妙院の境内に建つ。家の裏手にはムクゲの生け垣があるが、玄関側は寺の敷地と地続きで、遮るものはなにもない。だから侵入者が家の玄関へ近づくのは容易である。おれは玄関を見通す柳の枝から見張ることにした。手水場《ちょうずば》の脇《わき》の柳は、根本から一間ほどの高さで枝が横へ張り出している。座ってくれといわんばかりの枝振りだ。しかも葉をつけた細枝が幾重にも垂れ下がって、身を隠すにお誂《あつら》え向《む》きである。

おれは夜半になるまでハブソンを写して過ごすことにした。襲ってくるのはどうせ明け方近くだろう。そうは思っていても、表で物音がするたびに胸がどきりとする。どうにも落ちつかない。

九ツまでは我慢したが、どこかで犬が鳴くのを聴いたら、座っていられなくなった。おれは旅袴《たびばかま》を穿《は》いて身支度を固めた。甚右衛門から無理に持たされた忍者装束もあるにはあるが、そこまですることはないと思い、襷《たすき》をかけるだけにした。むろん素手では心配だ。例の山善で借りた刀を押入から出し、試しに抜いてみたが、錆《さ》びついたのか、頑固に鞘《さや》から抜けない。抜けないのでは仕様がないので脇差《わきざ》しだけを帯にさした。他に忍術道具一式の入った麻袋も柳の枝に吊《つる》した。それでもまだ安心できなかったので、縁の下から古い心張棒を引っぱり出した。最後に昼のうちに用意しておいた握り飯と水筒を懐に入れれば、準備は万端《ばんたん》整った。あとは柳の枝で待つばかりである。

宗妙院は杉や楠《くすのき》の大木が鬱蒼《うっそう》として、昼でも寂しいことこのうえない。まして夜半ともなれば、恐ろしいくらいな静けさだ。もっとも境内には住職の住まいもある。蓮牛先生一家ほかが住む家作もある。人跡稀《まれ》というわけでは当然ない。冬の月山《がっさん》とはまるで較《くら》べものにならん。山で夜を過ごすと闇《やみ》に押しつぶされるような気がするものだ。闇だけならいいが、うっかりすると雪につぶされるから大変だ。その心配がないだけでも楽である。

月が中天にあって明るかった。月光がしんしんと降り落ちて、地面には霜が降りたようである。これだけ明るければ、灯火がなくとも、人の顔立ちは見分けられるだろう。まだ腹は減らないが、無駄になると勿体《もったい》ないから握り飯を急いで喰《く》った。水も飲んだが、あとで小用を足したくなると困るので少しにした。右手の楠が濃い影を造って、底深い沼のように見えている。どこかで梟《ふくろう》が鳴いた。手水場の陰から猫が飛び出して軒下へ走った。

夜中にこんなふうに外にいるのは、思えばじつに久しぶりである。なんだか気持ちが清々した。京に来てからはじめてくつろげたような気がした。おれは枝の上でぐいと伸びをした。が、直《ただ》ちに物好きでこうしているわけじゃないと気を引き締めた。おれは一所にじっとしているのはわりに平気なほうだ。それでも眠くなるのは仕方がない。おれは唐辛子をかじって眠気を追い払った。これは甚右衛門が教えた方法である。霞《かすみ》流忍術の極意《ごくい》だと甚右衛門はいっていた。唐辛子をかじれば誰だって目が覚めるに決まっている。極意というほどのもんじゃないだろう。

何度か物音がして、はっとなったが、いずれも犬か猫だったらしい。遠くで八ツが鳴った。七ツになれば空は白んでくるだろう。月がだいぶ傾いてきた。いくら座るのに具合がいいとはいったって、おれは猿じゃないから、木の枝に長くいればくたびれてくる。不寝番《ねずのばん》も楽じゃない。少しくらいなら平気だろうから、手水場で顔でも洗おうと思ったとき、光が揺れるのが見えた。

来た。と思ったら、急に胸が早鐘のごとく鳴り出した。おれは膝《ひざ》に抱えた心張棒を握り直した。目を凝らせば、たしかに提灯《ちょうちん》を持った人が鳥居を潜《くぐ》ってくる。砂利を踏む音も聞こえる。ふっと明かりがかき消えた。提灯を吹き消したんだろう。こいつはいよいよ本物だ。

怪しの人影は、楠の陰から、蓮牛先生の家の前の路《みち》に現れた。遮るもののない月明かりに照らされ、濃い影が地面に蠢《うごめ》く。と、見れば、人影はふたつある。ひとつは着物を尻《しり》からげにして毛臑《けずね》をさらした男。もうひとつの深編み笠《ふかあみがさ》を被《かぶ》ったのは侍だ。袴《はかま》を穿いた腰から長いのが突き出ている。

それにしても侍とは予想外である。犬猫の屍骸だ、牛豚の血だといった所行は、侍らしくない。もっとも近頃京にたむろする不逞《ふてい》浪士には、ずいぶんとたちの悪いのもいるようだから、驚《きょう》するには足らんのかもしれん。とにかく、相手が侍では、迂闊《うかつ》な真似《まね》はできない。おれはじっと息を殺して、目だけ光らせる。

ふたつの人影はたしかに蓮牛先生の家の前に立った。いまごろ先生は涎《よだれ》を垂らしながら、好物の湯豆腐を喰《く》う夢でもみているんだろう。かみさんと子供はもちろん眠っている。尻をはしょった男が玄関戸にとりついた。戸締まりを確かめているらしい。玄関戸は内から心張棒がはめてある。おれが自分ではめたから間違いない。男が戸口から離れた。さて、どうする。犬が出るか猫が出るか。それともまた豚の血かと見ていると、男が懐から手拭《てぬぐ》いを出して頬《ほお》かむりをした。それから家の横手から裏庭へすいと消える。侍ひとりが残される。

おれは急に胸が苦しくなった。こいつはどうも様子がおかしい。ただの嫌がらせとは違うようだ。ひょっとしたら押し込みか、と直覚が湧《わ》いたとたん、顔から血の気がすうと退《ひ》いて、背中が寒くなった。おれは思い出した。長土間の突き当たりの裏口は、内側から戸に閂《かんぬき》をかけて戸締まりする。閂をかけるのは、ほかでもない、このおれだ。普段は寝る前にそうする。しかし、いまおれは寝ていない。寝ないでどうしているのかといえば、家の外の柳の枝に座っている。である以上、裏口は開いている理屈になる。いくら考えても、結論は冷酷なまでに変わらない。

そこでさらにおれは考えた。もしこれが押し込みならば、頬かむりの男は、侵入しやすい箇所《かしょ》を物色しているんだろう。あれこれ見て廻って、雨戸の具合などたしかめるつもりだろう。ただし今回に限っては手間いらずである。なにせ戸締まりをすべき者が、入って下さいといわんばかりに戸を開けておいたのだ。これでは、不寝番のつもりが、かえって押し込みの手引きをしたも同然である。おれは慄然《りつぜん》となった。

頬かむりの男はいまごろ裏口を見つけていることだろう。こうしてはいられない。けれども、家の前では深編み笠の侍が頑張っている。月明かりに長くひいた影が、おれの隠れた柳の根本にまで伸びている。押し込みに来るくらいだから、腰の長いのは飾りじゃないはずだ。いま降りていったら、まず間違いなく斬られる。おれは身体がふるえ出してとまらなくなった。

とにかく心張棒や脇差しじゃ勝負にならない。なにかないかと思って、忍術道具を詰めた麻袋を探ったら、手裏剣が手に触れた。おれはべつに手裏剣が得意というわけじゃない。それでもひととおりの稽古《けいこ》はした。柿や栗《くり》の実に当てて落とすのはわりと好きだった。蛇や雀《すずめ》にもよく当てた。だが、人に向かって投げた経験は一度もない。甚右衛門はもっぱら魚をさばいたり、髭《ひげ》を剃《そ》るのに使っていた。それでもなにもないよりはましだ。藁《わら》をも摑《つか》むというが、この場合、藁に較《くら》べて手裏剣のほうが硬いだけまだしも有用だろう。おれは手裏剣を袋から摑み出した。が、やはりあわてていたんだろう。膝《ひざ》に置いた心張棒をうっかり下へ落としてしまった。あっと思ったときにはもう遅い。からころと音をたてて樫《かし》の棒は地面にころがる。なにしろ針を落としても一町先まで聞こえそうな真夜中だ。あたかも梵鐘《ぼんしょう》を乱打したかのごとき大音響となって四方へ響きわたる。

深編み笠がこちらへ向き直った。じりりと草履《ぞうり》を鳴らしながら、一歩、二歩と近づいてくる。おれは心の臓が口から飛び出しそうになる。枝に立とうとして、あわてたはずみに足を滑らせた。しまったと思ったときには尻《しり》から下の土へ落ちている。

「何者だ？」

大刀を引き抜いた深編み笠が押し殺した声で誰何《すいか》した。押し込みに入ろうとしていたところへ、いきなり木から人がころがり落ちてきたのだから、向こうも驚いたんだろう。距離を保ったまま様子を窺《うかが》う気配だ。おれは立とうとした。ところが腰が抜けて立てない。深編み笠がまた動きだした。青眼に据えた刀が鈍く光った。冷え冷えと白い切っ先がぐいと迫ってくる。そのとき、仲間の頰かむりが戻ってきた。横から、どうしたと問うたのへ、深編み笠は、曲者《くせもの》だと答えた。曲者とは心外だ。だいたい曲者はどっちだ。そう思ったら、急に足が動くようになった。おれは逃げ出した。

ばたばたと足音がして後ろから追ってくる。おれは本堂のほうへ逃げた。左手の鐘つき堂の裏側へ回り込もうとしたとき、木の根につまずいて転んだ。急いで立とうとしたところへ、頰かむりが追いついて、おれの袴を摑んだ。おそろしく足の速いやつだ。ぐいと袴を引かれて、おれはまた地面に転んだ。もう転ぶのは嫌だと思ったら、尻餅《しりもち》をついた鼻先に白刃《はくじん》がある。深編み笠が、何者だ、とまた凄《すご》みをきかせた。

　おれは喉《のど》がふさがって声が出ない。横から頬かむりの男が誰でもいいから斬ったほうが面倒がないと助言した。他人事《ひとごと》だと思って無責任なことをいうやつだ。

　深編み笠は黙ったまま、すいと刀を上へずらした。そこから一気に斬り下げるつもりだろう。その暁にはおれの首は胴体と永遠に離ればなれになる。まだ斬られてもいないのに、刃の冷たい感触が首のあたりに生じて、おれは寒くなってぞくっと身震いした。深編み笠が丹田《たんでん》に気合いをこめる気配が生じた。おれはとうとう観念した。おれは目をつむった。

　そのとき、何をしていると、誰かが声をかけてきた。本堂のあたりからだ。と見れば、堂の濡《ぬ》れ縁《えん》から黒い人影が降りてくる。こんな時分に誰だか知らんが、おれにとっては救いの神だ。深編み笠はさっと新来の人物に刀の切っ先をむける。堂の前の砂利《じゃり》路《みち》に立った人も抜いた。こちらも侍のようだ。

　二人の侍はともに青眼に構えて対峙《たいじ》した。十呼吸くらいそうしてから、押し込み侍が編み笠を素早く脱ぎ捨てた。この相手には動きの邪魔だと考えたんだろう。侍の真正面に傾いた月があって、顔が光にさらされた。仰天したことには、おれの知った顔である。間違いない。青河童《あおがっぱ》だ。怪しい男だとは思っていたが、押し込みとは恐れ入る。もっとも夜だけに、他人のそら似ということもある。青河童と思《おぼ》しき侍が、何者だと、じれたように声を出した。声はやっぱり青河童に違いない。相手が今度は静かに答えた。

「羽州庄内藩脱藩、春山平六」

おれが驚いたのは当然だ。なんでこんなところに平六がいるのか。まさか夢じゃないだろう。しかし、あれこれ詮索《せんさく》している暇はない。なんとなれば、押し込み一味の頬かむりが、脇差しを抜いて襲いかかってきたからだ。大刀に較べれば迫力は不足だが、物騒には違いない。おれは砂利の上をごろごろころがって最初の一撃をかわした。冷や汗がどっと噴き出て、掌《てのひら》がぬるぬるした。握っていたはずの手裏剣はとうにない。とっさに石を投げた。少しは効果がある。おれは次から次へと石を投げた。だが、そうそう手頃な石が見つからぬのが困る。そのうちに鐘つき堂の方へ追いつめられてしまう。おれは逃げるのが嫌になった。こうなったら自棄《やけ》だ。いちかばちか相手の懐に飛び込んでやろうと身構えたとき、がらがらと家の戸を開ける音がどこかで聞こえた。おれは、押し込みだ、と大声を発した。頬かむりは怯《ひる》んだ様子だ。なんだ、最初からこうすればよかったんだと思いながら、また叫んだ。おれは声は出ないほうだと自分では思っていたが、いざとなれば出るもんだ。押し込みだあ、押し込みだあ、と繰り返せば、頬かむりが逃げ出した。青河童も走り出す。

おれは精も根も尽き果て、その場にへたりこんだ。東の空が少し白くなっていた。

それで、平六である。きけば、ついさっき京へ着いたのだという。それはいいが、京と一口にいっても広い。寺だって、掃いて捨てるほどある。それがどうしてわざわざ宗妙院にいたのか。しかもこんな時刻である。

蓮牛先生を訪ねて来たのだと平六は簡明にいった。京に着いて、ここまで真っ直ぐ来たが、夜になってしまったので、朝まで堂の濡れ縁で寝て待つつもりだったという。

おれはすぐに平六を家に連れていった。いまの騒ぎで蓮牛先生も起き出していた。奥座敷に座った平六は、例のごとく礼儀正しく挨拶すると、蓮牛先生に書状を差し出した。行灯《あんどん》の明かりのなか、黙って一読した蓮牛先生は、坂本さんは元気かと平六にきいた。

坂本というのは土佐の人で、蓮牛先生とは旧知の間柄だそうだ。平六は旅先でその坂本氏に会い、蓮牛先生への紹介状を書いてもらったという。平六をしばらく家に置くことになったと蓮牛先生がいうので、平六も医者になるつもりかと思ったら、そうではなく、坂本氏から頼まれた用事を片づけるあいだ京に留まるんだそうだ。

朝飯を喰うとすぐ平六は土佐藩邸へ行くといって出かけ、暮れてから帰ってきた。晩飯を喰い、書生部屋に蒲団《ふとん》を並べ、ようやく京を発《た》ってからの話をきくことができた。

京を出たときの勢いからして、脇目《わきめ》もふらずに江戸へ向かったものとばかり思っていたら、意外なことに、平六は途中で信州松代に寄ったのだという。佐久間象山という学者に面会するのが目的で、この人は漢学蘭学に通じた当今の大学者とのことだ。松代に着いて、さっそく自宅を訪《おと》なった。が、添書がなくては会えないと門前払いをくった。むろん平六には添書など貰うあてはない。しかも急ぐ旅の途中である。普通なら諦めるところだろう。しかしそこが平六という男の妙なところで、それから三日粘った。気が長いんだか短いんだか、おれにもよくわからん。

三日目も駄目で、諦めて宿へ帰ろうとしたところへ、門から出てきた人があった。それが坂本氏である。平六が紹介を頼むと、坂本氏は気軽に引き受けてくれた。それでようやく面会が叶《かな》った。

「佐久間象山先生に話を伺《うかが》って、おれの考えがいかに浅《あ》せもんだか、つくづくと思い知らされた」

いまだ興奮醒《さ》めやらぬといった顔で平六がいったのは、よほど感銘をうけたんだろう。それから三日続けて平六は佐久間象山のもとへ通った。揮毫《きごう》も貰った。それでようやく満足して、今度こそ江戸へ向かった。ちょうど坂本氏も江戸へ赴くところだったので、一緒に道中した。いろいろ話してみると、坂本氏は坂本氏で、これまた尋常一様の人物ではないことが判明した。平六はすっかり感心してしまった。

「あげな人物はそうはいいね。世の中にはたいした人もあるもんだ」と平六はあらためて嘆息した。

おれが春山平六を知ったのは、京へ上る今度の旅がはじめてである。だから平六がどんな人柄であるか、一から十まで知っているとはいわない。いわないけれども、平六が無口な男であることだけは自信を持って保証できると思っていた。ところが、人というのはわからないものだ。江戸を往復してきた平六は、ずいぶんと話すようになっていた。

旅先で舌が滑らかになるものでも喰ったのかもしらん。

江戸へ着いた平六は、さっそく清河八郎に会おうとした。が、寅太郎もいっていたように、会う前に殺されてしまった。清河が集めた浪士隊は新徴組と名前を変えていたが、清河が死んでは平六にはつてがない。しかも、清河八郎は新徴組の者に暗殺されたとの噂《うわさ》も伝わった。平六は途方に暮れたが、坂本氏がいつでも自分のところへ来いといってくれたのを思い出した。坂本氏は神戸操練所という塾の塾頭だそうだ。平六は新徴組ではなく、操練所へ入ることに決めた。

「操練所とかいうのも、あれだが、攘夷をするなだか？」とおれはきいてみた。平六が率先して入るくらいだから、当然そうなんだろうと思ったわけだ。

「んでねえな。攘夷ではねえ。船だ。船を走らす術を習う塾だ」

「船乗りになるなだか？」

おれが意外に思ってきくと、平六は頷いた。おれはまたきいた。

「んだども、船乗りになってどげするや」

「貿易をする」

「ぼうえき？　なんだや」

「商売だ。外国と商売をするなだ」

「商売人になるなだか？」

平六が頷くのを見て、おれはいよいよ驚いた。たしかに平六くらいの家格では、侍をしているよりは商売をやったほうが儲《もう》かるかもしらん。扶持《ふち》の少ない侍くらい貧乏なものは世にない。しかし、だからといって、そんな簡単に侍をやめていいものか。志を抱いて脱藩したあげくが商売人になりましたでは、親が泣く。だいいち、平六はとても商売に向いているとは思えん。商売は是非やめたほうがよかろう。おれが忌憚《きたん》のないところをいうと、平六は珍しく笑った。

「ただの商売とは違うや。外国が相手ださけの。それに商売だけではねえぜ。海軍を作るなや」といった平六は、四方を海に囲まれた日本が立って行くには、強い海軍を作るのが急務であると力説した。そのために外国と貿易をして富を得、その富でもって船やら大砲やらを買うのだそうだ。

「それにはまず、造船や操船の術を西洋から学ばねばならね」

「んだば、攘夷はどげするや」

「攘夷はさね」

「さねか?」

「さね。攘夷などは空論だ」と平六が平気でいったので、おれはまた仰天した。

空論といったって、長州が攘夷の戦をもうすでにはじめてしまった。異国の船に撃ち込まれた大砲の弾はとても空論じゃないだろう。おれがいうと、

「あげだこととしても仕方ね。無駄事だ」と平六は長州の快挙を斬って捨て、勢いをかって、これからは攘夷などという視野狭小なことをいっていてはとても駄目だ、広い世間

に目を向けなければならないと演説した。平六は佐久間象山に真実へ目を開かされ、坂本氏に遠くを見ることを促されたのだそうだ。この場合、平六のいう広い世間とは、エゲレスやらオランダやら、海の向こうの外国のことなわけで、ただの広さじゃない。目を向けろといわれてもとても無理だ。京大坂くらいがおれには限度である。

おれがそういうと、平六は書生部屋の木箱からハブソンを取り上げた。

「横川くんだって、こげだもの読んでねが」といって平六は笑った。おれは吃驚《びっくり》してのけぞった。何に驚いたといって、自分がハブソンを読んでいたことではない。横川くんという呼び方だ。近頃、京の志士のあいだで、そんな呼び方が流行《はや》っているのはおれも知っていた。だが、まさか自分が呼ばれるとは思わなかった。呼ばれるだけならいい。平六が自分のことも春山くんと呼べというのには参った。おれはいずれは呼ぶようにするからと、いますぐは勘弁して貰った。

なんにしても平六が家にいてくれるのは心強い。また青河童一味が襲ってこないとも限らない。平六は池田屋で会った青河童を覚えていた。青河童のほうも平六の名乗りを聴いて思い出しただろう。おれのことも覚えているはずだが、白刃をつきつけて何度も誰何《すいか》したのは、暗がりでよく顔がわからなかったんだろう。あらためて考えてみると、なんで青河童は襲ったのか。押し込むにしても、わざわざ蓮牛先生の家に入る必要はなかろう。京にはもっと押し込み甲斐のある家はいくらもある。とすると、やっぱり先生本人を狙ったんだろうか。おれが疑念を口にすると、しばし沈思した平六が、蓮牛師の身辺には十分に気をつけたほうがいいと真顔でいった。

「なして狙われるや」

「姉小路卿のところへ出入りしているせいだと思う」

「あれだか。やっぱり荻野柳庵とかいう医者の差し金だか」

おれがきくと、荻野某は自分は知らないが、京都政界において吉田蓮牛は反長州派と目されているのだと平六は答えた。なるほど蓮牛先生は土佐贔屓《びいき》である。長州贔屓ではない。しかし、いくら京の長州人気が高いといったって、蓮牛先生のような者は他にも大勢いるはずだ。

「んださけ、姉小路卿のせいや」と平六は重ねていった。

姉小路公知卿は、三条実美《さねとみ》卿と並んで、長州派の公卿と目されている。むろん尊王攘夷の急先鋒《きゅうせんぽう》でもあって、長州の策略家たちはこれら公卿と結んで倒幕を画策している。一方、長州以外の雄藩は、尊王攘夷については異存はないものの、どれも倒幕は望まない公武合体派である。つまり、どちらかといえば、長州は少数派である。その長州が勢力を張っていられるのは、禁裏に強力なつてがあるからで、姉小路卿はそれらつてのなかでも最も太い一本であると、平六はかみ砕いた。

それにしても、いつのまに平六はこんな物知りになったんだろう。やはり坂本氏にきいたんだろうか。おれが素直に感心してみせると、「これくらいは常識だ。誰でも知っていることだなや」と平六はとくに得意がるでもなくいって、先を続けた。

ところが、先頃、姉小路卿は勝安房守《かつあわのかみ》という幕臣の案内で幕府がエゲレスから購入した軍艦を見学した。その際、勝安房守から懇切な説明を受け、姉小路卿は攘夷の無謀を悟るに至った。

「攘夷を叫ぶ野郎らは、外国の実力を知らねなや。知れば、誰もいわねぐなんだろや」

「異人はそげ強えか？」

「強え」

「勝てねか」

「本気を出されたら勝てねの。船でも銃でも性能が違いすぎるさけの」

そういった平六は、長崎から来た新式の銃を江戸で見た話をした。これを、たとえば庄内藩の銃と較べるなら、研《と》いだばかりの正宗と、納戸に百年ほうってあった菜切り包丁くらい違うといった。

なるほど、そんなものか。平六がいうんだから間違いないんだろうとおれは思ったものの、そう勝てない勝てないといわれると悔しくなってくる。なんとか勝つ手だてはないものかと、おれがきくと、だからこそ貿易で国を富ます必要があるのだと、平六はまたひとしきり演説した。しかし平六はよく喋る。まるで人変わりがしたみたいだ。おれがそのことをいうと、平六は真面目な顔になって、坂本先生から是非とも喋るよういわれたのだと白状した。

「喋らね男は、これからは駄目だと、先生はいうなや」

「なして駄目だなだ」

「弁論や。弁論こそが、これからは剣よりも大事な武器になるなや。言論が人や国を動かしていくなだなや。だから横川くんも、もっと喋らねば駄目だ」

おれは同郷の者同士だと少しは喋られる。けれども、相手が変わるとどうもうまく喋られない。困ったもんだが、本当だから仕方がない。駄目といわれても、急に変われるものではない。

「無口な男は人に喋るだけの中身がねえなだな」とまで平六がいうのには呆《あき》れた。ついこのあいだまで、磯《いそ》の牡蠣《かき》なみに無口だった男の発言とはとうてい思えない。

それで姉小路卿であると、平六は話をもとへ戻した。攘夷論を捨てた姉小路卿のところへは、幕府や雄藩が次々と使者を送りこもうとした。朝廷の方針を公武合体で固めるためである。むろん長州が黙っているはずがない。身内以外の余人が卿に近づくのを阻止しようとする。四六時中見張りがついて、姉小路卿自身も外とは自由に連絡がとれない。そこで、公武合体派が目を付けたのが蓮牛先生である。蓮牛先生は頼まれて書きつけなどを密《ひそ》かに姉小路卿に渡しているという。

そんなことをしているとは、おれは全然気が付かなかった。それにしても、公卿に手紙を運んだくらいで命を狙われたのでは、間尺に合わない。やっぱり京は油断がならない所である。おれが考えていると、平六は腹巻きから茶の袱紗《ふくさ》包みを出して見せた。

「なんだや？」

「吉田先生の書生である以上、横川くんには教えておいたほうがいいと思う」といった平六は、これは勝安房守からの姉小路卿宛《あて》の書状であるといった。平六は坂本氏の紹介で勝安房守にも面会したそうだ。平六と坂本氏は海路で大坂まで来て、神戸に向かった坂本氏が平六に本書状をたくしたのだという。

「次に吉田先生が姉小路卿の家さ行ぐとき、運んで貰うつもりだなだ」といった平六は、その際、できたら書生の格好でお供して、姉小路卿に直接話がしたいと目論見を語った。

「何を話すなだ？」

「いろいろだ。ことに幕府の考えを詳しくお話し申し上げる。むろん攘夷のこともいう。朝廷が攘夷で凝り固まっていては、とんと話が前に進まねさげの」と、平六はまるで幕府の代表であるかのような口をきく。勝安房守は幕閣の中枢にある人物だそうだから、まるっきりの法螺《ほら》じゃないだろう。男子三日会わざれば、とよくいうが、少し見ないあいだに平六もずいぶんと偉くなったもんだ。これがいまだに鶴ケ岡ならば、いくら士分とはいったって、普請組ではまるで下積みだ。世間には出てみるもんだ。

その偉くなった平六が、今朝方《けさがた》はかたじけなかったとおれに礼をいった。あのまま斬りあっていたら、今頃はあの世にいたかもしれない、横川くんが機転を利かせて大声を出してくれたので助かったという。おれのほうこそ、平六が出てきてくれなかったら、いや間違いなく死んでいたわけで、礼をいうのはこっちのほうだ。おれがそういうと、いや助けられたのは自分だと、平六は譲らない。妙に頑固なところは江戸へ行っても変わらぬらしい。

ああいう際に声をあげて敵の気を挫《くじ》くとは、とても自分にはできない芸当である、さすがは忍術修行をしただけのことはある、などと平六が真面目にいうのには辟易《へきえき》した。おれは遅いからもう寝ようといって、行灯を吹き消した。

第八章　祇園豆腐の味わいは

　翌日、おれは蓮牛《れんぎゅう》先生のかみさんと子供を木津村まで送っていった。木津村は京から南へ七里ほどの田舎で、かみさんの姉の嫁ぎ先がある。さすがのかみさんも、こう連日事が起こっては、とても家にはいられないと言い出した。そこでさっそく行かせることになった。

　かみさんの実家は西陣にある。けれども、あいにくと手狭だそうで、木津村の義兄に頼ることになったらしい。おれも送っていって泊めて貰ったが、庭に土蔵のある大きな農家だ。鶏も牛もいる。柿《かき》や杏《あんず》の木もある。広い畑もある。川にも近くて、とてもいいところだ。義兄の嘉平という人は、顔は鬼瓦《おにがわら》のようだが、穏やかな好人物である。子供が男ばかり五人いる。女房も親切で、帰りがけには野菜をたくさんおれに持たせた。

　朝には畑を少し手伝った。茄子《なす》と菜っぱを籠《かご》に穫《と》ったが、茄子は皮が柔らかくて吃驚《びっくり》するくらいに大きい。菜っぱも見たこともない種類で、きけば壬生菜《みぶな》と呼ぶそうだ。畑でしばらく働いたら、気持ちが清々した。土がとてもいい匂いである。小舎《こや》に並んだ牛を見物すると、故郷《くに》の牛とは顔立ちがだいぶ違っている。どこが違うといって、こっちの牛はずいぶんと面長である。愛嬌《あいきょう》というものをまるで欠いている。牛の分際で人を見下したような顔なのが憎らしい。こっちの牛もモウと啼《な》くのかと思い、しばらく啼くのを待っていたら、やっぱりモウと啼いた。

朝飯には穫ったばかりの茄子のしぎ焼きが出て旨《うま》かった。田螺《たにし》の煮付けも、大根の味《み》噌《そ》汁《しる》も断然旨い。やはりおれは町より田舎が合っているらしい。

飯を喰ってすぐに出て、午《ひる》過ぎには蓮牛先生の家に戻った。二階座敷を覗くと、先生はいつもの昼寝の真っ最中である。長州派から狙われているとも知らず呑気《のんき》なものだ。平六はどこぞへ出かけたらしい。飯炊きの婆さんがひとりで鍋《なべ》を洗っている。おれは木津の家で持たせてくれた弁当を書生部屋で喰った。

子供がいないと、家内はひどく静かである。いつもなら、おれが少しでも暇にしていると、子供がわらわらと寄って来て、相撲や剣術の真似事《まねごと》の相手をさせられる。青林檎《あおりんご》の実を採れとか、魚釣りの竿《さお》を作れといわれる。女の子にはままごとの相手をしろといわれる。それがないのは有り難いが、少々淋《さび》しい感じもある。かみさんから小言をいわれないのも嬉しいが、かみさんのしていた仕事を代わってしなければならぬから大変だ。飯を済ませたおれは、家中の掃除をしてから、傷を巻くのに使う晒《さら》し木綿《もめん》を井戸端で洗った。ついでに自分の肌着や褌《ふんどし》も洗い、軒先に吊《つる》していると、玄関に案内を乞う声がした。

患者かと思い、出てみて吃驚した。役者侍こと遠山大膳と、肥満漢井巻雪舟斎《いまきせっしゅうさい》である。おれが声もなく突っ立っていると、吉田蓮牛は在宅かと、肥満漢井巻がきいた。

まさか蓮牛先生を斬りに来たんじゃないだろうが、先夜の青河童《あおがっぱ》のことを思えば油断はできない。できれば居留守を使って追い返したいが、おれは嘘《うそ》がすぐ顔に出るたちだ。そのうち平六も帰ってくるかもしらんが、いつになるかあてにはできない。おれは少し思案した。おれは少しのつもりだったのだけれど、肥満漢井巻には永劫《えいごう》のときのごとくに感じられたらしい。苛々《いらいら》と顔を歪《ゆが》め、おるのか、おらんのか、と凄《すご》みをきかせた。逆らっても無駄だと諦めて、いることはいると返事をすると、だったら早く呼べという。仕様がないので、先生はいま寝ていると、掛け値のないところをいえば、即刻起こしてこいと、井巻は癇癪《かんしゃく》を起こした。

するとと役者侍が、まあ、井巻くんと、肥満漢をたしなめ、起きられるまで待たせていただきましょうといった。物言いは慇懃《いんぎん》だが、そのぶん嫌味である。おれは二人を玄関を入ってすぐの診療部屋へ案内した。

急いで二階へ上がると、蓮牛先生はちょうど起きたところだ。畳のうえで大欠伸《おおあくび》をしている。客が来たというと、そうかと答えて、煙草盆《たばこぼん》を引き寄せた。

「来たんは侍やろ？」ときいたのは、玄関先の問答がきこえたらしい。

「人相はどないや」と蓮牛先生が一服つけながらきいたので、悪いと答えた。笑った先生は、奥座敷に通して茶でも出しておけと命令した。

おれはいわれたとおり、客を奥座敷に案内し、婆さんにいって、茶を淹《い》れさせた。むろんおれは茶を喫する作法など何も知らない。だから盆にのせた茶碗《ちゃわん》をただ客の前に置いた。黙って退《さ》がろうとすると、待てと、役者侍が呼び止めた。

「その方は、鈴木寅太郎の同輩であるな」

役者侍がきくので、おれは立ったまま頷いた。

「その方とは池田屋で一度会った」と役者侍がいい、肥満漢井巻が、あのときの男かと、おれの顔をじろじろ見た。それから、あの子供刀かといって笑った。役者侍も声をあわせる。山善の短い刀のことでまたからかわれるのは御免なので、おれがひとつ頭を下げて行こうとすると、しばらく待てと、今度は肥満漢井巻が命令した。詮《せん》なくおれは襖《ふすま》の前に立った。

「ぬしは忍術を使うそうだな。なんで忍術使いが医家の書生などしている？」

おれが忍術を習ったのは事実である。だからといって、相手がいうような意味で、忍術が使えるかといえば大いに疑問だ。一方、おれが書生をしている理由は明瞭《めいりよう》である。医者になりたいからだ。これは誰がなんといおうとはっきりしている。だからそう答えればいいのだが、うまく言葉が出てこないのが困る。おれがまごまごしているのを、役者侍と肥満漢井巻はにやにやして眺めている。

「出羽庄内といえば譜代の雄藩」と役者侍がふいに呟《つぶや》き、

「ただの書生であるはずがない」と肥満漢井巻が受け取った。もう二人とも笑っていない。役者侍の据《す》わった目玉が気味悪い。肥満漢井巻の鼻息がおそろしく荒いのが、雪洞の熊《くま》の鼾《いびき》みたいに聞こえる。こうして二人並んでいるところをあらためて眺めるならば、昼日中には絶対に見たくない顔である。むろん夜見るのはもっと嫌だ。

それにしても、ただの書生でないなら、なんだというのか。忍術のことは寅太郎がいったんだろうが、余計なことをいうやつだ。おかげでつまらん誤解をうけてしまった。早めに誤解を解いておかないと面倒なことになると思ったが、どういっていいかわからないので、諦めて退がろうとしたところへ、蓮牛先生が登場した。

蓮牛先生は隣座敷との間仕切りを開け、それから座についた。おれは先生にいわれて隣座敷の薬簞笥《くすりだんす》の前に正座した。役者侍と肥満漢がそれぞれ名乗った。蓮牛先生が用件は何かときいた。

「余計を申さず、直入に述べたい」と役者侍が威儀をあらためた。

「なんでっしゃろ」と着物に袖《そで》をいれた蓮牛先生が合いの手をいれた。

「吉田先生には、速《すみ》やかに京より退去していただきたい」

役者侍がいうと、蓮牛先生は薬缶頭《やかんあたま》をつるりと撫《な》で、次に顎《あご》を撫で、最後に鼻をつまんだ。どういう意味があるのか知らんが、なにか考えているんだろう。

「それはまた急な話でんな。しかし、なんでだす？」

「理由はあえて申すまい。京から出ていただきたい」

「ただ出よとは、ずいぶんと無茶でんな」

「無茶は承知。先生の御為だと、申しあげておきましょう」

役者侍の言葉は丁寧《ていねい》だが、間違いなく脅迫だ。まして横に座った肥満漢井巻が、いまにも斬りかからんばかりの気合いで睨《にら》んでいるのだから、脅迫の効果は抜群である。そのわりに蓮牛先生は平気な顔だ。

「出んと、どないなります」と先生が素知らぬ顔できいたとたん、役者侍がむっと顔色を変え、肥満漢が傍らに置いた刀をがちりと摑《つか》んだ。おれはびくっと畳のうえで跳ねた。と、すかさず蓮牛先生が、

「出んとはいうてしまへん」といったので座の空気はやや和《なご》んだ。

「出んとはいわへんが、すぐにというわけにはいきまへんな」蓮牛先生がいうと、では三日の猶予《ゆうよ》を与えようと役者侍がいった。

「三日以内に京から退去してもらいたい」

「いくらなんでも三日は無理でんがな。家を探したりいろいろあるさかい、せめて一月はみてもらわんと」

蓮牛先生がいうや、黙れと、やにわに肥満漢井巻が吼《ほ》えた。

「遠山先生が三日といわれた以上、三日である」

肥満漢井巻は宣言した。まるで遠山役者侍を中心に世の中が廻《まわ》っているかのような言い草である。

「そやかてな、宿替えの費《つい》えのこともありますさかいな」と蓮牛先生は肥満漢の恫喝《どうかつ》にもさほど動じた様子はない。日頃人の身体を切ったり貼ったりしているうちに、肝《きも》が太くなったのかもしらん。とはいえ、蓮牛先生が続いて、

「そちらで少し出して貰うわけにはいかへんでっしゃろか」といったのにはおれも驚いた。

さすがにこれは怒るだろうと見ていると、案の定、肥満漢井巻は剛毛の生えた手でまた刀をがちりと摑んだ。真っ赤になっていた顔が黒味を帯びて、次に青くなる。かくも自在に色を変えられるとは、蝦蟇《がま》みたいな男である。一方の役者侍はと見れば、白粉《おしろい》を塗ったかのごとく顔色はあくまで白い。その白粉顔が隣の蝦蟇を制して口を開いた。

「よろしい。あとで届けさせましょう」といって笑ってみせたあたり、なかなかどうして、役者侍も一筋縄ではいかない。いや、有り難いことでんな、と蓮牛先生も調子をあわせ、それから若干のやりとりがあって、期限は三日から十日に延びた。

三日を十日にしたのは蓮牛先生の手柄である。さすがになんでも半値以下に値切らねば買わない先生だけのことはある。とはいうものの、いずれ京から出なくてはならぬには違いがない。困ったことになったと思い、役者侍たちが帰ったあとで様子を窺《うかが》えば、先生本人はさほど困ったふうでもない。いったいどうするつもりなのか。おれがきけないでいると、立ち聞きしたらしい飯炊きの婆さんが代わってきいてくれた。十日経《た》ったらどこへ行くのかと婆さんがきいたのへ、どこへも行かへんと蓮牛先生は答えた。十日して、連中が本当に斬りに来るようやったら、湯治にでも行ったらええがなと、蓮牛先生は平気なものである。しばらくぶりに有馬の湯にでも浸かってみるかなどと、立て膝で鼻をほじりながら嘯《うそぶ》くあたり、図太いんだか、いい加減なんだか、おれにはちょっと見当がつかない。

いずれにせよ、役者侍らのせっかくの恫喝も、蓮牛先生にはまるで効果がなかったらしい。それが証拠に、その日のうちに先生は妾《めかけ》を家に呼び寄せた。この女はおとりといって、伏見の扇子屋の娘で、丸太町の商家に嫁にいったものの、子を産まぬまま後家になった女である。歳は二十四だそうだ。

かみさんがいなくなったとたんに家に来るとは、まったくいけ図々しい女だと、飯炊きの婆さんは悪口をいったが、誰かいてくれたほうがおれは助かる。それに、おとりは愛想がよくて、医者が怖くて泣く子供をあやしたりするのが上手《うま》い。かみさんには悪いが、おとりが家にいたほうが医者商売の繁盛は間違いない。

おとりが来た翌日には、井桁屋《いげたや》の琴乃が来た。蓮牛先生とおれが往診から戻ってみると、座敷から賑やかな女の声がきこえてくる。珍しいことがあるもんだと思って見れば、琴乃がおとりと二人、茶を喫しながら喋っていた。あとできけば、琴乃とおとりは旧知の仲だという。前に同じ師匠から踊りを習っていたことがあるそうだ。

琴乃と例の堺の船宿の倅《せがれ》との縁談はいよいよまとまり、結納《ゆいのう》まで漕《こ》ぎ着けたと、蓮牛先生からはきいていた。琴乃が不逞《ふてい》浪士に襲われた事件のあと、井桁屋は何度か新撰組の沖田氏を家に招待した。が、いずれも沖田氏は断ってきたらしい。おれも二度ほど井桁屋の女中から琴乃の手紙を沖田氏へ渡すよう頼まれた。薬を届けるついでに渡せばいつでも渡せたが、念のため蓮牛先生に報告すると、二度ともやめておけといわれた。手紙は女中に返した。

蓮牛先生は恋しい病といっていたが、おとりと女二人、楽しそうに笑う声をきけば、琴乃はもうすっかり諦めがついたらしい。井桁屋も一安心だろう。と思っていたら、これがとんでもない間違いだった。

琴乃は縁談が嫌で、家から逃げてきたのである。なんでも一度は沖田氏に会わないことには気が済まない、それまでは断じて家には帰らないと、琴乃は不退転の決意を固めてきたらしい。むろん蓮牛先生は意見した。脅したりすかしたり、あの手この手で翻意をうながした。これが琴乃ひとりなら説得の仕様があったかもしらん。ところがここに、おとりという強力な援軍が控えていたのは、先生にも計算外であった。すっかり琴乃に味方したおとりが、しばらく家に置けと言いだしたから、蓮牛先生も対処に窮した。

とにかく、その日はもう暮れかけていたから、泊めることにして、おれが蓮牛先生の手紙を懐に入れて伏見まで走った。すると同じ夜のうちに、井桁屋と番頭が駕籠《かご》で来た。蓮牛先生を交《まじ》え、一同二階座敷で長らく談判したが、琴乃本人が梃子《てこ》でも動かないのだからどうにもならない。結局、二、三日蓮牛先生が預かることで話はまとまった。

預かるのはいいが、しかし、いまや蓮牛先生の家は、いつ何時勤王浪士に踏み込まれぬとも限らない。そんな危ない家に若い娘を置いていいものか。おれが懸念《けねん》を口にすると、向こうが十日と期限を決めた以上、それまでは大丈夫だろうと蓮牛先生は答えた。

「三日もしたらちょっとは頭も冷えるやろ。そうやな。のぼせに効く薬を煎《せん》じて、朝晩飲まさなあかんな」

おとりが夜食に作ったうどんをすすりながら、蓮牛先生は相変わらず呑気《のんき》にいい、

「しかし、あの頑固だけは、どんな名医でもよう治さへんわ」と論評したときだけはひどく苦い顔になった。

かみさんと子供がいなくなり、代わりにおとりと琴乃が来て、家はまるで違う家になった。以前だって子供が跳梁跋扈《ちようりようばつこ》したから、賑《にぎ》やかは賑やかであったが、若い女の華やぎはまた別物である。空気がまるで違う。おなじく仕事をしていても、あたかも口中に甘い菓子でも含んだごとく、自然と口元が綻《ほころ》んでしまうから妙だ。朝起きて廊下の雑巾《ぞうきん》掛けをしていたら、なにがおかしいのかと、飯炊きの婆さんから不審がられた。それからは口のまわりを固くするよう注意したが、油断するとつい口が緩《ゆる》むのには困った。

平六が戻ったのは琴乃が来た翌日の夕刻だ。坂本氏から頼まれた用事で大坂まで往復してきたんだという。平六も家の空気の変わりようには面食らったらしい。最初に琴乃に紹介されて、顔を朱《あか》くしたが、そのあともなかなか朱味がとれない。家にいるあいだじゅう、なんだか朱い顔をしている。琴乃と会ったり、話したりすると、風を送った炭のごとくみるみる朱が濃くなる。琴乃から離れれば薄くなる。

おれが学んだところでは、京の女というのは、かような性状の男をからかいたがる意地の悪いところがある。おれも峰山からさんざんやられた。琴乃は伏見の育ちだが、まずは京女と似たようなもんだろう。だからなにかにつけておれや平六をからかう素振りを見せる。おれは峰山で慣れたが、こと京女に関して平六は素人だけに大変だ。

おれと平六が書生部屋で午飯《ひるめし》を食べていると、餅菓子《もちがし》を持って琴乃が入ってきた。そのまま黙って座る。おれと平六が菓子を喰う様子を見届けようという魂胆《こんたん》らしい。おれはすぐに喰ってしまったが、平六はなかなか食べない。むろん顔はとっくに朱い。若い女に見つめられては、いい歳した男が餅菓子は喰いにくい。

「なんで春山はんは、お菓子を食べはらへんのどす。アテのお菓子はおきらいどすか」と頃合を見計らった琴乃が目のあたりに笑みをにじませつついう。平六はいそいで餅を喰う。あわてたせいで口のまわりに粉がつく。琴乃がくすくす笑う。とても親に逆らって家を出てきた娘の所行とは思えない。普通ならもう少し神妙にするところだろう。「お口のふちが白うおなりどすえ」琴乃が声をあげて笑い、平六は口をもごもごさせながら、いよいよ顔を真っ赤にする。こうなると免許皆伝も形無しだ。

平六がいるおかげでおれはあまりからかわれずにすんだ。しかし困ったのは風呂《ふろ》だ。蓮牛先生の家に据え風呂はあるが、かみさんがいたときはめったに風呂をたてなかった。ところが、おとりと琴乃は毎日のように風呂に入りたがる。むろん風呂は勝手に沸くわけじゃない。桶《おけ》に水を汲《く》んで薪《まき》で焚《た》くのはこのおれだ。毎日のこととなると、これがなかなか大変である。若い女が家にいて、必ずしもいいことばかりではないようだ。

寅太郎が使いを寄こしたのは、琴乃が来て三日目の午前であった。池田屋の若い者が携《たずさ》えた手紙には、平六とおれに宛《あ》てて、平六が京へ戻って来たときいた、ついては久しぶりに酒でも酌み交わしつつ旧懐を暖めたいなどと、もっともらしいことが書いてある。相も変わらず下手糞《へたくそ》な字だ。

平六は行くといった。寅太郎とは一度きちんと話さなければならないと思っていたところだともいった。おれは思案した。おれはべつに寅太郎と酒は飲みたくない。けれども、例の青河童が蓮牛先生の家を襲った件について、寅太郎がなにか知っているかもしれないと思いついた。今度いつ襲ってくるのかがわかれば、大いに助かる。そこまでわからずとも、何かきけるかもしれん。蓮牛先生に伺いをたてると、行ってもいいと許可がおりた。そこでおれも行くことにした。使いの者には暮れ六ツ頃に行くと伝言した。

早めに晩飯を喰って、おれと平六は家を出た。九条を東へ向かい、河原町通りを真っ直ぐ上がった。午過ぎまで降っていた雨もあがって、夕焼けが西の空を赤く染めていた。高い空に筋をなした雲もすっかり赤い。家の屋根も、寺や神社の杜《もり》も、ぜんぶ赤い。烏《からす》が東山へ向かって飛んだ。

池田屋で案内を請うと、寅太郎が玄関へ出てきた。池田屋に上がるのかと思っていたら、寅太郎が祇園へ行こうといって、返事もきかずに先へ立って歩き出した。平六がなにもいわないので、おれもついて歩いた。三条小橋を渡り、ついで三条大橋を渡る。思えば、京へはじめて着いて立ったのがこの橋だ。あれからまだ二月にもならないのに、ずいぶんと昔のことのように思えるのが不思議である。加茂川は水嵩《みずかさ》が増していた。

橋から下ったあたりが祇園らしい。空には薄明かりが残るのに、軒先に吊《つ》られた提灯《ちょうちん》にはもう火が入っている。柱に高々と提灯を掲げた店もある。大きな暖簾《のれん》を出した店もある。宵の口とあって、人が大勢出ていた。町人もいれば、侍もいる。職人風もあれば、大店《おおだな》の主人風もある。何をするのか知らぬが、揃《そろ》いの法被《はっぴ》を着た男たちが通り過ぎた。暗がりに浮かぶ帯をだらりと垂らして、高い下駄《げた》を履いた舞妓《まいこ》が二人、三人と通った。白い顔がこの世のものとは思えぬくらいに美しい。あんまりきれいなんでつい見とれてしまい、寅太郎から嗤《わら》われた。峰山はどうしているかと、おれは少し思った。人のざわめきに三味線や太鼓の音が入り交じって、祭りの宵みたいである。さすがに賑やかなもんだ。わーんと鳴った噪音《そうおん》が、黒い影に変わった東山にまで響くようである。

寅太郎が暖簾を潜《くぐ》った。石水亭という家だ。間口のある玄関で履き物を脱ぎ、女中の案内で階段を上がった。ずいぶんと幅の広い階段である。立派なもんだと感心していたら、上がりきった廊下に見知った顔がある。痩《や》せ狸《だぬき》みたいな風貌《ふうぼう》は間違いない。苺田氏だ。

こちらに気づいた苺田氏は、こりゃ奇遇だと大いに喜んで、あとで是非ご一緒したいと申し出た。笑うと、歯のない口が木のうろみたいに見えるのは相変わらずだが、羽織に穴はあいていない。着物に泥もついてない。血色もいいようだ。羽振りは全体に悪くないらしい。まずは結構なことだと思っていると、廊下の奥から、おい苺田、と呼ぶ声がした。いつまで厠《かわや》へ行っておる、と誰かが次に乱暴に怒鳴《どな》った。はよおいなはい、と妓《おんな》の声もする。連れはたぶん新撰組の者だろう。へい、へい、お待ちを、と苺田氏は幇間《ほう》《かん》みたいな返事をして、では、のちほど、と挨拶《あいさつ》して廊下を滑って行った。こういう場所にいると、まるで水を得た魚だ。壬生浪《みぶろう》が来ているのかと、寅太郎は嫌な顔をしたが、それ以上はなにもいわず、廊下を先にたって歩いた。

京の妓楼《ぎろう》はおれははじめてだから、物珍しくて、ついきょろきょろしてしまう。とはいえ、こういう場所はおれはどうも苦手だ。尻《しり》の辺りが落ちつかなくて困る。案内された座敷は匂《にお》いがよかった。香が焚《た》きしめてあるんだろう。蠟燭《ろうそく》が四隅で盛大に燃えて、なるほど贅沢《ぜいたく》なもんだ。ただ座敷の造りそのものは存外平凡である。床座敷の掛け軸も、鶴かなにかの画で、とくに艶《つや》めくわけでもない。きけば、表通りに面したこの八畳の座敷は、引付け部屋というもので、客はここで遊女と酒を飲むんだという。芸妓《げいこ》や芸人を呼んでもいいらしい。それで相方《あいかた》が気に入れば、廊下の反対側にある妓の部屋へ行くんだそうだ。

座布団やら脇息《きょうそく》やら膳《ぜん》やらを整えた小女に、酒だけ運んだら、しばらく人を寄せぬようにと寅太郎は命じた。ここへ来るまでもそうだったのだけれど、今日の寅太郎は妙に無口である。無口な寅太郎とは、甘い塩とか、黒い雪というのと同じで、理屈にあわない。どこか身体の具合でも悪いのかもしらん。隣座敷から襖《ふすま》越しに音曲が響いて、空気はいやでも華やがざるをえないところ、寅太郎はなんだか浮かない顔である。平六はもとより華やぎとは無縁だ。裏路地の石地蔵より華やがない。むろん平六が石地蔵なら、おれだって納戸の漬け物石くらいな資格はあるから、いまや旧懐を暖める同郷人三名が座を占めた八畳間は、北国の冬景色なみに殺風景である。

小女が酒と肴《さかな》を運んできた。めいめいの膳に素焼きの器が置かれる。覗くとなかに炭が熾《お》きている。なんだろうと思えば、小ぶりの土鍋《どなべ》を据え、豆腐を茹《ゆ》でて喰う仕掛けだと判明した。なるほど洒落《しやれ》たことをするもんだ。笊《ざる》から木匙《きさじ》で豆腐をすくって、昆布を敷いた鍋に沈め、頃合を見計らって葱《ねぎ》を散らした醬油《しようゆ》につけて喰う。豆腐が口のなかでたちまちとろけた。こんな柔らかい豆腐はおれは喰ったことがない。あとできけば、これは祇園豆腐というものだそうだ。じつに旨《うま》いもんである。一度は甚右衛門に喰わしてやりたいものだとおれは思った。

沸いた鍋の豆腐を喰うのだから、当然これは熱い。三人ともしばらくは黙って、ふうふうと息を吹きながら食べた。

「うめもんだの」と、一番に食べ終わったおれが思わず嘆息すると、

「んだろ?」と寅太郎は笑いかけ、しかしすぐにまた口をへの字に曲げて、徳利《とくり》から盃《さかずき》に手酌《てじやく》で酒を注いだ。その頃にはおれも、どうやら寅太郎は怒っているらしいと見当がついた。箸《はし》を置き、盃をぐっと傾けた寅太郎が口を開いた。

「平六は、なして京さ戻ったなだ?」

いかにも戻ったのが悪いといいたげな口調である。寅太郎の斜め右に座った平六は、豆腐の碗《わん》をゆっくり膳へ戻すと、やおら居ずまいを正した。それから京を出て以来の出来事をかいつまんで話した。だいたいはおれが聞いたのと同じ内容だ。話が操練所に入って貿易をするところへさしかかると、ぼうえきとは何かと、寅太郎もやっぱり質問した。外国相手の商売だと平六が答えると、寅太郎は色をなした。

「それだば、開港派と同じではねえか？」

「んだ。同じだ」

「同じて、おめ」あんまり平六が平然といったものだから、寅太郎も面食らったらしい。すぐにはあとが続かなかったが、ようやく口が開かれたときには、

「んで、どげするや」となんだかはっきりしない調子になった。平六の方は落ちついたもので、背筋をまた一段と伸ばし、ひとつ咳払《せきばら》いしてから、講義でもするようにいった。

「鈴木くんは、兵法の要諦《ようてい》をいかなものと考えるか」

とたんに寅太郎が座布団のうえでぴょんと跳ねた。よほど驚いたとみえる。むろん驚いたのは、兵法についてきかれたからではなく、鈴木くんと呼ばれたからだろう。しばらくは相手の正気を疑うかのごとく、平六の横顔を奥目から眺めていたが、

「おれは、おめと兵法の話などしている暇はねえなだ」と盃を摑んで酒をぐっと飲み干した。

「おれがききてえのは、おめの攘夷への熱誠がどげなったか、それがききてえなや」

攘夷はやめたと、平六はおれには簡単にいったが、寅太郎にはちょっとまずいと思ったんだろう。しばし思案したのち、攘夷を実行するには兵力が必要である、といったあたりから諄々《じゆんじゆん》と説きはじめた。

「んだば、どげだけの兵力があればいいか。そこで孫子の兵法の要諦を思い出さねばならね。すなわち、敵を知り己《おのれ》を知ればいうやつや。つまり、まずは敵を知らねばならね

わけだ。そこまでは、鈴木くんも異存はあめ?」

平六にいわれて、疑わしそうな顔をしながらも、寅太郎は頷《うなず》いた。

「んだば、きくが、亜米利加《メリケン》の兵力がどれほどか、鈴木くんは知っているか」と平六はきいた。

知らないと寅太郎が答えると、重々しく頷いた平六はまたいった。

「阿蘭陀《オランダ》の兵力はどだや?」

寅太郎はむろん知らないと答えた。すると平六は仏国はどうだときいた。当然寅太郎は知らないと答えた。さらに英国《エゲレス》はどうだときく。知らないと答える。次は露西亜《オロシャ》あたりだろうと思ってみていると、はたして平六はそういった。寅太郎は今度は知らないとはいわずに、逆にきいた。

「おめは知ってるなだか?」

平六は泰然として盃を口に運び、それからおもむろに返答をした。

「おれもよくは知らねな」

ここまでしつこくきいておいて、いくらなんでもこの返事はないだろう。寅太郎も気を悪くしたに違いない。そうおれが観察していると、意外なことに寅太郎はにやりと笑った。寅太郎はなんでも人に負けたくないたちだから、平六も知らないときいて嬉しくなったのかもしらん。この際のにやりはたぶんそういう意味のにやりだろう。一方、己の無知を反省しない平六は委細構わず先を続け、たしかに実数は知らないけれど、それら諸国の兵力が我が方を遥かに凌《しの》いでいることだけは間違いないと断じた。船にしても砲にしても、数も質も段違いだともいった。だから外国とは急にはことを構えず、まずは貿易でもって国を富ます必要があると、いつもの持論を展開した。

珍しく寅太郎は大人しく拝聴している。もともと背丈が違うところへもってきて、胡座《あぐら》の寅太郎は前屈みで盃に口をつけ、平六は正座でいよいよ背筋を伸ばすから、両者の頭の高さは二階と一階ほども違っている。知らない人がみれば、寅太郎が叱《しか》られているように見えるだろう。

ひとわたり話した平六がひと息ついた。寅太郎はなにもいわない。こんなに喋らない寅太郎は本当にはじめてだ。しばらく止んでいた隣座敷の音曲がまたはじまった。トトトン、トンと、いい調子の太鼓の音が聴こえてくる。三味線《しゃみせん》に混じって賑やかな嬌声《きょうせい》も届く。むろんおれだって木石《ぼくせき》ではない。酒が入って、旨い豆腐を喰って、こんな場所でこんな雰囲気にあえば、普通なら気持ちが浮き浮きしてとまらなくなるところである。ところが、寅太郎が喋らないせいで、座敷の空気は依然岩みたいに固い。なんでもいいから寅太郎には是非喋って欲しいものだとおれが思っていると、たしかに寅太郎が口を開いた。

「おめは、あれだ、臆《おく》したなだな」

寅太郎は下から覗き込むように平六に目を据えた。「臆したせいで、攘夷をする胆力をなくしたなだ。んでねえのか？」

平六が答えようとするのへ、寅太郎は語を無理に押しかぶせた。

「おめを見損なった。おめが、こげだ腰抜けとは思わなかった」

声がいやに潤《うる》んでいるなと思ったら、寅太郎の目尻《めじり》から涙がこぼれた。

「おれは情けね。おめには武士の意地がねなだか。嗤《わら》われるのはおめだけではね。出羽庄内の人士がまとめて嗤われるなだぜ。それがおめには分からねなだか?」

寅太郎は泣きながら口説《くど》いた。話すうちにいよいよ泣けてきたらしく、涙と鼻水で顔はもうくしゃくしゃである。

「なにが悔しいいて、庄内の侍はみな腰抜けだと思われるごとや。おめのせいでそう思われるなや。あの野郎らは異人を怖がる臆病者《おくびようもの》だといわれるなや。おれは、もう、情けなくて、情けなくて、涙も出てこね」といいながら寅太郎はまた盛大に涙をこぼし、腕でぐいと涙を拭《ぬぐ》えば、あとはしばらく嗚咽《おえつ》だけを口から漏らした。それが、ううと変に甲高い、おかしな調子で長く続くのが奇怪だ。何かに似ていると思ったら、産気づいた猫の声にそっくりである。

さすがの平六もこれには困ったらしい。珍しく、眉《まゆ》を寄せた思案顔で寅太郎を見おろしている。そこへ小女が酒を運んできた。寅太郎を見て吃驚《びっくり》した顔になり、徳利を膳に置いて去るときには、今度は真っ赤になって笑いをこらえている。その頃には寅太郎の嗚咽も小やみになったので、平六が、鈴木くん、きいてくれと、声をかけた。

「おめに、鈴木くんと呼ばれる筋合いはねえ」とたんに寅太郎が駄々っ子みたいに反発した。

「おれと、おめは、敵同士だなさけの」と続けたときには、泣くのはやめて、下から平六の顔を睨み付けている。

「おめが腰抜けなのは仕方がね。んだどもや、おれが許せねのは、おめが幕府の犬になったことだなや」

そう決めつけた寅太郎は、相手に反論の暇《いとま》を与えずに言葉を重ねた。

「おれは知ってるなだぜ。おめは姉小路へ幕府の密書を預かったなだろ」

これには平六の顔色が変わった。次に平六がすごい目でおれを見たのは、おれが教えたと思ったんだろう。むろんおれは誰にも喋っていない。おれが弁明しようとしたとき、松吉からきいたんではないと、寅太郎が先回りした。

「おめのしていることなどは、ぜんぶ筒抜けだ。悪いことはできねもんだ」といった寅太郎は、にやりと笑ってみせ、土佐藩の者が教えたのだと明かした。

「おめのことは、江戸の土佐藩邸から報《しら》せが届いたなだ」

平六と坂本氏が姉小路卿へ密書を運んでいることは、京の尊攘志士のあいだではとっくに知られていたと、寅太郎は小気味よさそうに告げた。

「んださけ、おめは迂闊者《うかつもの》だなや。京は鶴ケ岡とは違うなだぜ。一筋縄ではいかねな。おめみたいな田舎者が働くのは土台無理だなだ」と自分のことは棚にあげていった寅太郎は、土佐藩は藩主をはじめ重役連はみな公武合体派だが、江戸や京にいる藩士の多くは倒幕派なのだと、得々として解説した。

「んだから、江戸から急使が来て、おめらを斬れといってきたなだ」

そこで腕の立つ者らが手分けして、立ち回りそうな場所へ出向いたのだと寅太郎がいったので、吉田蓮牛の家にも来たかとおれがきくと、寅太郎は頷いた。

「菅沼先生が来たなだろ」

寅太郎があんまり平気でいうから、おれは腹が立った。

「おれまで殺されかかったなだぜ」と文句をつけると、寅太郎は謝るどころか、だからあれほど吉田蓮牛はよせといったではないかと、逆におれに説教する始末である。

「松吉のことは、まずはいいなだ。いまは平六や」とおれについては簡単に片づけてから、寅太郎はまた平六を睨み付けた。どうも今日の寅太郎は目つきがよくない。

「密書をおれに渡せ。んでもって、故郷《くに》に帰《けえ》れ」

平六は答えない。すると寅太郎は、姉小路卿には始終見張りがついているから、吉田蓮牛を使ったとしても、平六が密書を渡すのは無理だと説いた。それから、ぐずぐずしていると本当に斬られると脅し、平六が斬られずにすんでいるのは、自分が押さえを効かしているからだと吹聴した。

「即刻斬れいうところを、おれが同郷の誼《よしみ》で、少し待ってくれと頼んだなだぜ。んだからや、悪いことはいわね、故郷さ帰れ」

そういうと、寅太郎は腕を伸ばし、平六の盃に徳利から酒を注いだ。平六は盃には手を伸ばさず、しばし沈思の態《てい》であったが、やがて静かに口を開いて、侍が一度頼まれたことを放棄するわけにはいかない、命に代えても密書は姉小路卿へ渡すつもりだと、信念を披露した。それが叶《かな》わぬうちは、京から離れないともいった。寅太郎はもう一度故郷に帰れといい、平六は帰らないと答え、しばらく押し問答が続いて、

「おめは、所詮《しょせん》は京で働く器ではねえ。田舎で剣術でもしてたらいいな」とまで寅太郎はいったが、平六は怒るでもなく、同じ調子で押し返しているうちに、とうとう寅太郎が癇癪《かんしゃく》を起こした。

「んだば、おれがおめを斬《き》る！」真っ青な顔色になった寅太郎が叫んだ。

寅太郎の「斬る」はいっこうに珍しくない。おれは慣れているから何ともないが、平六はどうかと思い、みれば、やはり平然としている。もっとも刀は床座敷の刀懸けに懸けてあるから、すぐに斬られる心配はない。人に斬らせるくらいなら、平六はこの手で斬る、それがもののふというものだと、寅太郎は少々芝居がかって、自分の台詞《せりふ》に感極まったのか、またさめざめと泣き出した。

平六は腕を組んで寅太郎の様子を眺めていたが、埒《らち》があきそうにもないと思ったのか、

「んだば、まず行く」といって立ち上がった。寅太郎が涙を拭いながら声をかけた。

「次に会うときは覚悟しておけ。容赦なく斬っさげの」

平六は黙って頷いた。刀を取り、襖を開けた平六の背中へ向かって、赤い目をした寅太郎がまたいった。

「気をつけろや。この辺にはおめを狙う野郎らが大勢いっさげの。祇園では斬られめえが、一歩出たら、いきなり斬られっさげの」

承ったと、平六は堅苦しく一礼して、襖の向こうへ消えた。おれも行こうと思い、腰を浮かせると、寅太郎が引き留めた。

どうせまた吉田蓮牛はやめて荻野柳庵にしろという話だろう。それだったら断固として断る。おれは荻野をよく知らない。蓮牛先生に嫌がらせをした張本人が荻野である証拠もない。けれども、なんだか気にくわない。黒小路や青河童と誼《よしみ》を通じているらしいのも嫌だ。おれはかえって寅太郎に、青河童たちとは縁を切れといってやりたかったが、いまの様子ではとうてい聞く耳はもたんだろう。

そんなふうにおれが考えていたところ、話は違って、「実は松吉に頼みがあるなや」と寅太郎が切り出した。どうせ碌《ろく》な頼みではあるまいと思ったが、聞くだけは聞いてやろうと、座り直した。寅太郎が話しだした。おれは黙って聞いた。話が半ばにさしかかったとき、廊下で大きな物音がした。誰かが怒鳴る声も聴こえる。どうもただ事ならぬ気配だ。

寅太郎とおれは立って廊下を覗いた。すると、階段を上がりきったあたりで、人がもみ合っている。明かりが足りないので、はっきりとは分からなかったが、大きな男が小さな男の胸ぐらを摑んでいるようだ。足を踏んだとか踏まないとか難じながら、相手をぐらぐら揺すぶっている。小さな男はひたすら謝る方針らしい。と、その声、というか言葉の訛《なま》りに聞き覚えがあった。苺田氏である。大男は胸ぐら程度では我慢できなかったのか、苺田氏の髷《まげ》を摑んでいきなり引き倒した。苺田氏は芋《いも》みたいにころがる。ころがって、今度は床に這《は》いつくばって謝っている。大男が苺田氏の禿《は》げ頭《あたま》を足で踏んづけた。いくらなんでもこれはひどいと思ったとき、それくらいで勘弁しろと、階段を上がってきた人が声をかけた。

来たのは三人の侍である。ひとりが大男に向かって、どしこ相手が町人ぢゃっちゅうて、そこずいすっこちゃなか、と論難した。この訛りは薩摩だ。ここで念のためにいっておけば、苺田氏はむろん町人ではない。歴《れっき》とした、とはいえないかもしらんが、とにかく侍である。しかし、何をしたにせよ、頭を踏みつけにされる屈辱をあえて堪《た》え忍《しの》ぶ姿は、とても武士の振る舞いではないと、薩摩侍が思ったとしても無理はなかろう。おれだってそう思った。頭を踏まれてなおへらへら謝るとは、卑屈にもほどがある。

しかし、こうなれば苺田氏はどうだっていい。今度は、大男の仲間三人が廊下の奥からぞろぞろと湧《わ》いて出て、薩摩者と睨み合ったから事だ。とても平穏無事には済みそうもない。と思ったら新来のひとりに見覚えがあった。池田屋で会った水戸の浪士だ。となれば大男の正体も芋蔓《いもづる》式に判明する。あの総髪あばたは間違いようがない、肥満漢井巻である。いくら顔が暗かったからといって、いままでわからなかったのが不思議なくらいだ。井巻ならば苺田氏への常軌を逸した狼藉《ろうぜき》ぶりも驚くにはあたらないと腑《ふ》に落ちた。それにしても、またしても井巻とは、よほどおれと縁があるのかもしらん。つくづく嫌な縁である。できればこれきりにしたい。

薩摩の侍のひとりが、俺《お》や田中新兵衛ちゅう者《もん》ごわすと名乗り、いっでん相手にないもすと言い放った。これでは緊張は高まるばかりである。あちこちで襖が開いて、野次馬が成りゆきを眺めている。ところへ、よせばいいのに、またも奥から新手が来た。はだけた着物の上に紅い裏地のどてらを羽織った男は、新撰組の土方氏だ。ついて来た三人も新撰組の者なんだろう。苺田氏は、と見れば、いつのまにか姿がない。逃げ足だけはたしからしい。土方氏が名乗りをあげたとたん、井巻の一党も、薩摩組も、むっと気合いを放って身構えたからいわんことではない。なにしろ階段上の廊下といってもさして広さはない。そこへ男たちが押し合いへしあい睨み合っているのだから大変だ。身動きすら容易ではない。しかも三竦《さんすく》みである。どうなることかと、はらはらして見ていると、芸妓の一団体がわらわらと現れた。嬌声《きょうせい》をあげつつ侍たちの腕をとり、あるいは腰にまとわりつき、これをきっかけに男たちはそれぞれの座敷へと散った。しばし消えていた歌舞音曲が再開され、何事もなかったかのように酒を運ぶ女が廊下を忙しく行き来する。秩序は旧に復した。

寅太郎によれば、祇園でも島原でも、廓内《くるわうち》では斬《き》りあわないという暗黙の取り決めがあるそうだ。そんな取り決めができるくらいなら、廓に限らず、どこでも斬りあわないことにすればいいだろう。喧嘩《けんか》がしたければ口でしたらいい。それで不足ならば、せいぜい取っ組み合いくらいでやめたがよかろう。なんでわざわざ物騒なものを振り回さねばならんのか。おれには解《げ》しかねる。

　五ツを過ぎた頃に、おれと寅太郎は石水亭を出た。三条大橋の方へは戻らずに、花見小路から四条を東へ折れて、向かった先は祇園社である。なかなか立派な御宮で、御神燈と書かれた大提灯がぶら下がった楼門も大層立派だ。門のあたりは人通りも多くて賑やかだったが、石段を上り、門を潜《くぐ》って、境内を奥へ進めばとたんに寂しくなった。社殿の脇を抜けて行くと、池があって、続いて桜の並木になる。ここは京の花の名所のひとつだそうだ。もっとも周りに繁った樹が桜と分かったのは、寅太郎がそういったからで、この辺りまでくるともう真っ暗である。

　なんでこんな暗いところへ来たのかといえば、寅太郎である。平六が帰ったあと、寅太郎はおれに頼み事があるといった。寅太郎の頼みとはこうだ。例の琴乃の許婚《いいなずけ》である船宿の倅《せがれ》がいま京へ来ている。井桁屋と結納を交わすためである。一方、黒小路卿は依然として琴乃を諦めていない。だからなんとか結納を阻止したい。そこで役者侍が談判して破談にするよう申しいれた。ところが、井桁屋も船宿の主人も揃って頑固者で、いっこうにうんといわない。ならば、いっそのこと京にいるあいだに許婚の倅を斬ってしまうことになったというから、乱暴な話だ。

「おれは斬るまでもねと思うなや。んだども黒小路卿が斬れいうなや」といった寅太郎は、その役目を黒小路卿から自分が仰せつかったのだと明かした。そこでしばらく見張ってみたところ、この船宿の倅が、またとんでもない喰わせ者なのだと寅太郎は報告した。

「あれだぜ、京へ来てから祇園の茶屋にずっと流連《いつづ》けてるなだぜ。放蕩者《ほうとうもの》いうやつだなやな」

自分のことを棚に上げるのが寅太郎の流儀なのは知っていたから、おれは今さら驚かない。しかし放蕩者というだけで斬ることはなかろう。おれがそういうと、寅太郎も頷いて、だから斬らずに、腕の一本も折るくらいにとどめて、堺へ帰したいのだといった。それで相手が怪我《けが》をしたときに備えて、松吉にも来て欲しいという。無茶なんだか、親切なんだかよくわからない。おれはあまり気乗りはしなかったが、琴乃のことを思うと、たしかに船宿の倅はよくないと思えてきた。琴乃本人も縁談を嫌がって逃げてきたことだし、寅太郎が斬らないと約束するなら、手伝ってもいいと返事をした。それで一緒に店を出たのである。

桜並木に小ぶりの鳥居が現れた。奥に地蔵堂がある。月は出ているけれど、枝葉に遮られて光は下まで届かない。茶屋で借りた提灯だけが頼りである。寅太郎はここで待つようにいった。どうするのかときくと、船宿の倅をおびき出すという。いくら放蕩者だからといって、こんな寂しいところへわざわざ来るほど酔狂だろうか。おれが疑念を漏らすと、

「万事抜かりはねえなや」と寅太郎は提灯明かりのなかでにやりと笑った。

おれはこの世で寅太郎以上に「抜かり」のある者を知らない。だから、念のため寅太

郎の計略をたしかめた。白藤を使うのだと寅太郎は得意そうにいった。白藤は寅太郎が誼《よしみ》を通じた祇園の芸妓である。よくは知らんが、寅太郎は白藤のイロというもので、将来を誓い合った仲なんだそうだ。うまいことに、船宿の倅はその白藤の馴染《なじ》みだという。今宵《こよい》も倅は茶屋遊びをしているはずだから、白藤におびき出して貰う手筈《てはず》なのだと寅太郎は説明した。祇園社の地蔵堂で願掛けをしたいから、一緒に来てくれとでもいえば、鼻の下を長くしてのこのこついてくるだろうと、寅太郎は自信たっぷりである。

「んだば、様子を見てくっさげの、待っててくれの」といって、寅太郎は祇園町へ戻った。おれは地蔵堂の石段に腰かけて待つことにした。寅太郎が提灯を持っていってしまったので、辺りは真っ暗である。それでも少しは目が慣れたのか、月明かりに堂の屋根や古い鳥居が闇に白く浮かんで見えた。

半刻《はんとき》あまりも待ったが、寅太郎はいっこうに戻らない。おれはすることがないので、池のあたりで鳴く蛙《かえる》の声を聞いて過ごした。一口に蛙の声といっても、あらためて聞いてみれば、高いの低いの、長いの短いのと、いろいろある。それが遠い遊里のざわめきと入り交じるのがおもしろい。なんで蛙は鳴くのか知らんが、さして意味のないことをわあわあとうるさく喋りたてるあたりは、人も蛙とあまり違わない。そんなことを考えていると、暗がりで蚊《か》に喰われているのが急に馬鹿馬鹿しくなった。白藤は一力亭という茶屋にいると寅太郎はいっていた。べつにおれが待ち伏せする理由もない。ひとつこちらから見に行ってやろう。おれはもと来た路を祇園へ戻った。

一力亭なら来るとき見た門構えの大きな家のはずだ。すぐに分かると思ったが、どうも見つからない。そのうち行き当たるだろうと思い、ぐるぐる歩き廻っていると、先刻までいた石水亭の前に出た。ここから祇園社へ行く途中に一力亭はあったはずだ。また歩き出したとき、石水亭からついと出てきた男がある。おれははっとなった。すれ違いに暖簾《のれん》を潜った番頭風が下げたぶら提灯、その明かりに浮かんだ風体容貌《ようぼう》に見覚えがあった。青河童と一緒に蓮牛先生の家を襲った男だ。なにしろこやつには危うく殺されかけた。間違えるわけがない。しかも、今宵もあの夜と同様、手拭いで頬かむりをしている。いよいよ間違いようがない。とっさにはあとを尾《つ》ける智恵は出なかったが、男が祇園社の方向へ進むので、自然と追う格好になった。

男の今日のいでたちは、ぞろりとした着流しに雪駄《せった》の遊び人風である。腋に菰《こも》に包んだ長い荷物を抱えているのが、少々妙といえば妙だが、茶屋から出てきた以上、あとは家へ帰るだけだろう。とりあえず、どこのどいつかつきとめてやれと思い、つかず離れず追っていった。

男は祇園社の方へ進んでいく。こんな時刻に御宮に用があるわけはないと思ううちにも、石段を上り、門から境内に消える。おれもあとへ続いて、門から窺うと、社殿の右手へ動いていく痩《や》せた背中が月明かりに見えた。そのまま脇の小径《こみち》に入っていく。おれは草履《ぞうり》を脱いで懐にしまい、あとを追った。

小径の奥にはまたべつの社殿があった。本殿に較べると二まわりくらい小ぶりの社である。と、頬かむりが暗闇に声をかけるのが聴こえた。低い返事があって、社のすぐ右脇の木陰で提灯が点《とも》った。しゅっと音がしたから、擦《す》り付木《つけぎ》を使ったんだろう。点った提灯は無紋である。それでなくとも紋のない提灯というのは怪しく見えるものだが、この際はなおさらである。頬かむりは菰包みを抱えて提灯の方へ近づいていく。

おれは迷った。このままただ進んだのでは気づかれてしまう。かといって引き返すのも悔しい。おれは藪《やぶ》にうずくまって様子を見た。と、提灯明かりが、その持ち主の顔をふいに照らした。青河童だ。先夜のことを思えば、青河童がここにいても全然不思議じゃない。おれは安堵《あんど》するような気持ちになった。というと妙に思われるかもしらんが、そもそもお化けでもなんでも、正体がわからぬものほど怖いものはないのである。というより、得体が知れぬからこそ怖い。逆に、正体見たり枯れ尾花というくらいで、わかってしまえばどうということもないのが大抵だ。青河童はむろん枯れ尾花ではない。枯れ尾花は物騒なものを振り回したりはしないだろう。とはいえ、持ち主が見知った人物と判明して、のっぺらぼうのようでひどく不気味だった無地の提灯が、ごく平凡な灯火に見えてきたのはたしかである。

おれは気持ちが大胆になってきた。朽ち木に腰を下ろした青河童は、頬かむりに大徳利の酒を勧めている様子だ。何を話しているかひとつ盗み聞きしてやろう。このあいだは不意だったので、あわててしまったが、今度はそうはいかない。おれは甚右衛門から教わった霞《かすみ》流忍法猫歩きの術を思い出した。霞流には、何故《なぜ》だかしらんが、ムササビの術だとか、兎《うさぎ》隠れの術とか、獣にちなんだ術が多い。猫歩きの術はその一つである。まさしく獲物を狙う猫のごとく、気配を消しつつ敵に近づく忍びの技だ。といっても、要は腰をかがめつつ物陰から物陰へと素早く身を移すだけのことで、これがどうして猫歩きなのか、最後までおれは分からなかった。甚右衛門は猫になった気で行うのが極意だといったが、猫の気持ちがどんなものか、おれは知らないのだから仕様がない。

おれは藪から出ると、二間ほど先の岩陰まで動いた。呼吸を二つ、三つと測って、杉木立に身を移し、それから次の茂みへ、という具合に進んで、とうとう社殿の濡《ぬ》れ縁《えん》の下へもぐり込んだ。

おれはじりじりと濡れ縁の下を這い進んだ。今度使うのは、蛇身の術である。猫歩きの術とは腹這って進む点だけが違う。雛《ひな》を狙う蛇になった気になるのが肝心なのはいうまでもない。濡れ縁の下の地面は、具合の悪いことにぬかるんでいた。着物も袴《はかま》もたちまち泥だらけになる。だが、おれは蛇だから平気である。鱗《うろこ》が濡れるのを気にする蛇はいないだろう。本当をいえば、おれは少し気になるのだが、あくまで蛇を貫く以上、無理にでも気にしないことにしなければならない。忍術もこれで案外楽じゃないのである。

濡れ縁の端まで来た。二人の男が仲良く腰をかけた朽ち木までは三間ほどの近さである。幸い敵はおれに気づいていない。やはり、蛇身の術が効いたんだろう。こんなに泥まみれになったからには、そう考えないことにはとてもやっていられない。で、そっと窺うと、青河童は刀の検分中である。頬かむりが抱えていた菰包みの中身らしい。青河童は頰かむりに提灯を持たせて、鍔元《つばもと》から鞘先《さやさき》までじっくり眺め、それからすいと抜いた。提灯明かりに刃がぎらりと照って、おれはぎくりとなる。刀身を調べた青河童が、たしかにイズミノカミタダシゲだといった。刀の銘だろう。自分のすることに抜かりはないと、いまは頰かむりをやめた頰かむりが自慢した。言葉は関西弁だ。青河童が次に、薩摩の連中に気取られなかったかときいた。当然だと、頰かむりはまた自信たっぷりに答えた。どうやら頰かむりは石水亭の薩摩侍から差料《さしりょう》を盗んできたとみえる。碌《ろく》な者ではないとは思っていたが、盗人《ぬすっと》とは恐れ入った。しかも天下の薩摩侍から刀を盗むとは、だいそれたやつである。青河童が労《ねぎら》いの言葉を吐き、何か渡したのはカネだろう。頰かむりは頭をぺこりと下げてにやついている。青河童が雇って盗ませたに違いない。盗賊をカネで操るとは、勤王志士が聞いて呆れる。

それで用はすんだのか、青河童が立ち上がった。提灯を下げて去っていく。一人になった頰かむりは青河童が残した大徳利の酒を飲みはじめた。一仕事終えて、カネも貰って、きっと気分がいいんだろう。月下の独酌《どくしゃく》と洒落こんでいるらしい。なんであれ、こう居座られては、おれは動けない。二人より一人の方が、なんだか気づかれそうで、おれは蛇のままでいるほかない。幸い、徳利に酒はあまり残っていなかったらしい。ちっと舌打ちして、頰かむりは立ち去った。縁の下から出たおれは、文字どおり人心地ついた。おれは蛇のつもりでも、藪蚊はそう思ってくれないのが一番困る。さんざん蚊に喰われ、身体じゅうが痒《かゆ》くて仕方がない。さすがにもうあとを追う気はしなかった。寅太郎との約束も思い出した。

地蔵堂へ戻ると、暗がりから、松吉か、と寅太郎が誰何《すいか》した。そうだと答えると、どこへ行っていたんだと詰《なじ》るから、糞《くそ》をしていたと嘘をついた。こんなときに糞をするやつがあるかと、おれを叱ってから、もう来るはずだから、どこぞへ隠れていろと寅太郎がいうので、おれは地蔵堂の裏に廻った。

待つほどもなく、からころと下駄の鳴る音がして、桜並木に提灯がゆらゆら揺れた。提灯が地蔵堂の前にさしかかると、鳥居の下から寅太郎が、三好屋の千蔵か、と声をかけた。それが船宿の倅の名前らしい。そうや、なんぞ用かいな、と相手は答えた。こんな時刻にこんな寂《さび》しい場所でいきなり名前を呼ばれたら、腰を抜かすのが普通だろう。よほど肝《きも》の太い男らしい。おれは理由もなく、琴乃の許婚《いいなずけ》というのは、気の弱い、京の言葉でいうぼんぼんだと思っていたから、これはだいぶ意外だった。寅太郎もやや勝手が違うと思ったんだろう。戸惑《とまど》うふうにしばらく黙ってから、白藤はどうしたときいた。たしかにおびき出したはずの白藤の姿はないようである。すると船宿の倅が、あんたは鈴木寅太郎やなと逆にきいた。寅太郎がそうだと答えると、倅が提灯の向こうでいった。

「あんたは白藤のイロや思うてるのかもしらへんけど、白藤の方はあんたのこと、なんとも思うたらしまへんで。ただの金蔓《かねづる》と思うてるだけや。あんたは知らんかもしらへんけど、白藤の揚代《あげだい》はぜんぶ井桁屋さんが肩代わりして払うたはるんでっせ。あんたもええ加減目を覚ましたらどうだす」

これでは立場が反対だ。それにしてもよく喋るやつである。喋ることにかけては寅太郎も負けないはずだが、ここは上方《かみがた》だから、羽州弁では分《ぶ》が悪いと思ったんだろう、向こうの話には乗らずに、琴乃は諦めて堺へ帰れと、用件のみを単刀直入に述べたてた。

「あんたに、そないなこと、指図されるいわれはあらしまへん」

船宿の倅の立場に立てば、たしかにそれはそうだろう。しかし、寅太郎には寅太郎の立場がある。

「京からいなねば、斬る」と得意の文句を出した。二本差しから斬ると脅されては、さすがに怖がるだろうと思ったら、驚いたことに相手は全然平気である。

「斬るなら、斬れや」といったかと思うと、提灯をいきなり投げ捨てた。紙に火が移ってめらめらと燃える。するとそれが合図だったのか、後ろのほうからばたばたと足音がして、多数の黒い影がたちまち寅太郎に襲いかかった。あっと思ったときには、悲鳴やら怒声やらが入り交じって、暗闇でよく見えなかったものの、一つだけはっきりしているのは、寅太郎が一方的にやられていることだ。いくら相手が侍でも、多勢に無勢とは卑怯である。

おれは、こらっ、と叫びながら、堂の横手から石つぶてを夢中で投げた。暗くて的がよく見えないが、手当たり次第、やたらめったら投げつけた。少々は寅太郎にも当たったかもしらん。男たちは走って逃げた。

おれは急いで鳥居の下に倒れている寅太郎を助け起こした。死んだかと心配したが、生きていた。襲った連中は刃物は使わなかったようで、斬り傷はない。棒かなにかでさんざん打たれたらしい。頬を二、三発張ると、寅太郎は目を醒ました。痛いかときくと、痛いと答えた。歩けるかときくと、歩けないといった。仕方がないので背負うことにした。

しばらく歩いたら、寅太郎がなにかいいかけたので、まずは喋るなとおれは制した。

「油断したなだろ?」おれがいうと、んだ、と寅太郎は弱々しく答えた。それから、自分の下宿へ連れていってくれと頼んだ。おれが蓮牛先生の家で手当をした方がいいというと、いやだという。

「松吉が治してくれ」

「おれでは駄目だ。蓮牛に診《み》てもらえ」

「おれは松吉に診てほしいなだ」と寅太郎は駄々をこねる。

「蓮牛が蘭方だから嫌なだか?」

「んでね。松吉がいいなだ」

誰が診るにせよ、とにかく蓮牛先生の家へ行こうと思い、四条橋を渡って左へ下ろうとすると、寅太郎がおれの襟《えり》にしがみついて、下宿へ行ってくれとまた頼んだ。どうしてそんなに下宿がいいのかときくと、

「蓮牛の所には、平六がいるなだろ」と寅太郎はいった。いる、と答えて、おれはようやく気がついた。寅太郎は無様《ぶざま》な姿を平六に見られたくないんだろう。おれは寅太郎の

いうとおりにしてやることにした。

寅太郎の下宿は大徳寺の近所だから、しばらくは加茂川に沿って行けば、夜でも迷う心配はない。怖いのは夜盗や辻斬りだ。夜の京都くらい危ないところはない。おれは逃げ足には自信があるが、いまは重い荷を背負っている。いざとなったら、荷物は放り出して逃げるしかないだろう。おれがそんな無情なことを考えているとは知らず、寅太郎は眠ったらしい。と思ったら、急に喋りだした。

「今日のことは誰にもいわねでくれの」

「いわね」とおれは応《こた》えた。

「ほんとにいわねが?」

「ほんとにいわねでば」

それで安心したのか、寅太郎は長い息をふうと吐いた。夜が更けて、河原には涼風が渡った。夕刻には大いに賑わった加茂の床見世も、いまは灯がすっかり消えて、星々を従えた白い月だけが凛然《りんぜん》として空にある。

「白藤のことだがや」と寅太郎がまたいった。「白藤は祇園豆腐みてなおなごだ」

「んだか」

「んだ。あげだやさしいおなごはどこ探したっていねえなや」

「んだろの」

相づちをうったとき、東の空に星が飛んだ。

第九章　スクランブル

寅太郎の下宿についたときには夜が明けていた。大徳寺の裏手の農家の、母屋から離れた茶室風の二間続きが、寅太郎の借りた部屋である。庭に大銀杏《おおいちょう》が二本立って、近隣の目印になっている。由緒のある百姓家らしい。

家の者がすぐに医者を呼んでくれた。褌《ふんどし》ひとつにしてみると、寅太郎は身体中に打撲を負ってはいたものの、骨は無事だった。湿布をした医者は、二、三日すれば歩けるようになるから、そうしたら湯治にでもいったらいいと勧めた。おれもそれがいいと思った。

家の亭主も女房も親切そうなので、あとの世話は任せて、おれは戻ることにした。それで帰りついたのはもう午《ひる》近くだ。蓮牛《れんぎゅう》先生がいないので、おとりにきくと、今朝方《けさがた》、姉小路卿からの使者が訪れ、来診して欲しいといわれ出かけたという。平六も同行したらしい。平六が幕府の密書を預かっていることは、長州派はみな知っていると寅太郎はいっていた。だからそう易々《やすやす》と平六が姉小路卿に近づけるとは思えん。そこを無理に近づけば危ないと思ったが、いまからおれが追って止めても遅いだろう。加えて昨夜からおれは一睡もしていない。さすがに草臥《くたび》れた。ずっと寅太郎を背負ったせいで、腰が鉛を流し込まれたかのごとくに重い。脚も案山子の脚みたいに突っ張っている。おれは書生部屋にごろりと横になり、とたんに眠ってしまった。

おれは夢を見た。おれは京の町を駆けている。東山が右に見えるから、北へ上がっているのは間違いないが、どうもさっきから路《みち》が変だ。五条はとうに越えたので、そろそろ四条に行き当たる頃なのに、それらしい路がなかなか見えてこない。気ばかり焦《あせ》るが、行けども行けども似たような町並みばかりが続いて、同じところをぐるぐる廻《まわ》っているようで不安でたまらない。と、ふいに広い通りに出た。四条らしいが、それにしては広い。幅はとても十間ではきかんだろう。路の両側に長屋根があって、下を大勢の人が通る。見たこともない人の数だ。両側に建ちならぶ店屋も急に育ったらしく、とんでもなく背が高いのが不思議である。どれも東寺の塔より高いからすごいもんだ。なかには雲をつくほどの家もある。これはきっと伽藍《がらん》なんだろう。なにより吃驚《びっくり》するのは、すさまじく賑やかなことだ。祭りなんだろうが、実に盛大かつ奇抜な祭りだとしかいいようがない。あまりの騒々しさに頭が梵鐘《ぼんしょう》のごとくわーんと鳴ってくらくらする。また、あたりの色がすごい。さまざまの染料やら、金糸銀糸やら、色硝子《いろガラス》やら宝玉やらを、あたり一面隈《くま》なくぶちまけたような色合いである。目のなかで無数の色がぐるぐる廻る。天神祭りのからくり眼鏡《めがね》を一遍に十も二十も見せられたようである。

人に背中を押されて路を渡ると、反対側からも斜めからも、たくさん人が押し寄せて恐ろしい。とても歩けたもんじゃない。おれが路の真ん中で竦《すく》んでいると、誰かが、これはスクランブル交差点というものだと教えた。

教えた人が腕を引いて、路を渡らせてくれた。おれが礼をいうと、その人は笑い、すぐに歩き出した。おれはあわててあとを追いかけたが、なにしろ辺りは芋《いも》洗いなみの混雑だ。たちまち人の肩にぶつかって難儀する。ところが、その人は渓流の魚みたいにすいすいと人のあいだをすり抜けていくから偉い。足下を見ると洋靴である。蓮牛先生が買ったようなのだ。と見れば、路行く人の大半が洋靴だ。洋靴でなければ、どれも見慣れぬ履物である。とくに女は変だ。けれども変なのは履き物だけじゃない。髪も着物もぜんぶおかしい。みるからに異国風である。やはりこれは祭りなんだろう。冷や飯草履《ぞうり》に絣袴《かすりばかま》はおれくらいなものだ。おれは急に恥ずかしくなった。と、いきなり、横あいの路地から四角い箱が飛び出した。そいつが怪鳥《けちょう》のごとき金切り声で鳴いたので、おれは腰を抜かした。そこへさっきの人がまた来て、おれの腕を掴んで、赤信号で飛び出したら危ないと注意した。冷や汗を拭いつつ、いまのは何だと問えば、自動車だという。車の一種らしい。人は路の端に押し込められた格好だ。大路の大半はこの車が占領して、真ん中を我が物顔で走っている。見れば、おれは助けてくれた人の腕にすがりつつ、ここはどこだときけば、四条通りだという。やはりなにかの祭礼かときくと、祇園祭はまだ先だと答えて、京ははじめてかと逆にきいてきた。

はじめてではないが、こんな風な京ははじめてだと、要領を得ない返事をすると、だったら少し案内してあげようとその人がいって、すぐ右手の大きな建物へ連れて行き、これが大丸だと教えた。市場のような所だが、市場らしい雰囲気はまるで欠いている。硝子《ガラス》の箱がたくさん並んで、なかに細工物やら袋物やらが置いてある。箱の向こうの奇態な風体の女が売り子らしい。方々に見慣れぬ文字の看板があるのが珍しくて、眺めていたら、クリスチャン・ディオールと書いてあると教えられた。隣がシャネル、さらに隣がグッチだという。どれも西洋のブランドというものだそうだ。こんなに西洋の品物があるようでは、攘夷はとても無理だと考えていると、案内の人が攘夷などは所詮《しよせん》空論だと笑い、そのときになってはじめて、おれはその人が坂本氏だと気がついた。

それから坂本氏は、数え切れないくらいの場所へおれを案内した。いろいろな品物を売る店をはじめ、京都タワーへも連れて行ったし、京都の駅ビルも、京都大学のキャンパスも見せた。地下鉄という、地面の下を走る箱車にも乗った。先斗町《ぽんと》のバーでカクテルも飲んだし、萬養軒で洋食も食べた。最後に今出川通寺町西入ルにある、ほんやら洞という喫茶店に入った。坂本氏がブレンドでいいかというので、おれはいいと頷いた。運ばれた茶碗《ちやわん》に口をつけたらひどく苦い。ブラックは駄目だろうと、坂本氏が笑い、あまりの苦さに吐き出しそうになったとたん、目が覚めた。

ずいぶん寝たと思ったが、書生部屋の窓から横に射し込む日はまだ暮れていない。おれは西日に焼けた畳に寝転がったまま、盛大に伸びをした。ところへ、おとりが血相を変えて飛び込んできた。先生が大変だという。斬られたという。おれはたちまち畳から飛び上がった。平六も斬られたのかときくと、斬られたのは姉小路卿だという。たったいま人が来て、姉小路卿が御所近くの辻で何者かに襲われ、従者ともども斬られ、大騒ぎになっていると伝えに来たといったおとりは、おれに様子を見てきてくれと頼んだ。

おれは家を走り出た。出てすぐに、裸足《はだし》で来てしまったと気づいたが、かまわず駆けた。しばらく行って、どこへ向かえばいいかわからぬことに今度は気がついた。いったん戻っておとりにきいたほうがいいかと思ったが、姉小路卿の屋敷へ向かえば間違いはなかろうと思い直した。あの屋敷は一度行ったきりだから、場所はうろ覚えだが、御所の近辺までいけばなんとかなるはずだ。おれはひたひたと足の裏で土を鳴らし、京の町を駆けた。

東寺の塔を左に見て大宮通りを行き、本願寺を過ぎ、五条の手前で近道しようと右へ入ったのが失敗だった。京で路に迷うのは阿呆《あほ》やと蓮牛先生はいうけれど、現に迷うのだから仕方がない。おれはどこをどう走っているのか分からなくなった。東山が右に見えるから、北へ上がっているのは間違いないが、どうも路が変だ。いましがた五条を越えたから、そろそろ四条に行き当たるはずなのに、それらしい路がなかなか見えてこない。気ばかり焦るが、行けども行けども似たような町並みばかりが続いて、同じところをぐるぐる廻っているようで不安でたまらない。ふいに広い通りに出た。すると、これは四条通りである。それも、つい先刻夢で見た四条だ。おれは幾度も目をこすってみた。が、やはり間違いない。地を揺るがす噪音《そうおん》のなか、途切れなく自動車が走り、異装の者どもが行きすぎるこの町は、たしかに夢の京である。林立する巨塊のごとき伽藍と氾濫《はんらん》する色彩は、間違いなく夢の都である。

つまり、これは夢である。最前の夢の続きをおれは見ているのである。とはいえ夢だという感じが全然しないのが妙だ。おれはわけがわからぬまま、スクランブル交差点を渡って、河原町方向へ駆けていくと、大丸があったので、試しに入ってみれば、夢で見たのと寸分違わない。クリスチャン・ディオールの看板の下では、妙な格好の女たちが硝子箱《ガラスばこ》を覗《のぞ》いている。とにかく、このままじゃ、とても姉小路卿の屋敷は探せない。どうしようかと途方に暮れかかったとき、坂本氏にきくのがいいと思いついた。あの人なら案内してくれるだろう。探してみようと思ったとたん、おれは坂本氏の風体容貌《ようぼう》をなにひとつ知らないことに気がついた。

考えてみれば、おれは坂本氏のことは平六から話にきいただけで、会ったことはない。会ったのは夢のなかだ。ならば夢のなかの坂本氏はどんな風であったかといえば、洋靴を履いていたことくらいしか思い出せない。顔形も定かでないその人が、坂本氏だとおれには分かった。というか、おれは最初から知っていた。考えてみれば夢とは奇態なものだ。おれはしばらく大丸の前で待ってみたが、坂本氏らしい人は通らない。

とにかく、一刻も早く蓮牛先生と平六の安否をたしかめる必要がある。斬られたのは姉小路卿だが、他に従者が何人か一緒に斬られたとおとりはいっていた。その従者のなかに蓮牛先生と平六が含まれていないとも限らない。なんだか悪い予感がする。ここが夢の京都だとしても、京都には違いあるまい。だったらかまうもんか。だいたいおれからすれば、どんな京だってぜんぶ夢みたいなもんだ。京は京だ。あれこれ考えずに御所へ向かえばいいだろう。御所は北の方角で間違いはないはずだ。

また駆けようとしたとき、御所の方面へ行くなら、地下鉄烏丸線で行くのが早いと思いついた。四条から乗って今出川で降りるのが便利がいい。喫茶店へ行くとき坂本氏がそうしていた。おれは大丸から烏丸通りへ向かい、交差点を渡って、東京三菱銀行の横から地下へ降りた。改札を抜けようとしたら、困ったことに扉が閉じている。そういえば坂本氏は切符を買っていたと思い出した。切符は横手の自販機で買える。と思ったら、巾着《きんちゃく》を持っていないことに気がついた。いまから巾着を取りに戻るわけにもいかぬ。といって地下鉄を諦めるのも業腹《ごうはら》だ。おれは改札の脇の箱に収まっている駅員に向かって、自分は吉田蓮牛のところの書生で横川という者だが、わけあって急いでいる、料金はあとで払いにくるからと口上を述べた。興奮したのがよかったのか、気後《きおく》れしないですらすらと言葉が口から出たのは嬉しかった。こんなに長い文句を他人に向かって喋ったのは京へ来てからはじめてである。人間やればできるもんだ。それとも、京に慣れてきたんだろうか。あるいは、夢で坂本氏からいろいろ教えて貰ったのがよかったのか。どちらにしても、めざましい進歩である。おれは祝杯でもあげたいような気持ちになった。

こんなにはっきりものをいったのだから、駅員も恐れ入ったろうと思ったら、さにあらず、妙ちくりんな帽子を被った男はなんだか要領を得ない顔である。おれは同じ文句を繰り返した。駅員が、撮影所の人ですかと、わけのわからんことをきいてきた。こいつでは駄目だ。話がまるでわからない。急ぎの身としてはこんなでくの坊の相手をしている暇はない。幸い、改札の扉は飛び越えてくれといわんばかりの低さである。いまは緊急の際だ。あとでカネは払えばいいと勝手に決めて、おれは扉を飛び越え、階段を駆け降り、ちょうどホームに停まった電車に飛び乗った。

とたんに乗客が変な目でおれを見た。車両の端で笑っているのは、脚を太股《ふともも》まで露《あらわ》にした女子高生だ。やはりおれが裸足なのがまずいらしい。おれは草履《ぞうり》を置いてきたことを少し後悔した。

今出川は四条から三つ目だ。扉が開くのももどかしく、おれは電車を降り、ホームから階段を駆け上がった。ここにも当然のように改札口があった。係りの駅員はどうせ話がわからないに決まっている。掛け合うだけ無駄だ。見れば、一つだけ扉のない所がある。おれは黙って駆け抜けた。誰かが後ろで怒鳴《どな》ったような気がしたが、かまわず地上へ出た。

さてと、どっちへ行ったらいいか。よくわからない。が、考えている暇はない。ちょっと待てと怒鳴って、誰かが階段を駆け上がってくる様子である。おれは急いで右へ走った。しばらく行ったら前が行き止まりなので、また右へ折れると、長槍《ながやり》を持った侍が大勢いるのが見えた。鎧《よろい》に鉄帽のものものしい格好は戦支度《いくさじたく》であるらしい。騎乗の侍も二人ある。旗持ちの捧げた旗印からみて、会津の侍のようだ。御所を警護する者らだろう。公卿《くぎょう》が斬られたんで、殺気だっていると見える。すると尖《とが》った槍先がいっせいにこちらを向いたのには驚いた。ぎょっとなったおれが立《た》ち竦《すく》むと、何者だ、何者だ、と鋭い誰何《すいか》の声がいくつもあがって、槍が真っ直ぐこちらへ向かってくるではないか。怪しい者じゃないと弁明しても、とてもきいて貰えそうな雰囲気ではない。おれはもときた方へ逃げ出した。息が上がって苦しいが、槍で尻《しり》を刺されてはたまらない。おれは必死で駆けた。

するとと横あいの路地から別の一団が飛び出した。こちらは抜き身をかざしてもの凄《すご》い形相だ。おれは間一髪難を逃れると、左の路地へ曲がり、とたんに風鈴売りの箱屋台にぶつかって、けたたましい音がした。膝《ひざ》をぶつけて痛かったが、いまはそれどころではない。後ろを見ずにどんどん駆け、正面に見えた寺へ飛び込んで、裏手の墓場の石塀を乗り越え、路地を抜けて一息ついたとき、あそこにいたぞ、と声がして、今度は警官が追ってくる。パトカーのサイレンも鳴り出した。おれはまた夢中で走り出した。信号の赤にかまわず路を横切ったら、トラックから猛然とクラクションを鳴らされ、肝が吹っ飛んだ。いまや京じゅうの人間が寄ってたかっておれを捕まえようとしているらしい。おれは京の町を滅茶苦茶に駆け廻った。いったいどれほど駆けたかわからない。ついにおれは力尽き、ばったりと前へ倒れた。もはや脚がいうことをきかない。潰《つぶ》れた蛙《かえる》みたいな格好のまま動けない。こんなことははじめてだ。そのうちに目のなかがだんだん昏《くら》くなってくる。意識も薄れてくる。このぶんだと捕まる前に心の臓が破れて死ぬだろう。もはやこれまでと、とうとうおれは観念した。

　そこへ横手の林から出てきた者がある。女だなと思ったら、お糸である。相変わらず紺木綿の粗末な着物だ。そんな田舎者然としたなりでは京では笑われると、おれは少し心配になった。しかし、むしろ心配そうなのはお糸のほうで、どうしたときくから、死ぬところだと答えた。足を見ると、お糸はいつもの藁草履《わらぞうり》を履いている。とうとうお糸には下駄を買ってやれなかった。それだけが残念だというと、下駄なんかいいから、死ぬなといった。おれも死にたくはないが、こう胸が苦しいようではもう駄目だ、長くはないと答えた。汗がひどいとお糸がいうので、あんなに走れば汗だって出ないわけがないといったら、濡らした手拭いを額に載せてくれたのが気持ちよかった。

　それからお糸はじっとおれの顔を覗き込んだ。おれはきまりが悪くなった。そんなに見るなというと、わあ、気がつかはったわ、とお糸がいい、いつのまにお糸は京言葉を喋るようになったんだろうかと不思議に思っていると、それが琴乃の顔になった。

　おれはあわてて起きあがった。見れば、いつもの書生部屋の蒲団《ふとん》のなかだ。行灯《あんどん》が点《とも》っているのは夜らしい。琴乃が桶《おけ》の水に浸した手拭いを絞った。

「まだ寝てんとあかしまへんえ」と琴乃がいうので、おれはまた蒲団に横になった。そこへ蓮牛先生が顔を見せた。どんな具合や、ときかれたので、さっきまでは死にそうだったが、いまはそうでもないと答えた。笑った蓮牛先生は、おれに煎《せん》じ薬《ぐすり》を飲ませて、腹具合をきいた。いわれると少し腹が減っているような気がしてきた。次に飯のことを考えたら、死ぬほど減っていると思えてきた。そういうと、食欲があったら大丈夫やと蓮牛先生はまた笑って、茶漬けでも食べさせたれやと、土間から顔を見せたおとりに命じたのは嬉しかった。

それで、おれはどうしたのかといえば、五条を突き当たった神社の植え込みに倒れているところを、宮司《ぐうじ》が見つけてくれたんだそうだ。近所に蓮牛先生の富本《とみもと》仲間が住んでいて、これは吉田蓮牛のところの書生だといったので、戸板に乗せて家にかつぎ込んでくれたという。どうしてあんな場所に倒れていたのかときかれたのには、会津の侍に追いかけられているうちに疲れて倒れたと答えた。これは嘘《うそ》ではない。嘘ではないが、いってみて、本当にそうだったかどうか、急に自信がなくなった。

長い長い夢を見ていたような気がおれはした。いまこうして書生部屋の蒲団に寝ていても、いっこうに夢から覚めた感じがしないのが変だ。まだ夢を見ているような気がする。なにを見ても、どちらを向いても、見慣れた物ばかりであるにもかかわらず、どれもはじめて目にした感じがするのが不思議である。おれは横の行灯に目を向けた。

行灯はむろん行灯である。これは普段は隣の座敷に置いてある丸行灯で、おれが使っている魚油のやつに較べるとだいぶ明るい。木の台から黒く塗った竹が二本すいと細く伸びて、上に竹ひごを丸く曲げた骨に紙を張ったのが載っている。全体いい形である。おれは前からこの行灯が気に入っていた。見るたびに感心していた。けれども、いまこうしてあらためて眺めてみれば、なんともいえない不可思議な魅力があると思える。おれはなおも行灯を眺めた。するとふいに、アンティークという言葉が浮かんだ。最初はずいぶんと妙な言葉と思ったが、なるほど、この行灯を評するにはぴったりかもしれないと思えてきた。と次に、紙の白と竹の黒のコントラストが品がいいのだと感想が浮かんだ。いよいよ妙だと思えば、センスがけっこうモダンなんだな、と続いた。

どうやらどこからか声がきこえてくるようである。といっても、誰かが近くで喋っているわけではない。どうもよくわからんが、考えてみれば、京に来てからというもの、おれにはわからんことばかりだ。京言葉には少し慣れたが、いまだにわからないことのほうが多い。はじめは苦になったが、そのうちに、わからなくてもさして支障がないと気が付いた。妙な声がきこえてくるのも、京ではよくあることなんだろう。

それより驚くのは姉小路卿だ。やはり斬られて死んだそうだ。蓮牛先生は姉小路卿の屋敷にいて、御所から戻るのを待っていた。そこへ姉小路卿がかつぎ込まれ、そのときにはすでに虫の息だった。頭と肩に深い傷があって、すぐさま縫ったが、まもなく絶命したという。襲ったのは四人の男だそうだ。いずれも頭巾《ずきん》で顔を隠していたから、何者ともわからぬという。斬った連中はたいした使い手ではないと蓮牛先生はいった。姉小路卿の身体には深浅の傷があちこちにあって、剣の上手ならば一刀のもとに斬り倒すはずだから、これは未熟の証拠なんだそうだ。

なんで姉小路卿が斬られねばならんのか、おれは知らない。知らないが、公卿を斬る以上、斬ったほうにも理屈はあるんだろう。だったら正々堂々と斬ったらいい。これこれこういう理由で斬りましたと、世間に向かって発表し、そのうえで腹を切るのが筋というものだろう。と、そこまで考えたとき、そいつはちょっとアナクロだと声がきこえたが、おれはきかないふりをした。とにかく、顔を隠して襲うとは卑怯《ひきょう》である。蓮牛先生も血塗《ちまみ》れの姉小路卿を直《じか》に見ただけに、珍しく不愉快そうな顔になって、飯がまずくて仕方がないとこぼした。

それで平六はどうしたんだろう。蓮牛先生にきくと、神戸へ発《た》ったと答えがあった。密書を渡す相手が死んでしまったので、どうしたらいいか坂本氏に相談しにいったんだそうだ。飯を喰《く》って、おれはすぐに寝た。

夜中におれは目を覚ました。胃の腑《ふ》のあたりがどうも苦しい。どうやら茶漬けを喰い過ぎたらしい。便所へ立って、また蒲団に戻ったが、やっぱり苦しい。節々も痛い。熱もあるようだ。うんうん唸《うな》っているうちに窓が明るくなった。起きて掃除をしようと思ったが、とても蒲団から起きあがれない。無理に起きたら、ふらふらして柱にごつんとぶつかった。

診てくれた蓮牛先生は、霍乱《かくらん》やな、と診断して、疲れが出たんやろ、しばらく静かに寝てたら治るといった。それで寝ていたら、また夢を見た。坂本氏と京の町を歩いている夢だ。似た夢を何度も見るというのも妙な話だが、京は古い都だけに、そんなこともあるんだろう。

坂本氏はおれを龍安寺という寺院へ連れていった。ここは庭が有名なんだそうだ。縁側に座って眺めると、玉砂利と石があるだけの殺風景な庭だ。なんでこんなものが有名なのかと思っていると、これが幽玄というものだと教えられた。なるほど幽玄かと思えば、まるでつまらないと思えた庭が、なんだか意味あり気に見えてきたのだからおもしろいものだ。

鞍馬山を散策しようと坂本氏がいった。散策とはなんだと問えば、目的なくぶらぶら歩くことだといった。歩いてどうするのかと思ったが、なにかあるんだろうと、黙ってついていった。すると、本当に山を歩くだけである。野草を摘んだり、木の実を採ったりもしない。鳥も捕まえぬし、魚も釣らない。こんなことをしてなんの役に立つのかと思ったら、自然のなかを歩くこと自体が喜びなのであると説教された。自然とはいったいなんだと今度はきいたら、まわりに見える景色ぜんぶが自然だと答えがあった。ほかにも坂本氏からはいろいろ教えて貰ったが、もういちいちは述べない。いずれ、熱に浮かされて見た夢の話である。あんまり真剣に考えても仕方がなかろう。

二日目に熱は下がり、食欲も出てきた。急に喰うと胃の腑がまた吃驚《びっくり》するから、おれは用心して、粥《かゆ》と梅干しを少しばかり食べた。三日目には起きあがり、夕刻に風呂《ふろ》に入ったらさっぱりした。なんだか生まれ変わったような気分である。月代《さかやき》も剃《そ》って、髭《ひげ》もあたって、夕食の膳《ぜん》についたら、すっかり男前があがったと、おとりと琴乃からさんざんからかわれた。

翌日は普段通り暮らして、その次の日には、寅太郎の様子を見に行くことにした。蓮牛先生に事情を話すと、是非行ってやれというので、暗いうちに家を出た。また迷うといけないので、田舎路《いなかみち》を加茂川まで行って、川沿いを歩くことにした。病み上がりで足は重いが、久しぶりに外の空気を吸って気分はいい。東九条から高瀬川を渡ったあたりで、東山に日がのぼった。

山にはうっすら霞《かすみ》がかかって、斑《まだら》になった緑の描く文様が、えもいわれず美しい。加茂に沿った街道を、行商に向かうのだろう、重そうな荷を背負った人が柳のあいだに見え隠れした。なんだか画でも見るようである。気持ちが深々としてくる。もっとも、おれはまともに画なんか見たことがない。きっとそれも夢で見たんだろう。

景色を眺めながら歩いていたら、甚右衛門を思い出した。甚右衛門も今頃、重い荷を背負って薬の行商に歩いているかもしらん。そう考えたら、青田の畦《あぜ》をひとり行く男の姿が瞼《まぶた》に浮かんできた。一面の稲田のなか、ぽつんと影が行き過ぎる。後ろにあるのは青黒い月山《がっさん》だ。なんだかひどくしみじみする。おれは急に故郷《くに》へ帰りたくなった。

寅太郎の下宿に着いてみると、寅太郎の姿がない。家の者にきけば、昨日の夕刻に出かけたきりだそうだ。どうせ遊びに出たんだろうが、それだけ元気が出たのなら大丈夫だろう。朝飯を御馳走《ごちそう》になり、蓮牛先生からゆっくりしてきていいといわれていたので、少し待ってみることにした。

ひとの部屋でぼんやりしていても仕方がないので、畑の草取りを手伝った。芋と茄子《なす》の畑でしばらく汗をかいて、曲げっぱなしだった腰を伸ばしたら、大徳寺の屋根が見え、緑の社《もり》が見え、その向こうに山が見えた。その塩梅がじつに具合がいい。おれはまた画でも眺めているような気分になった。すると、今度は、お糸のことを思い出した。今頃お糸は野良着に姉さんかぶりの格好で、田の草取りをしているのかもしれない。裸足をずぶずぶと泥に入れて、蛭《ひる》に吸いつかれながら、休まず腰を曲げていることだろう。腰を曲げたまま目に入る汗を手甲《てっこう》で拭っていることだろう。一面の稲田のなか、お糸の姿もまた小さい。後ろはやっぱり月山だ。

おれはあたりの風景を見回して、お糸の姿を探してみた。むろんここは京だ。出羽庄内じゃない。お糸がいるわけがない。にもかかわらずおれは、遠く近くの畑や田で、野良仕事をする人たちのなかにお糸がいるような気がして、いつまでも探すのをやめられなかった。

午《ひる》少し前に寅太郎は戻ったらしい。おれが水を浴びて母屋の座敷へ上がると、離れから寅太郎が顔を見せた。部屋へ来てくれといった顔の色は悪い。いくら歩けるようになったからといって、そうすぐに夜遊びしていいわけがない。おれが医家の書生の立場から意見しようとすると、離れに上がった寅太郎が先にいった。

「白藤が死んだぜ」

「なして死んだなだ」

おれが驚いてきくと、寅太郎は怖い顔でおれを見た。

「斬られたな。三好屋の千蔵も一緒だ」

いっそう驚いたおれが絶句していると、寅太郎の目尻《めじり》から涙が一筋こぼれた。寅太郎が話したところでは、船宿の倅《せがれ》と白藤は、昨日の晩、四条あたりの河原を歩いているところを斬られたらしい。

「誰が斬ったなだ？」とおれがきいたのへ、寅太郎は泣きながら首を振った。

「わがらね。わがらねが、どうせ黒小路卿の差し金だろうや」

つまり寅太郎があえなく失敗したので、べつの刺客が放たれたということなんだろう。

「んだどもや、なにも白藤まで斬ることはねえと思うな」と呻《うめ》くようにいって、寅太郎はまた涙を流した。しばらく泣いてから、寅太郎は、

「おれはな、故郷さ帰ろと思ったな」と話し出した。

さすがの寅太郎も、先日の祇園社はだいぶ骨身にこたえたらしい。いくら相手が一人じゃないといったって、町人相手になす術《すべ》なく打ちのめされたのだから、剣術修行もなにもあったものではない。しかも、味方だと思っていた白藤は、いつのまにか敵側についていた。これでは寅太郎ならずとも、落胆するのは無理もない。それでも寅太郎は、白藤が自分を裏切ったとは、どうしても思えなかったんだそうだ。

そこで寅太郎は痛む身体に鞭《むち》打って、長い手紙を認《したた》め、人に届けさせた。すると翌日、いかつい顔の男が来た。男は茶屋のつけがまだ残っているから早く払えと催促した。それから白藤の伝言を伝えた。

「なんだっていうなや？」とおれがきくと、さすがに苦しそうに顔を歪《ゆが》めて寅太郎は答

えた。

「早く京を出て、故郷へ帰れどや。帰らねばまた酷《ひど》い目にあうといったらし」

ここにおいて寅太郎もようやく目が覚めたという。少し遅すぎるとおれは思ったが、覚めないよりはましだろう。

「男女の色恋などは、朝露みてに儚《はか》ねもんだ」と寅太郎はため息をつき、その方面には疎《うと》いおれも、きっとそうだろうと頷いた。それにしても朝露とは、寅太郎には似合わぬ詩人ぶりだ。いつもだったら、屁《へ》みてに儚ねもんだと、たとえるところだろう。怪我《けが》をして頭を打ったせいかもしらん。

「おれは、京が肌に合わね」寅太郎は告白した。ついこのあいだまで、京ほどいいところはないと二言目にはいっていたのを思えば、ずいぶんな変わりようである。

「きっと江戸なら合うと思う。京は駄目だ」と寅太郎は続けた。おれは江戸へ行ったことがない。だから寅太郎と肌が合うかは知らない。けれども、京と合わないことだけはきっと請け合える。おれが頷くと、寅太郎は、いったん故郷へ帰るつもりで、せめて白藤に別れの挨拶《あいさつ》だけでもしようと思い、痛む身体を引きずって祇園まで行ったのだと語った。それで白藤の遭難を知ったんだそうだ。そこまで話して寅太郎はまた泣き出した。

もともと寅太郎が涙もろい質《たち》なのは知っていたが、こんなに泣くとは、怪我をしていっそう涙が出るようになったとみえる。ひとしきり泣いた寅太郎は涙を袖《そで》で拭い、きっとした目でおれを睨《にら》み付けた。

「このままでは帰るに帰られね」

「どげするや？」

「白藤の仇《かたき》を討つ」

寅太郎は横に置いた刀を掴むと、鞘先《さやさき》でどんと畳を突いた。どうも大変な勢いだ。仇の正体はわかっているのかときけば、わかってはいないが、黒小路の息のかかった者に違いないから、調べればわかると寅太郎は答えた。おれの知る限りでは、黒小路の一味とは役者侍遠山の一味であって、仇はそのなかにいる理屈になる。ということは、寅太郎がさかんに吹聴している尊攘《そんじょう》の同志が仇ということになる。その点はどうなんだとただすと、寅太郎は、それとこれとは話が別だといった。

「それでや、松吉にも加勢して欲しいなだ。おれ一人では心細せっさげの」

そういわれても、おれは困る。だいいちおれは白藤に会ったこともない。可哀想《かわいそう》だとは思うが、おれが助太刀するいわれはない。とはいえ、あんまり無下《むげ》に断るのも人情がないと思われそうなので、おれなどは役に立たない、足手まといになるばかりだというと、そげだことあめえや、と寅太郎は真面目《まじめ》な顔になった。

「おめは忍術が使えるでねか」

「使えね」あっさりいうと、寅太郎はむきになって、遠山役者侍も井巻肥満漢も、出羽庄内藩は手だれの忍術使いを京へ寄こしている、油断はできないと、揃《そろ》って噂《うわさ》していたといった。

「手だれの忍術使いとは、おめのことだぜ。話によればや、おめはあれだそうだ、相当の使い手なんだそうだ」

どういうわけでそんなことになったのかと、おれは仰天した。ただ、そういえば、二人が蓮牛先生の家に来たとき、茶を運んだおれに向かって、忍術を使うそうだなときいたのを思い出した。やはりあのときちゃんと誤解を解いておけばよかったんだろう。

しかし、よくよく考えてみると、そもそもおれが忍術を修行したと連中に教えたのは寅太郎である。なんでも大袈裟《おおげさ》にいうのが癖《くせ》だから、調子に乗って、あれは大変な使い手だくらいにいったんだろう。つまり、噂を広めた張本人は寅太郎であって、その寅太郎が噂を根拠に、おれに忍術が使えるだろうと迫るのは妙な話だ。けれども、仇討ちに目のくらんだ寅太郎はこんな簡単な理屈もわからなくなっているらしい。すっかりおれを忍術の名手だと信じ込んでいる様子なのが迷惑だ。

とにかく、仇討ちをするにしても、身体が万全でなければ駄目だろうといって、おれは寅太郎を裸にした。寅太郎の青痣《あおあざ》は消えていない。押すと飛び跳ねて痛がった。医者のいうとおり、湯治に行ったほうが治りが早いと勧めると、寅太郎は考える様子だった。

昼飯まで御馳走《ごちそう》になり、家に戻ったのは七ツ半頃だ。ただいま帰りましたと、二階座敷で富本の稽古《けいこ》をしていた蓮牛先生に挨拶すると、姉小路卿を殺した下手人がわかったでといって、先生はぎろりと目を剝《む》いた。

「田中新兵衛いう薩摩の侍や。ほんまに薩摩もえらいことしてくれよるわ」

田中新兵衛ときいて、おれは、おやっと思った。その侍なら、寅太郎が祇園社で打ち据えられた晩、石水亭にいた侍ではないか。たしか苺田氏に狼藉《ろうぜき》を加える肥満漢井巻に意見したのが田中という薩摩の侍だったはずである。とても顔を隠して人を殺すようには見えなかったが、わからんもんである。

「しかし、ひとつわからへんのはやな」

蓮牛先生でもわからないことがあるらしい。

「田中新兵衛いうたら、あれやで、人斬《ひとき》りと異名をとるほどの剣の使い手やで。それがなんで、あんなへたな斬り方をしたんやろか。そこが分からへんとこや」

しかも、あわてたのか、田中新兵衛は自分の差料《さしりよう》を人斬りの現場に置き忘れたんだという。それで田中が下手人だと判明したらしい。

「なんぼあわてていたいうたかて、武士の魂を置き忘れるのは、まるっきりの阿呆やで」

そこまできいたとき、おれは妙な気がしてきた。つまり石水亭から出てきた例の頬かむりである。あのとき、頬かむりは、石水亭から刀を盗んで青河童に渡していた。しかも、祇園社の暗がりで、薩摩の侍に気づかれなかったかと青河童は念を押していた。石水亭にいた薩摩の侍のなかには田中新兵衛もいた。となると、これはいったいどういう筋道になるんだろう。おれは青河童が口にした刀の銘を覚えていたので、田中新兵衛の差料の銘はなんだろうかときいてみると、ええと、なんやったかいな、さっききいたんやがな、と蓮牛先生が考える様子なので、イズミノカミタダシゲではないかというと、それや、そのシゲやと、蓮牛先生が手をうった。

「そやけど、なんであんたが知ってるのんや」と当然きかれて、おれは困惑した。この際ぜんぶ話そうかとも思ったけれど、事が事だけに迂闊《うかつ》なことはいえない気もした。おれが困った顔でいると、まあ、ええわ、と蓮牛先生は追及をやめて、

「医者はな、人の病気を診《み》ていたらええのんや。そうしているぶんには、誰からも恨まれたりせえへんのや」といって、おれの顔をじろりと見た。何でも見透かされているようで、おれは少し怖くなった。もっとも、蓮牛先生本人が、医者の分限を超えていろいろと活動しているのだから、あまり説得力はない。

今日も蓮牛先生は土佐藩邸までわざわざ出向いて話をきいてきたらしい。それで田中新兵衛は捕まったのかときいてみれば、腹を切って死んだそうや、と蓮牛先生はいった。

「証拠の差料を突きつけられて言い逃れはでけへんと思ったんやろうな。ほんまに自分の刀かどうか見せて欲しいいうて、手にとったとたん、いきなり腹に刺したらしいわ」

そこまでいうと、蓮牛先生は、うがい薬を下からとってくるようおれに命じた。おれが清水焼の壺《つぼ》に入った薬を持って戻ると、茶碗へ水薬を注いだ蓮牛先生は、がらがらと傍若無人《ぼうじゃくぶじん》な音をたててうがいをし、ごくりと喉《のど》を鳴らして呑《の》み込《こ》んだ。これは先生が自分で調合した声がよくなる薬なんだそうだ。

「あんたは腹切りを見たことがあるか」うがいを終えた蓮牛先生がきいた。ないと答え

ると、腹切りと一口にいうても、これがなかなか難しいんや、と講釈をはじめた。蓮牛先生によれば、理想の腹切りとは、まず腹を真一文字に切り、次に縦に切り、腸を摑みだし、最後に自ら頸《くび》の血の道を絶って死ぬのがいいんだそうだ。これをずっと笑いながらしなければならないというから、大変なもんだ。

「いまどきの侍には容易にできるこっちゃない。だがな、田中はちゃんとしたらしいで。そこだけはたいしたもんや」と蓮牛先生は田中新兵衛を褒《ほ》めた。

「阿呆なんは奉行所の役人や。なんぼ見せろいわれたかて、黙って刀を渡すもんがあるかいな」

　蓮牛先生は八重歯を見せて笑い、いまから富本仲間の集まりがあるといって、のっそり立ち上がった。そこでおれは、琴乃の許婚《いいなずけ》が斬られたことを報告した。ほんまかいな、と蓮牛先生は目を瞠《みひら》いて、またどすんと畳に尻を落とした。誰が斬ったのかときくので、わからないと答えた。蓮牛先生は腕を組み、大きな目玉で宙を睨みつけていたが、なんにもいわずに、また立ち上がった。

　おれは普段どおり、診察部屋の掃除をし、薪《まき》を割り、風呂を焚《た》き、飯を喰い、治療に使う針やら晒《さら》し木綿《もめん》やらを大鍋《おおなべ》に沸かした湯に浸けて洗い、それから書生部屋の行灯を点《とも》して、ハブソンを開いた。いつものように書き写しをはじめたが、どうも落ちつかない。刀が気になって仕方がない。あの晩、イズミノカミを青河童が盗ませたのが間違いないなら、どう考えても、田中新兵衛が姉小路卿殺害の下手人ではない。これが理屈というものだろう。しかし一方、田中新兵衛は罪を認め、奉行所で割腹して果てたという。いったい全体どういうことになるんだろう。飯を喰いすぎたときみたいに、胸がもやもやして仕方がない。すると、急に、こいつはちょっとしたミステリーだ、と言葉が浮かんだ。

近頃では、知らない言葉が急に浮かんでもおれはあまり驚かない。だいたいハブソンなどは知らない語ばかりだし、むろん京言葉もはじめて耳にするものが多い。京へ来て、あまり一遍に知らない言葉が耳や目に入ってきたので、整頓《せいとん》ができてないんだろう。小さい池にたくさんの魚をぎゅうと押し込めたようなものかもしらん。池からぴょんと飛び出して、そんな魚もいたのかと気がつくようなものなんだろう。

とにかく問題は田中新兵衛のアリバイだとおれは考えた。そいつが立証できるなら田中新兵衛はシロである。だが、田中はあっけなく死んでしまった。本人の口からきくことはもうできない。いまさらおれなどがぐずぐずいったところで、何もはじまらんだろう。とはいえ、どうも苦しい。どこが苦しいかといって、頬かむりと青河童の所行を自分だけが知っているのが苦しい。他に誰も知らぬことを自分が知っているのが辛《つら》い。やっぱり誰かに話したほうがいいだろうか。しかし、話したのがおれだと知れると危なくはないか。うっかりいうと消されやしないか。

おれがハブソンを前に悶々《もんもん》としているところへ、平六が帰ってきたと琴乃が報《し》らせに来た。連れがあるともいうので、土間へ出てみると、おとりが持った手燭《てしょく》の明かりのなかで、旅袴《たびばかま》の侍が盥《たらい》で足を洗っている。おれの側《そば》に来た平六が、坂本龍馬先生だと耳打ちした。この人が坂本氏であるかと、おれはしげしげと見た。夢で何度も会ったせいか、はじめての気がしない。とはいえ、夢のなかでは目鼻立ちが漠然としていたから、顔を見るのははじめてだ。手燭の明かりを横から受けて、陰翳《いんえい》が濃くなって見える。おれがあんまり見たもんだから、おとりに足を拭いて貰いながら、坂本氏は、わしの顔がそんなに珍しいがかえといった。

おれは返答に窮した。頭に血がのぼって顔が朱《あか》くなった。すると、明かりに白い歯を光らせて笑った坂本氏は、おまんは横川くんぢゃないかなといい、吉田蓮牛のような人使いの荒い者のところで書生が勤まっているのは偉いと褒めた。おれはなんだか嬉しくなった。次に坂本氏が、おまんは忍術を使うそうぢゃがまっことかよときいた。平六が教えたらしい。おれは、使うことは使うが、あまり使えないと答えた。坂本氏は声をあげて笑い、今度忍術を教えろといった。敵の面前でぱっと消える術はないかときくので、そんな術はないというと、あはは、そうか、やっぱりわしの脚で逃げるしかないがかよと、坂本氏はまた笑った。

おとりが、坂本さんが来たことを蓮牛先生に知らせたほうがいいというので、おれが使いに出た。今晩好き者連が集っているのは、五条橋近くの妙覚寺という寺だそうだ。外は細かい雨が降っていたが、たいしたことはなさそうなので、菅笠《すげがさ》だけ被《かぶ》って、家のぶら提灯をさげて出た。

おとりにいわれたとおり、大宮通りを五条まで行って、真っ直ぐ東へ進んだ。あとは左に泉州屋が見えたら、反対側の小路を入って、二つ目の門が妙覚寺だと教えられた。五条は目抜きだけあって、この時刻でも少しは人通りがある。一本路なら迷いようがないので、蠟燭を惜しんで火を消し、おれは走った。

なんだか知らないが、おれは心が弾んで仕方がない。妙に足どりが軽い。草履が泥を跳ね上げて袴が汚れるのも全然気にならない。どうしたわけだろうと思ったら、どうやら原因は坂本氏であるらしい。少しばかり話しただけなのに、かくも人の気持ちを明るく弾ませるとは、平六もいっていたとおり、よほど大した人物らしい。夜道を走っていたら、坂本龍馬たらいう人は、まんず、なかなかのナイスガイだの、と思わず声が出た。

泉州屋はすぐ見つかった。泉州屋は呉服屋で、おれは何度か薬を届けに行ったことがあるからわかる。店の脇の路地を行ったところに稲荷神社があって、見ると社の灯明が点《つ》いていた。そこで火を借りて、反対側の暗い小路を進んだ。ところが、そこからがわからない。二つ目の門といわれても、どうも判然としない。このあたりかと思って、覗いてみれば、まるで人の気配がない。行き過ぎたかと思って、後戻りしたとき、吉田蓮牛先生ですな、と暗がりから声がした。

いきなり声をかけられて、おれはぎょっとなったが、前は真っ暗で、相手の姿は見えない。向こうもおれの顔は見えないんだろう。提灯の紋を見て、吉田蓮牛か、といったに違いない。むろんおれは吉田蓮牛ではない。といって、まるで無縁の者でもない。そこで、おれが吉田蓮牛の家の者だと答えると、暗がりの相手が、訛《なま》りがあるなといい、蓮牛のところの書生だなと、次にいったとき、おれは声の主が青河童だと見当をつけた。とたんに、別の声がして、あの忍術使いか、だったら斬ってしまえ、といったのは、間違いなく肥満漢井巻だ。

がちゃりと刀の鳴る音がして、ぞっと血の気をなくしたおれは、手にした提灯を前へ投げ、あわてて後ろへ逃げようとしたら、そちらからもばたばたと足音がした。きっと逃がすな、と誰かが押し殺した声でいい、刀を抜く不吉な音が続けざまに闇に立った。路は狭く、右も左も築地塀《ついじべい》だ。頑張れば乗り越えられない高さではないが、もたもたしていたら、たちまち背中から斬られるだろう。前も後ろも固められ、まさに袋の鼠《ねずみ》である。絶体絶命とはこのことだ。

捨てた提灯はすぐ消えた。雨模様だから月も星もない。あたりは真っ暗である。青河童たちがすぐに斬《き》りつけてこないのは、おれの居所を確かめているんだろう。逃がすなよ、と青河童らしい声が前でいい、こっちは大丈夫だと、後ろでも声がした。それからじりじりと綱を絞るように間合いを詰めてくる様子だ。このままだと、いずれは前か後ろの刀にぶっすりいかれてしまう。助けてくれと、おれは声をあげそうになり、あわてて口を押さえた。声を出したら居所が知れる。こんな場合に役に立つ忍術はなかったかと思ったが、なにも浮かばない。本当に忍術くらい役に立たないものはない。と思ったら、代わりに、パニックという言葉が浮かんだが、これまた役に立たない。

とにかく身を低くした方が安全だと考え、おれはその場に屈《かが》み、菅笠が邪魔な気がしたので、脱いで左の方へ投げた。とたんに、いたぞ、と声がして、ばたばたと足音がたつ。刺客が笠に気をとられた隙《すき》に、おれは地べたに横になり、ごろごろと横へころがって、築地塀の際《きわ》にある溝にはまった。ちょうど人ひとりが入りこめる幅がある。おれはじっと身動きを止めた。溝には水が流れて、口と耳に冷たいのが入ったが、そんなことはかまっていられない。どこへ行った、こっちではないぞ、と口々にいう声がして、おれは死人にでもなったつもりで、いよいよ息を殺して縮こまる。

このときになって、おれはようやく霞《かすみ》流忍法、木の葉隠れの術を思い出した。これはなんだといえば、木の葉の山のなかで息を殺し、気配を消し去って、近づいてくる兎《うさぎ》や鳥を素手で捕まえる技である。死人になったつもりで一刻でも二刻でも動かずにいるのが極意だと甚右衛門は教えたが、これくらい嫌な忍術もなかった。なにが嫌だといって、人間、身動きせずにじっとしていることほど苦しいものはない。蚊だって刺すし、蟻《あり》が這《は》ったりもする。蛇や鼠が寄ってきたりもする。死人でない者が、死人の真似《まね》なぞできるものではない。この忍術ばかりは勘弁して欲しいとおれが泣き言をいうと、甚右衛門は、じつはおれも苦手だと笑った。

だが、いまや、動けといわれたって絶対に動くもんかとおれは決意を固めている。が、まもなく、提灯を出せと怒鳴《どな》る声がきこえた。おれはぞっとなった。明かりを点《とも》されたんでは木の葉隠れもなにもあったものではない。さあ、どうする。冷や汗が吹き出したが、もはやどうすることもできない。そのうちに、しゅっと音がして、誰かが擦《す》り付木《つけぎ》を使い出した。もう駄目だと観念したが、雨のせいで、火がつかないらしい。早くしろと、誰かが怒鳴っている。

天はまだおれを見放してはいない。ラッキー、と言葉が浮かんだとき、おれは蛇身の術を思い出した。蛇というやつは音もなく地べたを這《は》う器用なところがある。おれは蛇になったつもりで、溝を這い進んだ。川藻がぬるぬるして気持ちが悪いが、なにしろこちらは蛇だから、かまうことではない。口へ泥が入ったって平気だ。しばらく行ってから、鎌首《かまくび》をもたげてみると、ようやく火がついたらしく、後ろの方で提灯が動いている。おれはまたあわてて這い、と、溝が急に終わって川へ落ちた。それでもなお蛇を続けていたら、息が苦しくなったので、蛇はやめて今度は泳いだ。ぐいぐいと水を掻《か》いて、だいぶ来たと思い、様子をみようと立ったら、頭がごつんとぶつかって痛かった。石橋らしい。急いで這い上がって、と、橋は路地に続いている様子だ。奥に明かりが見える。

おれは走って、明かりのある戸を開いたら、急な階段があったので、上ってみれば、今度は木の扉である。押し入ると、長卓の前の人たちがいっせいにこちらを見た。卓の向こうに棚があって、酒瓶《さかびん》とレコードがずらりと並んでいるのはジャズ喫茶だろう。店は狭い。七人も入れば一杯だ。こんなんで商売になるのか、他人事《ひとごと》ながら心配になる。

誰かが、坂本龍馬の登場とは、こらまた吃驚《びっくり》したわといった。だいぶ酔っているらしい。おれと坂本氏を間違えるとは勘違いもはなはだしい。と、べつの誰かが、おれがずぶ濡《ぬ》れなのを見て、本降りになったらしいなといい、マスター、タオルを貸したげたら、と今度は女がいった。

おれがタオルで顔を拭いていると、黒船が来てええことがひとつだけあった、それはジャズが聴けることやと最初の男がいい、エリック・ドルフィーはやっぱりすごい、とりわけこのファイブスポットのライブは最高やと、流れていた音楽に耳を傾ける格好になって、坂本龍馬くんもそう思わへんかとおれにきくので、おれは坂本じゃないと答えた。人々は笑って、だったらあんたは誰や、桂小五郎か、それとも土方歳三かと男が問うと、この人は東北訛《なま》りがあるから沖田総司だろう、沖田総司は福島あたりの出身のはずだと別の男がいい、しかし、どうみても沖田総司の柄やない、だいいち新撰組の羽織を着たはらへんと女がいったので、一同はまた笑った。

どうも失礼な連中だが、京に慣れたおれはこれくらいでは驚かない。タオルの礼をマスターにいってから、妙覚寺を知らないかとたずねた。妙覚寺ならここや、このビルは寺の跡地に建ったもんやと、おかしなことをいう。とにかく妙覚寺を教えて欲しいのだと重ねていうと、一同が妙な目でおれを見た。おれは睨み返した。するとマスターが、寺やったら裏やといって、カウンターの横手の戸口からおれを外へ連れ出した。非常階段を降りると、なるほど寺の境内らしい。少し歩くと、ジャズではなくて三味線と太鼓の音がきこえ、調子よく一節うなっているのは、間違いない、蓮牛先生だ。おれは声のする方へ走った。

第十章　祇園精舎の蟬の声

おれと蓮牛《れんぎゅう》先生が家に戻ったのは、夜の四ツ頃だ。先生の富本《とみもと》仲間が一緒に道中してくれた。こんだけ人数がいたら向こうもよう襲わへんやろと、蓮牛先生は安心していたが、ついさっき斬られかけたばかりのおれとしては、気が気じゃなかった。

家では坂本氏が待ちかねていた。蓮牛先生の顔をみるなり、土産ぢゃといって坂本氏が渡したのは洋靴で、蓮牛が欲しいといっていたのを覚えていたと坂本氏は笑った。礼をいいつつ、洋靴では一度懲《こ》りている蓮牛先生が妙な顔になったのがおかしかった。

おれが濡《ぬ》れた着物を替えると、襲われた模様を詳しく話せと、二階座敷に呼ばれた。蓮牛先生と坂本氏と平六の前で、おれはひととおり話した。聞いた坂本氏が、そいつは災難だったと、酒をすすめてくれたが、蓮牛先生の手前、おれは遠慮した。と今度は蓮牛先生が是非飲めというので、おれは少しだけ飲んだ。それから、この際だから全部話してしまおうと思い、例の青河童《あおがっぱ》が石水亭から刀を盗ませた件をみな話した。

「それほんまか。なんで、あんた、はよいわへんのや」蓮牛先生は目を剝《む》いておれを叱《しか》った。おれは恐縮したが、胸のつかえを下ろしたようで、気持ちがすっかり楽になった。

菅沼とは何者《なにもん》かと坂本氏がきいたので、おれは知っていることを話した。

しかし、ほんまのことやろか、と蓮牛先生はぎょろ目で宙を睨《にら》んでつぶやき、坂本氏と平六は黙って考え込む様子である。

「そやさかい、田中新兵衛の仕業《しわざ》にしてはおかしいなと思うたんや」と、やがておれの話が腑《ふ》に落ちたのか、蓮牛先生が誰にともなくいった。

「腹を切ったんは、あれや、差料《さしりょう》をなくしたとあっては、侍の面目が立たん思うたんやろな。すさまじいこっちゃ」

盃《さかずき》を干した蓮牛先生は、で、このことはどないしたらええ思います、と坂本氏に伺いをたてた。

「奉行所へ訴え出たほうがよろしおますやろか」

「そいたーやめちょった方がえいぜよ」と少し考えてから坂本氏は答えた。何故《なぜ》なら、まず第一に証拠がない。あるのは一書生の話だけで、菅沼某にしらを切られたらどうにもならない。次に、下手人は田中新兵衛ということで決着したものを、いまさら蒸し返しても、体面を重んずる奉行所はいい顔をしないだろう。そのように坂本氏は説明した。横から平六が、それでは筋が通らないのではと、遠慮がちに意見をいうと、世の中はとかく筋の通らないことだらけだと、坂本氏は軽くいなした。

「腹を切りたいもなー、切らしちょったらえいぜよ」といった坂本氏は、いま日本に必要なのは船なのだ、些事《さじ》にかかずりあっている暇はないのだと、語気を強めた。

坂本氏が二言目には船、船と口にするのにはわけがあって、つまり、神戸に海軍操練所なる塾を開いたはいいが、肝心の船がないんだそうだ。船乗りになる塾に船がないのでは、手習いを教える塾に筆がないようなもんだろう。京へ今度来たのも、船を買うための資金を調達するのが目的なんだそうだ。

姉小路卿《きょう》暗殺の一件は自分に預からせてくれと坂本氏がいい、おれは喜んで預かって貰《もら》った。蓮牛先生が寝《やす》んでよいというので、おれが席を立とうとすると、坂本氏が呼び止め、横川くんは、海は苦手かときいた。故郷の浜ではよく魚を突いたり、栄螺《さざえ》を拾ったりして楽しかった。だから夏場の海は好きだ。だが寒中の海くらい嫌なものはない。

そこでおれが、苦手なときと、そうじゃないときがあると答えると、坂本氏は、おまんは妙な男ぢゃと笑い、船医になりや、といった。船医とはなんだときいたら、船に乗った医者だという。遠く外国まで航海する船には、必ず医者が乗るんだそうだ。急にいわれても、むろん返事のしようがない。それでも、船医になるにはどうしたらいいのかと試しにきいてみれば、格別にはなにもない、まずは一流の医者になることだと答えがあった。船医はどんな怪我《けが》も病気も治せなければならない。しかも、外国には日本にはない病気がたくさんある。それも知らなければならない。そしてなにより、本人が丈夫でなければばならない。君は丈夫そうだから船医向きだと、坂本氏はおれに重ねて勧めた。なんでも褒《ほ》められれば嬉しくなるものだ。おれはいい気持ちになった。

「そいから、船医者は肝っ玉もふとーなかりゃーいかんぜよ」と加えた坂本氏は、「ほんぢゃー吉田蓮牛はいかんがよ」と笑った。

「蓮牛は三十石舟に乗ってもあおーなっちゅーばーぢゃきのー」

からかわれた蓮牛先生は、わしは船なんかよう乗らへん、水たまりでも渉《わた》るのんは嫌やと、苦笑いをした。きけば蓮牛先生は子供の頃、川で溺《おぼ》れかけたことがあるそうで、それ以来水が怖いんだそうだ。誰にも苦手はあるものらしい。

おれは一同に挨拶《あいさつ》して、書生部屋へ戻った。すぐに寝ようと思ったのだが、なんだか眠くない。一度は蒲団《ふとん》を敷いて寝転がってみたが、やはり眠れない。おれはむっくり起きあがり、行灯《あんどん》に火を入れて、ハブソンの筆写をはじめた。いままでは、お糸との約束もあることだし、医者と名のつくものになれさえすればいいと考えていたものが、ちゃんとした医者になろうとの気持ちがにわかに生じた。一流の医者になれと坂本氏からいわれたのが影響したものと見える。なれるものなら船医になりたいとも考えた。ハブソンを写しながら、これからは寝ないで勉強しようとおれは決意した。が、すぐに、全然寝ないでは身体が保《も》たんだろうと思い直した。明日からは少し寝ることにして、今日は朝までやろうと考えたところへ、平六が降りてきた。

おれにはかまわず寝てくれというと、平六は頷いて、押入から蒲団を出した。それから、横になるでもなく、蒲団の脇《わき》に座っている。どうしたのかと思い、おれがハブソンから目を離して見ると、勉強の邪魔をして申し訳ないが、横川くんに少し頼みがあると、平六がいった。なんだときけば、「手紙を預かったなだ」と平六がいいにくそうに答えた。平六が姉小路卿への手紙を江戸で預かったのは知っている。おれがそういうと、平六は首を横へ振った。

「それでねえな。違う手紙や」というから、どんな手紙だと、当然のごとくきけば、平六はなかなかいわない。その手紙を自分に代わって届けて欲しいとだけいう。だから誰の手紙を誰に届けるのかきかなければ、返事のしようがないというと、平六は苦しそうに息を吐いて、琴乃の手紙だと白状した。届ける相手は誰だと、念のためにきけば、新撰組の沖田氏だと答えた。

おれは前に手紙を届けろと頼まれて断った。おれに頼むと、蓮牛先生に筒抜けになると琴乃は考えたんだろう。平六に目をつけるとは、なるほど考えたもんだ。船宿の倅《せがれ》が斬られた件を蓮牛先生が琴乃に話したかどうか知らないが、とにかく蓮牛先生のいう恋しい病はまだ治っておらんと見える。

琴乃のことについては蓮牛先生から釘《くぎ》を刺されている。だから頼みをきくわけにはいかないと、おれは断った。暗がりのなかで、ため息を吐《つ》いた平六は、んだろの、と気弱にいって、このことは蓮牛先生にはいわないでくれと頼んだ。

「話したほうがいいんでねえか」おれがいうと、絶対に駄目だ、誰にもいわないと琴乃に誓ったのだと、平六は力み返った。力んだわりには、おれにいっているのが矛盾だと思ったが、苦しそうにしている平六を見ると、気の毒になった。

先に寝《やす》ませていただくと挨拶して、平六は蒲団に入った。それから一晩中、ふうと、苦し気なため息を吐く平六の声がきこえた。きいているうちに、おれまで苦しくなってきたのだから妙なもんである。目の前に琴乃の白い顔がちらちら浮かんで落ちつかない。二階で寝ている琴乃のことを考えると、顔がかっと熱くなって、身の置き所がない感じになるのが困った。おれは風呂場《ふろば》でざあざあと水を何杯も浴び、またハブソンに戻った。

翌朝、掃除の途中で蓮牛先生がおれを呼んだ。それでいうには、昨夜の出来事を考えると京はやはり物騒だ、役者侍との約束もあることだし、おとりを連れてしばらく有馬の湯へ浸《つ》かりに行くという話だ。狙われているのは吉田蓮牛だから、松吉は大丈夫だろう、留守番をしてくれともいった。おれは心細いと思ったが、師匠のいいつけでは嫌ともいえない。それに、坂本氏がしばらく京にいるので、平六も残ると教えられて、だいぶ安心した。

その日は朝から夕方まで、蓮牛先生のお供をして患家を廻った。明日からしばらく京を留守にするといちいち挨拶した蓮牛先生は、家にはこの横川松吉が残るから、なにかあったら松吉にいえといったので、いかにも無茶だと思ったが、なに、適当に薬でも与えておけばええ、と蓮牛先生は平気な顔である。

最後に土佐藩邸を訪れたら、ちょうど坂本氏と一緒になった。坂本さんと二人でご飯を食べて帰るさかい、先に帰っといでと蓮牛先生からいわれた。坂本氏は有名な江戸の千葉道場で師範代まで務めたほどの使い手だそうだ。坂本氏が一緒なら、いくら遅くなっても大丈夫だろう。

家に戻ると、おとりがひとりで旅の支度をしていた。平六の姿が見えないので、ひょっとして新撰組の屯所《とんしょ》まで琴乃の手紙を届けに行ったのかと思い、おとりにきいてみれば、先刻、琴乃と二人で出かけたといわれ、おれは胸がびくんとなった。どういうことかと疑っていると、行李《こうり》に着物を詰めていたおとりが、そろそろ暮れる頃だから、見てきてくれとおれに頼んだ。行き先は東寺の横のお宮だという。おれは急いでお宮へ向かった。

東寺の裏門を過ぎて、神社の鳥居が見えるところまで来たら、鳥居脇の茂みにうずくまって境内を窺《うかが》う男がいた。前に伏見へ行く途中の社《やしろ》で琴乃が襲われたのを思い出したおれは、すわ、悪漢か、と身構えたが、よく見れば、なんのことはない、平六だ。

「そげだどこで、なにしったなだ？」

声をかけると、平六がおれの二の腕を摑んで、しっ、静かにしろといった。わけがわからぬまま、並んで茂みに座って境内の方を覗《のぞ》けば、社殿の向こうの杉の下に赤い旗をたてた茶店があって、店先の床几《しょうぎ》に琴乃と沖田氏が腰を下ろしているのが見えた。午過《ひる》ぎに壬生まで手紙を届けたのだと、押し殺した声で平六が説明したところでは、琴乃と沖田氏の逢瀬をお膳立《ぜんだ》てした平六は、琴乃を自分が連れ出した責任上、危険がないよう密《ひそ》かに見張っているらしかった。まったくご苦労な話である。

「さっきまで、二人して団子を食ってたなだ」と平六が囁《ささや》いた。

「んだか」とおれは頷いた。

「茶も喫したどこだ」と平六が次に報告したので、「んだか」とおれも返事をした。

見れば、落ちかかった日を受けて、杉の木の下の二人の姿は赤く染まっている。いまは何事か語りあっているようだ。琴乃が笑って白い手で口を覆うのが見えたとたん、おれの胸はまたびくんとなった。が、すぐにびくんは変だと思えて、あれこれ考えたら、きゅんとなる、という言葉が見つかった。こいつはぴったりだと思ったら、とたんにおれの胸はきゅんとなった。

まもなく琴乃と沖田氏が床几から立ち上がった。そのまま鳥居の方へ来るので、おれと平六はあわてて茂みから出て、脇の路地に身を隠した。鳥居を潜《くぐ》った二人は、一緒に歩いていく。沖田氏は琴乃を家まで送るつもりなんだろう。二人が路《みち》の角に消えてから、おれと平六も歩き出した。蒸し暑い茂みにじっとしていたせいで、二人とも蚊《か》に喰われ放題に喰われ、ぼりぼりと痒《かゆ》いところを搔《か》きながら歩いた。

薄闇《うすやみ》が街路を覆って、蝙蝠《こうもり》がひらひらと飛んだ。遠くで、ごろごろと雷の鳴る音がきこえた。長いのを何本も担いだ竿竹《さおだけ》売りと、大箱を背負った小間物屋が、競争するように脇を駆け抜けていった。どうやら一雨くるらしい。

「夏だの」と平六がいった。

「んだ。夏だ」とおれは答えた。

「京の夏は暑えの」というから、

「暑え」と答えた。

あとは黙って歩いて、家の軒に入ったとたんに降り出した。空がぴかりと光って、続いてどかんとくる。おとりも琴乃も雷様が苦手らしく、座敷に蚊帳《かや》を吊《つ》って、なかに隠れていた。沖田氏は琴乃を送るとすぐ帰ったようで、この雨のなかをどうしたろうと、おれは少し心配になった。

雨は半刻《はんとき》ばかりでやんだ。空に明るい月が出た。蓮牛先生は夜の五ツ半頃に、坂本氏と連れだって帰ってきた。平六はしばらく二階座敷で二人の相手をしていたが、まもなく書生部屋へ戻ってきて、琴乃が井桁屋《いげたや》へ戻ることになったと教えた。明日、蓮牛先生が有馬へ行くついでに伏見まで送ることになったんだそうだ。んだか、と頷いたおれは、少しほっとした。蓮牛先生とおとりが湯治へ行ってしまって、おれと平六と琴乃の三人で家に残るのは、いかにも気詰まりに思えていたからだ。同時に、なんだか残念なような、淋《さび》しいような、張りが抜けたような気持ちになったのだから不思議なもんだ。が、どちらかといえば、やはりほっとした。

勉強の邪魔をして申し訳ないが、とまた堅苦しく挨拶して、平六は別のことを話し出した。今度は例の姉小路卿殺しのことだ。坂本氏からは釘を刺されたけれど、平六としてはどうにも釈然としないのだという。手紙を渡せと頼まれた相手が殺されて、あとは知りませんではすまないともいう。おそらく、菅沼は姉小路卿殺害を薩摩の仕業と見せかけるために、田中新兵衛の差料《さしりょう》を盗んで、人斬りのあった辻に置いておいたんだろうといった平六は、これだけの事実が判明した以上、黙っていることは到底できないと語った。

「このままでは、姉小路卿も田中新兵衛も浮かばれめや」

「んだ。んだども、どげするや？」

おれがきくと、とにかく証拠を摑《つか》む必要があるといった平六は、しばし黙ってから、おれの顔をまっすぐに見た。

「横川くんの助けがいるなだ。助力してくれるなだろ？」

平六からそういわれては、嫌だとはなかなかいいにくい。菅沼青河童の所行にはおれも腹が煮えている。おれは頷いた。頷きはしたが、どんな証拠を摑むつもりか、それがわからない。刀を茶屋から盗んだ男を捕まえると平六はいった。盗人《ぬすっと》を捕らえて白状させれば、立派な証拠になる。なるほど、とは思ったものの、あの頰《ほお》かむりがどこの誰だかわからない。おれがそういうと、菅沼亘を見張ればいずれ捕まえられるだろうと平六はいった。ただ困るのは自分が頰かむりの顔を知らないことだ。

「んだからや、横川くんにも共に見張って欲しいなだ」

おれは蓮牛先生から留守を頼まれている。だからそうは見張れないと断ると、できる限りでいいからお願いすると平六はいって、あとは黙って書見をはじめた。平六が読んでいるのは蘭人《らんじん》の書いた兵書だそうだ。大坂の緒方洪庵《おがたこうあん》という人が訳して、門人が筆写したのを坂本氏が手に入れ、貸してくれたんだそうだ。平六が暗いところで読んでいるので、おれは行灯の明かりを半分貸してやった。

次の日から猛烈に暑くなった。遅くまでハブソンを写して、明け方蒲団に入ったら、汗が流れて寝られなかった。朝から蟬も喧しく鳴きだした。こない暑いのに湯治に行くのは阿呆《あほ》や、とぼやきながら、蓮牛先生は予定通り朝飯を食って出発した。おとりと琴乃、伏見に用のある坂本氏、それから荷物運びの役目で平六がやはり伏見まで同行した。

午前中は、本当に蓮牛先生が湯治に行くのか半信半疑だったらしい近所の者や、富本の仲間が様子を窺いにやってきた。いつ帰るのかと必ずきかれ、祇園祭までには帰るといっていたと、いちいち教えるのが面倒で、表に貼り紙でも出そうかと思ったほどだ。それでも、午近くなるとふっつり人が来なくなった。炎暑のなか出歩こうという元気者は少ないんだろう。朝飯の残りを腹に入れてから、土間の風通しのよい場所に莚《むしろ》を敷いて、おれは午睡《ひるね》をすることにした。ひとりだと、好きなところへ寝られるからうれしい。水を浴びて、莚へ横になると、実に好い心持ちである。目をつむれば、しんしんと降るがごとき蟬の声が聴こえた。

輪光寺の住職は俳句が好きでおれによく教えた。芭蕉も教えて、なかに「しづかさや岩にしみいる蟬の声」というのがあった。おれにはこれがまるで頓珍漢《とんちんかん》だった。だいたい蟬というやつは虫の仲間でも最上級にうるさい虫である。それがどうして「しづか」なのか。芭蕉というのはわけのわからんことをいう男だと思ったものだが、いまは少しわかった気がした。うるさいのが「しづか」である。つまりは、これが文学だ。京へ来ておれはいろいろ学んだが、いつのまにか文学などというものまで学んだらしい。夢うつつにおれは考えた。

甚右衛門の投げた手裏剣が頭にぶつかって、痛いと思ったとたん、おれは目を覚ました。はっとなって飛び起きると、莚の横にころころと黄色いものがころがった。なんだと思えば金柑《きんかん》である。すると、誰かが戸口で、かかかと笑い、松吉、油断したな、といったのは寅太郎だ。寝ているおれに金柑をぶつけたらしい。なにすっだ、とおれが怒ると、忍術使いともあろう者が昼間から寝穢《いぎたな》く眠って、金柑を投げられても気づかんとは何事だと、寅太郎は逆に叱った。

「いまのがあれだぜ、小柄《こづか》なら、いまごろおめは息をしてねえなだぜ。おれでなく、刺客だったらどげするや」

いわれてみれば、油断がすぎたかもと思ったが、なにも寝ている人の頭に金柑をぶつけることはないだろう。おれがなお怒っていると、剣幕に押された寅太郎が、悪かった、悪かった、と謝ったので、ようやくおれは許してやった。

家の者はどうしたと寅太郎が問うので、湯治へ行ったと教えた。寅太郎はふんと頷いて、まったく暑くてたまらん、水を使わせろといった。勝手に井戸で汲《く》めといって、用はなんだときけば、白藤の仇《かたき》がわかったという。

「誰だなや?」

「ざざめの金造いう男だ」と答えた寅太郎は、朝から各方面に出向いて、調べてきたのだといった。寅太郎にしてはやることが早い。それにしても、金造は普通だが、ざざめとはなんだときけば、わからんと寅太郎は首をかしげ、きっと綽名《あだな》だろうといった。いずれ碌《ろく》な者ではあるまい。

「侍だか?」とおれがきくと、

「んでね。流れ者の博徒や」といった寅太郎は、黒小路卿の屋敷ではしょっちゅう博打《ばくち》が行われ、それが縁で、ざざめの金造が黒小路卿のところへ出入りするようになったようだと説明した。

「公卿も博打をするなだか」おれが少し驚いてきくと、

「んだ。黒小路卿は好きだ。博打の好きな公卿がいてもおかしくあめえや」と寅太郎は当たり前の顔で答え、井戸端で水を浴び出した。裸をみると、依然青痣《あおあざ》はあるが、少しはいいらしい。

日はだいぶ傾いていた。少しのつもりがだいぶ寝てしまった。飯炊きの婆さんもやってきた。おれはひとりなら飯は自分で炊くからと蓮牛先生にはいったのだが、それでは婆さんのほうが困るらしい。寅太郎に飯を食っていくかと声をかけると、おうと返事があったので、少し余分に炊いてくれとおれは婆さんに頼んだ。それから診察部屋の片づけと薬種の整理をはじめた。

暑い、暑いを連発しながら井戸から戻った寅太郎は、京の暑熱について婆さんとひとしきり話してから部屋へ入ってくると、そういえば、ざざめの金造は、松吉も知っているはずだといいだした。

「平六を斬りに、菅沼先生とこの家を襲った野郎があったろ。あれが金造だ」

つまり、例の頬かむりが、ざざめの金造であるらしい。なんで早くいわないと、内心で毒づいたおれを尻目《しりめ》に、

「侍ではねえが、けっこう使うらしいな」と寅太郎は余所事《よそごと》のようにいい、まずは仇の名もわかったことだし、身体を万全にするのが先決だと考え、医者の勧めにしたがって、有馬へ湯治にでも行こうと出てきたのだと話した。高瀬川を舟で伏見まで行くつもりで、ところが、あんまり暑いので、気が萎《な》え、途中で舟を下りてここまで歩いてきたんだそうだ。

「ひとりで湯治場さ行っても、おもしろぐねしの。松吉も一緒にいがねが」と寅太郎は誘ったが、おれは留守番だからと断った。おれもやめっかの、などと呟《つぶや》いて寅太郎は、薬瓶《くすりびん》や書物の並んだ棚をもの珍しそうに眺めている。

とにかく寅太郎のお陰で頬かむりの正体がわかった。こいつは是非とも平六に教えてやらねばなるまいと思っているところへ、ちょうど平六が帰ってきた。

「京の夏は暑えの」と土間に迎えに出た寅太郎が声をかけた。んだ、暑え、と答えた平六は妙な顔をしている。無理もない。なにしろ前に祇園で三人で会ったときには、次に会ったらきっと斬ると、寅太郎は平六に向かって眦《まなじり》を決していた。不倶戴天《ふぐたいてん》の敵だと宣言していた。その寅太郎が、気安く挨拶したばかりか、松吉では相手にならねえから、飯まで碁でも打たねえか、などと誘ってくるのだから、平六が面食らうのも当然だろう。寅太郎は自分のいったことなどすっかり忘れているらしい。呑気《のんき》なものだ。

おれは平六にざざめの金造のことをすぐ教えようかと思ったが、姉小路卿殺しの件は誰にも漏らすなと、蓮牛先生からも坂本氏からも強く念を押されていたのを思い出した。それでなくても寅太郎は口が軽いから、うっかりいえば、明日には京じゅうに知れ渡ってしまう恐れがある。むろん姉小路卿の遭難は寅太郎も知っていた。それでも青河童一味の陰謀までは知らず、下手人が田中新兵衛だと素直に信じている様子で、薩摩の悪口をさんざんいった。

「おめも、密書を渡す相手に死なれて困ったろ」と寅太郎は平六にも同情してみせ、どう挨拶していいものか、平六が戸惑っているのがおかしかった。

すると平六が、急に思い出したように紙の包みを出した。開くと笹《ささ》の葉にくるんだ赤い肉が出てきた。井桁屋が持たせた牛の肉だという。おれは兎《うさぎ》や鶉《うずら》の肉ならばよく食ったが、牛はいままで一度もない。平六もないといった。寅太郎は一度あるといった。婆さんに渡すと、牛の肉みたいなもんよう料理でけしまへんと答えた。だったらおれに任せろと、寅太郎が腕をまくった。

豆腐と一緒に煮て食うと旨《うま》いと寅太郎はいった。豆腐はないというと、是が非でも豆腐が必要だというので、おれが小鍋《こなべ》を持って豆腐屋へ走った。

戻ると、寅太郎がへっついで出汁《だし》を作っていた。土鍋に沸かした湯に昆布を入れ、酒と醤油《しょうゆ》と砂糖で味をつけた。おれが味噌《みそ》のほうがいいんじゃないかというと、牛に味噌は合わないと寅太郎は断じた。それから寅太郎は土間に七輪を出すようにいい、熾《おこ》した炭を入れ、鍋を載せ、まわりに葱《ねぎ》と豆腐と肉を入れた笊《ざる》を置いた。煮ながら食うのが旨いのだと寅太郎は自慢気である。

寅太郎に命じられて、おれと平六は、七輪のまわりに踏み台と、普段は庭に出してある竹の縁台を持ち出した。そこへ腰を下ろして食おうという算段だが、この暑いなか火を囲むのは酔狂としかいいようがない。まだ何も食べないうちから三人とも汗びっしょりになってしまう。これが一番なのだと寅太郎は再三主張したが、牛を食うのもこれでなかなか大変なもんだ。

寅太郎が肉と葱を鍋に入れた。肉がだんだん赤から茶に変わる。その様子を眺めていたら、この牛は松坂牛じゃないかと思えてきた。平六にきくと知らないという。松坂牛とはなんだと寅太郎がきくので、おれもよくはわからんが、松坂牛が旨いときいた覚えがあると答えた。松吉も物知りになったもんだといって、寅太郎は鼻を鳴らした。

そろそろ頃合かと思って、箸《はし》を伸ばすと、まだ生煮えだと寅太郎が叱った。おれは箸を引っ込めながら、ステーキならミディアムレアが旨いと誰かからきいたのをまた思い出した。が、あんまり自信がなかったので、大人しく待つことにした。汁に沈んだ肉の姿をじっとみつめていた寅太郎が、それっ、豆腐を入れろと号令した。こんな真剣な寅太郎はついぞ見たことがない。いよいよ鋭い目で鍋を注視した寅太郎が、よし、食え、とかけ声をかけて、三人はいっせいに鍋へ箸を伸ばした。

肉はちょっと固い。味もあんまりない気がしたが、出汁《だし》の味があるので、全体にはまずくない。ことに豆腐がいい。

「うめだろ?」と寅太郎がきいたので、

「汁が甘くてうめ」と答えた。

平六もふうふう碗《わん》を吹きながら、旨そうに食っている。三人とも頭から水を浴びたようである。飯をよそった婆《ばあ》さんが行ってしまうと、こんな甘辛いもんよう食べんわと、顔をしかめた。婆さんに味見をさせてやると、あんな年寄りに牛の肉は毒だと、寅太郎は憎らしそうにいった。飯に汁をかけて食うと旨いと寅太郎が教えたので、そうしたら本当に旨かった。おれはだいぶ寅太郎を見直した。

飯が終わると、三人で井戸端で水を浴びた。それから縁台を庭先に出して涼んだ。が、風がないから、ちっとも涼しくない。寅太郎が夕涼みに行こうといい出した。

たしかにこう暑くてはハブソンどころではない。腹ごなしがてら歩くのも悪くない。

平六も行くという。おれは火の始末をたしかめ、裏の戸締まりをし、隣家の女房に声をかけて、平六と寅太郎と家を出た。

油小路を下って、田圃《たんぼ》のなかを加茂川へ歩いた。洛外に出た頃にはすっかり暮れて、なのにまだ蟬がしつこく鳴いていた。風はあんまりないが、少しは涼しい気がする。用水路の木橋を渡ると、水辺の草むらがぼうと光った。

蛍《ほたる》だと寅太郎がいい、おれも、蛍だといった。蛍なぞは珍しくもない。それでも、さすがに京の蛍だけあって、光りかたが雅《みやび》な感じがする。色もだいぶ薄いようだ。おれがそういうと、んだ、と同意した寅太郎は、水が違うせいだろうと、もっともらしいことをいった。木橋に立って蛍火を眺めてから、また歩き出したとき、平六が頰かむりのことを寅太郎にきいた。最初からそうするつもりで平六は出て来たんだろう。

しばらく耳を傾けて、それならざざめの金造だろうと寅太郎は答えた。どんな者かときかれたのには、先刻おれに話したのと同じことを平六にも教えた。そうしてから、ざざめの金造は自分が仇と狙う者だと、おもむろにいった。驚いた様子の平六に、どういうわけかときかれると、

「惚《ほ》れたおなごを斬《き》った憎い野郎だなだ」とだけ寅太郎はいい、あとはいえないと口を閉ざした。おれの脚を蹴《け》ったのは、余計なことをいうなという合図だろう。祇園社での不覚はあくまで知られたくないとみえる。

平六はしばし黙ってから、そのざざめの金造を捕まえたいのだといった。何故《なぜ》かと当然きかれて、今度は平六が口を濁す番だ。

「少し聞きてえことがあるなだ」とだけ平六は答えて、暗がりでおれの肩を軽く叩いたのは、これまた余計なことをいうなという合図だろう。んだか、と頷いた寅太郎は、疑わしそうな様子で黙っていたが、次に口を開いたときには、平六がそれほど捕まえたいのなら、手伝ってもいいといい出した。

「そのかわり、おめが聞きてえことを聞いたら、おれが斬っていいなだな」

仇討ちをおれに手伝えといっていたくらいだから、寅太郎はひとりでは自信がないん

だろう。平六が加勢してくれるなら、渡りに舟だと考えたとみえる。

平六がそれでいいといったので、話はまとまった。自分がおびき出すから、そこを二人で搦《から》めとればいいと、相変わらず寅太郎は簡単にいう。では、詳しい相談を島原あたりでしようではないかと、寅太郎は勇んで提案したが、相談なら家でもできると平六から軽くいなされた。そろそろ帰ろうと、おれと平六はもと来た路を歩き出した。

「おもしろぐねえ野郎らだの」

ふてくされた寅太郎は川に石をいくつも投げた。

翌日、平六と寅太郎は揃《そろ》って朝からでかけた。おれは掃除をし、洗濯をし、玄関先に水を打ち、三浦が薬種を運んできたのを迎え、そのうち薬を貰いに人がぼちぼち来て、灸《きゅう》をすえて欲しいという人があったのですえてやり、近所の子供が足にとげを刺したのを抜いてやり、おとりに頼まれていた梅漬けを莚に並べて干し、なんだかんだと忙しくしているうちにもう午《ひる》である。今日も暑い。

朝飯の残りをひとりで食べて、水を浴びたところへ、玄関に声がした。出てみると、長いのを腰に差した侍が三人立っている。またも刺客かと思い、腰を抜かしかけたとき、外された笠から出たのが見知った顔だったので安心した。ひとりは沖田氏。横の眉毛《まゆげ》が仁王みたいに太い侍ははじめて見る顔だ。そうして、もうひとり、二人の陰になったのが、苺田氏である。なにしろ二人の侍がやたらと背丈があるものだから、苺田氏は大木の下に生えた茸《きのこ》のようである。生まれてこのかた一度も日当たりのよい場所に出たことがないように見えるのは、いつにも増して顔色が悪いせいだろう。苺田氏がおれに用があるといった。食あたりでも起こしたのかもしらん。

沖田氏が水を使わせてくれというので、おれは風呂場から桶《おけ》を持ってきて井戸端へ運んだ。それから、二人きりで話したいという苺田氏と書生部屋で向かい合った。と、座るなり、お願いがござると、妙に苺田氏は畏《かしこ》まった。なんだろうと思って、こちらも姿勢を正せば、苺田氏が懐から巾着袋《きんちゃくぶくろ》を取り出して畳に置いた。

「このカネを、故郷《くに》の女房に届けてやって欲しいなだ」と苺田氏はいった。届けろといわれても、とても出羽までは行けないと断ると、実家へ戻るついででかまわないという。どうも様子が尋常でない。どうかしたのかときくと、自分はもう長くないと、苺田氏は気弱く笑った。

「これは京でおれが貯《た》めたカネだ。たいして貯まってねが、ないよりはましだろや」

そういってまた笑った苺田氏の顔をみると、目尻《めじり》から涙が流れている。笑いながら泣くとは器用なことをするもんだ。それにしても、いったいどうしたんだときけば、じつは、と苺田氏は話し出した。

先日、自分は祇園の茶屋に上がった。その際、ひとりの侍ともめ事を起こした。そのときは無事にすんだものが、あとで出来事が評判になってしまった。

「大したことがあったんではねえなだ。ちょこっと喧嘩《けんか》しただけだ。よくあることだろうや」と説明した苺田氏は、しかし、と続けて、喧嘩の相手やまわりにいた野次馬《やじうま》が、新撰組の隊士は腰抜けだと吹聴して廻ったから大事になったと嘆いた。喧嘩の相手はどんな者かときくと、房州の浪士で井巻雪舟斎という者だと答えがあって、おれはおやっと思った。それなら、祇園の石水亭で会ったときのことではないかと問うと、苺田氏は弱々しく頷いた。たしかにあのとき、苺田氏は酔っぱらった井巻からさんざんな狼藉《ろうぜき》を受けていた。苺田氏はしきりに喧嘩というが、おれが石水亭で見たものは断じて喧嘩ではない。土下座して謝っている頭を上から踏んづけられるのを指して、喧嘩とは呼ばんだろう。では、なんだといって、適当な言葉が見当たらんが、ひたすら苺田氏が苛《いじ》められていたのは間違いない。猫にいたぶられる鼠《ねずみ》みたいなもんだ。あれでは腰抜けといわれても仕方があるまい。

それでいうには、苺田氏の腰抜けぶりが新撰組の耳に届いてしまったんだそうだ。怒ったのは組の幹部連だ。このままでは新撰組の面子《めんつ》が立たない、是が非でも井巻を斬ってこいと、苺田氏にきつく命令した。もし斬らなければ、苺田氏が新撰組からばっさりやられるんだそうだ。

「あの井巻雪舟斎とかいうもんは、房州では道場を開くほどの腕前らし。とても勝ち目はねなやな」

苺田氏は淋しそうに笑った。おれは苺田氏の剣の腕前は知らない。知らないが、立ち合う前からこう弱気では、勝ち目はないとしたもんだろう。で、斬られる覚悟の苺田氏は、おれに故郷へカネを届けるよう頼みに来たというわけだ。そういう事情ならば、出羽庄内へ帰るのはいつになるかわからぬが、それでいいならと、おれは引き受けた。

苺田氏は石に貼り付いた苔《こけ》みたいな髷《まげ》を揺らして、何度も頭を下げて礼をいった。おれは気の毒になってしまい、なんとかならないものかと考えるうちに、逃げたらいいと思いついた。苺田氏は武士の意地とか面目とかには縁がなさそうだから、逃げても別段恥とは思わんだろう。新撰組にしても、誰でも入隊させればいいもんじゃないと、学んだだけよかったと思えばいい。

逃げたらどうかと小声で勧めると、苺田氏はまた泣き笑いの顔になって、土間の方へ目をやった。なるほど、沖田氏らは見張り役らしい。とはいえ、四六時中見張られているわけでもなかろうと、おれがいよいよ声を低めれば、じつはすでに一回逃げたのだと、苺田氏が極《きま》り悪そうに告白した。

夜中に屯所《とんしょ》を抜け出した苺田氏は東海道をひたすら下った。が、運の悪いことに、大津宿の手前で馬に追いつかれてしまった。捕まえたのは、いま沖田氏と一緒に来ている眉の太い人で、藤堂平助という名前だそうだ。苺田氏は見逃してほしいと懇願した。その場で斬り捨てられても仕方のないところを、藤堂氏も同情したのか、茶店で侍の意地を諄々《じゅんじゅん》と説き、苺田氏に井巻と戦うことを約束させたうえで、新撰組の幹部に取りなしてくれたという。

「こうなればや、正々堂々斬り合うしかあめや」と苺田氏はいったが、正々堂々という言葉がこれほど似合わない人も珍しい。

それでも、続いて、人間五十年、下天《げてん》の内を比ぶればという心境だ、と歯のない口を開いて笑ったときには、苺田氏のまわりに爽《さわ》やかな空気が漂うかに見えた。が、すぐに、本当に五十ならば納得もいくが、自分は五十になるには間がある、だからまだ死にたくないのだと、鼻水を啜《すす》って未練がましくうなだれた姿は、ただ見苦しい。

「京など、来ねばよかったなや。なして京さ来てしまったもんだか」

苺田氏は泣き言を重ね、こんなことなら中山道で野垂れ死んでいたほうがましだった、なんで助けてくれたと、ついには恨みがましく人を睨む始末である。まったくあきれたもんだが、畳にちんまり座った姿を見れば可哀想《かわいそう》でもある。立ち合って必ず負けると決まったもんでもないだろうと、おれが励ますと、苺田氏はまた赤い目で睨んだ。

「んだば、おめが、おれに代わって立ち合ってくれっが」

「そいだば無理だ」

「んだろ」と苺田氏は、それ見たことかといわんばかりに叫んだ。

「立ち合うのはおれだ。死ぬのは、おめでなく、このおれだ。死なね者に、死ぬ者の気持ちなぞ、わかるもんでね」

「んだ」と頷いたおれは、たしかに苺田氏の気持ちはわからないと思った。だいたい苺田氏ならば、生きても死んでもあまり変わりがないように見える。世間は苺田氏がひとりくらい死んでも気づかんだろう。が、本人にすればそうでもないらしい。

「んだばきくが、おめが、おれの代わりに死んでくれっがや」と次に苺田氏はいよいよ無理なことをいった。

「死なねの」と答えると、

「んだなやな」と苺田氏は、つくづく納得したかのごとくにため息をついた。「誰もそういうなやな」

苺田氏の身代わりに死ぬ者など、どこ探したっているわけがない。四半刻《しはんとき》ばかりで、苺田氏は畳から立ち上がった。いまから井巻を斬りに行くのかときくと、苺田氏は茄子《なす》みたいな顔色になった。沖田さんがそういったのかときくので、べつにそうじゃないと答えると、脅かさないでくれと苺田氏は息を吐き、井巻はいま大坂へ出かけていて、京へ帰り次第襲う予定なのだと話した。

「このまま戻ってこねば、有り難てどもの」といった苺田氏は即座に、「そげだ望みが叶《かな》ったためしは一度もねなや」と諦め顔で土間へ降りた。

沖田氏と藤堂氏は土間に置いた床几に腰かけて待っていた。苺田氏をみると、二人は黙って頷き、立ち上がった。おれは沖田氏に琴乃が伏見の実家へ戻ったと教えようかと思ったが、やめておいた。玄関先まで出て見送ると、二人の付き添いに挟《はさ》まれた苺田氏は、悪さをして隣家に謝りに行かされる子供みたいに見えた。

それからしばらく、おれはひとり忙しく暮らした。暑中は水が悪くなるからなんだろう、普段より患者が多いくらいで、朝から午《ひる》まで切れ目なしに人が来た。おれは患者を診るなんてことはできないから、なんでも金鶏丸一辺倒ですませた。金鶏丸は三浦が持ってくる薬で、万病に効くという触れ込みだ。本当に効くのか知らんが、いままで効かないと怒鳴《どな》り込んできた者はない。蓮牛先生もこればかりである。金鶏丸のほかには、頼まれて灸《きゅう》をすえるくらいだから、おれでもなんとかなる。風邪《かぜ》ひきや食あたりばかりだったら医者も楽なもんだ。もっとも、重い病人は余所《よそ》へ行っているんだろう。

そういうわけで、午までは息をつく暇もないが、午を過ぎるとふっつり患者が途絶えるのが有り難い。夜、寝ないでハブソンを写しているぶん、おれは午睡《ひるね》で取り戻した。午睡から起きて夕刻までは、決まった患家に薬を届けて歩き、宗妙院の境内の草むしりをした。最初は家のまわりだけをしていたのだが、寺男が屋根から落ちて動けなくなったとかで、住職から頼まれた。寺は広いから大変である。寺の裏庭の畑も、面倒を見る者がなくなったので、おれが水やりと草取りをしたから、一日なかなか忙しい。

夜は夜で相変わらずハブソンを写した。このところ根をつめた甲斐《かい》あって、蓮牛先生が湯治へ行って二日目にひととおり写し終わった。ハブソンがすんだら、別な本を写すつもりでいたところ、坂本氏から、本気で医者になるつもりなら、蘭語《らんご》を学ばねば駄目だといわれた。蓮牛先生に相談すると、ならばまずは字を覚えろといって、蘭語の字と読み方を書いた紙を置いていってくれた。字を覚えたら読解を教えてやるともいっていた。おれは字をひとつずつ書いて覚えることにした。なにしろ見たこともない字ばかりだから、容易じゃないと思ったら、どこかで見たことがあるような気もしてきて、初日から案外とはかどったのが嬉《うれ》しかった。困るのは、蘭語の字が筆と墨では書きづらいことだ。普通は鳥の羽根を削ったもので書くんだそうだ。

二、三日で字はだいたいわかった。字ばかり写しても能がないので、おれは蓮牛先生の書棚からズーフの『蘭和辞書』というのを出してきて、今度はこれを写すことにした。ズーフは全部で十五巻もあって、近頃刊行されたそうだが、大変貴重なものだと聞いていた。蓮牛先生も自分では買えずに、井桁屋から借りている本だ。おれは最初から順番に写していくことにした。

平六は坂本氏に頼まれた用事をしているとのことで、毎日朝早く家を出て、暮れてから戻ってきた。何をしているのか知らんが、ときには戻らぬ日もあった。平六は長州派から狙われているから、いつ斬られても不思議はない。それでも、怪我をせず、まして死ぬこともなく、平気な顔で出歩いているのは偉かった。

寅太郎はときどき来た。湯治はやはりやめて、毎日ぶらぶらしているらしい。蓮牛先生の家に来るのは島原へ通うついでだろう。湯治場より茶屋のほうが自分の身体にはいいんだと、嘯《うそぶ》くところがいかにも寅太郎である。もっとも寅太郎は、少しは慎むようにと、近頃井桁屋から意見されたようで、前のように何日も流連《いつづ》けたりはしていないらしい。傷がよくないので道場へも行けないと嘆くから、昼間はどうしているのかときけば、近所の子供と一緒に川で泳いでいると答えた。朝、家で寝ていると、子供が大勢で誘いに来るんだそうだ。

「こう暑くては、なにもできね」と、さすがの寅太郎も京の夏には辟易《へきえき》らしい。裸にしてみると、青痣はだいぶいい。けれども今度は暑気あたりの気味があって、全体に具合がよくないという。

「夜は寝られねし、食いもんもいっこう旨ぐね。なにか滋養のつくもんはねかの」

寅太郎がいうので、また井桁屋から牛を貰って食ったらいいと勧めると、牛は駄目だと寅太郎は首を振った。きけば、この前牛を食ったあと腹を下したらしい。あれ以来調子が悪いのだともいった。

「身体が戻らねうちは、仇討ちどころではねえ。おめは医者だろや。なんとかしろ」と寅太郎がうるさいので、金鶏丸を飲ませたが、全然効かないと文句をいう。とにかく食がすすまないのが一番困るというから、蛇を食わせてやることにした。

甚右衛門はよく蛇を捕って、滋養の足らない患者に食わせていた。飯炊きの婆さんに、この辺で蛇のいるところはどこだときけば、お稲荷さんの裏の石垣にたんといまっせと教えた。どないしはりますねんときくから、捕って食うといったら怒られた。蛇は社や家の守り神なんだそうだ。ならば毒のあるマムシならいいだろうと思ってきくと、山へ行かはったらいますやろなとの返事である。京ではマムシはハメと呼ぶそうだ。

さっそくおれは東山へ蛇捕りに行った。暗いうちに家を出れば、朝飯前に帰ってこられる。おれは蛇捕りは故郷でさんざんやったから得意だ。おれの方法は道具は使わない。

蛇を見つけたら、気合いをこめて睨み付ける。するとおもしろいもので、蛇も鎌首をもたげてこちらを睨んでくる。そこをさっと素手で頭を掴むのである。とにかく気合いで負けないのがコツだ。気迫で圧すれば、蛇は金縛りにあったように動けなくなると甚右衛門は教えたが、これは嘘《うそ》じゃない。

一日目はあんまり見つけられなかった。口惜《くや》しいので、次の日また行って、山を変えたら、マムシ三匹と、シマの大きいのが二匹捕まった。婆さんが怖がるといけないので、生きたまま箱に入れて、縁の下に仕舞《しま》っておいた。夕方寅太郎が来たので、さっそく食べさせた。

マムシの頭を落として、滴《したた》る血を茶碗に溜《た》め、皮を剝《は》ぐ。まずは切り取った肝《きも》を生で飲ませた。寅太郎は情けない顔になったが、薬だからと無理に口に入れさせた。次に血に焼酎《しょうちゅう》を混ぜて飲ませた。最後に、開いた身を黒焼きにして食わせた。生臭いばっかりで、本当に効くのかと寅太郎は疑ったが、三日ほど続けたら、寅太郎の目の色が濃くなってきた。蛙《かえる》の卵みたいにふらふらしていた目の玉も据わってきた。本人もだいぶ具合がいいようだというので安心した。万事に大袈裟《おおげさ》な寅太郎は、松吉は名医だとしきりに感心した。

次の日、寅太郎は客を連れてきた。寅太郎馴染《なじ》みの妓楼《ぎろう》の亭主で、自分も是非マムシの肝を飲みたいといったそうだ。寅太郎のためにまた何匹か捕まえておいたので、一匹食わせてやった。こら、ええわ、と感心した亭主が、そんなら、なんぼ払うたらええのんかときいてきた。おれはカネを取る気などなかったが、寅太郎が横から銀一分でいいと口を出した。とんでもない値段をいうやつだ。おれが驚いていると、そうどすわな、と頷いた亭主が懐から一分銀を出したのにはもっと驚いた。

また次の日には、評判を聞いたという肥州の藩士と金貸しの親父が来た。労咳《ろうがい》の芸妓《げいこ》も来たし、見廻り組の隊士だという侍も来た。みんな一分銀ずつ置いていく。カネを前におれが戸惑《とまど》っていると、カネがあって困ることはあめえやと、寅太郎はにやにやした。しかし、おれだって毎朝毎朝蛇捕りにも行っていられない。だいいち必ず捕まえられるとは限らないのが困る。すると寅太郎が蛇捕り名人だという爺《じい》さんを連れてきた。本業は傘売りだが、子供の頃から道楽で蛇を捕まえてきたんだという。ハメやったら穴場を知ってますさかい、一日十四は捕れますやろと自慢する。どこから探してきたか知らんが、おかしな爺さんを見つけてきたもんだ。この爺さんが一匹につき百文で捕ってきてくれると寅太郎がいった。百文の蛇を人に食わせて銀一分とるとは暴利もはなはだしい、罰《ばち》があたると思ったら、それが商売というものだと寅太郎が諭《さと》した。

「百文のものを百文で売っては、儲《もう》からめえや」と理屈をいった寅太郎は、それに傘屋の爺さんは、元来蛇を捕ることが好きなのだから、ただでもいいくらいで、百文も貰《もら》えて大喜びなのだといった。さらに、一人に一匹を食わせるのは惜しいから、肝は肝、血は血、身は身という具合に分けて売れ、そうすれば五倍は儲かると智恵をつけた。

「それからや、血を飲ませるときには、なんぼか薬を入れろ」と寅太郎がいうので、

「どげだ薬や？」とおれが問うと、なんでもいいと返事があった。

「毒でねば、なんでもいいなだ。擂《す》った生姜《しょうが》でも入れておけ」

「なしてだ？」ときけば、寅太郎はにやりと笑った。

ただ蛇の肝や血を飲ませるだけでは、すぐに人から真似《まね》されてしまう。寅太郎はそう解説した。だから何か薬を加え、それが秘伝だとでもいえば、世間はなるほどと思って、有り難がるもんだともいった。

「そうすればや、真似する者が出てきても、なんの薬か教えねば、容易に真似はできめえや」

たしかに理屈だ。おれは感心した。こういうことになると寅太郎は本当に悪智恵が働く。前世はきっと狐狸《こり》の類だろう。

「んだども、効かね薬では、まずかろや」とおれがいうと、

「薬など、効くと思えば効くもんだ」と寅太郎は乱暴なことを答えた。もっともこれは蓮牛先生と同じ意見である。

「人参でもなんでも、値が張れば張るほど効くと思えるもんだ。小判を削って飲めば、治らね病はねえだろや」

寅太郎は大笑いしながら、マムシの血をぐびぐびと飲み干した。口を真っ赤にして笑うところがなんだかすさまじい。背丈の縮んだ鬼のようである。少し蛇を食わせ過ぎたかと思ったが、元気になったんだから、これでいいんだろう。

例の白藤の仇討ちも、ようやくやる気になったらしい。寅太郎のことだからとっくに忘れているだろうと思ったら、ざざめの金造を捕らえる計略ができたと、平六に伝えに来たのは案外だった。平六はこのところ坂本氏の供で大坂へ出向いたりして忙しく働いていたが、その日は家にいたから都合がよかった。むろん平六は一も二もない。すぐに寅太郎と書生部屋で密談をはじめた。おれも加われといわれて、いいと断ると、「おめだけ除《の》け者《もの》にはできめえや」と寅太郎が同情した。おれにはかまわないでくれと重ねていうと、今度は平六が、横川くんにも是非手伝って欲しいなだと、真剣な顔で迫るので、不承不承頷《うなず》いた。平六の顔はどうも逆らいにくい顔なのが困る。あとから平六がいうには、田中新兵衛の差料を盗んだのが本当にざざめの金造なのかどうか、おれに確かめてもらう必要があるんだそうだ。寅太郎のいうことだけでは信用できないと思ったんだろう。気は進まなかったが、石水亭から出てきた盗人を見かけたのはおれだけなのだから、諦めるしかない。

それで寅太郎の計略である。七条を少し下った加茂川のほとりに廃舟を仕舞った物置《ものおき》小舎《ごや》がある。そこへざざめの金造をおびき出す。小舎にしたのは、外だと逃げられる心配があるからだと寅太郎は説明した。ざざめの金造はすばしこいやつだが、家のなかなら、戸口を固めてしまえば逃げられまい。おびき出すのは朝早く。昼だと野次馬が邪魔だし、夜だと夜陰に紛れて捕り逃がす恐れがあるからだとも、寅太郎は加えた。寅太郎にしてはなかなか周到である。蛇を食っていっそう悪智恵が働くようになったと見える。

どうやってざざめの金造をおびき出すのかときかれて、寅太郎はふんと鼻を鳴らした。

「そげだものは、なんとでもなる。儲け話があるとでもいえば、あげな野郎は地獄の底だろうが飛んで来るだろうや」

ざざめの金造は近頃、博打で負けが込んで、一銭二銭のカネにも困るほどなんだと説明する寅太郎の、生まれついての口の巧さはおれも認めている。とはいえ、このあいだの祇園社のこともある。寅太郎の口車も京ではやや通用しにくい面があるようにも思える。どうも信用できないと思ったが、平六は姿勢正しく拝聴している。

それから平六と寅太郎は連れだって川辺の小舎を下見に出かけ、遅くなってから平六がひとりで帰ってきた。少々酒くさいのは、どこぞで寅太郎と飲んで来たんだろう。どうだったかときけば、あの小舎なら具合がよさそうだと答えた。

三日ほどして、寅太郎がまた来た。明日の朝、いよいよざざめの金造が小舎へ来ることになったと教えた。どうやって呼んだのかときけば、寅太郎はにやりと笑って、おれの顔を覗《のぞ》き込《こ》んだ。

「松吉を餌《えさ》に使ったなだ。われながら、うめこと考えたもんだ」と自慢する。

おれを餌に使うとは聞きずてならない。どういうことかと追及すれば、

「吉田蓮牛が小金を貯めてっさげ、それを盗めとそそのかしたなだ」と寅太郎は鼻の穴をふくらませた。いま吉田蓮牛は湯治に行って留守である。だからカネを盗むには絶好の機会である。ただ、蓮牛は貯めたカネを容易に見つけられない場所に隠してあるらし

い。それが困るが、さいわい留守を預かっているのは横川松吉ひとりである。この松吉を叩いてカネの隠し場所を白状させればいいと教えたという。

「松吉を河原の小舎へおびき出すさけ、二人でふん縛ろといったなだ。金造はカネに目がくらんでっさげの。喜んで行くといって、おれにぺこぺこ頭を下げてたから、馬鹿な野郎だ。んだから、あれだぜ、松吉も明日は来ねば駄目だぜ」

まったくとんでもないことを考えるやつだ。おれはますます行きたくないと思ったが、平六に行くと約束した以上、いまさら嫌ともいえない。人を縛ろうと企んで来たところを自分が縛られるはめになるのだから、自業自得というやつだと、寅太郎は愉快そうに笑って、明日のために力をつけなければならないから、マムシを食わせろといって、赤い血をまたぐびぐびとやった。

次に肝をぺろりと呑《の》んだ寅太郎は、蛇の身の黒焼きを丈夫な歯でがりがりとかじりつつ、明日が楽しみだと大笑いしたが、やはりどうも蛇を食わせ過ぎたようだ。寅太郎は平六にも蛇を食うよう勧めたが、足のない長いものは食べてはならないというのが、平六の家の家訓だそうだ。

ざざめの金造には明け六ツに来いといったという。だから、それより一刻は早く行って、待ち伏せすると寅太郎と平六はいった。おれも一緒に行ったほうがいいかときくと、金造が蓮牛先生の家を見張って、松吉が本当に河原の小舎へ向かうかどうかをたしかめるといけないので、あとから六ツまでに来いといわれた。途中で襲われやしないかとおれが心配すると、たぶん大丈夫だろうと寅太郎の返事はなんだか心細い。

「かりに襲われてもや、死ぬ心配はねえから安心しろ」というので、なんでそんなことが請け合えるのかと問えば、ざざめの金造が欲しいのは松吉の命ではなく、蓮牛のカネである。だからカネの隠し場所を松吉がいわない限り、殺されることはないと答えた。

「しかもや、蓮牛のカネなどは嘘ださげの。松吉はいいたくともいえめえや」

なるほど理屈だが、なんだか騙《だま》されたようで、あまり愉快ではない。その日は寅太郎も家に泊まった。明日に備えて寅太郎と平六は早く寝たが、おれはそうもいかない。患家に届ける薬種の用意をしなければならないし、いろいろと片づけもある。ひととおり終えて、マムシを飼った箱を縁の下へ仕舞いに表へ出ると、月には暈《かさ》がかかっていた。

真夜中におれが蒲団から起き出すと、平六と寅太郎が土間で飯を食っていた。二人並んで竈《かまど》の火を浴び、顔が赤黒く染まっているのがなんだかものすごい。きけば寅太郎が飯を炊いて汁を作ったんだという。ときどき寅太郎は妙にてきぱきすることがある。ことに祭りとなると張りきって駆け回る。芝居見物へ行くともなれば、いい席をとりたい一心で、前の夜から弁当持参で木戸の前に並んだりする。その熱心を学問や剣術修行に向けたらいいだろうと思うのは、寅太郎を知らないから思うので、つまり学業で怠けるぶんを他にそそぎ込むのが寅太郎の流儀なのである。白藤の仇討ちは祭りでも芝居でもないが、寅太郎にしてみれば似たようなものなんだろう。

支度を整えた寅太郎と平六が提灯《ちょうちん》を点《とも》して出ていった。見送ったおれは畑の草取りを

し、水汲みをし、その頃には空に色がついてきた。急いで家中の掃除をすませ、飯を喰

い、火の始末と戸締まりをたしかめて、さあ出ようかという段になって、手裏剣を持参

したほうがいいと思えてきた。書生部屋の押入から出してみると、すっかり錆《さ》びていた

のでがっかりした。

家を出たおれは七条を東へ歩いた。夜半まで雨が降っていたせいか、靄《もや》が出ていた。東山が霞《かす》んで、黒い影の塊になっている。わりに涼しいのが有り難い。渡し場へ向かうんだろう、行商人らしい人影があたりには少しある。そのどれもがざざめの金造のように思えて、どうも気持ちが悪い。高瀬川を渡った頃、山裾《やますそ》から日が顔を出した。少し遅れたかと思い、脚を早めたとき、横合いからいきなり声をかけられた。

あっと思ったら、右手の小路から笠を被《かぶ》った人が出てくる。殺《や》られると思い、とっさに逃げ出そうとしたら、むんずと腕をつかまれた。ものすごい力である。おれはたちまち動けなくなった。ぞっと背中が凍って、顔から血の気がなくなった。なにかいおうと思ったが、唇がふるえてうまくいえない。と、相手がおれの目の前に何か突きつけた。大きな竹籠《たけかご》である。なんだと思えば紐《ひも》が解かれて蓋《ふた》が開かれた。思わずなかを覗くと、いるいる。とぐろを巻いたのが籠の底にかたまってうじゃうじゃしている。

そこでようやく蛇捕りの爺《じい》さんだと気がついた。まったく人を驚かす爺さんである。腕を摑んだ指力がなんでこんなに強いのか。蛇を捕まえているうちに、鍛えられたのかしらん。

いまから捕った蛇を届けに行くところだったと、笠を脱いだ爺さんがいった。おれが家の縁の下へ入れておいてくれというと、できたらここで蛇を渡したいという。いくら籠に閉じこめてあるとはいえ、マムシを持って歩くのは嫌だ。カネはあとで届けるから、家に運んでくれと重ねていうと、とても歩けそうにないと爺さんがいう。みると顔色が青い。脂汗《あぶらあせ》がべっとり顔について蝦蟇《がま》みたいになっている。どうやら病気らしい。どこか悪いのかときけば、ハメに嚙《か》まれたんや、と答えたんで吃驚《びっくり》した。

そいつは大変だ、マムシの毒は命に係《かか》わるとおれがいうと、爺さんは平気な顔で、いままで何度も嚙まれているから慣れているといった。ちょっと熱は出るが、酒を飲んで二日くらい寝てたら、もとに戻るともいった。さすがは蛇捕り名人だけのことはある。

とはいえマムシに嚙まれたと聞いては、無理に歩かせるわけにもいかない。家はどこだときくと、伏見だというから、送って行こうかというと、舟で帰るさかいええわと断った。おれに籠を渡した爺さんは、笠を被って、ふらふらとよろめきつつ船着き場の方へ歩いていった。しかしすごい爺さんもいたもんだ。

蛇捕りの爺さんと会って、だいぶ手間取ってしまった。みれば日はもうすっかり昇りきっている。竹籠を抱えて、おれは走った。加茂川に突き当たって、橋から河原を覗いたら、なるほど、それらしい小舎がある。急いで土手から河原へ降り、小舎の戸を叩くと、誰だと声がして、おれだというと、戸が細めに開いた。

「遅いでねか」寅太郎が叱ったので、おれは蛇捕りの爺さんに会ったと話した。

「蛇なぞにかまっている暇はねえ」と話を遮った寅太郎は、おれを小舎のなかに導き入れた。右と左に朽ちかけた古舟が一艘《いっそう》ずつ置かれて、あいだに少しだけ草の生えた地面がある。平六はどこかと姿をさがしたら、右の舟からのっそりと身を起こした。そこに隠れる算段らしい。

小舎に窓はないから、なかは薄暗い。それでも天井近くの板壁に鼠がかじった破れ穴があって、人の顔を見分けられるくらいの明かりは射している。ざざめの金造が来たら、松吉は裏口を固めろと寅太郎が命令した。みると川に面した側にも戸があって、内から心張棒がはめてある。固めろといわれても、どうしたらいいのか。だいいち得物《えもの》がなにもない。おれがそういうと、とにかく逃げられないようにすればいいといった寅太郎が、太い木の棒を寄こした。舟を漕《こ》ぐ櫂《かい》らしい。

「金造が逃げそうになったら、それでもってぶっ叩け」

おれは蛇を入れた籠を下に置いて、両手で櫂を振ってみた。なるほど、人を叩くにはちょうどお誂《あつら》え向《む》きである。同じ棒を持った寅太郎は表口を固めるそうで、あいだに挟んだ金造を舟から躍り出た平六が取り押さえる策略なんだそうだ。寅太郎はともかく、平六がいる以上、うまく行きそうである。と思うと、今度は本当にざざめの金造が来るか心配になってきた。必ず来ると寅太郎は胸を張ったが、少しは心配らしく、戸を細めに開いて何度も外を覗いた。

突っ立っていても仕様がない。おれは傍らの材木に腰を下ろした。川がすぐそこなので、さらさらといく流れの音が耳に聴こえた。夜明けを待って鳴きだした蟬の声も聴こえる。小舎はだんだん蒸し暑くなってくる。平六は舟のなかで大刀を抱えてじっと瞑目《めいもく》し、寅太郎は檻《おり》の熊《くま》のごとく、うろうろと落ちつかない。ざざめの金造はなかなか来ない。

おれは退屈してきた。次に、退屈などというものをしたのは生まれてはじめてだと考えた。思えば、いままでおれは一度も退屈したことがなかった。そもそも退屈なんて言葉を知らなかった。だから退屈したくても退屈のしようがなかった。雪のなか田舎歌舞伎を観に行って、幕が開くまで莚の上で半日待ったときも、尻《しり》が寒くて腹が減って困ったけれど、退屈はしなかった。輪光寺の住職に怒られて、寺の廊下に朝から晩まで座らされたときも、脚は痛くなったが、退屈だけはしなかった。それがいま急に退屈したのは、つまり、京へ来て、退屈を学んだからだろう。いろいろ学ぶのはいいことなんだろうが、退屈ばかりはどうも有り難くない。いったん退屈しはじめると、本当に退屈してしまって、身の置き所がなくなる。まったく退屈だ。

寅太郎も退屈したらしい。おれの運んできた竹籠の蓋《ふた》を開けて、なかを覗こうとした。

「ちょすでねぞ。噛まれっと、大事《おおごと》ださげの」とおれは注意した。

「少し見るだけだ」と寅太郎は笑って答えたが、この世に寅太郎くらい蛇に噛まれやすそうな者もない。よしておけと、おれがいったとき、どんどんと戸を叩く音がした。

寅太郎が戸の前に立った。平六は舟のなかで身をかがめた。おれは櫂を握りしめた。

金造か、と寅太郎が戸の向こうへ声をかけた。そうだと金造が返事をした。寅太郎が戸を開けた。おれはいよいよ強く櫂を握りしめた。ところが、どうしたものか、金造はなかなか入ってこない。するとうおっと声をあげた寅太郎が、後ろに倒れて尻餅《しりもち》をついた。みると、戸口から突き出た刀がぎらりと白く光っている。大刀を持っているのは、ざざめの金造じゃない。青河童だ。横には役者侍もいる。これも刀を抜いている。

「春山平六はなかにおるな？」青河童が叫んで、小舎へ踏み込んだ。役者侍がこれに続いて、さらに三人、ざざめの金造と水戸の浪士二人が入ってくる。狭いところでみなが大刀を抜いているから、危ないことこのうえない。春山はおるな、とまたいわれて、隠れていても仕方がないと思ったんだろう。舟から下へ降りた平六が刀の柄《つか》に手をかけて身構えた。

なにがどうなったかわからない。わからないが、ひとつはっきりしているのは、罠《わな》にはめるつもりが、こっちが罠にはまったことである。やっぱり京は恐ろしいところだ。智恵を働かせたつもりが、かえって智恵にしてやられる。深慮遠謀というが、京では思慮は底なしに深く、知謀は果てしなく遠いと見える。田舎者には所詮《しょせん》無理だと気が付いたが、気が付いたのが遅すぎる。

平六はぐっと身を低くして、抜く構えをみせた。しかし、相手は五人。こちらは三人。しかも刀を持っているのは二人だけ。うちひとりは、腰を抜かして地面に転がっているのだから話にならない。こうした場合の兵法は古今東西ただひとつ。孫子から霞《かすみ》流忍術中興の祖横川兼房に至るまで結論は同じ。三十六計以外にはない。

　幸いおれは裏口のところにいる。おれは板戸の心張棒を足で蹴倒《けたお》すや、思いきり戸を引き開けた。外はすぐ川だが、いざとなったら飛び込めばいい。有り難いことに暑中である。泳いでくれといわんばかりの瀬音が大きく耳に届いたとたん、いきなり、鼻先に物騒なものが突きつけられて魂消《たまげ》た。裏口にも三人ほど侍がいて、長いのを構えているではないか。裏口を固めるつもりが、固められていたのでは洒落《しやれ》にもなんにもならない。

「もう逃げられんぞ、忍術使い」と大声を放ったのは肥満漢井巻である。わざわざ言葉でいわなくとも、こう表も裏も白刃で封じられては、逃げたくとも逃げられないに決まっている。無駄なことをいうやつだ。

　井巻が刀を先頭に裏口からなかへ進んできた。斬られるのは嫌だから、当然おれは小舎のなかほどへ退く。と、表口の方を向いた平六と背中がぶつかった。絶体絶命とはこのことだ。

「春山くんに、ひとつ訊《たず》ねたいことがある」と役者侍が口を開いた。

　これから斬ろうという相手を、くんを付けて呼ぶとは、とことん嫌味な男である。声も妙に甲高くて気持ちが悪い。

「姉小路卿を斬ったのは薩摩の者ではないと、君は話しているそうだが、ぜんたい本当のことですかね」

　どうも役者侍の話し方は変だ。どこの国の言葉か知らんが、とうてい普通じゃない。

慇懃《いんぎん》は慇懃なんだろうが、人を徒《いたずら》に不愉快にする慇懃さだ。聞くとなんだか苛々《いらいら》してくる。

平六は黙って身構えている。刀の柄に手をかけてはいるが、まだ抜いていない。もっとも抜いたら最後、たちまち膾《なます》になるのは間違いない。といって永久に抜かないでもいられないだろう。どうしたらいいのか。他人事《ひとごと》ながらおれには見当がつかない。

役者侍がまた同じことを平六にきき、肥満漢井巻が、答えろ、春山、と怒鳴った。むろん怒鳴られたくらいで、腰の砕ける平六ではない。いっそう気合いを身体にみなぎらせつつ、はじめて声を出した。

「姉小路卿を斬ったのは、田中新兵衛ではねえ。田中の仕業に見せるために、差料を茶屋から盗んで置いたなだ。盗んだのは、ざざめの金造だ」

平六は声がいい。役者侍とは大違いだ。低くて太い声が小舎じゅうに凜《りん》と行き渡る。しかもいっていることに無駄がないのが気持ちがいい。

「ざざめの金造に差料を盗ませたのは、そこにいる菅沼亘だ。んだろや?」と平六は続けた。とたんに役者侍の顔色が変わった。役者侍だけじゃない。青河童もざざめの金造も固い顔になる。誰からも返事がないところをみると、図星《ずぼし》をつかれたと見える。

「春山平六、抜け」と役者侍が、ようやく侍らしい言葉になっていった。いっせいに刀ががちりと鳴る音がした。どす黒い殺気がむっと押し寄せて、おれは身体じゅうから冷や汗が吹き出した。背中を玉になった汗がたらたらと流れ落ちる。手を見ると、櫂をあんまり強く握りしめたもんだから、指がすっかり白くなっている。きっと顔も紙みたいに白いんだろう。

「春山、抜け」今度は井巻が吼《ほ》えたとき、別の誰かが、「平六、いさぎよく抜け」と叫んだ。誰かと思って、声のする方へ振り向いて見れば、なんと寅太郎である。

いつのまにか寅太郎は起き上がって、役者侍の横に立っている。それはいいが、役者侍たちと一緒になって、平六の方に顔を向けているのが変だ。と思ったら、寅太郎が喋り出した。

「平六、おめは佐幕派に騙《だま》されたなだ。んださけ、田中新兵衛の差料がどうのこうのと、おかしなことというなだ。騙されたのは佐幕派からだけではねえぜ。おめは、おれにも騙されたなだ。おれを恨むなよ。おめが騙され易《やす》いのが悪いなだぜ」

なにをいうのかと思ったら、どうやら平六を小舎に呼んで罠にはめたのは自分だと寅太郎はいっているようだ。まんまと騙されたかと思ったが、みると役者侍も青河童も肥満漢井巻も他の連中も、揃って妙な顔をしている。どうやら寅太郎、形勢不利と見て寝返ったらしい。呆《あき》れたやつだ。寅太郎がまた声をあげた。

「おめの骨は拾ってやる。んだけ、いさぎよく斬られろ」

おれはいよいよ呆れたが、平六は姿勢を変えずに身構えている。不審気な顔の役者侍が、寅太郎に向かって何かいおうとしたとたん、寅太郎が先に言葉をかぶせた。

「遠山先生、春山平六は居合いを使うさけ、気をつけねばならね。相手がひとりでも決して油断はならね」と真剣な口調でいって、自分もすらりと刀を抜き、平六に向かって青眼に構えた。そうしながらまた喋る。

「おれがおめを、ざざめの金造を餌におびき出したのは、たしかに卑怯《ひきょう》だとは思う。んだどもや、もとはといえば、おめが悪いなだぜ。おめが佐幕になったのが悪いなだぜ」

いいながら寅太郎は役者侍や青河童の顔をちらちらと盗み見る。そうしては、平六を罠にはめたのは自分だと、おのが手柄をしきりと強調する。役者侍は依然納得のいかない顔のままだ。が、寅太郎などにかまってはいられないと思ったんだろう。再び平六の方へ集中する。その様子を横目で窺った寅太郎は、役者侍に愛想笑いの浮かんだ顔を向け、それからまた難しい顔に戻って、

「いくぞ、平六」と叫んで平六を睨み付けた。

寅太郎の卑怯はいまにはじまったことではない。しかし卑怯もここまでくればたいしたもんだ。どんなことでも徹して貫けば一流になれると輪光寺の住職がいっていたが、なるほど真理だ。寅太郎の卑怯はもはや超一流といってあながち間違いではないだろう。などと、おれも感心している場合じゃない。白刃がじりじりと鼻先に迫ってきているのだ。

平六も斬り死にを覚悟したらしい。いよいよ抜く気配が伝わってくる。これはもう駄目だろう。おれも覚悟を決めた。こうなったら、櫂をやたらと振り回して井巻に瘤《こぶ》のひとつも作ってやろう。おれは櫂を握り直した。

狭い小舎に殺気が渦を巻いた。その渦が洪水となっていまにも堰《せき》を切って溢《あふ》れ出《で》ようとしている。刹那《せつな》、小舎は静まった。緊迫のなかに不思議な静寂が訪れて、ふいに鳴く蟬の声が忍び込んだ。なるほど、やっぱり蟬は静かなんだとおれは思い、芭蕉は偉いやつだと考えた。人間、切羽詰まると、いろんなことを考えるもんだ。

正面の井巻が、じりりと間合いを詰めた。おれは同じだけ退いた。そのとき、草鞋《わらじ》を履いた足に何か当たった。竹籠だ。とっさに、おれは身をかがめて、竹籠を抱えた。うまいことに、さっき寅太郎がいじろうとして、紐《ひも》は解かれている。おれは蓋《ふた》を取って、いきなり中身を摑んで井巻に投げつけ、残りを籠ごと役者侍たちの方へぶちまけた。それと井巻が気合い声をあげたのが同時だ。猛烈な一撃がおれの頭上に落ちかかってくる。おれは目をつむった。が、刀はなかなか頭の鉢にぶつからない。それとも、とっくに斬《き》られて、ただ斬られたことに気づいてないだけなんだろうか。不審に思って、目を開けると、井巻の大刀は天井から下がった綱にからまっている。

小舎が狭いのが幸いした。井巻は罵声《ばせい》をあげて刀を綱から外そうともがいている。剣術を知らないおれでも、井巻の胴がいまやがら空きなのはわかる。こうして見ると、井巻はじつに胴の長い男である。これなら的を外すことはあるまい。一発強烈なやつを喰《く》らわせてやろう。おれはさっき籠を抱えたときに捨てた櫂をまた拾った。が、すぐに裏口から二人の侍が入ってきた。これはたしか井巻の弟子だ。剣術の腕前はたいしたことなさそうだが、なにしろ物騒なものを構えているのだから、迂闊《うかつ》には近づけない。

その頃、表口方面では、寅太郎が大騒ぎをしていた。寅太郎はまともにマムシを頭からかぶったらしい。蛇が懐に入ったと叫んで暴れている。いい気味だ。役者侍以下の者らもこれには驚いたらしい。蓋を開けるまでおれも知らなかったが、さすがは蛇捕り名人の爺さんだけのことはある、籠の蛇は二十匹はいただろう。そいつらがいっせいに狭い小舎を這《は》い廻《まわ》ったのだから驚かないほうが不思議だ。井巻の後ろから来た侍たちも、うわっと、声をあげて、裏口に退いた。みると袴《はかま》に蛇が食いついている。ざざめの金造は蛇が苦手なのか、大あわてで表口から逃げ出した。青河童も足下を這うマムシを罵声をあげつつ蹴《け》散《ち》らしている。

こんな好機を平六が見逃すはずはない。一気に大刀を抜き放つと、表口に突進した。戸口を固めていた水戸の浪士にぶつかって、がちんと鍔《つば》鳴《な》りがした。浪士が尻餅をついた。平六はそのまま表に飛び出した。役者侍ともう一人がすぐにこれを追った。おれは地面にいた蛇の頭を摑むと、マムシに食われっと死ぬぞ、と大声でいいながら、小舎に残っていた青河童に向かって蛇を投げつけ、相手の腰が引けた隙《すき》に表へ走り出た。

青河童と寅太郎も小舎から飛び出してきた。平六に倒された侍も起きあがって駆けてくる。きっと来るだろうと思ったら、井巻と二人の弟子も小舎の裏から姿を見せた。おれは河原を走って、と見れば、橋の下で平六が役者侍と水戸浪士に向かっている。むろん互いに刀を構えてだ。平六、逃げろ。おれは叫んだが、人にかまっている暇はない。水戸浪士の片割れと井巻の弟子が白刃を振り回して追ってくる。おれは必死で走って、土手を一気に駆け上がり、橋の方へ向かった。その頃には、橋にはだいぶ人通りがあって、斬り合いだ、斬り合いだと、口々に叫んだ野次馬が橋から下を覗き込む。

橋の中ほどまで駆けて、様子を見ると、追手はまだ土手を登ろうとしているところである。三人とも足は早くないらしい。これなら逃げ切れそうだと安心したら、また平六が心配になった。橋から下を覗くと、平六はいまや四人に囲まれている。いよいよ危ないと思ったら、平六が役者侍に斬りかかった。と見せて、平六はいきなり左へ走った。なかなかうまい。フェイントをかけたな、と野次馬のひとりがいったように聴こえたが、空耳かもしらん。

平六は橋の下を潜《くぐ》ってなお走る。とそのとき、橋のたもとあたりから、侍の一団がふいに現れた。平六を追っていた役者侍たちは、横手からの新手の急襲に腰が砕けた格好になる。おれを追っていた連中も、そちらへ注意が向いた様子である。なんだかわからんが、いずれにしても助けの神だ。

新来の侍のひとりが、井巻雪舟斎、覚悟しろと、絞められた鶏みたいな声をあげた。誰かと思えば、あの枯れ草みたいな髷《まげ》の持ち主は、苺田氏である。そう認めて見れば、沖田氏の顔もある。家に来た藤堂氏の長身も見える。他の者も新撰組なんだろう。井巻を狙って尾《つ》けてきたものとみえる。

いまや河原では、役者侍を首領と仰ぐ浪士の一団と、新撰組が対峙《たいじ》する形になった。平六も加勢されて逃げるわけにはいかないと思ったんだろう。油断なく大刀を青眼に構える格好だ。人数はいい勝負である。しかし、こんな多人数の斬り合いを見るのはおれもはじめてだ。ちょっとした合戦である。もっとも両軍ともただ睨み合うばかりで、すぐには斬り合わない。いくら剣術が上手《うま》いといったって、揃って長い刀を持っているのだから、やはり危ないと思うんだろう。迂闊には動けないと考えるのは道理である。

その時分にはもう、橋は見物人で鈴なりである。自動車の警笛がやたら鳴るのは、窓から見物しようとのろのろ走る車のせいで、橋が渋滞するからである。いくら近頃の京が物騒でも、こんな規模の大きな斬り合いは珍しいんだろう。

新撰組も浪士団も、じりじりと間合いを変えるばかりで、なかなか斬り合いにはならない。ただ気合いで負けては駄目だと思うのか、えいっ、とか、おうっ、とか、かけ声だけは双方ともやたら勇ましい。

「さすがに京都だわよね。朝からチャンバラですものね」

おれの横で、連れに向かって話し出した女は、観光客なんだろう。妙に鍔《つば》の広い帽子をかぶって、黒眼鏡をかけているところが奇態だ。話しかけられた亭主らしい男は返事をせず、黙々と一眼レフで河原を撮っている。

「あれは、どういう人たちなんですか」とスクーターに跨《また》がった男にきいたのは、三人組の婆さんのひとりである。こちらも妙に若作りをしているところからして、物見遊山に来た近在の女たちだろう。

「なんどすやろな。なんかの宣伝と違いますやろか」と地元らしいヘルメットの男は答えた。なんの宣伝かしらね、きっと番組よ、あれじゃない、あれ、NHKの大河ドラマじゃない、などと婆さんたちはうるさく詮議《せんぎ》している。すると、通りかかった別の夫婦連れの亭主が、

「きっと観光局かなにかの企画でしょう」と婆さんたちに解説した。

「いまは、どこも客集めに必死だから。あれこれと智恵を絞ってるんだなあ。こう不況が続くと、京都奈良といったって、うかうかはできんのです、いまや」と訳知り顔でいって、首から下げたカメラを構えた。婆さんたちは餌を啄《ついば》む鶏みたいに頷いている。カメラをカシャカシャいわせた男がまたいった。

「そこの人にきけばわかるんじゃないの」

婆さんたちがいっせいにおれを見た。男がいった「そこの人」というのは、おれのことであるらしい。婆さんたちがわらわらとおれを取り囲んだ。なんだか怖い。

「ねえ、あれは、なに？　やっぱり宣伝かなにかなの」と婆さんのひとりがおれにきいた。なにがおかしいのか、銀歯をみせて嬉しそうに笑っている。しかし、あらためて何だ、と問われても、おれも困る。おれが口をもごもごさせていると、別の婆さんが、

「お兄さんも、やんなくていいの。一緒になって」といって、おれの背中を叩いた。まったく馴《な》れ馴《な》れしい婆さんたちだ。

「サボってちゃ駄目よ、サボってちゃ」と三人目がいって笑い、

「早く行って斬られなさいよ」と最初の婆さんが笑った。冗談じゃない。他人事だと思

って勝手なことをいう。

そこへ制服の一団がぞろぞろと現れた。修学旅行の中学生である。橋から河原を覗き込んでいっせいに喚声《かんせい》をあげた。欄干《らんかん》から身を乗り出して、すげえ、すげえと口々にいう。おい、落ちるなよ、落ちるなよ、と怒鳴って廻っているのは引率の教師だろう。学校の先生も楽じゃない。

河原ではまだ睨みあいが続いている。依然として気合い声ばかりで、いっこうに斬り合いにならない。橋の上の見物人もだんだん飽きてきたらしい。早くしてくれないかしらねえ、あといろいろ廻んなくちゃならないんだからと、婆さんたちは勝手なことをいっている。とはいえ、こう動かなくては、おれも少々じれてきた。おれはもともと物事にじれたりする性質《たち》ではない。気は長いほうである。川に釣り糸を垂れて、一日じゅう浮きがぴくりともしなくても平気だ。そのおれがじれたのは、まわりの野次馬の気分が伝染したんだろう。故郷《くに》の者と違って、京の見物人はひどくせっかちらしい。少し見て、動かないと見るや、さっさと行ってしまう。あるいは早くしろと文句をいう。故郷の連中だったら半日は我慢して待つところだ。

大人がこうなんだから、中学生ならば我慢がなくても仕方がない。欄干から身を乗り出した制服のなかから、早くしろ、と野蛮な声があがった。ひとりが怒鳴ると、次々と別の者が同じことを吼え出す。中学生とは野犬の群のごとき性質を有していると見える。女子生徒までが、早くしろ、と黄色い声を揃える。はなはだ品がない。どこの国の子供か知らんが、きっと出来の悪いのばかりを集めた学校なんだろう。

河原で睨み合う連中も、見物人が気になってきたらしい。どの者もちらちらと橋に目を向けている。そのうちに、役者侍と沖田氏がなにか話し出した。何を話しているかまではきこえないが、長々と話している。見物人はいよいよ苛々《いらいら》する。中学生は怒鳴るのにも飽きたらしい。つまらなそうな顔でぞろぞろと歩き出した。

と、役者侍が刀を鞘《さや》に収めた。他の浪士は刀を構えたまま、じりじりと後ろに退きはじめ、やがて河原を八条の方へ歩いて行ってしまった。話がつ《つ》いたらしい。なんにしても血を見ずにすんだのは結構だ。そう思ってほっと息を吐いたら、今頃になって脚が慄《ふる》えてきた。河原へ降りようとしたが、とても歩けない。その場にへなへなと尻餅をついたのは、われながら情けなかった。

ようやくおれが河原へ降りたときには、新撰組も七条へ去ったところで、平六がひとりで立っていた。さすがに顔の色はまだ青い。平六がいうには、苺田氏と井巻雪舟斎は日を改めて、一対一で立ち合うことになったんだそうだ。平六自身については、京から立ち去れと遠山がいい、沖田氏もそうした方がいいと勧めたそうだ。おれもそれがいいと思ったが、平六は坂本先生と相談して決めるといった。

まずは蓮牛先生の家に戻ろうと思い、二人で歩き出したとき、ようやく寅太郎のことを思い出した。しばらく姿が見えなかったが、どうしたかと思って見回すと、物置小舎の脇に倒れているのが見つかった。おれが顔をつつくと、寅太郎は目を覚ました。

とたんに寅太郎が、大変だ、と叫んだ。

「蛇に噛まれたなだ。早くなんとかしねと毒が廻って死ぬ」

そういって寅太郎はおれの袴《はかま》を摑んだ。

「松吉、おめは医者だろや。早くなんとかしろや」

マムシに噛まれたんなら、もう手遅れだろうとおれがいうと、

「そげだこといわねで、助けてくれ。頼むさげ、助けてくれ」と寅太郎は泣きながらおれにすがった。まったく見苦しいやつだ。とにかく噛まれたところを縛って血を止めたほうがいいと教えて、どこを噛まれたんだときくと、ここだといって、寅太郎が着物をはだけて臍《へそ》を見せた。みれば、なるほど、出臍にぽつりと噛み跡がある。世の中うっかり蛇に噛まれる者はあろうが、臍を噛まれるとは前代未聞だ。臍の赤い噛み跡を見ていると、おれはおかしくて仕方がなくなってきた。むろん笑いごとじゃない。だいいち、こんなところでは、傷の縛りようがない。可哀想だが、命はないだろう。そうは思っても、どうも笑えてきてしまう。

「なにがおかしいや」と寅太郎は憤然となって、おれに摑みかかった。「人が死ぬのが、そげ楽しいなだか」

すまね、すまね、とおれは謝ったが、考えたら、これも自業自得である。裏切った罰が当たったんだ。おれがそういうと、それとこれとは別だと叫んだ寅太郎は、今度は殴りかかってくる。おれが走って逃げると、臍を出したまま追ってくる。その格好がまた

おかしくて仕様がない。おれは大笑いしながら逃げ廻り、しばらく追いかけっこをしたが、そのうち、マムシの毒が廻った者がこんなに元気に走り廻るのは変だと気がついた。

「待てや、寅太郎」

「なんだや。いまさら謝っても遅《お》せ」

　寅太郎の顔はもう涙と鼻水でぐしゃぐしゃである。

「もう一回傷を見してみろ」

「どうせ、見て、また笑うなだろ」

　そういいながらも、寅太郎は腹を突き出して見せた。やっぱり二本の牙《きば》の跡がある。けれども、嚙んだのはマムシじゃないと思えてきた。きっと蛇捕り爺さんが他の蛇も籠に入れておいたんだろう。嚙まれてからだいぶ経《た》つのに、寅太郎がまだ死んでいないのがなによりの証拠だ。

「これはマムシではね。他の蛇だ」

「本当だか？」

「間違いね。おめは死なね」と疑わしそうな顔の寅太郎におれは断じて見せた。このあたり、おれもだいぶ医者らしい態度が板についてきた。寅太郎はぽかんとした顔でおれの目を覗き、それから地面にへなへなと崩れ落ちると、ひいひい声をあげて泣きだした。みっともない泣き方だと思ったら、泣き声に笑い声が混じっている。最後には河原の石を拳《こぶし》で叩いて笑った。

そのあいだにおれは小舎に落ちていた竹籠を拾った。探せば蛇も五、六匹くらいは残っているだろうが、さすがに捕まえる元気はない。おれと平六は歩き出した。寅太郎はまだ笑っている。あんな者にかまっている暇はない。おれたちはどんどん歩いて、土手を上がったところへ、後ろから寅太郎が駆けてきた。

「待ってくれ。おれも行ぐ」

寅太郎は犬みたいに、はあはあと息を弾ませている。おれと平六は黙って歩いた。

「今日も暑いの。蟬がうるせ」などと寅太郎はしきりに話しかけてくる。おれたちは全然答えない。寅太郎もおれと平六の冷ややかな態度に気づいたらしい。

「おめがたは、あれだか。本気でおれがあげだことしたと思ってるなだか?」と弁解をはじめた。

「そんなわけあめや。あれだ、あれは策略だ」といった寅太郎は、ああして役者侍を油断させておいて、後ろから斬りつける作戦だったのだと説明した。どうも嘘臭《うそくさ》いが、どっちにしても卑怯だ。

おれと平六はずんずんと大股《おおまた》で七条を歩いた。寅太郎は小走りでついてくる。そうしながら必死になって身の潔白をいい立てる。おれはうるさくなったので、わかったから少し黙っていろといった。とたんに寅太郎が感涙にむせんだ。

「わかったがや。んだか。んだ。松吉だば、きっとわかると、おれは思ってたなだ」とまたうるさい。まったく面倒なやつだ。おれは腹が減ってきた。おれがそういうと、平六も頷いた。すかさず寅太郎が、自分がおごるからどこかで飯を食おうと口を挟んだ。飯で誤魔化《ごまか》す魂胆らしい。とはいえ、いまから家に戻って飯を炊くのも億劫《おっくう》だ。寅太郎の誘いに負けて、本願寺の門前にある料理屋の暖簾《のれん》を三人で潜った。

二階座敷に上がると、寅太郎はさっそく酒と料理を女中にいいつけた。おれも平六も酒は飲まないと断ったが、そういわずに任せておけと、寅太郎が勝手にどんどん注文したせいで、昼間からとんでもない大御馳走《おおごちそう》が膳《ぜん》に並んだ。せっかくだからと、酒に口をつけると、ひんやりしていて旨い。

うめだろ、な、うめだろ、と相好を崩した寅太郎が、法事の取り持ち役みたいに、さかんに酒を人の猪口《ちょこ》に注いで、この家の酒は樽《たる》ごと井戸で冷やしているのだと吹聴した。なるほど、うまくやるもんだ。

ひとしきり飲み食いしたとき、寅太郎が少しむずかしい顔になって、これからどうするといい出した。おれと平六が思案していると、家に戻るのは危ない、このまま京から去ったほうがいいと寅太郎は意見を述べた。それから、平六が小舎で述べた田中新兵衛の差料の話は本当かと質《ただ》した寅太郎は、詳しく話をきくや、真っ青な顔になった。

「そげだ大事を知られたとあっては、なんでも、おれだどこを斬るつもりだの」といった寅太郎は、呑気に飯など食っている場合ではないと、口に塩焼きの海老《えび》をくわえたまま立ち上がった。

つられて腰を浮かせたおれも、家は危ないかもしらんと思ったけれど、蓮牛先生から留守を頼まれている以上、勝手に立ち去るわけにもいかんだろう。平六は蓮牛先生の家にいると坂本氏に教えてあるから、宗妙院の家に戻るといった。困った顔になった寅太郎は、いったん自分の下宿へ帰らねばならないといった。なに、寅太郎にしなければならない用事などあるはずがない。おれと平六と一緒にいると危ないと思ったんだろう。

店を出てすぐ、寅太郎とは別れた。おれと平六は家へ帰った。すでに午《ひる》を少し過ぎている。今日もうだるような暑さである。あんまり暑すぎて、蟬も心持ち元気がないようである。

宗妙院の境内まで来ると、留守を頼んでおいた飯炊きの婆さんが、家の裏からちょうど姿を見せた。洗濯物を取り込んでいたらしい。おれと平六の姿を見つけると、侍の客が来ていると伝えた。またマムシの血を飲みたい者かと思い、玄関から入ってみて驚いた。土間の床几に腰を下ろしているのは役者侍だ。もうひとり、座敷の框《かまち》に尻をつけているのは水戸の浪士である。

さっそく斬りに来たらしい。その日のうちに来るとは、ずいぶん気が早いと思ったら、春山平六と話がしたいと役者侍がいった。怪しいもんだと思ったが、他に仲間はいないようだ。殺気はないと平六も判断したらしい。それでも油断なく大刀を引き寄せ、平六は役者侍と薬簞笥《くすりだんす》のある座敷で向かい合った。供の水戸浪士は役者侍がかけていた床几に腰を下ろした。おれは診察部屋に入って、襖越《ふすまご》しに隣の様子を窺った。

話しているのはおもに役者侍だ。相変わらず嫌な話し方である。例の田中新兵衛の差料のことを話しているようだ。平六もときどき返事をしている。と、隣室から、おれに来るよう平六が声をかけた。おれは襖を開けて平六の横へ座った。正面に役者侍の生白い顔があるのが嫌だ。

「横川くん、尊公《そんこう》が田中新兵衛の差料が盗まれるのを見たというが、まことのことだろうか」役者侍がおれにきいた。何度もいうようだが、まったくおかしな話し方だ。ソンコウというのはおれのことをいっているらしいが、なんだか意味がわからん。おれは黙って頷いた。

「盗んだのがざざめの金造で、盗ませたのが菅沼亘だと?」

おれはまた頷いた。が、それだけじゃ足りない気がしたので、んだ、見た、と声に出した。おれをじろりと眺めた役者侍が、少し笑った気がした。どうも居心地が悪い。尻の辺りがもぞもぞしてくる。

金造と菅沼を見たのはどこだと役者侍がきいた。祇園社だと答えた。祇園社のどこだときくから、どこだかわからんが、社の横だといった。時刻は、と尋ねたのへは、夜だと返事をした。

「夜ならば、祇園社は暗い。よく顔がわかったものだ」

感心したふうのいい方がいかにも嫌味である。暗くたって提灯があれば明るくなるに決まっている。おれがそういうと、役者侍は白くて細い指で顎《あご》をいじりながら、どうして祇園社などにいたのかと、疑わしそうな顔をした。おれには別にやましいところはない。けれども、疑惑の目で見られると、なんだか悪事を働いたような気がしてくるのが困る。

「ざざめの金造が茶屋から出てくるのを見て、お宮まであとを追ったなだ」

「なぜ追ったんです」

「怪しいからだ」

「どこが怪しいんです」

どことといって、なにもかもが怪しいに決まっている。それに、怪しいというなら、ざざめの金造なんかより、目の前の役者侍のほうがよほど怪しい。おれはそういってやりたかったが、少し考えてから、夜なのに頬かむりをして長い菰包《こもづつ》みを抱えていたところが怪しいといってやった。おれは長い菰包みのところを強調して、これには参っただろうと思って相手の様子を窺うと、役者侍は涼しい顔である。同じ調子でまた口が開かれる。

「金造は提灯を持っていましたか」

「持っていねけ」

「金造は提灯を持っていなかった。なのによく顔がわかったものだ」

「おれにはわかったなだ」

「しかし、君は先刻、提灯があるから顔がわかるといっていたでしょう。少々おかしくはないですか」

おれがやや言葉につまっていると、役者侍が畳みかけた。

「しかも、金造は頰かむりをしていた。頰かむりをした者の顔が見られますか？」

おれはだいぶ困った。たしかにおれは顔をはっきり見たわけじゃない。むしろ頰かむりの感じから、金造だと思ったのだ。おれがそういうと、役者侍の赤い唇が続けて動いた。

「頰かむりをした者などは世間には大勢いる。違いますか」

「んだ。違わね」

「ならば、何故、それが金造だとわかったのか」

「何故でもなく、わかったなだ。わかったものは、わかったなだ」

役者侍は唇を歪《ゆが》めてにやりと笑い、それから少し矛先《ほこさき》を変えてきた。

「そもそも横川くんは、ざざめの金造と親しいのですか」

あんな悪党とおれが親しいはずがない。おれが否《いな》というと、役者侍は、ではどうして金造を知ったのかときいてきた。

金造が蓮牛先生の家を襲ったとき見たのだと、おれは答えた。役者侍がその折りのことを根ほり葉ほりききはじめる。おれはいちいち答えたが、いよいよ尻《しり》が落ちつかなくなってくる。高い屋根へ上って、梯子《はしご》を外されたような気分である。

一度黙った役者侍が、また顎をいじり出した。それが考えるときの癖らしい。顎が妙に細いのは、あんまり指で引っ張るせいだろう。と、役者侍がおれに目を向けた。嫌な目つきだ。なにかに似ていると思ったら、蟷螂《かまきり》に似ている。おちょぼ口の蟷螂がいった。

「ならば、こういうことになります。横川くんは一度だけ金造らしい者を見た。夜、提灯《ちょうちん》明かりもないところでです。しかも、その者は手拭《てぬぐ》いで顔を隠していた。次に、横川くんは金造らしい者を祇園で見かけた。これも夜だ。やはり提灯はない。このときも、その者は手拭いをかぶっていた。以上で間違いないですね」

くどいようだが、役者侍のこの話し方はなんだろう。誰が誰に喋《しゃべ》っているのか、よくわからん言葉遣いである。たしかにいっていることに間違いはないが、喋り方のせいで全体に間違っている気がした。とはいえ、どこがどう間違っているのか、はっきりとはわからない。仕方なくおれは頷《うなず》いた。

「つまり、横川くんは、手拭いで顔を隠した男を、夜、明かりのないところで、一度ずつ見たにすぎない。にもかかわらず、その二人が同じざざめの金造だと信じたというわけですね」

んだ、とおれは答えたが、そんなふうに整理整頓していわれると自信がなくなってきた。たしかに、ざざめの金造を見たときは、二度とも暗かった。金造は二度とも頬かむりをしていた。

「間違いありませんね」と正面から覗《のぞ》きこまれて、おれはいよいよ気持ちがぐらついた。

「んだと、思う」と答えると、とたんに役者侍が居ずまいを正した。

「思う？　思うとは何事か」と急に居丈高《いたけだか》な調子になった。

「かような大事を論じるに、思うなどと曖昧《あいまい》なことが許されるか」

いきなり叱りつけられて、おれは首をすくめた。役者侍はおれにではなく、横の平六に顔を向けた。

「春山くんは、一医生の、かようなあやふやな証言でもって、事をたてようというのであるか」

平六の顔を窺《うかが》うと、なんだか困った顔になっている。おれはあわてて口を出した。

「おれは見たなだ。この目で見たなだ」

「何を見た?」

「んだから、あれだや。ざざめの金造が茶屋から刀を盗んでや」といったとき、

「そこまで」と役者侍が大喝した。おれは畳の上でぴょんと跳ねた。

「それ以上いえば、首がないぞ」

脅した役者侍の目玉が火矢のごとくおれの目に飛び込んだ。

「その方はさきほど、ざざめの金造の顔を見ていないと申したな。顔を見てもいない者がなぜ金造とわかる」

そう難癖をつけられるとおれも困る。わかったものは、わかったのだといい返したいが、とても相手の理屈を跳ね返せそうにない。役者侍は、出るところへ出て、いまのような曖昧な話をしてただで済むと思うのかと、畳みかけてくる。頭を上からぐいぐいと押《お》し潰《つぶ》すような調子である。おれはどうしてもうつむき加減になってしまう。役者侍は

いよいよかさにかかる。ますます居丈高になる。おれは見た、おれは見たと、心のうちで叫ぶばかりで、おれは声が出ない。

「横川くん、君はなにも見ていないということだ」と急に優しい調子に変わって役者侍がいったときには、上からの圧力でおれの頭はすっかり畳にめり込んでいた。むろん本当にめり込んだわけじゃない。そんな気分になったということだ。

「横川くんは、茶屋で酒を飲み、酔って夢を見たに相違ない」と役者侍が笑いながらいったときには、そうだったのかもしらんと、ただ虚《うつ》ろに頷いていた。

役者侍と平六はしばらく語り合っていたが、おれはもう聞いていなかった。というより、言葉が耳に入ってこなかった。入っても、なんだかわからなかった。おれは故郷《くに》へ帰りたくて仕方がなかった。

おれと平六が迅速に京から出るよう、最後にもう一度念を押してから、役者侍は立ち上がった。役者侍が去ってからも、おれはそのまま畳に座っていた。玄関先まで見送ったのか、平六は一度出ていき、まもなく戻ってきた。おれは恥ずかしさと、申し訳なさで、平六の顔をまともに見られなかった。

「おれは、たしかに見たなだ」と、敷居に立った平六に向かって、おれはかろうじて声を出した。

「んだろや」と平六は少し笑って、目を伏せた。それから、出かけてくるといって、土間にまた降りた。

ひとりになったおれは、淋《さび》しくてたまらなくなった。というか、淋しいとは、きっとこんな気持ちなんだろうと思った。いままで淋しくなったことが一度もないので、おれにはよくわからん。どこかが痛いわけでもないのに泣けてきそうになった。おれは急いで外へ出て、庭の草取りをした。炎天下に笠を被らなかったせいで、頭が暑くてくらくらしたが、かまわず取り続けた。汗がぽたぽた落ちて土が黒くなった。休まず働いたので、大籠に三杯も取った。

日が少し傾いた頃、患家に薬を届けに出た。もうすぐ祇園祭だそうで、往来には大勢人が出て、小屋見世やらの準備に余念がなかった。京だろうがどこだろうが、祭りが近いとなれば、人はおのずと浮き浮きするものらしい。夕方、家に帰ったときには、だいぶ気持ちが清々していた。

第十一章　コンコンチキチンコンチキチン

夕飯に平六は戻ってきた。坂本氏と会って話をしてきたそうで、明日にも神戸の操練所へ行くことになったといった。それからおれにも京を離れるよう勧めた。留守番だからそうもいかないと答えると、すぐに蓮牛《れんぎゆう》先生宛《あて》に手紙を書けといった。なんと書くのかときけば、命を狙われているので、他出したいと書けといった。命を狙われるとは尋常じゃないが、平六に真面目《まじめ》な顔でいわれると、本当に危ないと思えて怖くなった。飯を喰ってから、さっそく筆と紙を出したところへ、具合よく蓮牛先生から使いの者が来た。蓮牛先生は有馬から戻って、伏見にいるという。しばらく井桁屋《いげたや》に逗留《とうりゆう》するそうだ。おれは明日にでも伏見まで行くことにした。

その夜は、いつものように、書生部屋で平六と机を並べて勉強した。おれは斬り込まれるのが怖かったが、昼間に遠山が京から去れとわざわざいに来たくらいだから、今夜は大丈夫だろうと平六がいったので、少し安心した。それより、役者侍の名前が出て、おれはまた昼間のことを思い出した。京へ来ていろいろ学んだおれは、だいぶ喋るようになったと思う。ことに平六や寅太郎が相手ならば自分でも驚くくらいに舌が廻《まわ》る。ところが相手が変わるととたんに駄目になる。まして役者侍みたいな者に対して弁じるとなると、急に舌が固くなってしまうのが悔しい。

「すまねの」とおれがあらためて詫《わ》びると、気にするなと平六はいって、今日は坂本先生に叱《しか》られたと告白した。ざざめの金造だなんだと、余計なことをしている暇があるなら勉強しろといわれたという。

「んだどもや、おれは、そいでは筋目が立たねと思うなや」といった平六は、姉小路卿への手紙を自分が預かり、その姉小路卿が謀殺されたことを、どうしても見過ごしにはできないのだと語った。

「おれはや、田中ではねえ、本当の下手人を捜して斬ってや、それから自分も腹を切るつもりだったなだ」

腹を切るとはまた穏やかじゃない。平六がそこまで考えているとは知らなかった。

「したばや、坂本先生から、さんざんにごしゃがいたなや」

ごじゃがいる、とは故郷《くに》の言葉で叱られる意味だ。

「ごしゃがいたかや？」

「んだ。ごしゃがいた。そげだ考えでいては、とても見込みはねといわれた。なんでも腹を切ればいいというのでは、これからは駄目だそうだ。生き恥を晒《さら》すくれえの覚悟がねば、事は成っていがねといわれた」

「そげだなもんだか」

「んだ」と頷いた平六は、しばらく考える様子を見せた。

「おれにも、まだよくわがらねな」といったときには、いつもの泰然とした平六の顔に気弱な笑みが浮かんだのが珍しかった。その日はおれも平六も明け方まで勉強した。

少しだけ寝ておこうと思い、畳でうとうとしていると、書生部屋の窓をとんとんと叩く音がした。平六がさっと起きあがって刀を引き寄せた。おれも起きて、格子の隙間《すきま》を覗くと、薄い頭と小さな髷《まげ》が見えた。苺田氏である。

なかに入れてみると、苺田氏は旅支度である。このあいだ預けたカネを返して欲しいというので、出してやった。どうするのかときくと、やはり逃げることにしたと答えた。畳に座って背を丸めた苺田氏は、井巻と立ち合えば自分は必ず死ぬ、むろん逃げてもまた捕まって斬られるかもしれないが、同じ死ぬなら、少しでも生きのびる機会のある方を選びたいと、不退転の決意を語った。

「こんどは、街道でなく、山から若狭《わかさ》へ抜けるさげ、うまくいくかもしんね」

「んだども、路《みち》がわがっがや？」

「わがらねが、なんとかなるや」と苺田氏は歯のない口を開けて、淋しそうに笑った。

すると横から平六が、果たし合いの約定《やくじょう》を破ったのでは筋目が立たない、新撰組の藤堂平助氏や沖田総司氏に対する信義はどうなるのだと意見した。まったくの正論である。誰がいっても正論だが、平六がいうとますます正論然とするから偉い。苺田氏は黙って俯《うつむ》いている。反論しようにも、ただ逃げるというのでは論の立てようがないんだろう。

「おれは、子供に会ってみてえなだ。一番下の子も三つになる」とかろうじて苺田氏が声を絞り出した。うなだれた後ろ首が寒々しい。斬ってくれといわんばかりである。平六はなにかいおうとしてやめた。ひとつ首を振ると、土間の方へ行ってしまった。生き恥を晒せと坂本氏からいわれたのを思い出したのかもしらん。生き恥というなら、まさしく苺田氏は生き恥の見本に違いない。

逃げるなら早く出た方がいい。「これを忘れるなよ」とおれがカネの入った巾着《きんちゃく》を渡そうとしたら、頼みがあると、苺田氏が少しいいにくそうにいった。カネは祇園の一力に届けて欲しいという。どうしたわけかときけば、どうせ命がないものなら、今生《こんじょう》の思い出にと思い、昨晩は盛大に茶屋遊びをやらかしたと白状した。

「少し足らねとは思うが、あとは新撰組につけておけといってくれ」と頼んだのにはおれも呆《あき》れた。

「んだば、一文無しがや？」ときくと、苺田氏が頷いたので、それでは困るだろうと思い、おれはマムシで稼いだカネから銀を三粒ほどやった。苺田氏は掌《てのひら》に銀粒を押しいただき、額を畳にすりつけつつ、くどくどと礼をいった。それから、こんなカネをどうしたときくから、理由を話すと、「うめえことやるもんだの」といって、狡《ずる》そうな目でおれを見た。

そのとき、また書生部屋の窓をとんとんと叩く音がした。腰を浮かせた苺田氏が、ひいっと悲鳴をあげた。

窓格子の隙間から覗くと、新撰組ではない。役者侍の一味でもない。破れ笠を頭に載せて立っているのは、蛇捕りの爺さんである。竹籠を抱えているところを見ると、また捕ってきたとみえる。よほど蛇を捕るのが好きなんだろう。玄関へ廻るようにいって、籠の蓋《ふた》を開けてみれば、とぐろを巻いたのが十四ほどかたまっている。前の分とあわせて約束の代金を払った。この前のやつの具合はどうだったかときくから、全部逃げてしまったと答えると、だったらその分のカネはいらないと返して寄こした。欲のない爺さんだ。

そこへ苺田氏が出てきた。三和土《たたき》で草鞋《わらじ》の紐《ひも》を結んでいる。もう行くらしい。おれは苺田氏が山中を若狭へ向かうといったのを思い出した。山なら蛇捕り爺さんが詳《くわ》しいときいた。おれが馬の通らない若狭へ抜ける路を知っているかと問うと、爺さんは知っていると答えた。おれは苺田氏に、この爺さんに途中まで案内を頼んだらどうかと勧めた。苺田氏は是非ともお願いしたいと、爺さんを拝んだ。いきなり拝まれて爺さんも吃驚《びっくり》しただろう。ただじゃ悪いと思い、おれが少しカネを渡すと、爺さんは茫洋《ぼうよう》とした顔で頷いた。

苺田氏は、ああ、ありがて、あああ、ありがてな、と妙な節をつけ、涙をこぼして礼をいった。どうも常軌を逸しているようだ。苺田氏はおれに向かっても、この御恩は生涯忘れないと、またぺこぺこ頭を下げた。玄関先へ出てきた平六にも頭を下げ、ちょうど家に来た飯炊きの婆さんにもお辞儀をした。もう見境がない。

苺田氏と爺さんが宗妙院の門を潜《くぐ》って行《い》くのを見送ってから、平六が家の掃除を引き受けてくれたので、おれは水を瓶《かめ》に汲み、畑に肥《こえ》と水をやった。茄子《なす》がなっていたので笊《ざる》に穫《と》り、南瓜《かぼちゃ》も三つ拾った。茄子は婆さんが焼いて、味噌汁《みそしる》の実にした。

朝飯を食っているところへ、寅太郎が来た。血相が変わっていると思ったら、入ってくるなり、ざざめの金造が斬られたと教えた。いつだときけば、昨日の夜だと答えた。今朝方《けさがた》、木屋町辺の通りに倒れているのが見つかったともいう。昨日から泊まっていた四条の旅籠《はたご》できいたそうだ。

「斬ったのは遠山の仲間に違《ち》げね。口を封じたなや」といった寅太郎は、こうなればうかうかしてはいられない、自分はこの足で京から逃げるといった。そういえば寅太郎は旅支度である。さすがに逃げ足だけはたしかのようだ。松吉も一緒に逃げろといわれて、おれは迷った。逃げてどこへ行くのかときくと、路銀を調達する用もあるので、まずは井桁屋にやっかいになるつもりだと答えた。ならば、おれも今日中に伏見へ行くつもりだから、後から追いかけるといった。神戸へ向かう平六はいつ頃出るのかときくと、しばし思案した平六が、

「祇園祭を見物したら行く」といったのには二人とも仰天した。

京の祇園祭といったら、天下にきこえた大祭であって、京へ来てこれを見逃す手はないと平六はいった。それはそうかもしらんが、なにしろいったのが平六である。平六くらい祭りと縁のなさそうな男も世間にない。栗《くり》を焼いていると、最後まではじけず炭になるやつがひとつやふたつ必ずあるもんだが、平六はそれだ。いくらまわりが燃え盛っ

ても無縁である。その平六が祭りを見物するといい出したから驚いた。

祭りは今日が宵山《よいやま》というものだそうだ。今日は一日、神社仏閣を観《み》て廻《まわ》り、明日の山《やま》鉾巡幸《ほこじゅんこう》を見物して、それから神戸へ発《た》つつもりだと平六はいった。

祭りと聞いて、寅太郎が平静でいられるはずがない。

「平六が観るなら、おれも観ての」と急にそわそわしはじめる。とはいえ、京の市中をひとりでうろうろする度胸はないらしい。

「んだども、どげすっかの」と苦悩はひとかたならぬ様子だ。そこへ飯炊きの婆さんが顔を出して、宵山だけは観た方がいい、末代までの語り草になると意見をいった。とうとう寅太郎は決心したらしい。まずは伏見へ行き、夕方にまた戻るから一緒に見物に出ようと、おれと平六を誘った。おれと平六は誘いに乗った。

寅太郎と平六が出てから、おれは急いで家の片づけをした。荷物もまとめた。ざざめの金造が斬られたんだとすると、おれもきっと危ないんだろう。こうしているうちにも刺客が襲ってきそうな気がして、心の臓がびくびくする。一刻も早く伏見へ行こうと思っていると、こういうときに限って人が来るのが困る。マムシの血が飲みたい者をはじめ、腹痛や歯痛の薬を貰いに来る者が午頃《ひるごろ》までひっきりなしに続いた。祭りが近いと、つい浮かれて不養生になるらしい。

午を過ぎて、少し息をついたところへ、沖田氏が来た。苺田氏が寄らなかったかときかれて、おれは大いに弱った。沖田氏の言葉は柔らかいが、眼光は鋭い。おれの胆力ではとても嘘《うそ》はつけそうにない。第一おれは嘘は苦手だ。諦めて、今朝来たと答えると、どちらの方へ行くといっていたかときくから、北へ向かうといっていたと答えておいた。

「ははあ。山路を若狭へ抜けようというわけですか」といわれれば、頷かないわけにもいかない。

沖田氏が水を所望したいというので、柄杓《ひしやく》に汲んでやった。土間の床几《しようぎ》に腰を下ろした沖田氏は少しだけ飲んだ。炎天下を歩いて来たんだから、きっと喉《のど》が渇いているんだろう。なのに、犬みたいにがぶ飲みしないところが偉い。寅太郎とは大違いである。

「いまから追っても、追いつけないでしょうね」と沖田氏は、格別人にきくでもなくいった。おれが黙っていると、急に歯を見せて笑いだした。

笑いながら沖田氏が、実は、今朝の果たし合いには井巻も来なかったのだと教えた。

「まあ、苺田さんが斬られたら、そのあと井巻を斬るつもりでしたから」

井巻が逃げるのも無理はないと、沖田氏はまたおかしそうに笑った。果たし合いなんてものは、今時はどこでも流行《はや》らないんだろう。沖田氏によると、井巻の件では局長の芹沢氏が荒れ狂っているのだという。なるほどあのカモならば、新撰組の面子《めんつ》が汚されたとあっては黙っていないだろう。沖田氏本人は苺田氏を追う気はあまりないらしい。実際いまさら苺田氏を斬ったところで、手柄にもなんにもならない。骨を折るだけ損だ。放っておいたって、苺田氏はそのうち自然に野垂れ死ぬだろう。こうして見ると、床几の沖田氏は顔の色が悪い。ひょっとして病気の具合がよくないのかもしらん。おれはマムシの肝《きも》と血を呑《の》むよう薦《すす》めてみた。効くのかと問うので、効くと思うと答えると、沖田氏はしばらく考える様子だったが、また今度にしようといって立ち上がった。

おれはすぐにも出ようと思ったが、飯を喰ったら、いつもの癖《くせ》で眠くなった。考えたら昨日の夜もあまり寝ていない。伏見までは一里ほどだが、炎天下を歩きたくはない。少し涼しくなってからにしたい。おれは午睡《ひるね》をすることに決め、例によって土間に莚《むしろ》を敷き延べ横になった。

おれは命を狙われているらしい。だからとても午睡なんかしている場合じゃない。それは十分わかっているのだが、睡魔の力とはじつにすごいもんである。容易に勝てるもんじゃない。それに命の危険といったって、鼻先に白刃を突きつけられるまでは、なかなか本気にできない。こう暑くては刺客も来ないだろう。おれは勝手に決めた。

先刻までは、玄関先に人影があるたびにびくびくしていたのに、いまは平気で寝ているのだから、いい加減なものである。横になっていると、コンチキチキチンと鳴る鉦《かね》の音が風に乗って流れてきた。太鼓と笛の音もする。遠いせいか、浮かれ騒ぐ人の気配は消えて、囃子《はやし》だけが届いてくる。それがなんだかもの悲しい。夢のなかで聴く音曲のようだ。

おれはまもなく眠り込み、起きたら庇《ひさし》の影が長く伸びていた。おれは急いで家を出た。伏見へ着いて、井桁屋まで来ると、店先に人がたかっている。不審に思いながら、店に入ると、寅太郎が出てきて、吉田蓮牛が斬られたと教えたからぞっとした。死んだかときいたら、わからないと答えた。ついいましがた二階座敷へ運び込まれ、医者が呼ばれたところだという。あわてて二階へ駆け上がった。蒲団《ふとん》に寝た蓮牛先生は胸と肩に晒《さら》しを巻かれている最中である。おれの顔を見るなり、えらいこっちゃ、と大声でいった。そんな声が出るなら大丈夫そうだと、まずは安心したら、続いて蓮牛先生がいった。

「琴乃が拐《さら》われたんや」

蓮牛先生はおとりと琴乃を連れて宵山を見物に行こうと思い、船着き場へ歩いている途中、路で襲われた。襲ったのは四、五人の浪士で、蓮牛先生は物陰からいきなり袈裟《けさ》がけに斬《き》りつけられ、倒れた隙に、琴乃が駕籠《かご》に押し込められたという。

さすがに血の気をなくした蓮牛先生が喋っていると、山羊髭《やぎひげ》の小柄な医者が、あまり話すなと命令した。横で医者の手伝いをしていたおとりが、代わっておれに話し出した。おとりは額に膏薬《こうやく》を貼っている。やっぱり怪我《けが》をしたらしい。井桁屋は大坂へ用があって留守にしており、番頭が奉行所へ走ったところだと、おとりがいったとたん、奉行所なんかあてにならへん、と蓮牛先生が吼《ほ》えた。

「琴乃は黒小路の屋敷へ連れ込まれたんや。わざわざ駕籠で運んだんがその証拠や。ただ手込めにするのんやったら、駕籠で運んだりはせえへん」

そういった蓮牛先生は、土佐屋敷に人をやったかとか、井桁屋へは知らせたかとか、矢継ぎ早にまわりに問いかけ、喋ると血が止まらなくなると、また医者から制止された。ごろりと蒲団に仰向《あおむ》けになった蓮牛先生は、相手がお公家さんでは奉行所は容易には手が出せへんと嘆き、痛い、痛い、と犬歯をむき出して呻《うめ》いた。どうもよほど痛いようだ。なにか手伝えることはないかとおれがきくと、あんたの忍術で琴乃を助けられへんやろか、などという。よほど切羽詰まっていると見える。居ても立ってもいられないのはおれも同じだ。と、沖田氏のことを思い出した。新撰組に助力を頼んだらどうかというと、そやそや、と蓮牛先生は叫んで、すぐ行ってきてんかと、おれに命令した。藁《わら》をも摑む心境なんだろう。

階段を駆け下りると、寅太郎が待ちかまえていた。いますぐ京から逃げたいが、井桁屋が留守なのでカネが貰えない、どうしたらいいだろうなどと、困惑顔で相談してくる。寅太郎などにかまっている暇はない。おれが店から走り出ようとすると、待ってくれと袴《はかま》を摑むので、手短に事情を説明した。すると寅太郎がにやりと笑った。

「おめは、あれだな、井桁屋の娘に惚《ほ》れたなだな」

きいたとたん、おれは頭に血が上った。怒りに目がくらんだ。気づいたときには、寅太郎の顔に拳骨《げんこつ》を喰らわせていた。尻餅《しりもち》をついた寅太郎は吃驚仰天《びっくりぎょうてん》している。おれも驚いた。寅太郎は惚《ほう》けた顔でしばらくおれを見ていたが、すぐに、すまね、すまねと謝り出した。おれはよほど怖い顔をしていたんだろう。寅太郎は何度も謝る。おれは黙って店から走り出た。寅太郎が追ってきた。後ろから、待て、と叫んでいる。話は後できくとだけいって足を早めたとき、壬生《みぶ》へはおれが行ってやると寅太郎が怒鳴《どな》ったので、立ち止まった。追いついた寅太郎は、はあはあと息を弾ませながら、本当に琴乃が黒小路の屋敷にいるかどうかをたしかめるのが先決だろうといった。

「琴乃を拐《さら》ったのが、本当に黒小路の差し金かどうかわがらねば、新撰組に加勢も頼めねだろうや」

なるほど、いわれればそうだ。寅太郎にしては筋は通っている。

「んだば、どげするや」ときくと、

「おめが、屋敷さ忍び込んで、探れ」と寅太郎がいったのには驚いた。そんなことは無理だとおれがもごもごいっているのへ、

「おめは忍術使いだろうや」と寅太郎が叱った。「忍術使いは、そげだことをするのが、仕事でねえのか」

世の中の忍者はそうかもしらんが、おれに限っては違う。おれがそういうと、寅太郎はいよいよ叱る。

「んだば、おめは、琴乃を助けたくねえなだな」といわれて、そんなことはないと、おれは首を振った。

「んだば、忍び込め」と命令されて、おれはとうとう頷《うなず》いた。先に黒小路の屋敷へ行って調べておけ、そのあいだに自分が壬生の新撰組に報《しら》せに行くと、寅太郎は段取りをつけた。こうなると寅太郎が頼もしく見えてくるから不思議なもんだ。おれに殴られて人が変わったのかしらん。見ると寅太郎の鼻から血が流れている。悪いことをしたと思ったが、謝るのはあとにして、おれは駆け出した。

屋敷へ忍び込むなら、忍術道具があったほうがいい。おれはまず蓮牛先生の家へ向かった。一里を駆け通して、宗妙院の門を潜《くぐ》ると、家の戸が開いている。飛び込んでみれば、平六が座敷の上がり框《かまち》に座って、のんびり瓜《うり》を食っていた。そういえば、平六とは宵山を見物に行くと約束してあった。おれが事情を話すと、飛び上がった平六は長押《なげし》にごつんと頭をぶつけた。うずくまって呻《うめ》いたのはよほど痛かったんだろう。道具一式を入れた麻袋をおれは抱え、平六は大刀を握り、一緒になってまた駆けた。

空は暮れかかっているが、祭りの宵だけあって、どこも明るい。通りには見世が軒を並べ、辻々で高張り提灯《ちょうちん》が煌々《こうこう》として、羽虫を集めている。むろん大変な人出である。四条へ出たら、昼間のように明るかった。大きな山車《だし》がいくつも出て、櫓《やぐら》の上で揃《そろ》いの法被《はっぴ》が鉦《かね》や太鼓を叩いて賑やかである。笛も調子がいい。この山車がまた、大きいばかりでなく、目にも鮮やかに飾られているから立派だ。廻りに見世が出て、呼び込みの声が威勢がいい。浴衣《ゆかた》掛けの見物人は酒を飲んだり、見世を冷やかしたり、ぞろぞろと歩いている。さすがに天下の大祭である。すごいもんだ。とはいえ、おれは見物どころじゃない。一目散に駆けようとするが、なにしろ人の数が半端じゃないから、田の泥をかき分けるかのごとくはかが行かない。うっかりすると人波に吞《の》まれて、行きたいのと反対へ持っていかれそうになる。歩道を行ったんでは埒《らち》があかない。おれは車道へ飛び出した。横を自動車がびゅんとすり抜ける。

おれは車道の真ん中を走った。ヘッドライトが目を射て眩《まぶ》しくなった。警笛がやたらと鳴った。おれはかまわず駆け、大丸の角を左へ折れた。そこも山車が路をふさいで賑やかである。気づいてみると、横を駆けていたはずの平六の姿がない。どこかではぐれてしまったんだろう。平六にも黒小路の屋敷は教えたから、おっつけ来るはずだ。

御池通を越えると、少しは静かになった。それでも、おれの頭のなかでは、自動車の警笛と、コンチキチキチンと鳴る囃子《はやし》が交じり合ってなかなか響《ひび》き已《や》まない。

黒小路邸の築地塀《ついじべい》が見えてきた。この辺になるとだいぶ寂《さび》しいが、人通りがないわけじゃない。おれは素知らぬ顔で、屋敷の廻りを見て歩いた。表門には提灯を掲げた見張りが二人いた。そちらは剣呑《けんのん》なので、裏へ廻ってみれば、裏木戸は閉まっている。築地の破れ目から覗《のぞ》くと、庭に面した屋敷の戸は開け放たれて、蠟燭《ろうそく》がやたらと明るい。表座敷に人が寄って酒盛りをしている様子である。琴乃の姿は見えなかった。

裏手の竹藪《たけやぶ》でおれは思案した。やはり忍び込むしかないようである。屋根裏から琴乃を探すのがいいだろう。築地塀を乗り越えるのは難しくなさそうだが、問題はどうやって屋根に上がるかだ。見ると、裏庭の松がちょうど具合のいい枝振りである。あれに登れば屋根に乗り移れそうだ。あとは得意の霞《かすみ》流忍法猫歩きの術か蛇身の術でもって、屋敷の者に気づかれぬよう屋根裏にもぐり込めばよろしい。そこまで算段して、あとは平六が来るのを待つことにした。あんまり考えすぎると、かえって気が萎《な》えるだろう。

夜陰に乗じて忍び込むんだったら、忍び装束のほうがいいに決まっている。おれは麻袋から装束一式を出して着替えた。筒袖《つつそで》の着物に裾《すそ》の詰まった袴《はかま》を穿《は》き、底に綿を詰めた足袋を履く。せっかくだからと思い、頭巾《ずきん》も被《かぶ》った。むろん色は黒である。どれも甚右衛門が縫ってくれたものだ。頭巾はまぐさの臭《にお》いがした。おれは懐かしくなった。忍術修行を忘れるなよといった甚右衛門の声を思い出した。おれは勇気が出てきた。

平六はなかなか来ない。迷ったのかもしらん。竹藪にうずくまった耳に、祭りの喧噪《けんそう》が届いてくる。コンチキ、コンチキを聴いていると、自分がどこにいるのかわからなくなった。なんだか妙な気分である。月を見たら雲に隠れていた。

平六は来ない。おれは先に忍び込むことに決めた。竹藪を出て、人通りをたしかめてから、築地塀に鉤縄《かぎなわ》をかけた。縄をよじって塀に上がり、縄を引き込んでから地面へ降りた。思いのほか上手《うま》くいったので安心した。次に松の木から瓦《かわら》屋根へ乗り移った。これまた順調で、いよいよ嬉しくなった。高いところに上ったせいか、わあんと鳴る祭りの喧噪が一段と大きく耳に届いてきた。遠くでぴかぴか光っているのは京都タワーだ。

さて、屋根に上ったのは夕涼みをするためではない。高いところでいい気になっても仕様がない。おれは軒へ移って、屋根の妻を調べた。外からは見えないが、風を入れるための隙間が破風《はふ》の陰にあった。きっとあるだろうと思って上ってきたので、なかったら困る。が、安堵《あんど》したのも束《つか》の間、隙間はとても人が這《は》い込《こ》める幅がない。猫が限度だ。いくらおれが猫歩きの術が得意でも、猫の大きさにはなれない。弱ったなと思って手で探っていると、板はだいぶ朽ちている。黒小路が貧乏なのが幸いした。力を込めると、めりめりと妻の壁板が破けた。物音を聞かれたかと心配になり、しばらく様子を窺ったが、屋敷の者が騒ぎだす気配はない。おれは屋根裏へもぐり込んだ。梁《はり》に跨《またが》ってしばらく気息を整えた。屋根裏はずいぶんと広い。灯火は持参していないが、杉板天井の隙間や節穴からぽつぽつと部屋の明かりが漏れ射して、漂う埃《ほこり》を照らしている。おれは蜘蛛《くも》の巣を払いつつ、じりじりと梁を這い進んだ。試しに手近な節穴から覗いてみると、廊下が見えた。さらに進んで別の穴を覗いたら、いきなり白刃が目の前で閃《ひらめ》いたのには、危うく梁からころげ落ちそうになった。脈を早鐘のごとくに打たせながら様子を窺えば、どうやら天井裏の曲者《くせもの》を斬ろうというのではないらしい。では、なにかといえば、剣舞である。踊っているのは御存知、越後の郷士だ。この男はよほど踊りたいらしい。まわりには十人ほどの浪士連が居並んで、酒盛りの真っ最中である。肥満漢井巻のあばた顔も、役者侍の茶筅髷《ちゃせんまげ》も、青河童《あおがっぱ》の陰気くさい顎髭《あごひげ》もぜんぶ揃《そろ》っている。芸妓も何人かいて、酌《しゃく》をしている。誰も剣舞は見ないで、薩摩がどうした長州がどうしたのと、口から唾《つば》を飛ばしてさかんに議論している。

奥へ進んで、また覗くと、こちらの部屋では四人の男女が車座になっている。ひとりは黒小路だ。なんだと思ったら、カルタ遊びをしている。これはきっと博打《ばくち》だろう。見たことのない絵柄の札は、西洋カルタというものらしい。黒小路はしきりと舌打ちしている。きっと負けが込んでいるんだろう。

さらに三つ、節穴を順番に覗いたが、どれも畳しか見えなかった。梁を替えて、右へ進んで覗いたら、ちょうど総髪の男が襖《ふすま》を開けたところだ。部屋には行灯《あんどん》が暗く点《とも》って、蒲団が敷かれている。と、そこに琴乃が寝ていた。総髪は琴乃の顔を覗き込み、それから手をとった。おれはかっと顔が熱くなったが、男は琴乃の白い腕を摑んで動かない。脈を診ているんだと気がついた。総髪は医者だろう。荻野柳庵とかいう医者に違いない。総髪は立ち上がって、廊下に立った二人の侍になにかいった。これは井巻の弟子だ。見張りを命じられているらしい。ご苦労なことだ。それより心配なのは琴乃だ。自分から眠ったとは思えないから、きっと無理に眠らされているんだろう。

いますぐ降りて行って琴乃を助けたかったけれど、見張りがいてはむずかしい。とにかく屋敷に琴乃がいることはわかった。一度表へ出て、平六に報《しら》せようと思い、もと来た方向へ動いたとき、誰かが大声で怒鳴《どな》るのが聴こえた。ぎょっとなって天井裏で身を竦《すく》ませていると、声は屋敷からではないようだ。外で誰かが呼ばわっている。井巻雪舟斎、出てこい、ときこえた。当方は新撰組局長、芹沢鴨だともいっている。寅太郎は新撰組の本隊を呼んできたらしい。それにしてもカモはすごい大声だ。蛮声は何里四方にも届きそうである。屋敷内はにわかに騒がしくなる。井巻出てこい、とまた叫んだカモが、出てこなければ、大砲を撃ち込むぞと脅した。これにはおれもぎょっとなった。公卿《くぎょう》の家に大砲を撃ち込むなんて乱暴をしていいものか。だいいち、それでは琴乃が危ない。おれはあわてて梁を動き出し、はずみで天井の杉板を蹴ってしまい、あっと思ったときには、下で人が騒ぎだした。天井に曲者がいるぞと、誰かが叫んで、どたどたと足音が鳴る。おれは動転しつつ、梁を這い、と、すぐ横の天井板がばりりと鳴って、筍《たけのこ》みたいに槍《やり》がにゅっと出た。一度引っ込めば、またずぶずぶと出る。槍先が耳元を掠《かす》めて、うわっと声をあげたおれは、槍とは反対側にまろび逃げ、とたんに踏み込んだ杉板が煎餅《せんべい》みたいに破けた。しくじったと思うまもなく、埃もろともおれは下へ落っこちた。

足から畳へ落ちて、とっさに受け身をとって、ごろごろ横にころがってから立ち上がったとき、まわりから拍手が起こった。ぎょっとして見回すと、大勢の人がいる。拍手をしながら、忍者だ、忍者だ、と口々にいっては大笑いしている。棒のように突っ立ったおれに、頭に赤い布を巻いた男が寄ってきて、忍者殿、まずは一献《いっこん》、といって、馴《な》れ馴《な》れしくコップを差し出した。つい受け取ると、イッキ、イッキ、イッキ、と全員が調子を揃えて囃《はや》した。なんだかわからんが、飲まないと大変なことになりそうだ。おれはコップに口をつけ、とたんに吐き出した。苦くて飲めたもんじゃない。これは麦酒《ビール》というものだと思い出した。まわりはまた大笑いである。

そのとき、ドカンと鳴る音を聞いた。きっと大砲だ。こうしちゃいられない。行こうとして、天井をみれば大穴が開いている。こんな穴を開けておいて、黙って行っては悪いと思い、座敷に居並んだ酔客に向かって、おれは吉田蓮牛のところの横川松吉という者だ、拐《さら》われた琴乃を助けなければならないから、いまは行かせてくれと演説した。自分でも驚くくらい上手《うま》くいえた。すると、誰かが、「がんばれ忍者」と声援を寄こした。なおれは少し嬉しくなった。次に若い女が声を揃えて、「忍者、カワイイ」と叫んだ。なんだか照《て》れ臭《くさ》い。おれは一同に礼をすると、廊下へ出た。

廊下の反対側にも座敷があって、酔客が卓を囲んでいる。似たような座敷が大小いくつもあるのは居酒屋らしい。おれが通るとみんなが見た。きっとどこかで黒小路の屋敷とつながっているだろうと思い、ぐるぐる走っているうちに、扉につきあたった。開けて出たところは公園である。居酒屋から溢《あふ》れた人が、店から持ち出した床几《しょうぎ》に座って酒盛りをしている。と、パパンと急に大きな音がして、色のついた火が見えた。花火をあげている連中が滑り台の横にいて、わあわあいって騒いでいる。さっき聞いたのは大砲ではなく、打ち上げ花火だったらしい。一角には紅白の段幕を張った舞台があった。たくさんに吊《つ》られた提灯明かりのなか、いましも五人ほどのバンドが演奏をはじめようとするところである。いつのまにこんなに賑やかになったんだろう。さすがは京の祇園祭だ。天下にきこえた大祭だけのことはある。大いに感心しながら、黒小路の屋敷はどこだと探せば、居酒屋の横に見覚えのある築地塀が続いている。

さっきとはやや様子が違うようにも思ったけれど、琴乃を助けたい一心で、おれはまた鉤縄を懐から出した。おれが縄をよじって塀に上がると、いきなり眩しくなったんで吃驚《びっくり》した。見ると、誰かがおれに懐中電灯の光を浴びせている。忍者、がんばれよ、と叫んだやつがある。先刻麦酒をおれに勧めた酔客たちが見物に出てきたらしい。物好きな連中だ。声に気づいた公園の人々が、おれを指さし、腹を抱えて笑いながら、行け行け、忍者、と声援をくれる。なにか応《こた》えたほうがいいかと思い、右手を夜空に突きあげ振って見せると、わあ、と喚声が湧《わ》き起《お》こって、おれはすっかり気分が昂揚《こうよう》してきた。勢いに任せて、おれは庭へ飛び降りた。

屋敷では人が右往左往している。おれは素早く裏木戸へ走り、閂《かんぬき》を外して戸を開け放った。すると、公園にいた連中が次々庭へ入ってくるのには驚いた。いよいよ物見高い連中である。だいたいは若い男だが、なかには浴衣の女もいる。麦酒瓶を抱えた爺さんもいる。しかし、もっと驚いたのは屋敷の者らだろう。浪士たちは大刀を抱えて廊下を走り廻り、あわてふためいて裸足《はだし》で縁側から飛び出したのは黒小路である。続いて荻野も出てくる。裏木戸から逃げようとでも思ったんだろうが、そこから逆にどんどんと見物人が溢れ出てきたのだから、さぞかし仰天したことだろう。二人とも梅の木の下で腰を抜かしている。いい気味だ。前庭へ廻って、植え込みの陰からおれが屋敷に入る隙を窺っていると、平六がどこからか飛び出してきた。声をかけて、琴乃はなかにいると教えると、よし、といって、まっすぐ屋敷へ駆けていった。危ないと思ったが、とめる間もない。と、裏庭の方で女の悲鳴がきこえた。急いでそちらへ戻ってみると、浪士たちが白刃を振り回して見物人を追い散らしているところである。

見物人は蜘蛛の子を散らすように逃げた。裏木戸から次々と逃れ、間に合わない者は築地塀をよじ登った。そこへ、いきなり、耳をつんざく轟音《ごうおん》が響き渡った。雷鳴をきくかのごとき、胃の腑《ふ》がどんでんがえるほどの音である。しかも、ひゅるひゅると蛇の舌なめずりのような不吉な音も混じって、庭にばちばちと火花が散った。まさかと思ったが、カモは本当に大砲を撃ち込んだとみえる。おれは腰を抜かしたが、浪士連中もこれには驚いたらしい。うわっと叫んで、地面に伏せ耳を塞《ふさ》いでいる。そこへなおも火の粉がふりかかる。音も消えない。どころか、ますます大きくなるようである。

ひゃあと悲鳴をあげた役者侍がまず走り出し、池に飛び込んだ。着物が燃えて熱かったんだろう。肥満漢井巻、青河童とこれに続いて、他の浪士たちも大刀を放り投げて池に入った。とはいえ池は鯉《こい》と一緒に泳ぐには狭すぎる。いまや芋を洗うようである。しかも池の水はあんまりきれいじゃない。全員が泥だらけだ。すると今度は、役者侍が池から飛び出し、表門のほうへ走った。他の者もまたこれに倣《なら》う。どれもこれもどぶ鼠《ねずみ》みたいな姿である。どぶ鼠の一団が表門をあけて外へ逃げ出した。だいぶみっともない。

そのあいだも、途切れなく大砲は撃ち込まれる。どんどんというもの凄い音響が地面を揺らしている。よくもこんなに続けて撃つもんだと思いながら、表門へ走ると、門から逆に飛び込んできた者がある。沖田氏だ。そこでようやくおれは平六と琴乃を思い出した。琴乃は屋敷だと教えると、沖田氏は走り出した。おれも逃げるわけにはいかないと思い直し、とって返すと、驚いたことに、池の辺りはまた見物人で一杯である。しかも、ただ立って見ているばかりではなく、大砲にあわせてみなで踊っている。京者とはよほど物好きかつ豪胆だと思ったら、きれいな浴衣を着た娘が三人でやってきて、忍者も踊ろうよ、とおれの手を引いたから仰天した。踊りの輪の真ん中におれは引き出され、そのときになって、これは大砲じゃなくて、バンドの演奏だと気がついた。火の粉は公園の連中が撃ち込んだ花火だったんだろう。しかし、これも祭り囃子の一種なんだろうが、まったくすさまじいもんだ。踊りも腰を妙に揺らして奇態きわまりない。近頃はこんな踊りが流行《はや》るんだろうか。

目の前にいた髪の黄色い娘に、これは全体どういうもんだろうと問うと、娘は踊りながら、「なんやったかな、これ？」と髪の茶色い仲間にきいた。きかれた娘はおなじく踊りながら、「ストーンズやと思う」と答え、最初の娘がおれに、ストーンズ、ストーンズや、と連呼して教えた。なるほど、ストーンズというものかと、おれはひとつ覚えた。おれもまわりを真似て手足を動かしてみた。「忍者、変」と娘たちから笑われたが、おれはあんまり悪い気はしなかった。

屋敷の縁側から、琴乃を腕に抱えた平六と、沖田氏が出てきたのは、それからまもなくだ。二人が表門へ向かうのを見て、おれは浴衣で踊る娘たちに一礼してから、同じ方角へ走った。門から外へ出ると、寅太郎が姿を見せた。役者侍たちはどうしたときくと、散り散りに逃げたといって笑った。新撰組はカモを先頭に井巻を追っていったそうだ。井巻もカモに付け狙われては大変である。

おれと平六、それから寅太郎と沖田氏は伏見へ向かった。琴乃は平六が背負った。しばらく行っても、追って来る者はない様子なので安心した。おれは黒頭巾をとった。

それにしても、カモは本当に大砲を撃つつもりだったんだろうか。歩きながらおれが疑問を口にすると、あれははったりだと寅太郎がまた笑った。

「ああやって脅せば、井巻がどこからか逃げ出すだろから、そこを狙って斬れと、おれが教えたなだ」

得意げにいった寅太郎は、まさかあんなに一遍《いっぺん》に、それも表門から浪士たちが飛び出てくるとは思わなかったので、井巻を取り逃がしてしまったと、次に残念がった。そもそも局長のカモが乗り出してきたのは、黒小路の屋敷に井巻が潜んでいると寅太郎が教えたかららしい。あとでいうには、応援が沖田氏ひとりでは心細いと寅太郎は思ったそうだ。どうしても井巻を斬りたいカモは、猿を見かけた犬のごとく、いきり立って駆けつけてきたという。しかし、井巻が黒小路の屋敷にいると、どうして寅太郎にわかったんだろう。

「そげだごと、わかるわけあめや。んだども、そうとでもいわねば、来てもらえめえや」と寅太郎は嘯《うそぶ》いた。平気で嘘《うそ》をつける芸当もたまには役に立つことがあるようだ。もっとも、今度に限っては、たしかに井巻はいたのだから、これでいいんだろう。鈴木さんは策士だと、沖田氏からも褒《ほ》められて、寅太郎はすっかり天狗《てんぐ》になっている。

心配なのは琴乃の具合だったが、途中で目を覚まして、宵山を見物して行きたいと、平六の背中で駄々をこねたくらいだから、もう大丈夫だろう。寅太郎はすっかり祭り見物気分になったらしく、いかにも買い食いがしたそうな顔で、夜見世をきょろきょろ覗いている。かくいうおれも、麗々《れいれい》しく飾られた山鉾《やまぼこ》を眺め、調子のよい囃子を聴いていれば、さっきまでの緊張がするりと抜けて、なんだか夢の中にでもいるような心持ちになった。山車の天辺《てっぺん》に乗った子供が吃驚《びっくり》するほど可愛かった。見物客が何町も途切れずに流れた。提灯が眩しいくらいに明るかった。見世に黄色い唐黍《とうきび》が山のように積まれていた。通り過ぎる女がどれも天女のように見えた。帰ったら故郷《くに》の者にできるだけ詳しく話してやろうと、おれは一生懸命に見た。

五条で加茂川を渡り、まわりが田圃《たんぼ》になると、暗がりで蛙《かえる》が盛大に鳴いた。蛙の声に混じってコンチキチンの響きが遠くにきこえた。

翌朝、おれは京を離れた。伏見から三条まで舟に乗り、そこから今度は街道を東へ歩き出した。寅太郎も一緒だ。

蓮牛先生は、黒小路の屋敷での出来事を話すと、そんな騒ぎを起こしたんなら、早く京から去ったほうがいいと勧めた。おれも寅太郎も平六も勧めに従った。蓮牛先生本人もしばらく京へは戻らないそうだ。傷が治って歩けるようになったら、家内と子供のいる木津村へ行くつもりやといった。おとりはどうするのかと思っていると、こちらは琴乃と一緒に大坂の井桁屋の寮で暮らすんだそうだ。

蓮牛先生はおれに、江戸や長崎で勉強する気なら、いつでも添書を書いてやるから、井桁屋を通じて教えて寄こせと、親切にいってくれた。そのときは是非お願いするとおれはいっておいた。寅太郎はまだ家に帰りたくない顔つきだったが、いったんは親元へ戻るよう井桁屋からいわれて、不承不承領いた。

神戸の塾へ行く平六とは伏見で別れた。故郷《くに》の親や知人に宛《あ》てた手紙をおれが預かった。平六は身軽でいいと寅太郎はうらやましがった。

三条で舟を降りて歩き出したときには、物陰からいきなり斬りつけられそうでだいぶ怖かった。三条大橋を渡るときも、加茂川から東山を望む景色を眺め、名残《なごり》を惜しんでいる余裕はなかった。おれと寅太郎はものもいわず、炎天の街道を走るように歩いて、粟田口《あわたぐち》から中山道を一気に草津まで進んだ。そこで午《ひる》を過ぎたので、旅籠《はたご》にあがり、昼飯を食った。ここまで来ればもう安心だと思えて、酒を少し飲んだら眠くなった。おれと寅太郎は畳にごろりと横になった。

おれは夢を見た。夢のなかで、おれは出羽庄内にもう帰っていた。青い田圃の向こうに月山《がっさん》の黒い塊《かたまり》が見えた。雲に霞《かす》んだ鳥海山もあった。鎮守の森を抜けて、村はずれの家に入ると、ひんやり涼しい。井戸端で水音がするので、覗いてみれば、甚右衛門が裸で水を浴びている。おれに気がつくと、笑って、まくわ瓜が冷えているぞといった。拝領の脇差《わきざ》しで熟れたのをすぱすぱと切った。瓜を食ったら、川へ魚釣りに行こうと、甚右衛門が誘った。

そこへお糸が来た。お糸が、松あんちゃは、京へ行って少しは喋れるようになったかときいた。おれがそうでもないと答えると、それでは駄目だ、これからの時代は言葉をたくさん覚えて、言葉をしっかりと喋れるようにならなければいけないと、お糸はおれに説教した。おれは神妙に頷いて、と、そのときになって、約束の下駄を買ってくるのを忘れたことに気がついた。

おれが土産を忘れたというと、

「土産なぞいらね。松あんちゃが帰っただけでいい」とお糸はいって笑った。そこで目が覚めた。

寅太郎はまだ鼾《いびき》をかいている。横になったまま窓を覗くと、空に白い夏雲が見えた。

あとがき

『坊ちゃん忍者幕末見聞録』という題名は、いうまでもなく夏目漱石の『坊っちゃん』から来たものだ。いったいどこが『坊っちゃん』なんだと問われると、少々答えにくいものがあるが、少なくとも、年少の頃より『坊っちゃん』を愛読してきた私が、その面白さを自らの手で再現したいとの欲望を出発点にして書いた作品であるのは間違いない。むろん出来あがったものは、あらゆる点で漱石の名作とは異なるが、読者の皆様に楽しんで頂けたら幸いである。

構想の段階では、文久三年（一八六三年）から話をはじめて、鳥羽・伏見の戦い（一八六八年）くらいの時期までを考えていたのだが、目算違いもはなはだしく、文久三年の春から夏までで、筆をおくことになった。四国の中学校にはほんの数カ月しか勤めなかった坊ちゃん先生同様、坊ちゃん忍者松吉の京都滞在も短期間で終わった。どうも東国の人間は関西には長く住めない性質《たち》があるとみえる。知り合いの作家などは、古都奈良に移住して志賀直哉の衣鉢《いはつ》を嗣がんなどと大騒ぎしていたくせに、やっぱり数カ月で東京に逃げ帰ってきた。とはいえ、登場人物たちはまだまだ元気が余っていそうなので、機会があれば、是非とも続編を書いてみたいとの希望を持っている。

この小説は二〇〇〇年の九月から、二〇〇一年の五月まで、世紀の変わり目を挟んで読売新聞夕刊に連載された。挿し絵は木田安彦氏に描いていただいたが、掲載中は力感とユーモアに溢れた絵を毎日見るのが楽しみだった。本当なら全部を掲載したいところだが、そうもいかないので、単行本では、いくつかを選んで使わせていただいた。

文中の京都弁や大阪弁については、全面的に関西外国語大学教授の堀井令以知氏に監修していただいた。この場をかりてお礼申し上げる。また、新聞連載時の編集に携わっていただいた浪川知子氏と、本書の編集者、中田哲史氏に感謝したい。

二〇〇一年九月

奥泉　光

新装版へのあとがき

子供の頃から漱石が好きで読んでいた自分ではあるが、漱石ならどんな作品でも好きかと云えば、当然そんなことはなくて、実際、自分が『坊っちゃん忍者幕末見聞録』を読売新聞夕刊に連載した二〇〇〇年から二〇〇一年の頃で云えば、繰り返し読んでいたのは『吾輩は猫である』と『坊っちゃん』の二作で、『それから』『明暗』『坑夫』あたりには興味を覚えていたが、あとは読んでも一回目を通す程度、未読の作品もいくつかあった。たとえば『草枕』などは、読むには読んだが、いまひとつぴんとこず、面白く読めるようになったのは五十歳に近づく頃で、その意味では、自分は漱石ではなく、『猫』と『坊っちゃん』が大好きとするのが正確なところで、つまりは好きが嵩じて『「吾輩は猫である」殺人事件』や『坊っちゃん忍者幕末見聞録』を書くに至ったわけである。単行本の「あとがき」にもあるとおり、読んだ作品の面白さを自ら手で再現することは、小説を書く欲望の中核にあるものだろう。

が、二十一世紀に入って、漱石を読む機会が増えた。大学で教えるようになったこともあるし、いとうせいこう氏とやっている「文芸漫談」で漱石作品を取り上げる機会もあった。日本近代文学史への関心を抱き出したということもあった。で、読むうちに漱石の面白さはがぜん発見されて、『草枕』などはいまや自分の文業にとって大きな意味と価値を持つ座右のテクストとなるに至ったのだけれど、そうこうしているうちに、漱石作品を先行書とした自作創作の、執筆時には意識していなかった密かな動機、それにも気がつくようになった。

すでにいろいろな機会に述べたことだが、漱石のテクストに通底して響くものは孤独である。共同体から遊離する孤独ではなく、他人との交わりを求めながら失敗する者の孤独。『明暗』や『門』では、この孤独が主題として展開されるが、初期の『猫』『坊っちゃん』にもそれは色濃く刻印されている。とりわけ坊っちゃん先生の孤独ぶりは、清が死んだあとこの人はいったいどうやって生きていくんだろうと、心配されるほどに底深い。

一方、読んで頂ければ直ちに分かるとおり、本書の坊っちゃん忍者・松吉は、無口で口下手な男ではあるけれど、坊っちゃん先生とは違い、寅太郎や平六と云う友達がいる。実家の父親や兄とは折り合いが悪いけれど、育ての親の甚右衛門からは愛される。蓮牛先生と云う師にも恵まれる。つまり、早い話が、主人公を孤独地獄から救い出したいと云うのが、『坊っちゃん忍者幕末見聞録』を書いた密かな動機なのであった。仕合《しあわ》せな坊っちゃん。それが自分の望むものなのであった。

しかし、仕合せな坊っちゃんと云うのは、もはや坊っちゃんではないのではないか、と疑われもするが、それを云うなら、そもそも坊っちゃんが忍者だと云う時点でそうなわけで、当然ながらこれは自分の作り出した坊っちゃんなのであって、江戸っ子ではなく東北弁を喋る我が坊っちゃんの、幕末京都での大活躍（？）を愉しんでいただけたら幸いである。

執筆の事情など読者には関係のない話ではあるけれど、ひとつだけ裏話を紹介すると、この小説を書いた直後に自分は煙草をやめたので、つまりこれはヘビースモーカーだった自分が一晩に紙巻煙草を何十本も灰にしながら書いた最後の作品と云うことになる。どうでもいいことですが。そして、これまた作者が云うことではないが、自作のなかでこの作品が自分は一番好きだ。今回ゲラに手をいれつつあらためてそう思った。そんな小説を新たな形で出版してくれた河出書房新社および坂上陽子編集者に感謝したい。

二〇一七年二月二十日

奥泉　光

解説　Shall we 坊っちゃん？

万城目学

いったい人は長い人生のなかで、いつごろ夏目漱石の『坊っちゃん』を読むものなのか。

私の場合、それははっきりくっきりしていて、一九九六年九月二十四日の昼間、場所はエーゲ海に浮かぶアモルゴス島の港近く、誰もいない公園においてだった。

大学二回生の夏休み、バックパックを背負い、タイとギリシャというあまり聞かない組み合わせで、二つの国を一カ月間ぶらぶらと旅行した。タイを経てギリシャに入り、シーズンも終わりかけのエーゲ海の島々を回るための連絡船を待つ間に、日本から携えた『坊っちゃん』をはじめて読んだのである。

小さな公園のすべり台に腰掛け、最初から最後まで一気に読んだ。それくらいおもしろかったから、というのもある。約束通りの時間に船が来なかったから、というのもある。待てど暮らせど船は現れず、読み終えたばかりの『坊っちゃん』のページをまたはじめからめくり、とうとう二度目を読んだ頃に、ようやく港に船の到着を知らせる汽笛が響いた。

本書『坊っちゃん忍者幕末見聞録』を読みながら、自然と二十一年前のエーゲ海の小島での記憶が蘇ってきたのには驚いた。

そう、この「驚いた」である。

たとえば、夏目漱石文体という大きなくくりがあり、そのなかにさらに『坊つちゃん』文体なるカテゴリーがあったとしたら、私が真っ先に思いつくのはこの「驚いた」の使い方だ。これは私の感覚的な捉え方だが、漱石の「驚いた」は一拍テンポが早い。普通はまだ登場しないところで、短くシャープに「驚いた」と繰り出してくる。そこですぱんと文章を切る。結果、鮮やかに印象が残る。

何を言っているのかわからない、という方も多数おられると思うので、試しにメールなどで一文したためたのち、友人などに送ってみるのはいかがだろう。その際は、同じく『坊つちゃん』文体のなかで特徴的な「何だか」を頭に持ってくることをおすすめする。

例文である。

「何だか天気が悪くなってきたなと思ったら、急に雨が降ってくるものだから驚いた。」

何の変哲もない当たり前の文章が、どうであろう、急に漱石っぽく感じられはしないか。このあとに「傘がないのは実に剣呑だ。」などと意味もなくつけ加えると、いよいよ漱石っぽい。

私などは、この一見無骨かつ質素な言葉遣いのようで、その実装飾的な『坊っちゃん』文体なるものを、内心著者は読者をおちょくっているのではないか、なかなか調子に乗っているのではないのか、などと意地悪に捉えがちなのであるが、読むと不思議と心楽しくなるのは間違いない。

本書においても、「坊っちゃん忍者」である主人公松吉の坊っちゃん性と、この『坊っちゃん』文体がさながら車の両輪となって、テンポよく物語を前へと運んでいく。そこへ自然と夏目漱石『坊っちゃん』のエッセンスも溶けこんで、ページをめくる手はいよいよリズムを得て、実に心楽しくなってくる。

もっとも、「坊っちゃん忍者」と言うが、誰も松吉のことを「坊っちゃん」とは呼ばない。根っからの雑草育ちである松吉はいわゆる「おぼっちゃん」ではないので、当然と言えば当然ではあるが。むしろ、この意味での「おぼっちゃん」は同輩の寅太郎のほうであり、関西で言うところの「あほぼん」のおかげで、松吉は次から次へとひどい目に遭う。

寅太郎のお供という名目で、松吉は江戸へ医者の修行に向かうはずが、実際に到着したのは京だった。よりによって過激派浪士による刃傷沙汰が横行する、京都の歴史上、戦場だったときを除き、最悪の治安状態だった時期にやってきてしまう。

松吉の一人称は「おれ」である。

夏目漱石の『坊っちゃん』でも主人公の一人称は同じく「おれ」であるが、これは発明だとつくづく思う。一般論として、理屈好きな人間が文章を書くと、とかく漢字が多くなる。四角四面な場面も増えてくる。これは揶揄《やゆ》ではなく自然の道理である。そこに「おれ」とひらがなでふっと落とすと、緊張がやわらぐ。場の空気が穏やかになり、見通しがすっとよくなるような気配が広がる。

何を隠そう、私も『鹿男《しかおとこ》あをによし』なる作品で、主人公を「おれ」にして、夏目漱石のものとはかなりかけ離れた内容だが、『坊っちゃん』然とした話を書いた。さらには、デビュー作『鴨川《かもがわ》ホルモー』は京都の大学生が主人公の物語。『とっぴんぱらりの風太郎《ぷうたろう》』に至っては、愚図《ぐず》な忍者が徳川の世が始まったばかりの京都で四苦八苦するという作品だ。

つまり、いろいろと意識しながら、本書に挑んだわけである。

別にいちいち断る必要もないだろうが、この解説を担当するにあたって、私ははじめて本書を手に取った。読み終えたとき真っ先に飛び出した感想は、ここでだけの話であるが、

「デビュー前に読んでいなくてよかった」

だった。

京都を舞台にしている以上、同じ題材を扱っている場面も多く、コンチキチンと祇園《ぎおん》囃子《ばやし》が鳴り響く四条通を松吉が駆けるくだりでは、私の作品に登場するアホ学生どもが

四条烏丸交差点方面からワアワアと今にも向かってくるのではないか、とわけもなくドキドキした。間違いなく世界で私ひとりだけの読み方だったろうが、もしも二十代のときにこの本を手に取っていたら、ひょっとしたら私はデビューしていないかもしれない、とすら思った。何とおそろしい一冊か。

そう言えば、先ほど「坊っちゃん性」なる言葉を用いた。

これは『鹿男あをによし』を執筆する際に『坊っちゃん』を読み直し、己の物語に落としこむべき「核」として抽出した、『坊っちゃん』の真髄とも表すべき成分を意味するわけであるが、本書にもまったく同じものが描かれているのを見て、むやみにうれしくなった。

私が考える坊っちゃん性とは何か。

それは新たな土地にやってきた主人公が、正直を貫いた結果、敗《やぶ》れ、元の土地へ去ることである。

漱石の『坊っちゃん』の「おれ」は、たとえ正義は彼にあったとしても、人事権を持つ上司とのたたかいに敗れ、松山を去る。『坊っちゃん』とは敗れる者の物語である。

本書においても、松吉はその秘伝の忍術を溝を這うくらいにしか活用せぬまま、維新の英傑が集う京に居合わせたにもかかわらず、いっさい時流に乗ることなく、出羽庄内《でわしょうない》に帰る道を選ぶ。つまりは敗れる。ただし、松吉は己を曲げなかった。間違ったことには与せず、ときどき錯乱気味に京の町を駆けつつ、誰も傷つけず、友や女人を守り通した。

功成り名遂げることはなく、赴いた土地で敗れ、帰参することになったとしても、坊っちゃん性を帯びた人物の後ろ姿はどこかすがすがしい。なぜなら、そこには著者が彼に与えたやさしさと愛情がたっぷりと宿っているからである。

故郷《くに》に帰った、松吉のその後は誰にもわからぬ。

しかし、金持ちにはならなくても、悪くない人生を送るはずだと、どこかできっと約束されているような気がする。

本書は二〇〇一年十月に中央公論新社より単行本として、
二〇〇四年十月に中公文庫として刊行されました。

坊《ぼ》っちゃん忍者《にんじゃ》幕末《ばくまつ》見聞録《けんぶんろく》

二〇一七年 四 月一〇日 初版印刷
二〇一七年 四 月二〇日 初版発行

著　者　奥泉《おくいずみ》 光《ひかる》

発行者　小野寺優
発行所　株式会社河出書房新社
〒一五一－〇〇五一
東京都渋谷区千駄ヶ谷二－三二－二
電話〇三－三四〇四－八六一一（編集）
〇三－三四〇四－一二〇一（営業）
http://www.kawade.co.jp/

ロゴ・表紙デザイン　粟津潔
本文フォーマット　佐々木暁
本文組版　KAWADE DTP WORKS
印刷・製本　中央精版印刷株式会社

Printed in Japan ISBN978-4-309-41525-3

『吾輩は猫である』殺人事件

奥泉光　41447-8

あの「猫」は生きていた?!　吾輩、ホームズ、ワトソン……苦沙弥先生殺害の謎を解くために猫たちの冒険が始まる。おなじみの迷亭、寒月、東風、さらには宿敵バスカビル家の狗も登場。超弩級ミステリー。

小説の聖典《バイブル》　漫談で読む文学入門

いとうせいこう×奥泉光＋渡部直己　41186-6

読んでもおもしろい、書いてもおもしろい。不思議な小説の魅力を作家二人が漫談スタイルでボケてツッコむ！　笑って泣いて、読んで書いて。そこに小説がある限り……。

ノーライフキング

いとうせいこう　40918-4

小学生の間でブームとなっているゲームソフト「ライフキング」。ある日、そのソフトを巡る不思議な噂が子供たちの情報網を流れ始めた。八八年に発表され、社会現象にもなったあの名作が、新装版で今甦る！

想像ラジオ

いとうせいこう　41345-7

深夜二時四十六分「想像」という電波を使ってラジオのＯＡを始めたＤＪアーク。その理由は……。東日本大震災を背景に生者と死者の新たな関係を描きベストセラーとなった著者代表作。野間文芸新人賞受賞。

推理小説

秦建日子　40776-0

出版社に届いた「推理小説・上巻」という原稿。そこには殺人事件の詳細と予告、そして「事件を防ぎたければ、続きを入札せよ」という前代未聞の要求が……ＦＮＳ系連続ドラマ「アンフェア」原作！

アンフェアな月

秦建日子　40904-7

赤ん坊が誘拐された。錯乱状態の母親、奇妙な誘拐犯、迷走する捜査。そんな中、山から掘り出されたものは？　ベストセラー『推理小説』（ドラマ「アンフェア」原作）に続く刑事・雪平夏見シリーズ第二弾！

殺してもいい命

秦建日子　41095-1

胸にアイスピックを突き立てられた男の口には、「殺人ビジネス、始めます」というチラシが突っ込まれていた。殺された男の名は……刑事・雪平夏見シリーズ第三弾、最も哀切な事件が幕を開ける！

ダーティ・ママ！

秦建日子　41117-0

シングルマザーで、子連れで、刑事ですが、何か？　――育児のグチをブチまけながら、ベビーカーをぶっ飛ばし、かつてない凸凹刑事コンビ（＋一人）が難事件に体当たり！　日本テレビ系連続ドラマ原作。

サマーレスキュー　～天空の診療所～

秦建日子　41158-3

標高二五〇〇mにある山の診療所を舞台に、医師たちの奮闘と成長を描く感動の物語。ＴＢＳ系日曜劇場「サマーレスキュー～天空の診療所～」放送。ドラマにはない診療所誕生秘話を含む書下ろし！

愛娘にさよならを

秦建日子　41197-2

「ひとごろし、がんばって」――幼い字の手紙を読むと男は温厚な夫婦を惨殺した。二ヶ月前の事件で負傷し、捜査一課から外された雪平は引き離された娘への思いに揺れながら再び捜査へ。シリーズ最新作！

スイッチを押すとき　他一篇

山田悠介　41434-8

政府が立ち上げた青少年自殺抑制プロジェクト。実験と称し自殺に追い込まれる子供たちを監視員の洋平は救えるのか。逃亡の果てに意外な真実が明らかになる。その他ホラー短篇「魔子」も文庫初収録。

カルテット！

鬼塚忠　41118-7

バイオリニストとして将来が有望視される中学生の開だが、その家族は崩壊寸前。そんな中、家族カルテットで演奏することになって……。家族、初恋、音楽を描いた、涙と感動の青春＆家族物語。映画化！

神様の値段

似鳥鶏　41353-2

捜査一課の凸凹コンビがふたたび登場！　新興宗教団体がたくらむ“ハルマゲドン”。妹を人質にとられた設楽と海月は、仕組まれ最悪のテロを防ぐことができるか⁉　連ドラ化された人気シリーズ第二弾！

戦力外捜査官　姫デカ・海月千波

似鳥鶏　41248-1

警視庁捜査一課、配属たった２日で戦力外通告⁉　連続放火、女子大学院生殺人、消えた大量の毒ガス兵器……推理だけは超一流のドジっ娘メガネ美少女警部とお守役の設楽刑事の凸凹コンビが難事件に挑む！

ホームドラマ

新堂冬樹　40815-6

一見、幸せな家庭に潜む静かな狂気……。あの新堂冬樹が描き出す“最悪のホームドラマ”。文庫版特別書き下ろし短篇「賢母」を収録！

引き出しの中のラブレター

新堂冬樹　41089-0

ラジオパーソナリティの真生のもとへ届いた、一通の手紙。それは絶縁し、仲直りをする前に他界した父が彼女に宛てて書いた手紙だった。大ベストセラー『忘れ雪』の著者が贈る、最高の感動作！

白い毒

新堂冬樹　41254-2

「医療コンサルタント」を名乗る男は看護師・早苗にこう囁いた。「まもなくこの病院は倒産します。患者を救いたければ……」――新堂冬樹が医療業界最大の闇「病院乗っ取り」に挑んだ医療ミステリー巨編！

隠し事

羽田圭介　41437-9

すべての女は男の携帯を見ている。男は…女の携帯を覗いてはいけない！盗み見から生まれた小さな疑いが、さらなる疑いを呼んで行く。話題の芥川賞作家による、家庭内ストーキング小説。

語りあかそう

ナンシー関　41292-4

消しゴム版画とＴＶ評で有名人の特徴を喝破したナンシーの、対談集から精選した究極の九本。攻めてよし、守ってよし、なごんでよし。

美女と野球

リリー・フランキー　40762-3

小説、イラスト、写真、マンガ、俳優と、ジャンルを超えて活躍する著者の最高傑作と名高い、コク深くて笑いに満ちた、愛と哀しみのエッセイ集。「とっても思い入れのある本です」——リリー・フランキー

適当教典

高田純次　40849-1

老若男女の悩みを純次流に超テキトーに回答する日本一役に立たない（？）人生相談本！　ファンの間で“幻の名（迷）著”と誉れ高い『人生教典』の改題文庫化。

万博少年の逆襲

みうらじゅん　40490-5

僕らの世代は一九七〇年の大阪万博ぐらいしか自慢できるもんはありません。とほほ……。ナンギな少年時代を過ごした著者が、おセンチなエロ親父からバカ親父への脱皮を図るために綴った、青春へのオマージュ。

恋と退屈

峯田和伸　41001-2

日本中の若者から絶大な人気を誇るロックバンド・銀杏ＢＯＹＺの峯田和伸。初の単行本。自身のブログで公開していた日記から厳選した百五十話のストーリーを収録。

十年ゴム消し

忌野清志郎　40972-6

十年や二十年なんて、ゴム消しさ！　永遠のブルース・マンが贈る詩と日記による私小説。自筆オリジナル・イラストも多数収録。忌野清志郎という生き方がよくわかる不滅の名著！

江口寿史の正直日記

江口寿史　41377-8

「江口さんには心底あきれました」（山上たつひこ）。「クズの日記だこれは」（日記本文より）。日記文学の最低作「正直日記」、実録マンガ「金沢日記」、描き下ろしの新作マンガ「金沢日記２」収録。

永井豪のヴィンテージ漫画館

永井豪　41398-3

『デビルマン』『マジンガーZ』『キューティーハニー』『けっこう仮面』他、数々の名作誕生の舞台裏を、天才漫画家が自らエッセイ漫画と文章で自在に語る。単行本版未収録インタビュー他を追加収録。

妖怪になりたい

水木しげる　40694-7

ひとりだけ落第したのはなぜだったのか？　生まれ変わりは本当なのか？　そしてつげ義春や池上遼一とはいつ出会ったのか？　深くて魅力的な水木しげるのエッセイを集成したファン待望の一冊。

なまけものになりたい

水木しげる　40695-4

なまけものは人間の至高のすがた。浮世のことを語っても、この世の煩わしさから解き放ってくれる摩訶不思議な水木しげるの散文の世界。『妖怪になりたい』に続く幻のエッセイ集成。水木版マンガの書き方も収録。

アイドル万華鏡

辛酸なめ子　41024-1

日々猛スピードで消費されゆくアイドルたちの生オーラを感じに、イベントなどへ著者が潜入！　さらに雑誌のインタビュー記事などといった膨大な資料から、アイドルの真の姿に迫った傑作コラム集！

女子の国はいつも内戦

辛酸なめ子　41289-4

女子の世界は、今も昔も格差社会です……。幼稚園で早くも女同士の人間関係の大変さに気付き、その後女子校で多感な時期を過ごした著者が、この戦場で生き残るための処世術を大公開！

空飛ぶ円盤が墜落した町へ
佐藤健寿　41362-4

北米に「エリア51」「ロズウェルＵＦＯ墜落事件」の真実を、南米へナチスＵＦＯ秘密基地「エスタンジア」の存在を求める旅の果てに見つけたのは……。『奇界遺産』の著者による“奇”行文学の傑作！

ヒマラヤに雪男を探す
佐藤健寿　41363-1

『奇界遺産』の写真家による“行くまでに死ぬ”アジアの絶景の数々！世界で最も奇妙なトラベラーがヒマラヤの雪男、チベットの地下王国、中国の謎の生命体を追う。それは、幻ではなかった――。

自転車で遠くへ行きたい。
米津一成　41129-3

ロードレーサーなら一日100㎞の走行は日常、400㎞だって決して夢ではない。そこには見慣れた景色が新鮮に映る瞬間や、新しい出会いが待っている！　そんな自転車ライフの魅力を綴った爽快エッセイ。

大人の東京散歩　「昭和」を探して
鈴木伸子　40986-3

東京のプロがこっそり教える情報がいっぱい詰まった、大人のためのお散歩ガイド。変貌著しい東京に見え隠れする昭和のにおいを探して、今日はどこへ行こう？　昭和の懐かし写真も満載。

地下鉄で「昭和」の街をゆく　大人の東京散歩
鈴木伸子　41364-8

東京のプロがこっそり教える、大人のためのお散歩ガイド第三弾。地下鉄でしか行けない都心の街を、昭和の残り香を探して歩く。都電の名残、古い路地……奥深い東京が見えてくる。

新東海道五十三次
井上ひさし／山藤章二　41207-8

奇才・井上ひさしと山藤章二がコンビを組んで挑むは『東海道中膝栗毛』。古今東西の資料をひもときながら、歴史はもちろん、日本語から外国語、果ては下の話まで、縦横無尽な思考で東海道を駆け巡る！

巷談辞典

井上ひさし〔文〕　山藤章二〔画〕　41201-6

漢字四字の成句をお題に、井上ひさしが縦横無尽、自由自在に世の中を考察した爆笑必至のエッセイ。「夕刊フジ」の「百回連載」として毎日生み出された110編と、山藤章二の傑作イラストをたっぷり収録。

優雅で感傷的な日本野球

高橋源一郎　40802-6

一九八五年、阪神タイガースは本当に優勝したのだろうか——イチローも松井もいなかったあの時代、言葉と意味の彼方に新しいリリシズムの世界を切りひらいた第一回三島由紀夫賞受賞作が新装版で今甦る。

新編　かぶりつき人生

田中小実昌　40874-3

ストリップではじめてブラジャーをはずしたＲ、全ストになって大当たりした女西郷……脇道にそれながら戦後日本を歩んできた田中小実昌が描く女たち。コミさんの処女作が新編集で復活！

計画と無計画のあいだ

三島邦弘　41307-5

一冊入魂、原点回帰の出版社として各界から熱い注目を集めるミシマ社。たった一人の起業から五年目の「発見」までをつづった愉快・痛快・爽快エッセイ。各界から絶賛を浴びた名著に「番外編」書き下ろし。

おとなの小論文教室。

山田ズーニー　40946-7

「おとなの小論文教室。」は、自分の頭で考え、自分の想いを、自分の言葉で表現したいという人に、「考える」機会と勇気、小さな技術を提出する、全く新しい読み物。「ほぼ日」連載時から話題のコラム集。

おとなの進路教室。

山田ズーニー　41143-9

特効薬ではありません。でも、自分の考えを引き出すのによく効きます！自分らしい進路を切り拓くにはどうしたらいいか？　「ほぼ日」人気コラム「おとなの小論文教室。」から生まれたリアルなコラム集。